더 짙은 블루

The deep blue

The Deep blue

사이새 장편소설

1

CHIC
NOVEL

The Deep blue 1

초판 1쇄 인쇄일 | 2021년 11월 04일
초판 1쇄 발행일 | 2021년 11월 12일

지은이 | 사이새
펴낸이 | 박성면
펴낸곳 | (주)동아

출판등록 | 제406-3960100251002007000071호
주소 | 경기도 파주시 문발로 115, 세종대학교출판부 206호
전화 | (031)8071-5201
팩스 | (031)8071-5204
E-mail | bear6370@hanmail.net

정가 | 11,000원

ISBN 979-11-5641-179-6 (04810)
       979-11-5641-178-9 (set)

더 짙은 블루

The deep blue

사이새 장편소설

chicnovel

HIC NOVEL

목 차

Part 1. Anchoring

종합광고대행사 〈인사이트〉.

8층 대회의실.

2월, 설 연휴를 하루 앞둔 목요일 오후 5시. 창밖으로 겨울비가 내리고 있었다.

"메시지는 좋아. 그런데,"

툭. 툭. 툭.

책상을 손가락 끝으로 두드리는 소리가 영 탐탁지 않았다. 테이블의 끝, 볼을 주먹에 괴고 보고서를 훑던 김지학 전무가 회의 테이블 위로 페이퍼를 툭 밀어 놓았다. 회의실 내 침묵이 흘렀다. 결코 좋은 사인은 아니었다. 김지학 전무는 1본부 기획팀 쪽으로 몸을 틀었다.

"버짓 관리를 누가 해. 응?"

시간 차를 준 김지학 전무의 시선이 상대를 향했다.

"정이수 팀장."

되묻는 언사는 질책을 의미한다. 상사인 유진우 본부장을 눈앞에 두고도 이름이 불린 정이수의 표정에는 변화가 없었다.

처음부터 무리한 캠페인이었다는 건 이 회의실에 있는 누구나 아는 사실이었다. 그리고 그 일을 끌고 온 당사자가 바로 김지학 전무이고.

연말이 되면 광고 회사들 대부분이 하루걸러 하루 비딩을 한다고 해도 과언이 아니었다. 내년 매출액을 보장하는 연간 단위의 계약들이 줄줄이 걸려 있기 때문이었다. 몸이 축나는 건 물론이고, 반쯤 정신이 갈리는 그 바쁜 틈에 김지학 전무가 1본부 기획팀에 떠맡긴 업무는 실질적으로 영업 이익에 도움이 되지 않는 일이었다.

"비용이 여기저기 왜 이렇게 줄줄 새냐, 새기를. 쯧."

종종 개인적인 친분을 쌓아 온 광고주가 최소한의 비용으로 캠페인을 진행하기 원하면 소규모 대행사에 연결해 주면 될 일이었다. 그런데 김지학 전무는 꼭 그런 일만 끌고 들어왔다. 작년 한 해, 그나마 잠잠하던 이 버릇이 하필 연말에 도진 것이다.

개괄적인 설명은 비슷했다. 향후 잠재적인 대형 고객이 될 수 있다. 당장의 영업 이익이 중요한 게 아니다. 반드시 메이드시켜야 하는 일 중 하나이며, 정이수 팀장을 믿는다.

"매체는. 이거 미디어팀하고도 다 상의한 거야?"

불똥이 미디어팀으로 튀었다.

"네…. TVC는 도저히 불가능한 비용이라 그 외에 릴리즈할 수 있는 매체로 미디어 믹스 제안드렸었고, 광고주 쪽에서도 어쩔하셔서…."

김지학 전무는 미디어팀 담당자의 입에서 나온 답을 듣는 둥 마는 둥 했다. 그 뒤로도 제작본부의 디자인팀, 급기야 방향을 선회해 AP(Account Planner)까지 하나하나 들쑤시던 김지학 전무의 시선이 다시 이수에게로 돌아왔다. 푹신한 의자에 등을 기댄 김지학 전무가 한숨을 내쉰다. 그리고 어느새 화를 누그러뜨린 목소리가 정적인 회의실을 갈랐다.

"유 본."

"네."

잠자코 있던 유진우 본부장이 살짝 몸을 기울여 대답한다.

"단발이라 다행이라고. 연간이었으면 장독대 구멍 난 줄 뻔히 알면서도 계속 들이붓고 있었을 거 아니야. 어?"

"네."

유진우 본부장의 대답은 간결했다. 그는 예의를 차려 질책을 달게 받아들인다. 김지학 전무의 기분이나 변덕이 죽 끓듯 변화무쌍하다는 사실은 인사이트의 직원 모두가 알았다. 그리고 유 본부장이 김지학 전무 라인이라는 것을 모르는 사람 역시 아무도 없었다. 다만 그 라인이 요즘 들어 정이수 팀장에서 잘린 게 이 사달의 원인이었지만.

김지학 전무가 1본부 기획팀 보고서를 한쪽에 주욱 밀어 놓았다. 더 볼 일 없다는 듯. 그리고 아무 일 없는 것처럼 두 손을 맞잡은 그가 의자에서 등을 뗐다. 집중을 요하는 시간이라는 뜻이었다.

"다음은… 자, 이시훈 팀장. 2본부 기획팀 보고 시작하지."

짧은 순간, 보고를 시작하기 전 시훈의 시선이 정이수에게 머물렀다. 신나게 깨진 사람으로 보이지 않을 만큼 무던한 얼굴이 앞에 놓인 페이퍼를 훑고 있었다.

"2본부 기획팀 보고 시작하겠습니다."

시훈의 낮은 목소리가 회의실을 울렸다.

김지학 전무는 회의 말미가 돼서야 유들유들하게 분위기를 풀어 놓았다. 회사 생활 하루 이틀 하는 것도 아니지만 월초 정기 임원 보고에서 떨어진 질책은 진을 다 빼놓았다. 김 전무가 나가고 난 뒤 직원들이 하나둘씩 자리를 뜨며 깊은 한숨을 내쉬었다.

우르르 회의실에서 빠져나가는 사람들 끝 무리에서 서 있던 시훈이 승강기 앞에 다다라 습관처럼 주머니에 손을 넣었다. 있어야 할 자리에 핸드폰이 없었다.

"먼저 내려들 가세요. 회의실에 핸드폰을 놓고 왔나 봐요."

걸어온 복도를 되돌아 회의실 문을 반쯤 열었을 때였다. 안쪽에서 들리는 소리가 심상치 않았다.

… 이해를 못 하겠어요. 왜 이렇게 어깃장을 …

너야말로 무슨 경우야, 그쪽 인사과에서 자질이 어떠냐고 묻는데… 이직한다고 광고해? …

… 본부장님 생각밖에 안 하시네요. 저는… 놓으세요.

텅 빈 회의실 안에서 뜻하지 않게 유진우 본부장과 정이수 팀장

이 설전을 벌이는 중이었다. 두 사람 다 격양되어 있었고, 정이수의
목소리는 떨렸다.

잠시 후, 호칭이 생략된 유 본부장의 말이나 두 사람이 아니면 알
수 없는 묘한 대화를 가르고 작은 소음이 들렸다. 돌아서 있는 정이
수 대신 유 본부장과 시선을 마주한 시훈이 작게 고개를 숙였다.

"대화 중에 죄송합니다."

예기치 않은 타인의 등장에 대화는 뚝 끊겼다. 정이수의 손목을
그러쥔 유 본부장이 당황하며 급히 손을 놓고 회의실을 빠져나갔다.
평소 여유 넘치는 유 본부장과는 거리가 먼 행동이었다. 회의 테이
블을 돌아 핸드폰을 챙긴 시훈이 다시 반쯤 열린 문 사이로 몸을 빼
다 만다. 그때까지도 정이수는 못이 박힌 듯 우두커니 서 있을 뿐이
었다. 그에 시훈이 문을 쥐고 이수를 향해 몸을 틀었다.

"이만 가죠."

아직 화가 가라앉지 않은 듯 눈썹 모양이 이지러진 이수가 시훈
을 지나다 말고 걸음을 우뚝 멈춰 섰다. 걷던 방향 그대로 시선을
고정한 정이수의 눈가는 조금 붉었다.

"……."

가타부타 한마디 말도 없는 적막한 시간이 요요히 흘렀다. 뒤숭숭
하고 어수선한 감정을 내리누르는 기색이 역력했다. 보통 회의를 마
치고 복도나 엘리베이터에서 마주치면 정 팀장은 으레 업무나 회사
에 관한 짧은 대화로 인사를 대신하고는 했다. 속내는 모르나 사회
생활에 걸맞은 미소와 함께였다. 눈앞의 차가운 태도는 평소 그가
보인 모습과는 전혀 달랐다.

"안 가세요?"

시훈이 설핏 눈살을 찌푸리며 재차 열린 회의실 문의 각도를 넓혔다.

"……."

차가운 손을 말아 쥔 이수의 눈동자가 미묘하게 흔들렸다.

이시훈이 인사이트에서 팀장직을 수행한 지 4개월째였다. 이수는 이시훈이 회의실로 들어온 순간, 그에게 설명을 해야 할지, 아니면 변명을 해야 할지 판단이 서지 않았다. 다만 이 팀장이 당황했을지 모르나 놀라지 않았다는 사실로 미루어 보아 유진우 본부장과 저와의 소문을 알고 있다는 확신이 들었다. 하지만 이수가 본 이시훈 팀장은 타인에게 관심을 갖는 사람으로 보이지는 않았다. 그러니 먼저가 버리면 나았을 걸…, 당황한 내색 없이 문까지 열어 주는 이시훈의 친절이 달갑지 않았다.

…더군다나 동등한 직급을 달고 이런 구질구질한 모습은 보이고 싶지 않았다. 이수는… 자존심이 상했다.

"……."

정이수가 아랫입술을 지그시 깨물다 말고 싸늘하게 이시훈의 앞을 지나쳐 갔다. 빠른 걸음으로 긴 복도를 걸어간 그가 모퉁이를 돌아 금세 모습을 감추었다.

정기 보고에서 찬바람을 풍긴 김 전무의 변덕은 알 길이 없었다. 메신저를 통해 '벙개'를 제안한 것이다.

통상적으로 비정기적이지만 한두 달에 한 번씩 김지학 전무의 주도하에 소위 '벙개'를 한다. 퇴근이 가까운 시간, 사내 메신저로 김 전무가 '가볍게 한잔하실 분들 회사 뒤 대폿집으로 오세요^^'라고 하면 가볍게 한잔하고 싶지 않아도 간부들은 으레 발길을 향하기 마련이었다.

오늘은 본인이 자주 가는 와인 바까지 섭외해 놓는 바람에 간단히 하고 말 자리가 끝도 없이 길어졌다. 자정이 지나고 김 전무가 귀가를 하자 끌려온 개들인 양 자리를 지키던 사람들 역시 자연스레 술자리를 파했다.

오전부터 내린 비는 빗방울만 약해졌을 뿐이다. 우산을 쓰고 갈 길을 재촉하는 사람들 입에서 담배 연기처럼 입김이 새어 나왔다. 시훈은 좁은 와인 바 입구에서 제작실 구영모 팀장과 담배에 불을 붙였다. 술자리에서 운전을 이유로 저처럼 술을 삼간 구 팀장과 함께 발레파킹된 차를 기다리는 중이었다.

"어휴… 피곤하네요. 새벽부터 전라도까지 운전해야 하는데."

본가는 전라도고, 와이프는 경상도라 운전하다 끝나요, 명절이. 구 팀장이 혀를 차고는 담배 연기를 길게 뿜었다.

"이 팀장님은 본가가…."

"서울이에요."

시훈이 담배를 태우지 않은 손으로 미간을 누르며 대답했다. 3일 연속 새벽 출퇴근을 하는 바람에 피곤이 몰려왔다.

"차 막힐 일은 없겠네요. 다행히."

말을 마친 구 팀장의 앞으로 때마침 차가 섰다. 주차 요원에게서 키를 받은 구 팀장이 인사를 하려다 그제야 뭔가 생각난 듯 시훈의 뒤쪽을 기웃댔다.

"그러고 보니까, 정이수 팀장님 먼저 가셨나요? 좀 전에 화장실 간다 그러더니 안 보이시네요."

시훈도 구 팀장을 따라 지하로 길게 뻗은 와인 바 입구를 돌아보았다. 오늘 많이 마시는 것 같던데… 오늘 같은 날 대리 기사든 택시든 잡힐지 모르겠다는 볼멘소리를 잇던 구 팀장이 목소리를 낮추고 시훈 쪽으로 몸을 기울였다.

"그나저나… 정 팀장님 오늘 대미지 좀 세게 입은 것 같던데… 술도 평소보다 엄청 드시구요. 유 본도 뻔히 자기 얼굴에 침 뱉기인 줄 알면서 어쩜 실드 한번을 안 쳐 주죠? 팽 당했다더니… 그 말이 맞나 봐요."

구 팀장은 사람은 좋은데 말이 많았다. 담배를 태우던 시훈은 대답 없이 고개를 돌려 연기를 내뿜었다.

1본부만 참여한 회의도 아니고 2본부, AP, 미디어, 제작실까지 모인 자리에서 김 전무는 벌집 쑤시듯 정이수 팀장을 찔러 댔다. 그 바람에 오히려 다른 팀들의 보고는 수월하게 마무리될 정도였다. 꼭 작정하고 1본부 기획팀만 물먹이는 것처럼. 그 와중에도 정이수 팀장의 미려한 얼굴은 냉정을 유지했다.

"남자가 남자를, 굳이 애 딸린 유부남을. 이 팀장님은 이해가 되세요?"

그러니까… 구 팀장은 말이 많았다. 작년 가을, 시훈은 이직한 후로 정이수 팀장을 두고 떠도는 소문을 모르지 않았다. 1본부 유진우 본부장과 그렇고 그런 사이라더라. 그래서 팀장을 달았다더라. 하는.

필연적으로 기획과 제작은 톱니바퀴처럼 맞물려 돌아가는 관계지만 구 팀장은 그 틈에 사적인 친분을 집어넣고 싶어 했다. 담배를 태우다, 소주를 마시다, 이런저런 사담을 나누면 자연스레 친분이 쌓이는 것처럼 그는 시훈과 공감대 하나를 가지려 했다. 이런 가십으로 말이다.

시훈은 옅게 웃음이 밴 얼굴로 적당한 대꾸를 해 주었다.

"…뭐, 저한테만 안 세우면 되죠."

무슨 답을 기대했는지 무신경하고 심드렁한 대답에 구 팀장의 눈썹이 들썩였다.

"아, 네…."

그때 계단 끄트머리를 밟고 선 누군가의 머리가 시훈의 등 뒤에서 모습을 드러냈다.

"아직 안 가셨나 봐요."

정이수 팀장이었다. 까 내린 상대를 발견한 구 팀장이 헛기침을 하고 말을 끊었다. 절묘한 타이밍에 등장한 정이수를 보자 아차 싶은 거다. 안경을 고쳐 쓴 그가 입을 싹 닫고 고개를 숙여 인사를 했다. 씹을 때는 세상 당당하더니 지금 와서 뭐 마려운 사람처럼 안절부절못하는 모습에 시훈은 어이가 없었다. 듣거나 듣지 않았거나 확률은 반반이지만, 구 팀장과 정이수 팀장 사이에 불편한 언쟁이라도 오고 가면 수습할 일이 귀찮았다. 괜히 엮이고 싶지 않은 시훈이 구 팀장에게 살 길을 열어 줬다.

"이만 들어가세요. 새벽부터 운전하셔야 한다면서요."

구 팀장은 멋쩍은 얼굴로 시훈과 뒤로 선 정이수 팀장에게 "명절

잘 보내세요." 인사를 남기고 차에 올랐다.

"…하아."

짧은 한숨 소리와 함께 마저 담배를 태우는 시훈의 옆으로 정이수가 걸음을 옮겨 섰다. 입구가 좁아 간신히 비를 피한 그의 몸이 취한 듯 살짝 기울었지만, 중심을 잃을 정도는 아니었다. 찬 바람에 정신이 드는지 코트를 여미지 않은 정이수가 가볍게 머리를 털었다.

"술 많이 드셨나 봐요."

시훈은 담뱃재를 바닥에 털며 으레 하는 말을 내뱉는다.

"네. …간만에."

말끝에 술기운이 돌았다. 하얀 피부가 찬 바람 때문인지 아니면 술 때문인지 조금 붉어져 있다.

미인. 누군가 그를 지칭하며 말하던, 남자에게 붙일 미사여구로는 어울리지 않는다고 여긴 말은 정이수를 실제로 본 뒤 납득할 수 있었다. 불빛 아래서 언뜻 창백해 보이는 피부나 콧날과 턱선 같은 것들이 모나지 않아 유려했고, 긴 속눈썹 아래로 아몬드 모양의 눈이 인상적인 미인이었다.

"다들 가신 것 같네요."

손바닥으로 눈두덩이를 짚는 정이수 팀장의 한쪽 눈에 쌍꺼풀이 져 있었다. 매번 보이는 건 아니니 아마도 피곤할 때만 나오는 것일 테다.

"네."

주차장에서는 주차 요원이 다른 차에 가린 시훈의 차를 빼기 위해 고군분투 중이었다. 지체되는 시간만큼이나 정이수 팀장과 서 있는 시간이 늘어나고 있었다.

그런 중에도 애써 어색한 분위기를 환기해 보려 다른 말을 붙이지 않는 건 시훈의 성격이었다. 회의며 광고주를 상대하느라 온종일 고단한 입은 가능할 때는 다물고 있는 게 좋았다. 피곤한 기운이 역력한 정이수 팀장 역시 쉬이 입을 열 생각은 없어 보였다. 빗소리만이 두 사람 사이의 침묵을 메울 뿐이었다.

툭, 툭, 툭.

정이수 팀장의 코트 위로 차양에 대롱대롱 매달린 빗물이 떨어지고 있었다. 정기 보고 때문인지 오늘따라 멀끔하게 갖춰 입은 티가 났다. 다만 단추가 풀린 셔츠 그리고 단정하게 매여 있던 넥타이는 여느 때와 달리 흐트러진 채였다.

어깨로 빗물이 스미는 것도 모르는지 그는 조금 전처럼 손끝으로 관자놀이를 눌렀다.

"어깨 위로 비 떨어지네요."

시훈이 한 발자국 걸음을 옮겨 자리를 만들어 주는데도 답이 없다. 그러자 반보 뒤로 걸음을 옮긴 시훈이 담배가 끼워진 손을 들어 이수의 바깥 어깨를 슬쩍 끌어당겼다.

"……."

인지하지 못한 정이수의 몸이 무방비한 상태로 이동했다. 고맙다는 둥 여타 아무 말도 없이 그는 관자놀이를 누르던 손을 가만히 내릴 뿐이었다.

"대리 기사 불렀어요?"

무슨 생각을 하는지 바닥에 시선을 고정한 정이수가 늦은 호흡으로 답을 주었다.

"차 없어요. 덕분에 편하죠, 이런 날엔."

이수가 시훈을 보며 미소를 지었다. 마치 꽉 조여 있던 나사가 느슨해진 듯 정이수는 벽에 등을 기댔다. 그런데도 자꾸만 휘청이는 몸은 바닥에 딛고 선 두 발에 의지해 간신히 버티는 중이었다.

사무실부터 좀 전의 회식 자리까지 긴장했던 모습과 달리 확실히 정이수는 조금 늘어져 있었다. 그 모습에 시훈의 미간에 슬쩍 주름이 졌다.

"……."

"……."

대화가 끊기자 침묵이 핑퐁처럼 오갔다.

정이수가 회식 내내 미소를 띠며 김 전무의 옆자리에 앉아 술상무를 자처한 것도, 분위기 따라 이런저런 말을 섞는 것도 평소와 같았다. 다만 이직한 이후 함께한 회식 자리를 떠올려 보면 오늘 정이수가 과하게 마셨다는 건 구 팀장 말이 맞았다.

"차를… 시발."

만찬인 야외 주차장은 폭이 좁았다. 그 때문에 시훈의 자동차 앞 범퍼가 좀처럼 빠져나오지 못했다. 작게 욕을 지껄이던 시훈이 다 태운 담배꽁초를 버릴 때쯤 주차장을 빠져나온 차의 헤드라이트에 환하게 불이 들어왔다.

겨울에 얼마나 애를 썼는지 이마에 식은땀이 흐르는 주차 요원이 이윽고 키를 전달했다. 발레비를 건네고 난 뒤 시훈은 아직 고개를 숙인 채 벽에 기댄 정이수를 바라봤다. 차가 없으니 대리 기사를 부를 수도 없고, 연휴 전날 불야성 같은 밤에 웃돈을 준다고 해도 택시가 잡힐 리 만무했다.

"타세요. 가는 길에 데려다 드릴게요."

어둠에 가린 얼굴이 보이지 않았다.

"…먼저 가세요. 알아서 가겠습니다."

"택시 안 잡혀요. 아침 첫차 탈 생각 아니면 집에 못 갑니다."

비를 맞으며 조수석 문을 열어젖힌 시훈을 본 이수가 입술을 비틀어 웃었다.

"…지금 이 팀장님 비 맞잖아요."

"그러니까 타요."

손목을 들어 확인한 시간은 새벽 1시를 향해 가고 있었다. 오늘은 웬만하면 일찍 잠들고 싶은 마음뿐이라 약간의 짜증이 말끝에 스며 나왔다.

조수석에 올라탄 정이수는 출발한 지 얼마 지나지 않아 마른세수를 벅벅 하며 정신을 깨웠다. 그런다고 술이 깨나…. 눈만 더 건조해질 뿐 각성을 하기에는 요원한 방법이었다.

"집 어디라고 했어요?"

서초동이요. 애써 자세를 바로 한 정이수가 손으로 턱을 괴고 창밖을 바라봤다. 열린 창문 틈으로 차가운 바람이 밀려들어 와 정이수의 앞머리를 아무렇게나 흐트러뜨렸다. 곧 창문을 올리자 차 안에는 침묵만 가득했다. 회사나 일에 대한 이야기, 신문이나 인터넷만 보면 떠들 수 있을 만한 이슈조차 나누지 않았다. 그저 각기 다른 방향을 바라보는 두 사람을 태운 차가 거리를 내달릴 뿐이었다.

대교를 건넌 직후 내비게이션에서 직진 방향을 알리는 안내음이 떨어졌을 때였다.

"이 팀장님은 어디까지 알고 있어요?"

술기운이 남은 목소리가 마치 진공 상태의 차 안을 깨우는 듯했다.

"……."

목적어가 없는 질문에 무턱대고 하는 답은 리스크가 컸다. 시훈이 입을 다물고 있자 이수가 예상한 듯 작게 웃었다. 부정조차 없는 침묵은 여기부터 저기까지 다 알고 있다는 뜻이자 더 언급하고 싶지 않다는 의미이기도 했다.

작년 하반기 시훈은 인사이트로 이직한 이후, 먼저 자리를 잡고 있던 정이수 팀장과는 적당한 긴장을 유지하고 있었다. 사내에서 도는 추문이 발목을 잡을 만한데 예상외로 정이수는 태연했다. 그는 쾌활했고, 적절한 호의와 거리를 두고 시훈을 대했다. 타 본부 소속이자 필연적으로 경쟁할 수밖에 없는 관계를 정이수는 생각보다 세밀하게 조정했다.

그러니 불쑥 꺼낸 주제가 시훈의 입장에서는 껄끄러울 수밖에 없었다. 정이수가 맥락 없는 질문을 한 이유는 짐작건대 오늘 회의실에서 유 본부장과의 모습을 보인 탓이리라.

어깨를 틀어 창 쪽으로 몸을 기댄 이수가 입술을 끌어 올렸다.

"역시, 다 알고 계시는구나…. 하긴 기획자가 귀를 닫고 살면 일 못 하죠."

가벼운 정이수의 어조는 묘하게 비틀리고 모가 나 있었다. 굳이 감추고 싶어 하는 기색도 아니라 말을 삼가던 시훈이 무심히 입을 열었다.

"오늘 회의실에서 유 본부장하고 있었던 일, 관심 없어요."

자세를 바로 한 이수가 눈꼬리를 올렸다.

"아… 그래요?"

대답과 함께 흘린 웃음소리가 잔잔한 엔진음에 섞여 삽시간에 사라졌다.

서초동 소재의 오피스텔에 도착할 때쯤 정이수의 몸은 완전히 시트에 녹아내린 것 같았다. 몇 번을 불러도 쉬이 일어날 기미가 없자 조수석 문을 열어 그를 부축했다. 어깨를 움켜쥐어 승강기에 오르자 정이수가 가늘게 뜬 눈으로 층수를 확인했다. 얼마나 취했는지 11층을 꾹 누르던 손이 9층까지 주르륵 그어졌다.

드문드문 이어지는 말을 추측해 11층 오피스텔 문 앞에 당도한 이시훈이 정이수의 어깨를 추어올렸다.

"정 팀장님. 맞아요, 1107호?"

어깨로 기우는 머리가 말없이 끄덕인다. 길게 뻗은 손가락이 퍽 단순한 패턴으로 나열된 여섯 자리의 번호를 눌렀다.

축 처진 몸을 달래 집 안으로 발을 들였다. 인테리어에 소질은 없는지 기본적인 가구 외에 장식도 없는 내부는 횡했다. 켜져 있는 텔레비전은 소리도 없이 번쩍이고 소파 앞에 놓인 테이블 위에는 잡지, 신문, 태블릿 PC, 리플릿 몇 개가 어지럽게 널려 있다.

거실 한쪽에 놓인 소파로 정이수를 이끌어 놓자 그는 소파에 앉는 대신 바닥에 엉덩이를 붙이고 발을 뻗었다. 소파 시트에 머리를 뒤로 넘겨 기댄 정이수가 벗은 코트를 아무렇게나 던져 놓고 있었다.

"쉬세요. 갑니다."

할 일을 끝마친 시훈이 몸을 돌릴 때였다. 눈을 감은 정이수가 입을 열었다.

"…이 팀장님, 물 좀 가져다주세요."

허공에 눈을 굴린 시훈이 걸음을 멈췄다. 바래다준 사람에게 고맙다는 말 대신 뻔뻔하게 물심부름이라니. 이런 부탁을 할 정도로 친하거나 편한 사이는 결코 아니었다.

시훈은 차 키를 식탁 끄트머리에 올려놓고 한편에 정렬된 생수 뚜껑을 열었다. 무릎을 굽혀 앉기는 했지만 거스르는 신경을 간신히 누른 채였다.

"받아요."

"……."

심부름을 시킨 당사자는 물을 건네받는 대신 나른하게 눈을 내리떴다. 한쪽에만 쌍꺼풀진 눈이 조용히 시훈을 바라봤다.

하… 지금 뭐 하자는 거지.

"설마 컵에 따라 줘야 해요?"

시훈은 어이가 없어 헛웃음부터 나왔다. 이 이상 불필요하게 머물 이유는 없었다. 이죽거린 시훈이 바닥에 생수병을 내려놓고 기울인 몸을 일으키는 순간이었다.

어깨가 밀렸다. 여차하는 사이 둔탁한 소리와 함께 몸이 중심을 잃었다. 넘어지면서 뚜껑을 딴 생수병이 팔에 치여 도르르 바닥을 굴렀다. 그리고 정이수의 숨소리가 적나라하게 오피스텔을 울렸다.

소파 아래로 몸을 기대 있던 정이수는 어느새 시훈의 허리 위에 앉아 상대를 내려 보고 있었다. 정이수의 얼굴이 맞은편에 켜진 TV 화면에 따라 번쩍였다. 무릎으로 지탱해 허리를 곧추세운 그는 말이 없다. 시훈이 불쾌한 티를 내며 이수를 노려봤다.

"정이수 팀장님, 지금 취했어요."

항상 단정히 올려져 있던 앞머리는 눈을 찌를 듯 아슬아슬하게 내려와 흐트러진 채였다. 대답 대신 정이수는 잠겨 있는 셔츠 단추를 풀어낸다. 거침없는 손길은 조금 전 몸을 가눌 수 없던 사람이라고 생각도 못 할 만큼 분명했다. 곧 명치께까지 풀린 셔츠 사이로 보이는 늘씬한 상체가 어둠 속에서 도드라졌다.

"네, 취했는데… 그래서요."

"이봐요."

시훈이 팔을 세워 상체를 반쯤 일으키자 단단한 가슴 위로 손을 짚은 정이수가 입술을 비틀어 웃어 보였다.

"…남자랑 안 자 봤죠?"

뭉근하게 허리를 앞뒤로 문지르는 움직임은 노골적이다. 그걸 바라보는 시훈의 미간이 더욱 깊이 패었다.

"지금, 뭐 해요?"

서늘한 얼굴이 화를 누르듯 이를 꽉 깨물었다.

"제가, 되게 잘해요…."

취기에 정이수가 내뱉는 말꼬리가 엿가락처럼 늘어져 있었다. 치미는 짜증을 눌러 본들 곱게 말이 나올 리가 없다.

"유 본부장 때문에 이래요?"

시훈은 질문의 함의를 굳이 드러내지 않았다. 구 팀장이 말을 맺지 못한 소문 쪽인지, 아니면 업무상 질책을 뜻하는 것인지.

"…아, 유 본부장님."

시훈의 언급에 정이수는 인상을 찌푸리다 언제 그랬냐는 듯 다시 미소를 흘렸다. 틈을 놓치지 않은 시훈이 상대의 손목을 잡아챘다. 단번에 자세가 뒤바뀌어 이수의 등이 쿵! 세게 바닥에 닿았다. 그의 머리 옆으로 두 팔을 뻗어 지탱한 시훈이 상대를 내려 봤다.

고아한 얼굴의 정이수는 태평하게 두 눈을 감은 상태였다. 나른하게 몸을 늘인 남자는 한쪽 팔을 올려 눈을 가렸다. 곧 작은 웃음이 터져 나왔다.

"…아파라."

장난처럼 가벼움이 날렸다. 시훈은 바닥을 짚고 즉시 몸을 일으켰다.

"술 깨게 잠이나 자요, 쓸데없는 짓 하지 말고."

쯧. 식탁에 올려놓은 키를 들고 곧장 걸음을 옮겼다. 오피스텔 현관까지 걷는 동안 미동도 없던 정이수 팀장이 입구 등이 켜지는 기척에 입을 열었다.

"본인한테만,"

"……."

현관문을 그러쥔 시훈이 멈칫 몸을 세웠다.

"안 세우면 되신다면서요. 전, 안 세웠으니까… 이제 괜찮죠?"

시훈은 혼잣말을 쏟아 낸 이수를 흘깃 돌아보았다. 소파 아래 길게 뻗은 몸은 움직임이 없고, 술기운이 밴 헛소리가 공중으로 흩어지듯 사라졌다.

건물을 벗어나자마자 담배에 불을 붙였다. 시훈은 입고 있는 코트를 뒷좌석에 던져 놓았다. 일말의 망설임도 없이 셔츠를 풀어 헤치는 손길, 제 위에서 거만하게 군림하며 지은 조소에 시훈은 드물게 당황했다.

정이수는 쉽게 유혹하고, 장난인 듯 발을 뺐다. 자신을 조롱하려는 의도였다. 시훈은 새것과 다름없는 장초를 신경질적으로 바닥에 던져 버렸다. 불쾌함을 참을 길이 없었다. 그럼에도 빠듯해진 아랫도리가 모욕처럼 느껴져 결국 욕을 짓씹었다.

…시발.

차가운 빗방울이 떨어졌다. 시훈은 불이 꺼진 오피스텔을 올려 본다. 빗물에 젖어 질척이는 찜찜함이 얼굴을 드러내고 있었다. 오늘, 정이수 팀장을 태우지 말았어야 했다.

* * *

벚꽃이 움트기 전 망울진 꽃봉오리가 때를 기다리는 추운 봄이었다. 그처럼 사무실을 차갑게 얼리는 목소리의 주인공은 기획 1본부 기획 1팀 정이수 팀장이었다.

"임 대리님."

낮고 점잖은 목소리였다. 그러나 앞에 선 직원을 향한 말투는 서늘했다.

"아… 저… 그게."

"우리가 회의하면서 정리한 방향이, 지금 산으로 간 것 같은데… 어떻게 생각해요?"

문장 그대로 묻는 건지 아니면 질책을 하는 건지 알 수 없는 질문 뒤로 따가운 시선이 임 대리를 향했다. 광고주와 미팅을 하기 전 확인차 올린 보고서를 훑은 정이수 팀장이 몇 가지 질문을 해 왔고, 대답은 모호했다. 임순정 대리는 딱 죽을 맛이었다.

파티션으로 공간을 나누었다지만 이 일 때문에 1, 2본부가 함께 사용하는 사무실은 다가올 봄과 달리 여전히 엄동설한 한겨울이었다.

"어휴…."

시훈은 제 앞에 선 신동윤 대리를 올려 봤다. 여린 성격 때문인지 타 본부 팀원이 받는 질책에 안절부절못하던 신 대리가 결국 한숨을 내쉬었다.

"신 대리가 왜 한숨을 쉬어요."

임순정 대리를 안쓰러운 표정으로 힐끔거리던 신 대리가 눈꼬리를 내렸다. 함께 제안서를 살피는 시훈의 시선은 모니터에 고정돼 있었다. 연말과 새해를 넘기고 간신히 한숨 돌리나 싶더니 며칠 전부터 슬슬 철야의 기미가 보였다. 봄을 앞두고 업무가 쏟아지는 탓이었다.

"중간에 벽을 왜 텄나 몰라요. 진짜…."

흘깃 정이수 팀장 쪽으로 시선을 돌렸다. 무슨 책임을 추궁하는 건지 냉한 얼굴로 여태 임 대리의 속을 후벼 파고 있다. 다시 모니터로 몸을 돌린 시훈이 신 대리와 러프하게 작성된 제안서를 검토했다. 매끄럽지 못한 부분을 짚어 돌려보낸 뒤 담배를 태우러 자리에서 일어났다.

파티션 너머 임 대리를 노려보던 정이수가 자리를 박차고 사무실을 걸어 나간 후였다.

선배, 정말 인사이트로 가요?

이직이 고려된 퇴사라는 걸 어떻게 알았는지 후배 녀석이 대뜸 물었다. 사직서를 제출하고 조촐하게 마련된 송별회 자리에서였다. 차마 사유를 설명하지 못하고, 대학 때부터 절친한 선배에게 오퍼가 왔다는 선에서 답을 주었다.

작년 가을. 지금 근무하는 인사이트로 자리를 옮기게 된 건 학교 선배이자 사촌 형인 여민준 본부장의 제안 때문이었다.

지금은 다 같이 만날 수 없지만, 저와 형인 이시영, 그리고 여 본부장은 어린 시절부터 돈독한 사이였다.

'시훈아, 공부만 하지 말고 형 작업실에 놀러 와.'

시훈이 고등학생일 무렵, 대학에 진학한 여민준이 친구들과 작업실을 만들었다며 지나는 말로 시훈을 초대했었다. 열 때마다 끼익 소리가 나는 철문을 열고 들어가면 친구들과 공모전을 준비하며 서치한 자료들이 책상 위에 어지럽게 널려 있거나 한쪽 벽면을 가린 화이트보드 위로 빼곡하게 아이디어를 나눈 사투의 흔적이 있었다.

가장 잘 보이는 위치에 그 모든 것을 집약한 스토리보드나 포스터, 출력된 기획서가 붙어 있었는데, 시훈은 홀린 듯 결과물을 구경하고는 했다. 구구절절 설명하지 않아도 강렬한 한 줄의 카피나 감각적인 이미지로 표현된 결과물은 온종일 책에 코만 박고 살던 시훈에게 신선한 충격을 주었다. 아버지가 깔아 놓은 뻔한 인생, 계획된 삶을 살게 될 시훈에게 고민해 본 적 없는 꿈이 생긴 것이다.

T 기획에서 사회생활을 시작한 후 같은 업계에서 일하는 그와 꾸준히 연락을 주고받기는 했지만, 최근 시훈의 아버지가 인수한 광고대행사 '인사이트'에서 임원직을 맡은 사실은 만난 자리에서 알게 되었다. 외국계 그룹에서 일하던 여 본부장도 결국은 집안 사업에 자리를 잡게 된 것이다. 안부를 묻는 술자리에서 뜻밖에 여 본부장이 인사이트 기획팀 팀장 자리를 제안했다.

'문 대표가 네 이야기 꺼내니까 얼굴이 딱 굳더라고. 떨떠름한 게. 그래서 최 부사장한테 너 말고는 답이 없다 했지.'

다가오는 4월, 인사이트의 공식적인 대표 취임 절차를 밟게 될 내정자는 문동현 부사장이었다. 대표 자리로 취임할 줄 알았던 최 부사장이 미끄러지면서 최 부사장 라인을 잡고 있던 여 본부장은 아차 싶었다.

'부사장님한테 내가 너 책임지고 데리고 오겠다고 했어. 식사 자리에서 회장님께 네 이야기 꺼내니까 직접 언급은 안 하셔도 내심 기대하시는 것 같더라 하시고.'

경영학 전공이 아닌 다른 진로를 선택한 시훈은 열아홉을 기점으로 아버지와 매번 대척점에 있었다. 결국, 대학을 입학한 직후 집을 나와 졸업하고 사회생활을 하는 동안 거의 교류가 없었다.

'인사이트 인수하실 때 설마 네 생각 안 하셨을까. 근데 네가 곧 죽어도 숙이고 들어오지는 않을 것 같고… 그러니 일단은 문 대표

로 내정된 건데.'

표정 관리를 해 봐도 불편한 기색을 감추기가 힘들었다. 사내 정치 싸움에 동원될 말로 쓰이고 싶은 생각은 추호도 없었다. 그런 시훈의 기척을 엿본 여 본부장이 한쪽 입술을 올려 웃는다.

'그리고 T 기획하고 너랑 상성이 에러야.'

'…무슨 에러. 직장인이 포트폴리오랑 샐러리만 맞으면 되는 거지.'

시훈은 인사이트 라이벌 회사인 T 기획에 몸담으며 진행한 프로젝트에 큰 불만은 없었다.

'그래, 알고 있네…! 그게 안 맞다고. 시훈아, T 기획은 콘돔 광고 같은 건 곧 죽어도 안 받잖아. 화끈한 것 좀 만들어 보자.'

소주잔을 비운 시훈은 말이 없었다. 여 본부장의 말처럼 조금 더 잘빠진 프로젝트가 필요하기는 했다. 지루한 공익 광고나 정직한 그룹 광고 같은 것 말고. 뉴욕이나 베이징에 걸릴 만한 캠페인 말이다.

'어차피 그 회사 사장 아들내미가 네 위에 버티고 있다면서. 걔 땜에 너 몇 번 물먹었다며. 그럼 시원하게 맞다이로 가자, 좀…! 뼈 빠지게 일하면 뭘 해. 결국 남의 집 호주머니 챙겨 주는 것밖에 더 돼?'

자립해서 이만큼 올라왔는데 지금 와서 차려 놓은 밥상에 숟가락을 얹는 건 자존심이 허락지 않았다.

고민하듯 말이 없는 시훈을 살핀 여 본부장이 담배 머리를 재떨이에 꾹 눌렀다. 어쩔 수 없이 최후의 카드를 내밀어야 했다. 여 본부장은 시훈의 퍽 아픈 곳을 찔러 왔다.

'너 명절날 안 간 지도 몇 년 됐다며. 숙모님 많이 편찮으시다는

데… 어쩜 자식이 돼 가지고 그러냐. 살아 계실 때 잘해야지. 지금 너랑 시연이밖에 더 있어?'

'병원 가실 때는 몇 번 찾아뵀어요.'

'외숙모 소원이시라는데 들어와서 일해. 누가 새파랗게 젊은 너 대표직에 올려놓는대? 후지긴 해도 팀장 대행부터 가자고. 그다음에 네가 좋아하는 실적 쌓아서 숫자로 보여 드려.'

'……'

눈을 가늘게 뜬 여 본부장이 담배에 불을 붙였다.

'시훈아, 집 나갈 때 너도 한번 해 보겠다는 오기로 나간 거 아니야? 네 선택이 옳았다는 거, 어쨌든 증명하고 싶었던 거잖아.'

시훈은 소주 한 잔을 더 마셨다. 여 본부장이 도로 잔을 채웠다.

'T 기획에서 이직해 봤자, 그 밥에 그 나물이야. 그럼 괜히 빙빙 돌지 말고 여기서 승부 봐. 판 깔아 줬는데 뒷걸음질 치지 말고.'

마지막 말이 시훈의 결정을 도왔을 것이다. 판을 깔아 준 마당에 기회를 내치는 건 역시나 한 수 물러나는 꼴로밖에 보이지 않았다. 범의 아가리인 걸 알면서도, 호랑이를 잡으려면 호랑이 굴로 들어가야 한다는 말이 딱 맞는 상황이었다. 시훈에게 가장 잘 어울리는 방법이었다.

모퉁이 너머의 목소리가 긴 상념을 잘라 냈다. 그들이 태우는 담배 연기가 빈정거림과 함께 바람을 타고 날아왔다.

"…근데, 유 본이 정이수를 버린 거야, 아니면 정이수가 먹튀 한 거야?"

상사의 욕을 하는 직장인은 흔했고, 놀랄 일도 아니었다. 지루한 하루 일과 중 시간을 소비하는 일일 뿐. 그런데 정이수의 이름이 오르내리는 소문은 언제나 적나라하고 편파적이었다.

"시발… 모르지. 유 본도 참… 정이수만 아니었으면 여 본부장 탁 치고 저만치 앞서갔을 텐데. 유 본도 재수 옴 붙은 거지. 어쩌자고 말려서…."

생긴 건 얌전해서… 정이수 눈알 봐 봐, 실실 쪼개면서… 암튼, 말리게도 생겼어. 시발. 아, 맞다. 오후에 미팅 전에 주 실장이 잠깐 들르라던데 …

입사 초기, 우연히 들은 정이수 팀장에 관한 소문은 여전했다. 그저 스쳐 지나가는 말이라고 여길 무렵, 시훈도 그를 대하는 사람들의 행동에서 묘한 위화감을 느꼈다. 조롱과 비난 섞인 말들은 담배를 피우며 소비하는 단순한 가십거리 이상이었다.

누구나 정이수에게 친절했지만, 막상 사람들은 그와 어울리지는 않았다. 커피를 마실 때 그랬고, 담배를 태울 때 그랬다. 정이수는 팀원들이 일어나기 전에 점심을 먹으러 가고, 출근은 제일 먼저, 퇴근은 제일 늦었다. 소소한 접점이 없는 회사 생활은 사람을 고립시킨다.

놀랍게도 그는 개의치 않아 보였다. 실적은 나쁘지 않았고, 정이수의 까칠한 태도를 거북해하지만 의외로 기획 1팀에서 이탈하는 인원은 없었다. 그건 단단하게 조직을 관리하고 있다는 뜻일까, 아니면 사람들이 말하는 정이수가 잡은 라인에 올라타려는 생각인 걸까.

아직 끊지 못한 담배를 태우고 내려가는 길, 막 닫히던 엘리베이터 문이 다시 열렸다. 열린 엘리베이터 안쪽에는 뜻밖에 정이수 팀장이 서 있었다. 손에는 얼음만 남은 테이크아웃 잔이 들려 있었다. 시훈이 가벼운 묵례 뒤 발을 들였다. 각자 모퉁이 하나씩을 잡고 선 두 사람은 층 표시기에서 줄어드는 숫자를 바라봤다. 잠시 후 정적을 가르고 정이수 팀장이 입을 열었다.

"오늘 점심 약속 있으세요?"

"외부 미팅 있어요."

부러 저를 향해 고개를 돌린 상대를 두고 시훈은 여전히 숫자만 보는 중이었다.

"제가 식사하자고 할 때마다 항상 바쁘시네요, 이 팀장님. 몇 번 여쭌 것 같은데…."

그런 시훈을 바라보며 이수가 눈을 접어 웃었다. 오늘 오전 사무실에서 임 대리를 향해 눈을 흘기던 것과는 전혀 다른 얼굴이었다.

"1본부 따라잡으려면 바쁘게 움직여야 해서요."

툭 던지는 말은 농담이라기에는 진지하기만 하다.

"영업 비밀이라도 알려 드려야 식사 한 끼 하시려나…."

설 연휴를 앞두고 오피스텔에서 있었던 일을 두 사람 모두 입에 올린 적은 없었다. 하지만 정이수의 행동이 그날을 기점으로 시훈의 신경을 한층 세게 건드리는 것만은 사실이었다. 전 같으면 쉬이 넘길 말들이 못마땅하기만 했다. 그래서 거절조차 모가 난 채였다.

혼잣말처럼 중얼거린 이수가 아랫입술을 가만히 깨물다 말고 작게 소리를 내 웃었다. 아닌 척해 봐도 자존심에 스크래치가 났다. 이수는 승강기 문에 비친 이시훈을 흘깃 바라보았다. 상징처럼 신경질적으로 휘어진 눈썹이 여전했다.

이내 볼 안쪽으로 가볍게 혀를 굴린 이수가 씨익 입술을 끌어 올렸다. 그리고 툭 내뱉은 말소리에 시훈의 이마가 구겨졌다.

"뒤끝, 되게 오래가시네요."

가볍게 치부하기에 이수의 행동은 전혀 유쾌하지 않은 성적 접촉이었다.

"미안합니다. 그날은 제가 실수했어요. 여러모로 일이 겹쳐서."

그러나 사과를 하는 이수의 어투도 표정도 지나치게 가벼웠다.

"정 팀장님."

낮은 목소리에 잔뜩 힘이 들어갔다.

"그런데… 사람 없는 데서 하시는 뒷말이, 저도 썩 기분 좋지는 않아서요."

'뭐… 저한테만 안 세우면 되죠.'

이미 다 털어 버린 사람처럼 웃는 정이수의 얼굴에는 그늘 한 점 없었다. 시훈에게서 짧은 한숨이 흘러나왔다. 구 팀장의 말을 끊어 내는 데 급급했던 말이 화살이 되어 날아올 줄이야. 서로 나눠 봤자 좋을 것 하나 없는 대화에 골치가 아팠다.

"그만하죠."

더 이상 말을 섞기 싫은 시훈이 핸드폰으로 업무용 메신저를 확인하며 그대로 대화가 끊겼다. 도착음과 함께 엘리베이터에서 내린 시훈은 이수를 스쳐 사무실로 들어갔다. 시선을 거둔 이수의 얼굴에 남은 미소 역시 순식간에 사라졌다.

설 연휴 전, 정기 보고가 있던 날 마지막 전화에서 헤드헌터는 난감해했다. 연초부터 이야기가 오고 간 이직은 모든 과정이 순조롭고 매끄럽게 진행되고 있었다. 그러다 마지막에 강력한 브레이크가 걸렸다. 수순대로라면 레퍼런스 체크만 남은 상황이었고, 이수는 그 고비를 결국 넘기지 못했다.

-팀장님, 저 죄송하지만… 이 이상은 진행되기가 어려울 것 같아요. P 기획 쪽에서 구체적인 사유는 말씀해 주시기를 꺼려 하시네요. 더 좋은 기회로 …

처음부터 직장 생활이 호락호락한 적은 한순간도 없었다. 그렇지만 유 본부장과 관계가 끝난 뒤 남은 잔해들을 모두 감당하기에는 이수의 상황이 녹록지 않았다. 일을 쉴 수는 없고, 비슷한 수준의 회사라면 이직을 고려해 볼 만했다. 그래서 때마침 들어온 헤드헌터의 제안은 망설이는 이수에게 필연처럼 느껴졌다.

그런데 어깃장을 놓은 사람이 유진우 본부장이었다니. 상사이자 한때 연정을 품었던 그에게 감히 따져 묻거나 언성을 높이리라고는 생각조차 해 본 적 없었다. 하지만 유진우의 태도를 참을 수 없었다. 여태 그랬던 것처럼 벗어나려고 하면 다시 잡아채는 고약한 버릇을 그는 버리지 못했다. 그러니 이직 운운하는 이수를 인사이트에 묶어 놓은 것일 테고.

그날 온종일 이수를 짓누른 스트레스는 구 팀장과 이시훈 팀장이 나누는 대화를 계단 밑에서 들었을 때 정점에 달했다. 그래서 완전히 비뚤어졌다. 마주친 눈에서 보인 냉소가, 구 팀장과 조소하며 시훈이 흘린 말이 불씨를 키웠고, 은근한 무시를 담은 친절은 기름이 되어 이수의 화에 불을 질렀다.

그러니까 평소답지 않게 말을 붙인 것도, 시훈의 허리 위에 앉아 그 난장을 벌이며 수모를 되갚아 준 것도 이를테면 화풀이인 셈이었다.

곧 제자리로 돌아온 이수는 도착한 메일 중 의미 없는 메일 몇 가지를 체크해 삭제했다.

[휴지통을 비우면 지워진 메일을 복구할 수 없습니다. 휴지통을 비우시겠습니까?]

마지막으로 삭제할 항목을 훑던 시선이 한곳에 머물렀다.

[정이수 팀장님, 헤드헌터 민진영입니다.]

두어 달 전 오고 간 메일이 여태 남아 있었다. 삭제 버튼을 누르자 메일은 흔적도 없이 사라졌다. 업계는 좁다. 유진우 본부장 한 사람에게만 레퍼런스 체크를 했을 리 만무했다. 추문이 인사이트 밖으로 새어 나갔으니 어쩌면 이직을 시도하는 순간마다 이름만 보고 걸러질지도 모르겠다. 잠잠해진 속이 다시금 꽉 막혀 답답했다.

* * *

시훈이 자신의 자리로 가기 위해 지나쳐야 하는 소회의실에서는 1본부 기획팀 회의가 한창이었다. 문득 투명한 유리 벽 너머로 뭉툭한 정이수 팀장의 말소리가 전해졌다.

다소 거칠고 직접적인 말들은 대부분 질책성 지시 사항이다. 한쪽 허리에 손을 짚고 선 정 팀장이 손에 든 펜으로 몇 번인가 페이퍼 위를 그어 가며 일일이 체크를 했다. 그 밑으로 앉은 팀원들 역시 하나같이 날이 서 있는 분위기였다.

그 모습을 지나친 시훈이 자리에 앉을 때쯤, 소회의실에서 나온 1팀이 분주하게 각자의 자리를 찾아갔다.

잠시 후, 정이수가 광고주와 전화 통화를 마친 시점부터 1팀 분위기는 더욱더 무겁게 가라앉았다. 정 팀장의 미간에 잔뜩 주름이 져 있었다. 일하는 정이수가 딱히 웃는 낯을 보인 적은 없지만 이처럼 오전 내내 험악하게 인상을 쓰는 날도 흔하지는 않았다.

"광고주가 하루에 한 번씩 비딩 일정 바꿔 가면서 지랄하는데… 그럼, 하아… 일정 확인을 해 줬어야죠."

어이가 없는 실수에 이수에게서 탄식이 흘러나왔다.

"…죄송합니다."

제작본부에서 여력이 안 된다니 외주를 돌려 제안 영상을 제작하기로 했다. 기한이 빠듯해 최대한 타이트하게 중간 점검과 검수가 필요했다. 그런데 최종 검수를 위해 올라온 제작물이 형편없었다. 외주사를 관리한 임 대리가 잘못 공유한 일정이 문제였다. 제작사에 알린 마감 기일보다 일주일 먼저 완성본을 달라고 했으니 영상이 제대로 완성됐을 리 없었다. 도저히 제안서에 넣지 못할 퀄리티였다. 임 대리의 얼굴이 하얗게 질렸다. 작업을 진행하는 프로덕션에도 면목 없을뿐더러 지금부터 달려가 밤새 버티고 닦달한대도 수습이 가능할지 의문이었다.

최근 들어 임순정 대리의 실수가 잦았다. 회의 시간에도 넋을 놓고 있거나 좀처럼 의견을 내지 못했다.

임순정 대리가 신입 시절부터 사수였던 자신을 따라 성실하게 일한 사람이라는 건 이수가 가장 잘 알았다. 번뜩이는 아이디어나 비범한 재능이 있지는 않지만 임순정 대리만의 장점이 있었다. 팩트체킹에 능했고, 아이디어에서 리스크를 찾아내는 데 탁월했다. 그걸 찰떡같이 알아듣고 비전을 제시하는 건 이수의 몫이기도 했다.

"임 대리, 요즘⋯."

이수는 무언가 말을 하려다 입을 꾹 다문다. 조만간 시간을 빼서 따로 대화를 나눠야지 싶었다.

"일단, 지금 바로 외주사 넘어가서 업무 마무리 지으세요. 저도 이쪽 업무 마무리되는 대로 합류할 테니까."

임 대리가 자리로 돌아가 재빨리 이동하는 사이 이수는 손에 쥔 종이컵을 구겼다. 요즘 들어 내부에서 삐걱대는 소리가 들렸다. 원인은⋯. 생각이 미간에 깊은 골을 파기 전, 이수의 자리로 내선 전화가 걸려 왔다.

"⋯네, 네. 아닙니다. 지금 올라가겠습니다."

통화를 마친 이수가 재빨리 자리에서 일어났다. 유진우 본부장의 호출이었다.

유 본부장이 제안서 마지막 장을 훑으며 입을 열었다.

"정 팀장, 긴장 좀 해야겠다."

'이수야'가 아닌 정 팀장이라고 불린 것은 그가 선을 그은 직후부터였다.

"요즘 제안서가 왜 이렇게 매가리가 없어. 어째 팀장 달고 긴장이 풀린 것 같아."

무슨 꿍꿍이인지 유 본부장이 가져오는 일 대부분이 까다로웠다. 깐깐한 광고주가 하루에도 열두 번씩 뒤바꾸는 요구 사항을 맞추느라 본질 자체가 흐려졌다. 그 바람에 뒤죽박죽된 제안서는 수정 안한 부분을 찾아볼 수 없고, 이수의 정신마저 너덜너덜해졌다.

그에 반해 유 본부장의 방은 언제 봐도 간결하고 세련되었다. 정해진 위치에 필요한 물건들이 자리했다. 한때는 이수도 그에게 그런 존재였다. 책상 가장 잘 보이는 곳에 놓인.

얇은 안경테를 매만지며 유 본부장은 뼈 있는 말 뒤로 이수를 향해 부드럽게 웃어 보였다.

본부장 유진우. 집무 책상 위에 놓인 명패가 빛을 받아 반짝였다.

대리로 진급을 앞뒀을 무렵 유진우의 팀에 합류했다. 손발 맞춰가며 업무에 익숙해질 때쯤 철야로 밤을 지새우는 사무실에 단둘이 남은 어느 날이었다. 잠시 자리를 비운 유진우가 돌아와 이수에게 커피를 건넸다. 그때 네 번째 손가락에 문득 시선이 닿았다. 일반적인 결혼반지와 달리 디자인이 특이해서 매번 눈길을 끌던 반지였다. 얼결에 눈이 마주치자 묻지도 않았는데 이수는 변명을 늘어놓았다.

'아… 죄송합니다. 디자인이 특이해서요.'

귀가 빨개진 이수를 잠잠히 내려 본 그가 슬쩍 웃으며 민망한 듯 반지를 매만졌다.

'사실은… 이혼했어요.'

생각지 못한 고백에 딱히 위로할 말이 떠오르지 않았다.

'빼고 다니면 사람들이 물어볼까 봐. 이혼 사유, 그런 거 설명하기도 그렇고…. 내 결혼식에 온 사람들이 우리 회사만 해도 꽤 되거

든요. 정이수 씨, 비밀 지켜 줘야 해?'

볼을 붉힌 건 뜻지 않게 직장 상사의 비밀을 알게 된 이유 때문만은 아니었다. 마음을 빼앗긴 건 순식간이었다. 그것이 동경이 아니라는 것도 알고 있었고. 유진우는 대기업에 입사하기까지 앞만 보고 달린 이수를 상사이자 선배로서, 때로는 다정한 큰 형처럼 이끌어 주었다.

사는 게 녹록지는 않았다. 서른이 넘은 지금 변명을 덧붙이고 싶지 않지만, 지긋지긋하고 불우한 가정사에 마음에 결핍이 있다는 건 스스로 잘 알고 있었다.

타인과 깊은 관계를 맺거나, 상대방을 좋아하고 애정을 드러내는 것도, 표현하는 법도 서툰 이수에게 남자이고 상사인 그에 대한 연정을 감추고 인내하는 일은 어렵지 않았다.

손 한번 제대로 잡아 보지 못했어도, 사랑한다 좋아한다 말이 없는 유진우를 의심한 적은 없었다. 맹목적이었고, 미련하게 순진했다. 유진우는 사람을 다루는 데 능숙했다. 여전히 유부남 딱지가 붙어 있는 그에게 그늘에 가린 그림자처럼 머무는 이수를 유진우는 대견하고 기특하게 여겼고, 이수 역시 그것이 제 사랑의 방증이라 굳게 믿었다. 그래서 이수는 지난 몇 년간 유 본부장의 아래서 지독하게 살았다. 줄기가 잘려 꽃이 말라비틀어지면 버려질 신세라는 것도 모르고, 그가 끌어 주는 손을 혹시라도 놓쳐 버릴까 봐.

그사이 이혼했다는 말은 준비 중이라는 말로 둔갑했다. 도장 하나만 찍으면 끝날 사이가 아이 때문에 쉽지 않다고. 조정이 길어지고 있다며 힘들어하는 유진우를 버리지 못한 실수이자 죄가 너무 컸다.

유 본부장은 이수를 괴롭게 만들었다. 손목을 잡았다가도 다가가면 손을 놔 버리고, 포기하고 돌아서는 순간에 이수의 어깨를 잡아끌었다. 그리고 이수가 팀장으로 승진하던 날, 그는 가정을 지키겠다는 말로 관계의 종지부를 찍었다.

"뭔가 보여 줘야지, 이제."

"네."

알맹이 없는 질타는 무관심의 반증. 마지막으로 종이를 후루룩 넘겨 보는 유 본부장은 점잖은 투로 이수를 다그쳤다. 곧 제안서를 책상에 내려놓은 뒤 그가 뜻밖의 질문을 덧붙였다.

"그나저나… 이시훈 팀장하고는 사적인 대화 좀 나누나?"

"네?"

시간이 제법 흘렀지만, 회의실에서 시훈에게 보인 상황이 썩 달갑지 않았던 모양이다. 게다가 몇 번인가 이시훈과 대화를 나누는 이수를 봤다면 웃는 얼굴이 고깝게 느껴질 만도 했다. 오도 가도 못하게 묶어 놓은 주제에…. 뭐 눈에는 뭐만 보인다고 했던가. 유진우가 말하는 사적인 대화의 경계가 어디까지인지는 모르나 이수의 마음은 타인에게 열린 적이 없었다.

"그런 말… 나누는 사이 아닙니다."

말아 쥔 이수의 손이 차갑게 식었다.

본부장실 문을 닫자 기다렸다는 듯 핸드폰이 울렸다. 올라올 때부터 이미 주머니 안에서 끊임없이 진동하던 전화였다. 긴 복도를 걸어 승강기가 아닌 비상구 계단으로 걸음을 옮긴 이수가 벽에 이마를 대고 눈을 감았다. 여전히 웅웅대며 진동하는 핸드폰 소리 때문인지 아니면 유 본부장 때문인지, 속이 울렁거렸다.

시훈은 광고주 미팅을 마치고 여민준 본부장과 함께 느지막한 점심을 먹는 중이었다. 일식집 고급 코스 요리를 주문한 여 본부장이 조직도가 띄워진 핸드폰을 내밀었다. 조직도를 살펴보니 비로소 팀장 대행이라는 직함에서 '대행'이 지워졌다.

여 본부장이 시훈을 스카우트했노라는 표면상 배경 스토리에 오랜 시간 대행을 달고 있었다. 본부장 이상 주요 임원들이야 시훈의 실체를 알고 있다지만, 고매한 도련님이 낙하산 타고 착륙하셨다는 인상을 주는 건 서로가 곤란했다. 게다가 실무를 뛰는 쪽까지 이야기가 들어가면 편견 때문에라도 귀찮아질 테고.

"조만간 인트라넷에 공고 뜰 거야. 대행을 반년이나 하는 게 말이 되냐. 회장님한테 가서 떼 달라고 땡깡이라도 부리지 그랬어. 네 고집도 참…."

"아직 배울 게 많아서."

웃기고 있어, 자식이. 여 본부장이 중얼거리며 입안에 회를 한 점 넣었다. 절벽에서 제 새끼 던져 놓고 어떤 놈이 살아남나 두고 보는 호랑이 같은 회장님이나, 살아남겠다 악착같이 일하는 놈이나 핏줄은 못 속이지 싶었다.

"회장님, 최근에도 뵌 적 없어?"

"네."

"회장님 회사 세우실 때야 도로 깔고, 자동차 만들고, 건물 뚝딱뚝딱 올리는 게 중요했다지만, 요즘은 마케팅, 광고 집행 비용이 어마어마하잖아. 다른 기업들 죄다 산하에 광고 회사 하나씩 만드실 때 고집부리시더니… 한참 뒤에 인사이트 인수하시고. 근데 너 온다는 거 뻔히 아시는데도 아무 말 안 하시는 거 보면 뭐겠어. 부모가 자식을 어떻게 이기냐. 눈 딱 감고 한번 찾아뵈."

"아직 좀… 그래요. 껄끄러워."

너도 참. 여 본부장이 혀를 찼다.

"어쨌든, 첫걸음 뗐네. 너 정도면 팀장을 진즉 달았어야 했는데. 안 그러냐, 이 프로? 이제 임원까지 쭉 가자."

여 본부장이 인사이트에서 임원을 달기 전, 한창 현역으로 일할 때 굵직하게 히트 친 광고가 제법 많았다. 그는 영리하고 현명하게 광고주를 관리하고 광고를 제작했다. 그리고 언젠가 그가 말한 것처럼 시류를 읽는 혜안이나 눈치만큼은 누구보다 자신 있는 부분이었다.

그런 그가 단 하나, 잘못 탄 라인만큼은 뼈아픈 일이었지만, 따지고 보면 시훈을 데리고 왔으니 그조차도 나쁜 선택은 아니었다. 다만 저와 같은 직급인 유진우 본부장이 매번 눈에 걸렸다. 문 대표 심복이랍시고 뻑하면 자신의 의견에 사사건건 시비를 걸었는데 몇 개월간 은근한 기 싸움이 이어지는 중이었다.

"조만간 여기도 판이 한 번 바뀔 거야. 원래 집주인 바뀌면 리모델링 새로 하고 싶잖아. 입맛에 맞게. 그럼 곁가지 걷어 내고 건실한 몸통만 세워 둬야 탈이 없지."

곁가지라 하면 여 본부장 입장에서는 아마도 문 대표부터 이어지는 유 본부장 라인을 지칭하는 것일 테다. 그중에서도 눈엣가시인 유 본부장은 1순위 목표일 테고.

여 본부장이 불붙은 담배를 한 모금 깊게 빨았다. 연기가 자욱했다.

"유 본이 고인물은 고인물인데 쉽지가 않아. 참… 운도 좋아. 회장님 현역으로 계실 때 집행했던 광고 책임자가 죄다 문 대표라니. 여하튼 문 대표 라인에 유 본이 있단 말이지."

여 본부장이 반주로 놓인 사케를 한 모금 삼켰다. 그러다 문득 생각이 난 듯 눈썹을 들썩였다.

"근데, 너도 알고 있지?"

"뭘요?"

"소문. 뭐, 소문이라고 하기에는 기정사실이기는 해. 좀 추잡해서 그렇지."

잠시 뜸을 들인 여 본부장이 입술을 비틀었다.

"유 본한테 아픈 손가락이 있어요."

그가 새끼손가락을 펴 보였다.

* * *

젊고 감각적인 업계 이미지와 달리 광고계 역시 내면을 들여다보면 결국 거만한 꼰대들이 교집합처럼 얽혀 있는 곳이었다. 시간은 벌써 11시 반이 넘었다. 오늘도 벙개를 주도한 김 전무는 귀가한 지 오래지만 술자리는 끝날 기미가 보이지 않았다.

"미팅이 오후 2시야, 점심 먹고 한숨 늘어지게 잘 시간이구만. 그 시간에 미팅 들어가면 클라이언트가 끔뻑끔뻑 반쯤 눈을 감고 있다고."

김 전무가 떠나고 대화를 주도하는 주현탁 실장은 대표 직속 부서인 전략실 소속이었다. 주 실장은 돈 냄새를 맡는 기막힌 재주가 있다며 자부하는 사람이었다. 인맥이 넓고 트렌드를 읽는 눈 또한 밝은 사람이라 사측에서는 능력을 의심할 필요 없이 신망받는 존재였다. 게다가 벙개를 주도하는 전무와 동향이라는 사실은 그가 입지를 다지는 데 한몫을 했다.

그런 주 실장이 두 본부장을 저울질해 가며 될 만한 일을 기획팀에 꽂아 준다는 건 암암리에 알려진 사실이었다. 그래서 시훈 역시 불붙지 못한 담배만 손가락에 끼운 채로 자리를 지켰다. 그리고 정이수 역시 마찬가지 이유로 주 실장의 옆자리를 지키는 중이었다.

"그러니까 외부 미팅을 나가면 남자나 여자나 비주얼이 좀 받쳐 줘야 주목이 된다고. 다들 알지?"

무리에서 어색한 맞장구와 수긍이 이어졌다. 매번 이런 술자리에서 남자가, 여자가로 시작하는 말이나 성적인 농담을 던지는 주 실장 앞에서 모두 눈치만 볼 뿐 짐짓 불편한 기색은 감춘 채였다.

"아니, 우리 실은 어떻게 인물이 하나 없어?"

소주를 털어 넣은 그가 문득 정이수 팀장 쪽으로 몸을 돌렸다.

"아, 맞다! 우리 정 팀장이 있었네!"

정이수가 표정을 굳혔다. 어깨에 손을 올린 주 실장이 얼굴을 바짝 붙이고 말을 이어 갔다.

"요번 A사 미팅 말이야, 우리 정 팀장이 비주얼이 되잖아, 정 팀장이 깔쌈하게 입고 눈웃음 슬슬 치면 아마 그것도 볼만할걸?"

막돼먹은 농담은 술자리의 싸구려 안줏거리만도 못했다. 소주잔을 만지며 상황을 지켜보는 시훈의 턱에 힘이 들어갔다. 주 실장 곁의 다른 이들도 난감해하는 기색이 역력했다.

"정 팀장, 어때?"

어깨를 내려간 손이 정이수의 허리까지 내려가나 싶었다. 그동안 술자리에서 주 실장의 헛소리나 종종 정이수의 외모를 두고 꺼낸 말들은 참아 줄 만한 구석이 아주 조금은 있었다.

그런데 오늘은 선을 넘겼다. 끈 떨어졌다 이건가. 그동안은 유 본부장의 눈치를 보느라 조절되던 말의 수위가 넘실대다 못해 흘러넘쳤다.

"……."

정이수가 앞에 놓인 소주잔을 단번에 비워 내고 살짝 이를 사리 문다. 필시 화가 났거나, 그도 아니면 모멸감에 자리라도 박차고 나갈 분위기, 딱 그런 타이밍이었다. 그런데 뜻밖에 정이수는 주 실장을 향해 느물거리며 낯을 바꿨다.

"일 따면 저희 팀 지분도 넣어 주셔야죠."

"어어- 그럼, 그럼."

꽉 죄여 있던 긴장이 일시에 풀렸다. 정이수는 비어 있는 사람들 잔에 소주를 채우기 바빴다. 생글생글 웃는 얼굴로 헛소리에 맞장구를 친 주변 사람들과 막역한 사이라도 되는 양 대화를 주고받았다.

그러다 이수의 소주병이 시훈에게 방향을 틀었을 때였다. 시훈이 못마땅한 얼굴로 테이블 위에 담배를 내려놓았다. 분위기도 그랬지만, 정이수 팀장이 하는 짓거리를 보고 있자니 이게 수평적인 조직 문화를 지향한다는 대한민국 광고 회사의 현주소인가 싶어서였다.

"아이, 씨⋯."

시훈의 입에서 튀어나온 짜증에 당사자만 무덤덤할 뿐 소주잔을 입에 댄 주 실장마저 인상을 팍 구겼다. 덕분에 또다시 한바탕 찬물을 들이부은 듯 술자리가 조용해졌다.

"돛대를⋯."

태우지 않은 장초가 두 동강 나 있었다. 시훈이 라이터 끝으로 담배를 툭 밀어 놓았다. 도르르 구른 담배가 안주 그릇 아래에 박히자 정이수와 짧게 눈이 마주쳤다. 빈 잔 위를 맴도는 술병이 방향을 잃었고, 입은 당황한 듯 작게 벌어져 있었다.

"하이고⋯ 이 팀장. 담배 어지간히 태우나 보다. 요즘엔 전자 담배 많이들 피우잖아. 그게 낫잖어?"

단박에 얼어붙은 분위기를 녹인 사람은 주 실장이다. 소주를 주욱 마신 주 실장이 생글거리며 시훈에게 술을 권했다.

"제가 좀 골초라⋯ 이걸 피워야 일이 되네요, 꼭."

시훈이 대수롭지 않게 웃으며 라이터를 테이블 위에 올려놓았다.

"건강 생각도 하셔야지⋯ 여 본부장이 모셔 온 귀한 몸이신데."

어린놈의 새끼가⋯ 어디서 능을 쳐. 곧 찰랑찰랑 넘칠 듯 소주가 담긴 소주잔이 시훈 앞에 놓였다. 빤히 눈을 마주치며 여상하게 대화를 주고받는 두 사람에게 기가 빨리는지 다들 모른 체하고 있을 때 이수가 비어 있는 주 실장과 제 잔에 소주를 채웠다.

"다들, 한잔하시죠."

잔을 들어 주위 사람들을 주목시킨 이수가 건배를 제안했다. 시훈을 빤히 노려보다 코를 찌푸린 주 실장이 크게 한숨을 내쉬고 잔을 들었다. 자, 오늘도 수고 많았어요. 건배! 소주를 넘기고 나자 대폿집에서 틀어 놓은 텔레비전 소리에 분위기가 순식간에 달아올랐다. 프리미어 리그를 뛰는 한국인 선수의 골 때문이었다. 얼큰하게 달아오른 사람들은 어느새 넋을 놓고 경기를 관전하는 중이었다.

담배도 없겠다, 불판과 소주에 엉킨 공기 말고 시원한 바람이 쐬고 싶었다. 곧장 의자를 빼고 일어나는 시훈에게 제작실 구 팀장이 목소리를 낮춰 물었다.

"이 팀장님, 다음 주 컨퍼런스 참석하세요?"

"네, 본부장님이 같이 가자고 하세요."

…1본부도 간다고 하던데. 회의 시간 다시 잡아야겠네. 구 팀장이 중얼거린다.

"먼저 가시게요?"

"담배 사러요. 앞에서 한 대 태우고 있을게요."

우그러뜨린 빈 담뱃갑이 테이블 위에 놓였다.

새 담배를 반쯤 피웠을 때 어느새 대폿집에서 자리를 정리한 무리가 우르르 쏟아져 나왔다.

요란하게 높은 직책부터 차례로 택시를 태워 보내고 팀장급 역시 속속 퇴근을 서둘렀다. 반쯤 태우다 만 담배를 뒤로 뺀 시훈이 몇몇 사람에게 가볍게 인사를 고했다. 회사에 잠깐 들러야 한다는 인원을 제외하고, 주위에 남은 사람은 없었다.

대리 기사를 부를 생각에 뒷주머니에서 핸드폰을 꺼낼 때였다. 누군가 손가락에 끼운 담배를 잽싸게 채 갔다.

"손가락 데겠어요."

바닥에 떨어진 담배는 몽당연필처럼 작았다. 불이 꺼진 담배꽁초를 지켜본 이수의 시선이 이내 시훈을 향했다. 그러고는 주 실장에게 보인 미소처럼 살며시 웃는다. 그런 얼굴에 시훈은 어쩐지 껄끄러운 기분을 감출 수가 없다.

"지분 좀 챙겼어요?"

시훈이 곧바로 핸드폰을 내려 보며 이수에게 물었다. 무슨 의미인지 영문 모를 표정이던 정이수가 곧 기억을 떠올렸다.

"아…, 주 실장님. 술김에 하는 말이죠. 사회생활 하려면 적당히 장단 맞추는 거고."

장난스레 웃는 얼굴이 네온사인 아래서 어린아이처럼 천진해 보였다. 알록달록 비치는 불빛이 드리울 때마다 색이 바뀌는 게, 마치 정이수 같았다. 사회생활… 시훈이 익숙한 단어를 굴려 본다.

"저는 그렇게 일 안 해서요."

실소처럼 내뱉은 말이 시끌벅적한 거리 한가운데서도 또렷이 들렸다.

"……."

"이건 제 생각이구요. 정 팀장님 스타일 존중합니다."

정이수와 눈을 마주한 시훈의 시선이 무심하게 다시 핸드폰을 향했다. 일식집에서 여 본부장이 보인 새끼손가락이 뭘 의미하는지 시훈은 모르지 않았다. 애인이나 섹스 파트너를 지칭하는 은유나 비유 같은 건 좀 더 세련되게… 어떻게 안 되나. 그런 생각을 했다.

두어 달 전, 구 팀장이 와인 바 앞에서 황급히 입을 닫아 말하지 않은 난잡한 소문은 회의실에서 본 두 사람의 관계가 사실임을 복기했을 뿐 제게는 휘발될 가십 정도에 불과했다.

여 본부장이 핸드폰 화면을 가리켰다.

'대표부터 해서 이사, 전무, 유 본부장까지 라인 보이지? 강남 3구 출신에 G 고교, K 대 라인이란 말이야. 거기에 영국 유학파 출신이면 더 좋구.'

사다리 타기처럼 흐른 여 본부장의 손가락이 1팀에서 멈췄다.

'근데 여기에 정이수가 있네? 걔가 서울도 아니고 지방대 출신인데 어떻게 라인을 잡고 있냐구. 유 본이 겉으론 양반 같아 보여도… 알지? 원래 그런 놈들이 더 밝히는 거. 품위 유지 위반. 딱 이건데… 부사장님이 좀 곤란해하시더라고. 빈대 잡자고 초가삼간 태우고 싶냐는 거지… 젠장. 추잡해서 까발릴 수가 없대요. 쪽팔린데. 근데, 정이수 걔가 지금 유 본하고 좀 싸해.'

이야기를 한 귀로 흘려듣는 시훈에게 여 본부장이 슬쩍 인상을 찌푸리며 몸을 기울였다.

'걔 요즘 너한테 생글거린다며… 냄새를 맡은 건지, 그냥 엉덩이가 가벼운 건지는 관심 없는데. 괜히 구설수 안 오르게 조심하라구. 입단속들 시켜 놓기는 했어도 모르는 거니까.'

식사 자리를 마치고 오늘 회식에서 정이수를 보기 전까지 시훈의 머릿속에 남을 만한 이야기는 아니었다. 그런데 주 실장을 대하는 그를 본 순간 일종의 혐오감이 불시에 똬리를 틀었다. 자신에게 건넨 어쭙잖은 농담들, 수치마저 없는 태연한 태도가 뻔뻔해 보이기까지 했다.

목요일이라 그런지 가까운 거리에 매칭될 대리 기사가 없었다. 왜 꼭 이런 날. 신경질적으로 핸드폰을 들여다보던 시훈이 담배 한 개비를 더 빼 물었다.

"제 스타일이라…. 우리 같은 AE는 간하고 쓸개 정도는 적당히 빼고 살아야죠."

이수가 제법 유쾌한 투로 답하며 주머니에서 꺼낸 담뱃갑을 손바닥에 툭툭 쳐 낼 때였다. 이어진 이시훈의 물음에 우뚝 행동이 멈췄다.

"사내 성교육 프로그램 이수 안 했어요?"

시훈이 고개를 비틀어 입술 새로 연기를 내뿜었다. 빈정거리는 말속에는 언뜻 서늘한 분노가 담겨 있었다.

이수가 하. 헛웃음을 터뜨렸다. 그다음에는 소리를 내 잠시 웃었더랬다. 직접 운운하지는 않았어도 주 실장에게 성희롱을 당했다고 명백히 짚어 준 꼴이었다. 웃음을 멈춘 이수가 제 담배에 불을 붙였다. 발갛게 불이 붙은 담배를 손에 옮겨 쥔 이수의 입술에서 길게 연기가 새어 나왔다. 그가 웃음기 남은 얼굴로 시훈을 향해 섰다.

"와… 내일 인사과에 상담할까 봐요. 주 실장님 상대로 여기저기 주물렸다고. 언어폭력도 추가해서."

이마를 손가락으로 문지르던 시훈이 두 볼이 움푹 패도록 담배를 빨았다. 그리고 불쑥 거리를 좁힌다. 그 때문에 살짝 굽은 이수의 등이 저절로 세워졌다. 어느새 한 보도 되지 않을 거리에 선 그가 나지막이 목소리를 낮췄다.

"정 팀장님."

"……."

자신을 응시하는 시훈의 까만 동공에 제 모습이 또렷이 비쳤다. 그 때문에 그를 올려 보는 뒷덜미가 경직됐다. 팽팽히 얼굴을 맞댄 침묵은 묘한 긴장을 만들었다. 곧 고개를 외로 돌린 그가 담배 연기를 뱉었다. 거리를 오가는 사람들의 분주한 말소리와 자동차 소음이 물에 잠긴 듯 먹먹했다. 시훈은 아랫입술을 혀로 훔치다 말고 이수를 향해 느릿느릿 물었다.

"뭘 그렇게까지 해요?"

툭. 피우다 만 담배를 버린 시훈은 남은 재를 구두코로 비벼 껐다. 은근한 멸시와 경멸이 담긴 힐난은 제법 묵직하게 이수의 속을 때렸다.

"……."

이수가 아랫입술을 살짝 깨물었다. 맞받아칠 말이 순식간에 사라져 버린 탓이었다. 상대를 물끄러미 바라본 시훈이 몸을 물리며 깍듯이 고개를 숙였다.

"그럼, 먼저 들어가 보겠습니다."

인사를 마친 그가 등을 돌려 저만치 멀어지고 있었다. 발 앞에 단한 모금 피운 담배가 떨어져 짓이겨진다. 이수의 얼굴 위에는 씁쓸함만 남아 있을 뿐이었다.

* * *

일하는 책상을 보면 대개 주인의 성격을 알 수 있다. 하루 중 공식적으로는 8시간, 실상 하루의 절반을 앉아 생활을 하니 분명한 취향을 드러내는 곳이었다. 이수의 자리는 자신의 집과 꽤 비슷했다. 팀장에게 주어지는 널따란 책상에는 데스크톱과 노트북 그리고 태블릿 PC가 놓여 있고, 나머지는 내선 전화, 간단한 필기도구, 그리고 프린트된 수십 장의 제안서가 있을 뿐. 생기를 주는 작은 화분이나 하다못해 자주 쓰는 머그잔도 없었다.

이수의 집 역시 그랬다. 깨끗한 오피스텔 내부에 기본 옵션으로 붙어 있는 가구 외에는 더 들여놓은 것도 장식도 없었다. 이전 집도 다르지 않았다. 빚을 갚고 어머니가 머무는 요양원 비용과 생활비를 제하고 나면 제로베이스로 돌아가는 통장도 이유였지만, 무엇보다도 이수의 마음이 매번 버석한 사막인 까닭이 가장 컸다.

한때는 그런 책상이나 텅 빈 집에 주홍빛 조명이 반사돼 따뜻해 보이는 착각이 들 때가 있었다. 유진우 본부장을 사랑한 지난날이 그랬다. 그런데 이제 조명이 꺼지고 드러난 민낯에는 음울한 기운만 남아 있었다.

이수는 놀라지 않았다. 저를 따라다닌 것들이 잠깐 모습을 감췄다 다시 돌아온 것뿐이었다. 한마디로 이수의 삶은 삭막했다. 그런 재미없는 삶이 최근에는 피곤하게 느껴졌다.

언제부터였을까. 아마도 유 본부장에게 내쳐진 때부터였을 테다. 겹겹이 저를 둘러싸고 있던 유 본부장을 걷어 내자 순식간에 알몸이 된 제가 있었다. 사랑은 눈을 멀게 했다. 저열한 소문이 사람들 사이에서 도는 걸 알면서도 그가 있어 눈을 감고, 귀를 닫고 살았다.

맹목적인 사랑을 원동력 삼아 인사이트에서 수행한 프로젝트들은 유진우의 이름을 달고 승승장구했다. 이수는 그 그림자에 가려지는 줄도 모르고 뒤를 따랐다. 남은 것은 없었다.

마케팅 컨퍼런스의 마지막 세션이 마무리되고 업계 종사자들이 애프터 파티에 모였다. 이런 비공식적인 자리에서는 업계 흐름이나 시장 상황을 편하게 이야기하고, 임원진뿐 아니라 각 회사의 실무자끼리 인사를 하거나 고객사를 만나 안부를 묻기도 했다. 그러다가 종종 실무와 인접한 업무가 이어지는 테라 인사이트에서는 임원들에게 조직도상 제 휘하에 있는 팀장을 각기 대동하게 했다. 유진우 본부장은 정이수 팀장을, 여민준 본부장은 이시훈 팀장을.

홀 중앙에 마련된 케이터링 테이블 한쪽에서 유 본부장과 여 본부장이 컨퍼런스 구성이 전반적으로 괜찮았다는 둥, 이번에 전무 이사가 한 기조연설은 온라인으로 생중계되었다는 등 겉핥는 대화를 나눴다.

서로 발톱을 숨긴 앙숙이면서 둘도 없는 동료인 체 구는 건 임원의 필수 사항인가. 시훈이 표정 관리를 하고 있을 때였다.

유진우의 뒤에 선 정이수가 여 본부장 어깨 너머의 시훈을 향해 살짝 웃어 보였다. 시훈은 예의를 차리는 대신 고개를 돌려 시선을 피했다.

"아이구, 유 본부장, 여 본부장- 오랜만입니다."

"오랜만입니다, 이사님!"

호탕한 웃음소리와 함께 인사를 나눈 광고주는 두 사람과 오랜 인연이 있었다. 사측에도 중요 인사라 두 본부장 모두 적극적으로 대화를 이어 나갔다. 이사는 쌓인 시간만큼 사적인 친분이 있는지 주변인들의 안부를 묻다 자연스레 이수와 시훈에게로 관심을 보였다.

그 틈에 눈치 빠른 여 본부장이 재빨리 시훈을 제 옆으로 당겨 왔다.

"T 기획에서 일하다가 작년 말에 스카우트해서 지금 2본부 기획팀 맡고 있습니다. 이번 L사 아트 시리즈를 이 친구가 기획했어요."

등등. 여 본부장은 조금 과하다 싶게 시훈을 띄운다. 이사에게, 라기보다는 유 본부장을 견제하는 눈치였다.

안녕하십니까. 인사이트 기획 2본부 1팀 이시훈 팀장입니다. 예의 있게 인사를 마친 시훈에게 아트 시리즈를 아주 눈여겨봤다며 재능이 있는 친구라는 덕담이 오고 갔다.

당연한 수순처럼 유 본부장도 지지 않고 정이수를 제 입을 빌려 소개해야 맞았다. 그런데 유 본부장은 슬쩍 시선을 돌려 이수를 바라보기만 할 뿐이다. 그제야 의도를 눈치챈 이수가 반 박자 늦게 고개를 숙였다.

"기획 1본부 기획 1팀 정이수 팀장입니다."

손을 내미는 이사와 악수를 한 뒤에도 유 본부장이 가타부타 덧붙이는 말이 없자 고객사 쪽에서 먼저 입을 열었다.

"일전에 유진우 본부장하고 우리 회사 캠페인 촬영장에서 본 기억이 있는데."

"네, 맞습니다. 파주에서요."

유진우는 평온했지만 시훈을 소개한 여 본부장과의 확연한 온도 차를 고객사에서 모를 리 없었다.

"유 본부장 밑에서 일하고 있으면, 정이수 팀장도 K 대 김원영 교수에게 사사받았겠어요."

그때 이수의 얼굴이 묘하게 얼어붙었다.

"…저는 타 대 출신입니다. B 대학."

"아… 그래요."

밝히기 싫은 비밀을 밝힌 것처럼, 그리고 듣고 싶지 않은 말을 들은 것처럼 질문을 한 사람도 답을 준 사람도 겸연쩍은 상황이 되었다.

아, 그나저나 이번 전무님 기조연설이 아주 좋았어요. 유진우 쪽으로 방향을 튼 이사의 대화는 마치 아무 일 없는 것처럼 새로이 시작되었다. 곧 뒤로 한 발짝 물러난 이수가 작게 고개를 숙이고 자리를 이탈했다.

잠시 후, 장내 조명이 어두워지고 유명 뮤지션의 공연이 시작됐다. 라이브로 연주하는 피아노와 함께 노래 두어 곡이 이어질 즈음 여 본부장에게 누군가 인사를 하자 시훈이 눈치껏 자리를 비켜섰다.

무대 앞쪽의 무리를 빠져나와 주위를 둘러봤다. 케이터링 테이블 앞으로 이제 막 잔을 비우고 새로이 샴페인 잔을 들고 있는 정이수 팀장이 홀로 서 있었다. 피로가 깃든 얼굴, 바지 주머니 한쪽에 찔러 넣은 손, 목적 없는 시선. 어딘가 정이수 팀장만이 겉도는 것 같다. 그리고 다시 원 샷.

곧 정이수 팀장 앞으로 다가온 유진우 본부장이 무슨 말을 전하고 떠나자 그가 잠시간 눈을 내리뜬다. 그리고 다시 샴페인 잔을 순식간에 비웠다. 어둑한 조명에 반쯤 얼굴을 가린 정이수를 응시하며 시훈이 볼 안으로 혀를 굴렸다. 입이 썼다.

지하 주차장을 빠져나가는 여 본부장의 차를 보고 시훈도 제 차를 찾아가는 중이었다. 빈자리 없이 주차된 차들 건너 정이수가 누군가의 차 앞에서 꾸벅 인사를 했다. 차는 지체 없이 그의 앞을 지났다.

한참 동안 고개를 숙이고 있던 정이수는 차가 보이지 않게 되어서야 허리를 편다. 오늘 아침 촬영장을 들렀다 곧장 이쪽으로 온 건지 렌트한 회사 차량 앞에 선 그가 키를 꺼냈다. 느릿하게 움직인 그는 운전석 문을 열다 말고 차체에 팔을 대어 이마를 괴었다. 아마도 한참 뒤에 술기운이 올라오는 모양이다.

"대리 기사 불렀어요?"

"……."

이수가 못 들은 척 운전석 문을 열었다.

"술 마셨잖아요. 대리 불러요. 아니면 택시 타고 가든가."

결국 시훈이 그의 어깨를 돌려세우고 운전석 문을 닫았다. 힘 빠진 몸이 쉽게 따라와 마주 보자 시훈의 미간이 살짝 찌푸려졌다. 꼭 선생님께 반항하는 소년처럼 말간 얼굴을 한 정이수 때문이다.

"그냥 가세요. 제가 저번처럼 또 실수하면 어쩌려고."

재미없는 농담이었다. 정이수가 조소하며 지친 얼굴을 한 손으로 쓸어내렸다. 피로와 수면 부족으로 눈 밑이 발갛게 부어 있었다. 고집을 피우며 차에 타려는 걸 결국 시훈이 열쇠를 빼앗아 막았다.

"사고 나면. 혼자 죽어요?"

한숨과 함께 정이수의 팔을 잡아끄는 순간이었다. 브레이크를 잡는 소리가 지하 주차장을 빼곡히 울렸다. 정이수의 인사를 뒤로하고 멀어진 세단이 출구를 앞두고 멈춰 서 있었다. 유진우 본부장의 차였다. 차는 미동 없이 엔진음과 함께 한동안 그 자리에 서 있었다. 실랑이를 벌이던 시훈이 차량 쪽으로 몸을 틀자 차는 거친 소음을 내며 빠른 속도로 출구를 빠져나갔다.

두 사람을 의식해 유진우의 차가 정차했다는 확신은 없었다. 적어도 시훈의 입장에서는 그랬다. 정이수가 아니더라도 키를 뺏었을 테니까.

마지못해 시훈의 차에 오른 정이수는 도로를 달리는 내내 말이 없었다. 그가 목적지를 말하지 않았지만 시훈은 딱히 물을 생각을 하지 않았다. 마침내 꽉 막힌 도로를 벗어났을 때쯤 시훈이 확인하듯 물었다.

"집으로 가죠?"

남아 있는 술기운에 온몸이 나른했다. 자세를 바로 한다고 했는데 처진 몸이 바람 빠진 풍선 인형인 양 힘이 풀려 있었다.

"…네."

정이수는 턱을 괴고 창밖을 바라보고 있었다. 모르긴 몰라도 오늘 자존심 한구석이 무너져 내렸을 그는 생각보다 담담해 보였다. 창문 틈으로 밀려온 바람에 정이수의 앞머리가 흐트러졌다. 그 모습을 흘 긋 바라본 시훈이 창을 올리고 에어컨 버튼을 누르자 과거 어느 때처럼 묘한 정적이 흘렀다.

바람 한 점 없는 시원한 공기에 뜨거운 몸이 차차 식어 갈 때쯤 흐트러진 머리카락을 쓸어 올린 정이수가 느릿하게 운을 뗐다.

"…이 팀장님. 제가 생각해 봤는데,"

차들이 빼곡한 금요일 밤이었다. 차가 신호를 받고 정차했을 때, 소란스러운 불빛과 다르게 차 안은 더없이 조용했다. 마른침을 삼킨 이수가 엷은 웃음 뒤로 망설이듯 입을 열었다.

"이 팀장님은, 좀… 함부로 친절하신 것 같아요."

대충 얽어 놓은 말은 앞뒤가 맞지 않아 어색했다. 그리고 이런 말을 불쑥 꺼낸 지금 상황도. 아마도 술에 취했기 때문인 것 같다. 한쪽 팔을 창에 기댄 시훈이 습관처럼 핸들을 두드리던 손가락을 멈춘 것도 그래서였다. 뭔가 어색해서.

"……."

말을 한 사람도 듣는 사람도 섣불리 대화를 이을 수 없는 침묵이 길어질 때쯤,

"말이 좀, 이상했죠?"

이수가 웃음을 터트리며 허리를 꼿꼿이 세웠다. 농치는 목소리가 손바닥 뒤집듯 쾌활했다. 그러고는 피곤을 이기지 못한 눈을 나른하게 감았다 뜨며 혼잣말처럼 힘없이 읊조렸다.

"솔직히, 기분은 나쁜데… 꼬박꼬박 데려다줘… 성희롱이라고 화내질 않나… 츤, 츤. 츤. 아닌가…."

뭉그러진 말끝에는 분명 취기가 묻어 있었다.

"근데… 그러지 마세요. 제가 애정이 고픈 사람이라 막 오해하고 그래요."

유진우 본부장과도 그렇게 시작됐을까. 예기치 않은 다정에 기대다 지금처럼 장난스럽게 애정을 갈구했을지 모르겠다. 아무래도 이런 쪽은 본인 취향이 아니지만. 신호가 초록불로 바뀌고 차선을 바꿔 달리자 핸들을 움켜쥔 손에 힘이 풀렸다. 이수의 술주정을 듣고 있던 시훈이 입을 열었다.

　"후우… 그런 농담, 너무 무례하다고 생각 안 해요? 회사 동료 상대로…. 제 성적 취향이나 정 팀장님에 대한 감정은요."

　책망은 권태로웠다. 이맛살을 구긴 시훈의 물음에는 피로가 덕지덕지 묻어 있었다. 작정하고 불쾌함을 토로하기에는 아직 가야 할 길이 남아 있었다. 그 시간 동안 굳이 에너지를 쏟고 싶은 마음은 없었다.

　"…하긴, 남자든 여자든, 농담으로 하기에 귀여울 나이는 지나긴 했죠. 그래도 저 정도면, 괜찮지 않아요? 다들 저보고 인물값 한다던데… 아, 남자라서 싫으시려나."

　정이수가 웃음을 흘렸다. 몇 분 전, 어색한 침묵 뒤로 정이수는 취기 묻은 시답지 않은 말들을 남발했고, 그것이 후루룩 바람에 날리도록 멋대로 두었다. 서먹한 분위기를 털어 보고 싶은 부질없는 노력이었다. 그걸 미처 알아채지 못한 시훈의 침묵은 이수에게 단 하나의 빌미도 주고 싶지 않다는 의미였다. 흔들리는 일 없이 이수의 돌발적인 고백에 의미 따윈 두지 않겠다고. 다만 모난 시훈의 태도에도 이수에게서 불쾌한 기색을 찾아볼 수는 없었다. 그는 만면에 미소를 띠고 있었다.

　차가 법원사거리를 지나고 정이수가 신호등 앞에서 내리겠다고 한다. 2차선으로 진입해 속도를 늦춘 시훈이 창문을 열었다. 참고 있었는지 깊은숨을 내쉰 그는 담배를 입에 물고 이내 불을 붙였다.

"연애 안 해 봤어요?"

"…설마요."

그 말을 뒤로 차가 멈췄다. 정이수의 표정을 읽을 생각은 하지 않았다. 연초를 쥔 손으로 눈썹께를 쓸어 내며 시훈이 한숨처럼 말문을 열었다.

"정 팀장님, 좋아하는 사람하고만 섹스할 순진한 나이, 지난 건 맞는데… 이렇게 가볍게 포장하면 아무렇게나 다루고 싶어져요. 가판에 깔린 물건 집어 가라는 식 말고, 광고 만드는 사람이면 스스로 포장도 잘해야죠."

시훈의 부러진 어투에 짜증이 배어 있었다. 말 한마디 지지 않으면서 저를 이리저리 쥐고 흔들려 하는 정이수의 경솔한 태도가 거슬렸다. 이렇게 일일이 짚어 가며 설명하지 않아도 모를 리 만무하건만 왜 이렇게 가볍지 못해 안달일까. 내려요. 잠금장치가 열리고 창밖으로 재가 털렸다. 채 태우지 못한 담배는 또 길이만 훌쩍 줄었다.

"…포장."

얌전히 앉아 있던 정이수가 픽 웃으며 입안에서 단어를 굴려 본다. 출발하기 전 새로 장초를 빼 들자 차 문을 열고 바닥에 발을 내디딘 정이수가 조수석 문을 닫기 전 허리를 숙였다. 할 말이 남은 건지 시훈이 눈을 맞출 때까지 기다린 이수가 곧 입을 열었다.

"내가,"

"……."

멈춘 말 뒤로 입술 끝을 올린 그가 자조했다.

"…뭐가 그렇게 대단해서요."

"……"

한쪽만 쌍꺼풀진 두 눈이 휘어지며 시훈을 향해 활짝 웃어 보인다.

"자꾸 기사 노릇 하게 만드네요. 조만간 제가 밥 한번 살게요."

꾸벅 머리를 숙인 정이수는 여전히 웃고 있었다.

"이 팀장님, 조심히 들어가십시오."

인사 뒤로 지체 없이 조수석 문이 닫혔다. 사이드 미러로 바라본 정이수 팀장은 느릿느릿 걸음을 옮기고 있었다. 차는 곧바로 떠나지 않았다. 불이 붙은 담배는 한 모금 빨기만 했을 뿐 다시 손가락 끝에 걸렸다. 모퉁이를 돌아 정이수 팀장이 사라진 뒤로도 이유를 알 수 없이 시간만 죽인 시훈의 차는 담배가 필터까지 타오른 뒤에야 자리를 떠났다.

* * *

"아메리카노 괜찮죠?"

"정 팀장님."

아이스 아메리카노 두 잔 주세요. 시훈은 우연히 사내 카페테리아에서 정이수 팀장을 만났다. 거절할 틈도 없이 주문이 들어갔고 곧 손안에 차가운 커피가 들렸다. 마지못해 받아 들었지만, 한여름에도 마시지 않는 아이스 아메리카노보다 그걸 권한 상대가 불편하기만 했다.

정이수는 어젯밤 참석한 컨퍼런스나 차 안에서 나눈 대화는 없던 일인 양 오전 회의를 주제로 자연스럽게 이야기를 이끌었다. 때문에 시훈은 거리를 두지 못했다. 엘리베이터에 오를 때까지 이어진 대화는 멀지 않은 곳에 괜찮은 한식당이 있다는 이야기로 넘어갔다. 이수가 기사 노릇에 대한 감사 표시라고 퍽 다정한 목소리로 의중을 물을 때였다.

"어때요, 오늘 갈래요?"

닫히던 엘리베이터 문이 다시 열리며 뜻밖에 모습을 드러낸 이는 유진우 본부장이었다.

"……."

유 본부장은 정이수를 한 번 쳐다보고는 시훈에게로 눈길을 돌린다. 느긋하게 올라탄 그에게 두 사람이 묵례를 했고, 그 앞으로 유 본부장이 등을 보이고 섰다.

미묘한 공기가 세 사람 사이를 짓눌렀다. 웃고 있던 이수는 입을 다물었고, 시훈은 문에 비친 정이수를 유 본부장이 노려보고 있다는 걸 알았다.

한 번은 우연, 두 번째에는 의심이 따랐을 것이다. 지금 유 본부장의 표정이 딱 그랬다. 의심.

시훈은 숨 막히는 분위기에 절로 나오는 한숨을 삼켰다. 다짜고짜 정이수와 그렇고 그런 관계는 아니니 걱정하지 마시라 설명할 수도 없는 노릇이었다. 시훈이 마뜩잖은 상황에 난감해하던 차 유 본부장의 집무실이 위치한 층에 엘리베이터가 멈췄다. 팽팽한 긴장이 느슨해지는 순간이었다. 예의를 차려 턱을 당긴 두 사람이 몸을 바로 했다.

곧 열린 문 사이로 걸음을 옮기던 유 본부장이 문득 뒤를 돌아봤다.

"그런데, 요즘 두 팀장 사이가 좋네요. 수고해요. 그럼."

우연. 의심. 그리고 틀에 박힌 오해. 닫힌 문에 비친 정이수의 얼굴이 일그러졌다.

유진우의 심사가 단단히 뒤틀렸다는 사실을 알게 된 건 오후 5시가 막 지났을 무렵이었다. 보통 내선이나 방으로 불러 지시를 내리는 유 본부장이 평소와 다르게 직접 1본부 기획팀 사무실로 내려왔다. 앉으려던 임순정 대리가 어설픈 자세로 유 본부장에게 인사를 하자 그제야 존재를 알아챈 이수 역시 곧장 상사를 맞았다.

"정 팀장. P사 제안서 금일 중으로 올려요."

"네?"

라이선스 이슈로 법무팀에 자문을 의뢰한 상황이었다. 유 본부장의 지시에 팀원들 역시 어리둥절했다. 어제 열린 주간 회의에서 분명 보고한 문제였다. 물론 유 본부장이 고개를 끄덕였었고.

"죄송하지만, 법무팀 측 답변이 다음 주 월요일에 확인이 돼서요. 회의 시간에 전달드…"

말을 맺기도 전에 유 본부장이 정이수의 대답을 잘랐다.

"픽스된 제안서를 달라는 게 아니잖아…!"

내지른 말에는 억눌린 역정이 배어 있었다. 좀처럼 큰소리를 낸 적 없는 유진우 본부장의 목소리가 벽이 트인 2본부 사무실까지 들릴 지경이니 달리 방법이 없겠다는 생각이 들었다.

"죄송합니다."

등을 돌려 나가는 유 본부장 뒤로 보이지 않는 눈들이 정이수를 향했다. 정적이 감도는 1본부 기획팀을 파티션 너머로 바라본 시훈의 눈매가 날카로웠다. 이 상황이 좀 전의 삼자대면 때문이라는 추측이 더해지자 머리가 차갑게 식는 느낌이다.

이런 식으로 엮인 게 껄끄럽고 당치 않았다. 눈 사이를 손으로 꾹꾹 누르던 시훈이 모니터를 보자 창 아래 사내 메신저 알림이 깜박이고 있었다.

[정이수 팀장] 식사 다음에 해야 할 것 같아요 오늘 야근이라… 시간 언제 괜찮아요?
[정이수 팀장] 다른 뜻 없는데:-) 정말 미안해서 그러는 거예요
[정이수 팀장] 이 팀장님-
[정이수 팀장] 메신저 확인되시면 편할 때 말해주세요
[정이수 팀장] 수고하십시오

읽음. 올라가는 메신저 창에는 커서만 깜박이는 중이었다. 정이수 팀장은 잡지도 않은 약속을 취소하고 몇 차례 재촉해 보다 다시금 모니터 너머로 인상을 쓰고 있었다. 손가락 끝으로 마우스를 툭툭 두드린 시훈은 결국 답 없는 창을 내려 버렸다.

그 뒤 이틀간 정이수 팀장이 메신저로 저녁 약속을 물을 때마다 시훈은 번번이 창을 내렸다. 복도에서 마주쳤을 때는 바쁘다는 말로 약속을 미뤘다. 정이수에게 할애할 시간은 애초부터 없었던 것처럼 말이다.

평범한 월요일이었다. 오전 9시 정각. 인사이트 인트라넷에는 인사 발령에 관한 공지가 게시되었다. 동시에 문동현 대표가 취임한 후 공식적인 첫 업무 시작을 알리는 메일이 전사 직원에게 발송되었다. 주요 내용은 개혁과 혁신을 강조하고 비효율적인 업무 시스템을 개선하겠다는 공언이었다.

여민준 본부장과 유진우 본부장은 눈에 띄게 바빠졌다. 며칠간 쉼 없는 회의가 이어졌고 비공식적으로 주요 광고주들을 찾아 얼굴을 비쳤다. 사내 분위기 역시 뒤숭숭하긴 마찬가지였다. 직접적인 영향이 있을지 없을지 모를 '비효율적인 업무 시스템의 개선'이 인사이동과 궤를 같이하리라는 짐작은 공기를 무겁게 만들었다.

정이수 팀장과 이시훈 팀장 역시 진행 중인 프로젝트 현황 보고를 위해 지난 한 주간 정신없이 바빴다. 새 대표 취임으로 임원진의 인사이동이 예상된바, 보고를 준비하라는 지시가 떨어졌기 때문이다. 그리고 오늘 조찬 회의부터 이어진 간부 회의는 점심시간이 지난 직후 대회의실에서 발표할 보고를 끝으로 마무리될 예정이었다.

긴 보고가 마무리된 후 김지학 전무가 내민 프로젝트 파일을 여 본부장과 유 본부장 두 사람이 각각 집어 들었다.

"이거 이번에는 단발인데, 아주 중요한 광고주라고. 나중에 덩치 좀 키워서 물어 올 수 있을 것 같은데, 어때?"

서류를 빠르게 훑은 여 본부장이 최근 히트를 친 L사의 아트 시리즈가 재계약 승인만 남은 상태라며 에둘러 프로젝트를 미뤘다.

김 전무가 못마땅한 얼굴로 유 본부장에게 시선을 돌리자 여 본부장이 옆자리에 앉은 시훈의 메모지에 재빨리 펜을 놀렸다.

鷄肋! '계륵'이라는 두 자가 한자로 휘갈겨 쓰였다.

"1본부에서 진행해 보겠습니다."

서류 상단에 쓰인 제작 기한을 들여다본 시훈은 기가 찼다. 제작까지 완료하기에는 턱없이 부족한 시간에 예산은 진행비를 빼기도 빠듯할 정도였다. 사적인 친분으로 끌어온 프로젝트일 가능성이 농후했다. 유 본부장의 옆자리에 앉은 정이수의 피곤한 안색이 더없이 가라앉았다.

"정 팀장, 할 수 있지?"

회의실을 나가기 전 유진우 본부장은 이수의 가슴팍에 파일을 안겨 주었다. 시훈이 보란 듯이. 거절 못 할 얄궂은 질문은 따갑기만 하다.

윗선부터 차례로 엘리베이터를 타고 내려갔다. 이제 로비에는 시훈과 이수만 남아 있었다. 온종일 회의를 뛰어다니느라 피곤했다. 흘 깃 바라본 정이수는 넋이 빠진 얼굴이었다. 도착한 엘리베이터 문이 열리는 줄도 모르고 서류를 손에 쥔 그는 깊은 생각에 잠겨 있었다.

"안 타요?"

결국 열림 버튼을 재차 누른 시훈의 채근에 그제야 정신이 깨인 듯 외꺼풀진 눈을 들어 올렸다.

"전 계단으로 갈게요. 하루 종일 앉아 있었더니."

휙 몸을 튼 정이수의 안색이 창백했다. 긴 회의 시간 내내 1본부 업무 현황을 캐묻는 김지학 전무의 질문 세례에 일일이 대응을 한 사람은 정이수였다. 간간이 유진우 본부장이 맥락을 짚어 가며 답을 보태기는 했지만, 얼마나 불친절했는지는 같은 팀장 자리에 있는 시훈만이 눈치챌 수 있었다. 유진우의 답변에는 내용이 없었다.

시훈은 비상구 계단으로 향하는 이수의 뒤를 따랐다. 등을 보인 정이수가 계단을 빠른 걸음으로 내딛는 순간 휘청하고 몸이 기울었다. 재빨리 팔을 붙들자 그 바람에 들고 있던 종이가 엉망으로 쏟아졌다.

"괜찮아요?"

스스로도 놀란 듯 잡힌 몸이 빳빳하게 굳었다. 시훈이 꽉 힘주어 잡은 팔을 빼낸 정이수가 몸을 물리며 중얼거렸다.

"바닥이… 미끄럽네요."

이수가 무릎을 굽혀 앉고 바닥에 우수수 떨어진 서류를 주워 모았다. 슬쩍 입꼬리를 올린 정이수가 당황한 얼굴을 감췄다.

"…일복이 아주."

민망함에 이수의 입에서 의미 없는 말이 튀어나왔다. 여 본부장이 에둘러 프로젝트를 거절하던 모습과 제 직속 상사가 패대기치듯 일을 던져 놓던 모습이 적나라하게 비교되어 우스워 보일 만했다.

시훈은 발아래에 떨어진 서류를 모아 정이수에게 건네며 속눈썹 아래에 드리운 피로를 보았다. 지난 일주일 동안 파티션을 사이에 두고 두 사람 모두 줄곧 야근을 했다. 시훈이 잠깐 눈을 붙이고 온 틈에도 정이수는 자리를 비운 적이 없으니 저보다 체력이 더 달릴 것이다. 시훈의 손에 들린 서류를 받은 이수가 자각도 없는 한숨과 함께 몸을 일으켰다. 곧 흐트러진 셔츠 깃을 매만진 이수가 계단에 발을 디뎠을 때였다. 등 뒤의 시훈이 문득 입을 열었다.

"정 팀장님."

"……"

"괜찮으면, 저녁 같이 먹죠."

내려가던 정이수의 걸음이 천천히 멈췄다.

"……"

동지애라고 해야 하나. 뭐라고 설명해야 좋을지 모르겠지만, 잠깐 숨 돌릴 틈을 주고 싶었다. 엘리베이터를 타는 대신 뒤를 따라온 이유였다. 그런데 예상과 달리 정이수는 무슨 생각을 하는지 여전히 등을 돌린 채다.

뚜벅뚜벅 계단을 되올라온 정이수가 제 목덜미에 손을 올리고 뻐근한 목을 늘였다. 감은 눈이 스르르 뜨인 그늘진 얼굴 위로 어울리지 않는 엷은 미소가 걸렸다.

"이거… 좀, 좆같은 프로젝트긴 해요. 유 본부장님이 그래요. 욕심이 많으셔서…."

"잠깐 머리 좀 식혀요. 7시에 같이 나가는 거로 하죠."

시훈은 바지 주머니에 두 손을 찔러 넣었다. 누그러진 목소리였다. 그에 바닥을 내려 보며 계단 모서리를 발로 슥 비벼 낸 이수가 느릿느릿 중얼거렸다.

"밥 먹자고 할 때마다 미팅에, 메신저로는 대꾸도 없으시더니…."

그러다 불시에 눈을 들어 자신을 바라본다. 정이수가 조곤조곤 말을 이었다.

"제가 말했죠, 이 팀장님 함부로 친절하다고. 그런데요, 지금 와서 '밥 먹자' 이러면… 제가 좋다 그러겠어요? 적선하는 것도 아니고."

이 팀장님이야말로 좀 무례하신 것 같은데? 내도록 짓고 있던 미소가 한순간 걷힌다. 등을 돌린 정이수는 인사조차 없었다. 소용돌이처럼 뱅글뱅글 돌아가는 계단 아래로 내딛는 발소리가 빠르게 멀어졌다.

* * *

'근데… 정산 회장 아들내미가 전략실 들어와 있는 거 맞아? 조직도 아무리 봐도 모르겠던데….'

'자리 만들어 주기 전에 주 실장하고 바깥으로 도는 거 아닌가. 괜히 말 나올까 봐… 그림 만들어 놓으려고.'

'그런가… 이번에 조직 개편하면 알겠지, 뭐. 아… 이따가 뭐 먹냐. 요 앞의 칼국숫집이나 갈까? 오늘은 면이 땡기네.'

소란스러운 누군가가 손을 털고 나간 뒤 이수가 화장실 문을 열고 나왔다. 작년 말부터 모회사인 정산 그룹 오너 자제가 인사이트에 입사했다는 소문은 잊을 만하면 사람들 입을 오르내렸다. 정산 그룹 마케팅팀 총괄도 아니고 대행사에 들어올 이유가 있을까. 광고주가 아니라 굳이. 그렇다면 임원직으로 내정됐겠지…. 그게 저랑 무슨 상관이 있겠냐마는.

세면대에서 손을 닦는 사이 화장실에 들어온 누군가가 알은체를 해 왔다.

"정 팀장. 오랜만."

"실장님, 안녕하십니까."

옆으로 자리한 주현탁 실장이 거울 속 이수를 보며 픽 웃었다.

"나는 애들이 저런 말 하면 좀 웃기더라."

아까 걔네들 말이야. 회장 아들내미가 어쩌구 하던 거. 턱짓이 출입구를 향했다. 딱히 동조를 구하는 건 아니었다. 이수 역시 그러고 싶은 마음은 없었다.

"아는 척하잖어. 지들이 그래 봤자, 대리급인데."

"……."

이수 앞을 가로지른 주 실장이 실실 웃으며 페이퍼 타월을 뽑았다. 젖은 손을 닦는 주 실장의 작은 동공이 기분 나쁘게 이수의 머리부터 발끝까지 훑었다. 신입으로 입사했을 때부터 종종 이런 식으로 바라보는 시선을 이수는 애써 무시했다.

"요즘 깨지느라 바쁘다며. 아이, 참… 우리 유 본부장이 왜 그러지."

그러니까, 유 본부장이 점잖은 체를 했다면 주현탁 실장은 노골적으로 이수를 긁는 쪽이었다.

"…아닙니다, 일이 좀 많아서요."

에이… 기획팀 일 많은 건 상시고. 직속 상사의 흉이라도 보라는 건지 눈을 흘긴 주 실장이 입꼬리를 올렸다. 이수는 입을 다물었다. 주 실장이 유 본부장과의 추문을 모를 리 없었다. 그런 사람이 드리운 낚싯대에 순순히 입을 벌릴 이수가 아니었다. 손가락 끝까지 닦아 낸 타월을 휴지통에 구겨 넣으며 주 실장이 비릿한 웃음을 띠었다.

"정 팀장은 안 궁금해? 우리 실 애들도 지들끼리 네가 아들이냐, 네가 딸이냐 그러고 자빠졌어요."

어휴, 모지리들. 주 실장이 크게 한숨을 쉬며 한탄했다. 딱히 궁금할 만한 주제는 아니었다. 비딩이 내일모레 하나, 그리고 완료된 제작물을 다음 주까지 매체에 태워 보내야 했다. 답이 없는 이수를 두고 주 실장이 거울에 비친 제 매무새를 가다듬었다.

"하기는… 그럴 정신도 없지, 뭐."

이수를 스쳐 지나는 그가 어깨 위를 한 손으로 꽉 붙잡았다.

"아무튼 일 달리면 말해. 내가 우리 정 팀장 챙겨 줘야지?"

툭툭. 파이팅을 외치는 손에는 조롱을 담은 힘이 실려 있었다. 입술을 깨문 이수가 주 실장의 등 뒤로 고개를 숙였다.

최근 여민준 본부장의 얼굴이 밝게 개었다. 시훈이 기획한 L사 광고의 재계약 도장을 찍었고, 매스컴을 통한 몇 차례 인터뷰도 있었다. 반대로 최근 보고 때마다 마주하는 유진우는 어딘가 골이 난 것처럼 굴었다. 그 골을 정이수에게 풀었고 주간 회의에서는 가끔 다른 본부 사정인 양 난감한 상황을 관조했다.

오늘 회의만 해도 임원 보고에서 이미 확정된 PPM북(Pre Production Meeting Book)에 딴지를 거는 김 전무를 유진우 본부장은 설득하지 않았다. 그 역할을 고스란히 떠맡은 이수의 설득은 전후 사정 없이 묵살되었고, 함께 배석한 제작팀마저 난감해했다. 자칫하면 날밤을 새운 수고가 단번에 어그러질 판국이라 정이수가 광고주 컨펌을 전적으로 책임지겠다는 약속을 하고 난 뒤에야 김 전무의 고집은 수그러들었다.

조금 전 회의실을 나선 유진우 본부장이 코너를 돌아 사라지자 여 본부장이 시훈의 쪽으로 목소리를 낮췄다.

"지가 일 잘못 받아 놓고 속도 편해. 가끔 소시오패스 아닌가 싶어."

평소 무난한 일만 쏙쏙 골라 간다며 유 본부장을 벼르던 여 본부장마저 이번에는 혀를 내두를 정도였다. 그러니 실상 업무에서는 더하면 더했지 덜하지 않으리라는 짐작이 뒤따랐다. 고개를 내저은 여 본부장이 저녁 메뉴를 고민하는 사이 슬쩍 뒤를 돌아보니 이제야 회의실을 나서는 정이수가 보였다.

눈이 마주치자 미간에 주름이 팬 정이수가 시훈을 향해 예의상 고개를 숙인다. 대충 '수고하셨습니다.' 같은 의미 없는 인사였다. 곧 벨 소리가 울린 핸드폰을 받은 그의 얼굴에 난감한 기색이 떠올랐다.

"… 바뀐 것 같던데. 시사 날짜 다시 잡아서 올려 줘."

"……."

"이 프로. 들었어?"

"…네. 오늘 중으로 정리해서 드릴게요."

잠시 넋을 빼고 있던 시훈이 재빨리 답을 하고 여 본부장을 따라붙었다.

탁! 내쳐진 손이 따가웠다. 유진우 본부장에게 대화를 요구했고, 무시한 그를 주차장까지 따라갔다. 그리고 운전석에 타려는 그를 단지 돌려세우려 했을 뿐이었다.

예상하지 못한 반응에 몸이 굳었다. 작게 벌어진 입이 한동안 다물리지 못했다. 자정이 가까운 시간이었다. 인적 없는 지하 주차장의 서늘함이 이수의 셔츠 속을 파고들었다. 손등을 감싼 이수가 유 본부장을 올려 보았다.

"정 팀장, 지금 뭐 하는 거야?"

경멸과 환멸을 담은 안경 너머의 눈동자가 이수를 보고 있었다. 못마땅해서, 혹은 더럽다거나.

"…제 팀이에요. 그리고 본부장님 소속이구요. 그러니까 감정적으로 대하지 마시라구요."

입사 이래 유진우 본부장이 이런 식으로 이수를 몰아붙인 적은 없었다. 공격적으로 업무를 진행하는 회사 성격과 달리 오히려 느긋하고 안정적인 프로젝트를 우선시하는 사람이었다. 이수는 단지 최근 저를 대하는 행동과 막무가내로 진행되는 업무에 관한 이유를 듣고 싶었다. 정당한 요구였다.

"족보도 없는 자식 거둬 줬더니. 뭐?"

이수가 물었다.

"책임도 못 질 거… 왜 거두셨어요?"

"어디서 건방을 떠는 거야, 여기까지 쫓아와서…!"

제 뒤를 졸졸 따라다니며 손짓 하나, 눈짓 하나에 웃고 울던 강아지를 싫증이 나서 버렸다. 그런데도 다른 주인에게 꼬리를 흔드는 모습에 짜증이 솟구쳤다. 더군다나 주제를 모르고 잔뜩 날이 선 눈동자며 어금니를 꽉 깨문 모습에 어이가 없었다. 항상 웃는 낯으로 타인을 대하던 유 본부장의 표정이 험악하게 일그러졌다.

우연, 의심을 맴돌던 불편한 상상은 이수의 돌발적인 하극상으로 인해 이제 확신이 되었다.

"이봐, 정 팀장. 갈아탔어?"

정이수가 바라는 대가 없이 제게 사랑과 헌신을 보인 사실은 아이러니하게도 유진우 본인이 가장 잘 알았다. 그런데 가질 것도 아니면서 남 주자니 아까운 생각에 심사가 뒤틀렸다.

"…무슨…."

이수는 말을 잃었다.

"지금 이시훈 믿고 이러냐고."

임원들에게 입을 단단히 걸어 잠그라고 한 사항이지만 평생 숨길 일도 아니고, 이미 두 갈래로 갈라진 라인을 따라 도열한 사람들 틈에 말이 새지 않았으리라는 보장은 없었다. 감히… 정이수 네가. 이수와의 관계를 킬링 타임용 게임 정도로 여긴 유 본부장의 상상은 가장 저열하게 귀결되었다.

이시훈 팀장과 자신을 사이에 둔 오해는 어딘가 맥락이 어긋나 있었다. 저보다 직급이 아래인 이시훈을 자신과 견주어 갈아탔다느니, 이 팀장을 믿고 이러느니 하는 유 본부장의 말이 특히 이해되지 않았다.

하지만 이수에게는 그런 맥락을 짚어 낼 감정적 여유가 없었다. 그가 언급한 상대는 중요하지 않았다. 다만 저를 한낱 싸구려 취급하는 유진우의 비난에 비참함이 가슴을 난도질했다.

"저한테… 왜 그렇게."

목구멍이 막혀 뒷말은 나오지 못했다. 이러면 안 되는 사람이었다. 왜 이렇게 털어 버리지 못해 안달일까. 관계가 틀어진 후 비참함과 수모를 끌어안은 사람은 저뿐이었다. 지난 몇 년, 당장 몇 개월만 돌아봐도 그랬다. 아무도 유 본부장을 비난하지 않았다. 동정하고 안타까워할 뿐. 누구나 추문을 쑥덕대지만, 주홍 글씨가 새겨진 사람은 이수뿐이었다.

그때였다. 헤드라이트가 두 사람을 비춘 건. 유 본부장의 맞은편에 주차된 SUV 차량이 시동을 걸었다. 차는 출발하지 않고 멈춰 섰다. 운전석에서 내린 사람은 뜻밖에 이시훈이었다.

"하. 타이밍 좋네."

유진우 본부장의 이죽거림이 나지막이 들려왔다. 전후 사정을 알리 없는 이시훈이 가벼운 묵례 후 상사인 유 본부장이 먼저 차를 타고 가길 기다렸다.

"……."

참을 길 없는 모멸감이 칼을 갈고 있었다. 시퍼렇게 날을 세운 칼이 방향을 찾지 못하고 불안하게 흔들렸다. 이수가 칼자루를 쥐어본다. 여전히 목표를 찾지 못했다. 칼날이 어디를 향해야 할지.

유진우가 반쯤 닫힌 운전석 문을 열고 몸을 들이밀고 있었다. 말없이 유 본부장을 노려본 이수가 눈을 질끈 감았다 떴다. 그리고 칼자루를 쥔 채로 보란 듯이 시훈을 향해 몸을 돌렸다.

"…이 팀장님, 같이 가요."

시훈은 정이수의 말을 이해하지 못했다. 같이 가자니. 무슨 말인지 다시 되묻기도 전에 그가 걸음을 옮겨 조수석에 올랐다. 그걸 본 유 본부장이 실소하며 차에 올랐다. 차는 시끄럽게 바퀴를 굴리며 멀어졌다. 이윽고 상황을 짐작한 시훈이 한숨과 함께 운전석 문을 열었다. 그리고 허리를 숙여 정이수를 향해 물었다.

"뭐 해요, 지금?"

"저녁 먹자면서요. …밥도 괜찮고, 술도 괜찮아요."

자정이 넘은 시간, 그걸 정이수가 모를 리 없었다. 고약한 속내가 시훈을 답답하게 만들었다. 조수석 창으로 얼굴을 감춘 이를 지켜보던 시훈이 허리를 세우고 차체에 팔을 기대섰다. 답답함에 셔츠의 위 단추부터 풀어냈다.

"어이가 없는 사람이네, 정말…."

조금 전 상황을 유추해 보자 단박에 얼굴이 찌푸려졌다. 백번 양보해 이해해 보려고 해도 이건 정이수가 저를 이용한 것일 뿐이었다. 편리한 도구처럼. 얼마 전 엘리베이터에서 유 본부장과의 조우로 시작된 묘한 기류만큼이나 불쾌하기 짝이 없었다.

반대편으로 넘어간 시훈은 지체 없이 조수석 문을 열고 이수의 팔을 잡아끌었다.

"내려요."

외꺼풀진 눈이 바닥을 향해 있다 시훈을 올려 본다. 미소를 머금은 입술이 음울한 두 눈과 좀처럼 어울리지 않았다. 이윽고 발을 내려 몸을 일으킨 정이수가 시훈과 마주 섰다. 가깝고 가깝게 마주한 정이수가 자신을 올려 보자 시훈이 인상을 쓰며 조수석 문을 소리 나게 닫았다.

"오늘 같은 일, 더는 없었으면 합니다. 불쾌해요."

혐오. 일그러진 눈이 그렇게 말하고 있었다. 같은 회사 같은 직급, 같은 직책을 가지고 있는 동료를 상대로 이수의 갈린 자존심이 버티지 못했다. 이수는 아랫입술을 피가 맺힐 듯 깨물었다. 마음속에서 부지런히 날을 갈아 방향을 찾던 칼날이 드디어 목표를 잡아

살을 그어 냈다. 아. 옅은 탄식이 흘러나왔다.

"…소문날까 봐 그래요? 정이수랑 이렇고 저런 사이라더라. 그런 거."

대꾸를 할 만한 가치가 없었다. 뭐라고 생각하든 그건 정이수 본인이 알아서 할 일이었다. 하. 시훈이 어이없는 한숨을 터트리고 보닛 앞으로 걸음을 옮겼다. 심사가 뒤틀린 정이수의 이죽거림이 등 뒤로 쏟아졌다.

"뭐 물어요, 나한테? 아니면 아닌 거지… 이게 뭐라고 불쾌까지 해요. 유 본이 혼자 착각하는 거 가지고."

사람 속을 뭉개는 솜씨가 보통이 아니었다.

"적당히 하죠."

휙 어깨를 틀며 시훈이 낮은 목소리로 경고했다. 입 털어 먹는 직업이라지만 정이수는 뻔뻔하기 그지없었다. 하얗게 부서지는 적나라한 조명 아래 정이수의 얼굴은 창백하다 못해 서늘했다. 기다렸다는 듯 비딱한 입술을 열고 정이수가 몸을 붙였다.

"회사 동료끼리 같은 차 못 타요? 이 정도로는 소문 안 나죠? 그럼, 어디 가서 커피라도 한잔할래요?"

"정 팀장님. 뭐 하는데요, 지금."

힘주어 내뱉은 말은 싸늘했다.

"그것도 약하네. 그럼 입이라도 한번 맞출래요? 그래야 소문 좀 나겠네."

코앞까지 다가온 이수가 시훈을 올려 보며 느물거렸다. 마구잡이로 그어 대고 나니 후련했다. 완고하게 주름진 미간이며 언짢은 얼굴을 보자 차라리 숨통이 트이는 기분이었다. 모두 저를 없는 사람처럼 대하니까. 이시훈 팀장이라면 적어도 위선을 떨 가증스러운 인간은 아니었다. 그래서 이러면 안 되는 줄 알면서도, 실수이자 무례인 줄 알면서도 머저리 같은 고집이 시훈을 향했다.

이런 식의 자해는 꽤 고전적인 방식이었다. 타인이 흠집을 내기 전에 저 스스로 속을 갈라 놓으면 남이 주는 상처로 아플 일은 없었다.

"아니면 이 앞의 호텔이라도 갈까요?"

독기 가득한 시선은 탈주한 사춘기 소년처럼 위태로워 보였다. 그게 기폭제가 되었다. 이수를 피하지 않고 응시하던 시훈의 눈빛이 이채를 띠었다.

"좋아하는 사람하고만 섹스할 나이는 지났…!"

…다면서요. 이수의 말은 끝을 맺지 못했다.

멱살이 잡힌 이수의 몸이 무지막한 힘으로 끌렸다. 조수석 문이 열리고 좌석 등받이에 둔탁하게 등이 닿았다. 이게 무슨…! 당황한 이수가 얼굴을 돌리자 시트를 지탱한 팔이 도망가지 못하도록 손목과 턱을 단단히 붙잡는다. 거칠었다. 시훈이 완력을 이용해 취한 자세는 한 가지밖에 생각할 수 없었다. 순식간에 결박된 얼굴 앞으로 시훈의 코끝이 스쳤다. 너무 가까웠다. 단번에 집어삼킬 듯. 저도 모르게 숨을 참은 이수의 눈이 크게 뜨였다.

"……."

조금만 각도를 달리하면 입술이 맞닿을 거리. 분노로 잠식된 시훈의 눈동자가 구멍이라도 뚫을 듯 이수와 눈을 맞췄다. 내쉬지 못한 숨에 가슴이 부풀었고, 입이 바짝 말랐다.

눈앞, 가까운 거리에서 시훈은 미동도 없이 허리를 숙였다. 흐트러진 머리카락 아래로 휘어진 눈썹이 날카로웠다. 혼란한 이수의 눈동자가 마구 흔들렸다. 결국 이수가 시선을 떨궜다. 통제를 벗어난 상황과 맞닥뜨린 불안이 그렇게 만들었다. 당혹감에 모든 근육이 삽시간에 굳어 버린 듯 손 하나 까닥할 수가 없었다. 심장만이 빠르게 뛰었다.

"윽…."

순식간에 모로 돌아간 턱이 잡혔다. 신음이 터져 나왔다. 힘이 들어간 시훈의 손이 양 뺨을 한 번에 잡아 얼굴을 고정했다.

"왜."

낮고 거친 목소리였다. 짧은 물음에는 여러 의미가 담겨 있었다. 그딴 말을 지껄이고, 원하는 대로 입까지 맞춰 주려는데 이제 와 얌전을 빼는 이유를 묻는 힐난.

차갑게 얼어붙은 눈에는 짜증조차 담겨 있지 않았다. 분노를 넘어선 이성이 이수의 본질을 꿰뚫듯 노려보고 있었다. 지금 이시훈이 저를 불쾌해하고 있다면, 이수는 이시훈이 불편했다.

우악스럽게 양 뺨을 틀어쥔 시훈의 손목을 잡아떼려 힘을 줬다.

"…놓으…!"

곧바로 시훈이 다른 손으로 이수의 손목을 아플 정도로 잡아챘다.

"아…!"

이시훈의 시계 버클에 걸린 손가락이 마지막 발악처럼 손목 안쪽을 긁어내리자 주차장 바닥에 둔탁한 소리가 닿았다. 실랑이 끝에 턱뿐 아니라 손마저 구속된 상황에 이번에는 신음마저 나오지 않았다. 가슴팍이 오르락내리락하며 감정을 추슬러 보려고 해도 기이한 흥분이 멋대로 넘실거렸다. 이수의 벌어진 입술 사이로 더운 숨이 흘렀다.

정이수는 여전히 자존심을 굽히지 않았다. 외꺼풀진 눈이 파르르 떨리는 줄도 모르고 노려보는 모습이 볼만했다. 그런 이수를 두고 시훈은 시선을 내렸다. 이수의 다리 사이를 확인한 그가 나지막이 빈정거렸다.

"좀 거친 게 좋은가 봐요."

안 세우신다면서… 잘도. 벌어진 다리 사이에는 완전하지는 않지만, 확실히 발기한 이수의 성기가 존재를 보였다. 이마 위 흐트러진 머리 가닥 아래로 가로로 긴 시훈의 눈이 서서히 이수 앞으로 다가왔다. 시훈이 틀어쥔 이수의 손은 마디 끝까지 하얗게 질려 있었다. 이내 아슬아슬하게 거리를 좁힌 시훈이 고개를 기울였다.

"이봐요, 정 팀장님."

"……."

낮은 한숨을 내쉰 그가 이윽고 이수와 눈을 맞췄다. 느릿느릿 입이 열렸다.

"품위 좀 지켜요. 애먼 사람한테 애꿎은 화풀이 하지 말고."

"……."

정적은 오래가지 않았다. 말을 끝으로 시훈이 팔을 억세게 잡아 이수를 일으켰다. 팅기듯 조수석 바깥으로 밀려 나간 몸이 휘청거렸다. 조수석 문이 거칠게 닫히고 보닛 앞을 돌아간 시훈이 운전석에 타기까지 몇 초도 걸리지 않았다.

찾아든 한기에 미세하게 몸이 떨렸다. 어떻게 두 발을 딛고 서 있는지 모를 만큼 얼어 버린 감각에 손끝 하나 까딱할 수가 없었다. …한심했다. 찌꺼기 같은 감정 하나를 컨트롤하지 못하고 이시훈에게 밑천만 드러냈다. 참담한 자괴감이 이수를 바닥까지 끌어내렸다.

타이어가 주차장 바닥을 긁는 소리가 지하 주차장을 울렸다. 공허한 눈을 한 이수는 시훈의 차를 등진 그대로였다. 발걸음을 옮기지 못한 채 차가 시야에서 사라질 때까지 아무것도 할 수 없었다. 발치에는 표면에 균열을 일으킨 남자의 시계가 떨어져 있었다.

* * *

피곤한 몸을 소파 위로 뉘었다. 고개를 옆으로 돌리자 텔레비전에서는 작년 연말 이수의 팀에서 진행한 은행 광고가 송출되고 있었다. 믿음. 사랑. 약속. 영상 따라 자막들이 페이드인, 페이드아웃 되었다.

세 가지 전부 소중하지만 한번 깨지면 티가 나지 않게 붙일 수 없는 그런 것들. 그래서 또 귀한 것들이었다. …지랄.

"후우…."

하도 깨물어 부은 아랫입술이 아팠다. 다시 큰 숨을 끌어 올리고 내뱉으며 이수는 감은 눈 위에 손등을 올렸다. 그러자 '오늘도 무사히'라는 말이 이수의 머리를 둥둥 떠다녔다. 조금 전 내린 택시의 룸 미러에 부적처럼 붙어 있는 문구였다. 오늘 이수의 하루는 무사하지 못했다. 이수는 침음했다. 유진우에게 내쳐진 손등의 통증은 희미해졌다지만 대신 짙게 남은 쓰라린 기억이 떠올랐다.

팀장으로 승진 발표가 났던 날, 근사한 호텔에서 식사를 하고 그와 룸으로 올라갔다. 유 본부장의 말을 빌리자면 정식으로 하는 첫 데이트였다. 설렜고, 아마도 그런 말을 기대했던 것 같다. 아내와는 끝이 났다고.

자신에게 먼저 샤워를 권한 그를 두고 욕실에 들어갔다 나왔을 때, 재킷 하나 벗지 않은 유진우 본부장은 영국에 있는 와이프와 아이들과 차례로 통화를 마치고 있었다. 분위기를 읽지 못한 이수가 가운을 입은 채 침대에 엉덩이를 붙이고 앉자 문고리를 잡은 유 본부장이 예의 다정한 목소리로 입을 열었다.

'이수가 얼마나 잘 따라오는지 궁금했는데 팀장까지 올랐으니, 클라이맥스는 막 지난 건가?'

'…클라이맥스요?'

'응. 제일 재미있는 부분 말이야.'

웃는 얼굴은 소년처럼 천진했다. 이수는 뜻을 이해하지 못했다. 무슨 말이지…. 침대 밑으로 발을 디뎠을 때 문을 연 그가 말했다.

'아, 그리고 우리 앞으로 선은 지키자. 뭐랄까… 내가 좀, 안 맞는 옷을 입은 것 같아.'

그는 사소한 실수를 한 것처럼 멋쩍어했다.

'…본부장님.'

'아이 때문에. 헤어지면 와이프하고 나는 남이지만 애는 죄가 없잖아.'

말을 잃은 이수를 두고 그가 시원스레 걸린 미소를 앞세워 축하 인사를 전했다.

'승진 축하해, 정 팀장.'

무겁게 닫힌 문 뒤로 이수는 비로소 깨달았다. 자신의 존재가 무료한 그의 일생에 일탈이었다는 사실을. 5년 동안 전전긍긍하는 저를 보는 일이 지루한 회사 생활을 이기는 드라마였음을.

그 뒤로 유진우는 착실하게 또 놀랍도록 자연스럽게 이수에게 벽을 쳤다. 팽 당했다는 말은 이수가 유진우를 꾀었다는 소문처럼 순식간에 입에서 입으로, 귀에서 귀로 전해졌다. 마지막 선물처럼 씌워 준 팀장이라는 감투는 이수가 피눈물 나도록 행한 노력을 물거품으로 만들었다. 유 본부장이 아니면 네까짓 게 감히 그 자리에는 오를 수 없었을 거라는 수군거림이 메아리처럼 울려 퍼졌다.

분노나 슬픔은 갖고 싶지 않았다. 어차피 완벽한 유 본부장에게 흠집을 낸 탓아는 정이수였다. 그를 사랑한다는… 아니, 사랑했다는 이유만으로 주홍 글씨가 새겨졌다. 그리고 그걸 지우기에는 너무 늦어 버렸다. 그래서 이수는 버티고 싶었다. 아무 일 아닌 듯 저도 유 본부장처럼 성공해 보려고 라인을 잡아 본 거라고, 차라리 그렇게 보이고 싶었다. 그래야만 살 수 있을 것 같았다. 썰물처럼 빠져나간 상실이 그렇게 하라 스스로를 다그치고 채찍질하도록 만들었다.

15초 만에 넘어가는 광고가 끊임없이 재생되고, 텔레비전 화면이 이수의 얼굴에 덧씌워졌다. 온몸이 피로를 토로해도 감긴 눈은 손만 치우면 도로 뜨일 기세다. 요즘 들어 왜 이렇게 잠이 안 올까. 흔히 말하는 피로, 스트레스, 그런 것들은 평생 안고 살았는데….

인사이트에 들어와 3년쯤 됐을 때 눈 딱 감고 이직을 해야 했다.

첫 회사라는 게 뭔지… 이상한 감상에 사로잡힌 게 문제였다. 유진우 본부장도.

몸을 늘어트린 이수의 입술이 달싹였다. 들릴 듯 말 듯. 주문처럼.

…새해 복 많이 받으세요. 새해 복 많이 받으세요. 새해 복 많이 받으세요.

남자가 했던 말을 습관처럼 떠올리고 만다. 그저 평범한 새해 인사였다.

"…시발, 이거 너무… 하."

자존심 상하네. 혼잣말과 함께 조소가 새어 나왔다.

'뭘 그렇게까지 해요?'

얼마 전, 냉소하던 시훈의 물음이 떠올랐다. 오늘 그가 던진 질문이 비로소 제자리를 찾은 것 같다.

'새해 복 많이 받으세요.'

머릿속에서 재생되는 말은 어느새 주인의 목소리로 바뀌어 있었다. 그 음성을 배경으로 이수가 답을 했다.

잠이 안 오니까요. 그럴 때면 한번 해 봐요. 잠이 올까 싶어서. 듣는 사람은 없지만 맴도는 말이 우스워 눈을 감고 자조했다.

'안녕하세요, 이시훈입니다.'

팀장 대행이라는 직함을 단 그는 손을 내밀어 악수를 청했다.

여민준 본부장이 새 팀을 꾸린다는 소식은 이수가 팀장으로 승진한 직후 전해졌다. 유진우 본부장과 적의를 둔 여 본부장을 비롯해 다수가 제 승진을 못마땅해하는 분위기라는 건 짐작하고 있었다.

인사 공고는 불시에 예고 없이 이뤄졌으며 벽을 터 나눈 공간에는 1본부와 2본부 기획 1팀이 나란히 자리를 틀었다. 동일한 출발선에 세워 둔 말처럼 말이다.

이시훈은 겉으로 보면 분명 냉소적이고 자신의 바운더리를 분명히 가진, 보이지 않는 선이 그어진 사람이었다. 그럼에도 그가 금세 기획팀 팀장 자리에 녹아든 것도, 팀원들이 스스럼없이 그를 대하는 것도 분명 이시훈이 가진 능력이었다.

그때쯤 유진우와의 관계가 끝이 나며 앞뒤 재지 않고 넘어오는 업무량이 상당했다. 계속되는 야근과 철야, 그리고 이별의 후유증으로 이수는 몸과 마음이 지쳐 있었다. 그 와중에 작년 늦가을 인사이트로 이직한 이시훈이 추수하듯 대부분의 비딩에서 일을 따고, 여본부장과 막역한 그가 내부적으로 신임을 얻고 있다는 사실이 이수를 조금 초조하게 만들었다.

간부들 사이에서 주고받는 술을 이시훈은 마다하지 않고 곧잘 마셨다. 그는 애써 웃거나 목소리를 높이는 일 없이 차분하며 여유로웠고, 마치 이 자리가 익숙한 듯 다른 이들과 대화를 이어 나갔다. 이방인처럼 테이블에 놓인 잔만 만지작거리는 이는 말하자면 박힌 돌인 정이수 자신이었다.

유 본부장과 그런 관계라더라 하는 두루뭉술한 소문이 싹튼 이후로 이수의 주위에는 보이지 않는 벽이 생겼다. 일부러 모르는 척 자리를 지키는 일은 회식마다 반복됐지만, 저와 이시훈을 나란히 앉혀 두고 하는 연말 회식은 좀처럼 견디기가 어려웠다. 결국 불편함을 참지 못하고 찬 바람이라도 쐴까 싶어 슬쩍 자리를 빠져나왔다.

회식 장소를 빠져나오자 겨울바람이 제법 날카로웠다. 건물 옆 희미한 가로등 아래에 선 이수가 코트 깃을 여미고 핸드폰으로 메일을 확인했다. 연말이라 처리해야 할 일들이 산적해 있었다. 급하게 회신이 필요한 메일을 작성하고 보내기 버튼을 눌렀다. 장갑을 끼지 않은 손가락이 얼얼했다. 날 선 바람에 얼굴마저 얼어 버릴 것 같은 추운 날씨였다.

'…아, 담배.'

내년에는 반드시 담배를 줄여 보겠다는 의미 없는 계획을 세운 탓에 하필이면 주머니가 비었다. 핸드폰으로 시간을 확인한 이수가 난감한 얼굴로 코트를 여몄다. 감기라도 걸리는 날에는 줄을 서고 있는 일들이 하나같이 만만찮았다. 1시간 정도만 버티면 이 또한 지나가리라 실내로 발길을 돌리는 참이었다.

'이야… 진짜 정이수가 팀장이랍시고 상석에 앉아 있더라.'

'안 쪽팔리나?'

모퉁이 너머로 모인 무리에서 들리는 제 이름과 스캔들은 진저리가 났다. 코트 밖 차가운 두 손을 꽉 쥐어 보았다. 잠시 눈 감고 큰 숨을 내쉬자 하얀 입김이 번졌다. 그냥 넘길 일, 아무것도 아니라고 생각했다. 상한 기분을 애써 무시하고 감은 눈을 뜰 무렵, 제 뒤쪽으로 누군가가 한 발자국 다가선 사실을 뒤늦게 눈치챘다.

'담배 태워요?'

이시훈이었다. 입에는 아직 불이 붙지 않은 담배가 물려 있었고 이수에게 내민 장초 하나가 손가락 사이에 삐딱하게 걸려 있었다.

'금연 중이에요.'

자신도 모르게 슬쩍 몸을 돌렸다. 그에 대한, 혹은 타인에 대한 무의식에서 오는 방어 기제이자 딱히 말을 섞기 싫어 보인 행동이었다.

　이시훈은 머리를 쓸어 올리고 입에 문 담배에 불을 붙였다. 술자리에서 멀쩡해 보인 모습은 착각이었는지 제법 취한 듯 두 눈이 멍해 보였다. 앞에는 뒷말하는 무리가, 뒤로는 이시훈이 서 있는 상황이라 오도 가도 못하게 되었다. 예의상 말이라도 붙여야 하나 이수는 잠시 고민했다. 그리고 얼마 지나지 않아 흔한 레퍼토리가 흘러나왔다.

　'여 본부장님 기대가 크시겠어요.'

　쾌활한 어조로 다음 말을 덧붙이려 할 때, 찬 바람처럼 앞에 선 무리의 말소리가 훅 두 사람 사이를 파고들었다.

　'야, 쪽팔리긴 뭐가…. 정이수가 지 쪽 팔아서 유 본이랑 붙어먹은 건데. 지방대 출신이 팀장이라…. 유 본부장 아니면 미스터리 아니야? 정이수도 참 대단해. 뽑아 먹을 거 뽑아 먹고 유 본 버린 거 맞지?'

　'정이수만 아니었으면 상무 달았을지도 모르지. 문 대표 라인이라며…. 대체 걔가 뭘 어쨌길래 홀딱 넘어간 거야?'

　'처음 자빠트리는 게 어렵지. 위에서 허리 돌리면 볼만할걸. 쓰읍. 정이수 라인이… 큭큭큭.'

　'아, 맞다. 들었어? 정산 회장 아들내미가 우리 회사 다닌다는데? 이번에 전략실 들어간 앤가?'

　'거긴 여직원 들어갔을걸? 뭐, 제작팀이나 기획팀 가서 뺑이 칠 것 같지는 않고….'

　좆같은 타이밍이었다. 정적이 흘렀다. 잘못한 것도 없는 이수는 꿀 먹은 벙어리가 되었다.

손이 차고 볼이 차고, 그리고 구멍이 뻥 뚫린 마음에는 찬 바람이 지나갔다. 여태 담배를 물고 있던 시훈이 살짝 고개를 기울여 모퉁이 너머를 확인하고 돌아왔다. 곧 벽에 등을 기댄 이시훈은 말없이 담배만 두어 번 빨고 연기를 내뿜었다.

후우….

제법 길이가 짧아진 담배를 손에 들고 이시훈은 손목시계로 시간을 확인했다. 자정을 앞둔 시간, 이제 곧 올해의 마지막 날이었다.

'여하튼 구멍 팔아먹는 새끼나 금수저 물고 태어난 놈이나 세상 참 편하게들 살아요.'

배경음처럼 들려오는 소리에 시훈의 미간이 좁아졌다. 곧 피우던 담배마저 바닥에 내던졌다.

'거참, 시끄럽네….'

이시훈은 구두 앞코를 이용해 아직 타고 있는 불을 비벼 끄고 나지막이 읊조렸다.

'시발, 지들은 개천에서 용 났나…. 쥐뿔 좆도 아닌 새끼들이.'

확실히 술에 취한 듯 이시훈의 말소리는 꼬여 있었다. 기댄 몸을 세운 그가 이수를 마주 보았다. 그리고 조금 전 권한 담배를 다시 한번 이수에게 내밀었다. 그게 위로인 것처럼.

물끄러미 이시훈이 내민 손을 바라본 이수는 이러지도 저러지도 못하고 아랫입술을 난감한 듯 깨물었다. 곧 이시훈이 본인의 입에 담배를 물고 라이터를 켰다. 어둠 속 동그랗게 빨간 불이 번졌다.

"……."

불붙은 담배는 멍하니 서 있는 이수의 입술 앞으로 돌려 내밀어졌다. 저도 모르게 빠끔 입을 열어 담배를 물자 저보다 키가 큰 이시훈이 고개를 비틀고 눈을 맞췄다. 그 때문에 이수가 살짝 턱을 당겼다. 그걸 아는지 모르는지… 지나치게 가까운 이시훈에게서 미미한 알코올 냄새가 났다.

"……."

입술 끝에 아슬아슬하게 걸린 담배와 곧은 코를 거쳐 올라온 시선이 이수의 눈에 다다랐을 때 이시훈은 오래도록 그 자세를 유지했다. 아마 한… 5초 정도.

고개를 사선 방향으로 비틀어 픽 웃음을 흘린 그가 허리를 세우며 말을 뱉었다.

'…금연은 내일부터 하죠.'

다정함도 배려도 없는 투로 '그냥 한 대 태우고 무시해요.' 하는 투박한 위로였다.

이수는 제게 한 일련의 행동들이 이시훈의 고상한 술버릇임을 깨달았다. 아마도 내일이면 기억조차 없을…. 등을 돌린 시훈은 벨이 울린 폰을 받아 '네, 잠깐, 이 앞이요.'라고 대답했다. 아마 안쪽에서 행방을 찾는 전화였을 테다.

멍하니 서 있던 이수가 뒤늦게 담배를 손으로 옮겨 쥐며 마른 입술을 혀로 적셨다. 어떤 말이라도 해야 할 것 같은데 적당한 말을 찾지 못한 입술은 달싹거리기만 했다. 둘 사이로 쌩하게 지나가는 바람에 바닥에 떨어진 구겨진 전단지가 도르르 제자리를 굴렀다. 이수는 간단한 안부 인사 하나도 못 하나 싶어 잠깐 속을 끓였다.

그때 안으로 들어가기 위해 발걸음을 옮기던 이시훈이 귀에서 핸드폰을 떼고 명쾌한 답을 주었다.

'아, 그리고, 새해 복 많이 받으세요.'

'……'

하고. 입술 끝이 올라간 엷은 미소가 모퉁이를 돌아 사라졌다.

평이한 인사는 이수의 핸드폰과 메일에 12월부터 지겹도록 쓰인 문구였다. 이수는 가슴팍에 손을 올렸다. 찬 바람이 숭숭 지나던 속이 찌르르 울렸다.

'새해 복 많이 받으세요.'

타인의 안녕을 바라는 말. 불면증과 스트레스가 극에 달하던 때였다. 살면서 몇십 번, 아니, 몇백 번은 주고받았을 흔하디흔한 상투적인 그 말이 어찌나 위로가 되던지 잠들기 전 몇 번이나 곱씹어 봤더랬다. 그러다 까무룩 잠이 든 걸 다음 날 1월 1일, 새해 아침 눈을 뜨고서야 깨달았다.

* * *

최근 2주간 두 명의 팀원이 퇴사 의사를 밝혔다. 김지학 전무가 전가한 G사의 광고주 시사가 끝난 뒤였다.

그리고 유난히 조용한 늦은 오후, 임순정 대리가 면담을 요청했다. 자리에 앉은 임 대리는 고개를 푹 숙이고 앞에 놓인 종이컵만 만지작거릴 뿐 도통 입을 열지 않았다. 이수와 오랜 시간 함께한 사람이었다. 한때 이수는 임순정 대리의 사수였고, 임순정 대리의 포트폴리오는 전부 이수와 함께 시작하고 끝낸 프로젝트였다.

얼마나 기다렸을까. 이윽고 마른침을 삼킨 그가 이수에게 '퇴사하겠습니다.'라고 의사를 밝혔다. 적막하기 그지없었다. 곧 이수가 임 대리에게 물었다.

"이유가 뭔가요."

임 대리는 깨문 입술을 풀고도 한참 동안 입을 열지 못했다. 이수는 상대를 다그치지 않았다. 잠시 후, 임 대리가 큰 숨과 함께 떨리는 목소리로 답을 주었다.

"…지쳤습니다. 저 정신과 다니면서 약 먹고 있어요."

이수의 눈이 크게 뜨였다. 봇물 터지듯 임 대리가 그동안의 고민을 털어놓았다.

"잠도 못 자고, 밥도 안 넘어가고. 회사 올 생각만 하면 죽고 싶어요. 그냥 눈을 안 떴으면 좋겠습니다."

"…업무 강도를 조정해 주면 안 되겠습니까."

고개를 젓는다.

"업무, 중요하게 여기시는 거 잘 아는데요. 어떻게 매번 질책만…"

정이수 팀장과 수많은 밤을 다독이며 보냈다. 그는 사수였을 때부터 사적인 농담을 건네거나 사람과 어울리는 유형이 아니기는 했다. 그래도 업무를 핑계로 괜한 술자리에서 시간을 죽인다든가, 마음에도 없는 입에 발린 소리로 상사의 비위를 맞춰야 하는 동기들보다 훨씬 존중받고 있다고 생각했다. 그래서 남들이 쑥덕대는 추문에도 임순정 대리만은 귀를 닫고 살았다.

번아웃은 한순간이었다. 이수의 승진을 기점으로 제 역할 역시 커졌다는 자각은 더뎠다. 성장의 고비를 넘기지 못한 실무자의 아이디어는 고갈되고, 좀처럼 회의에 집중하기 어려웠다. 발에 땀이 나도록 뛰고 있다고 생각했으나 실상 시간을 뭉개고 있다는 사실을 몰랐다. 그러니 몸만 고되고, 축났다.

업무에서 손을 놓자 쓸데없는 소리가 귀에 잘도 꽂혔다. 정이수 팀장이 유진우 본부장과 틀어져 짜치는 일만 물어 온다더라. 라인이 잘렸으니 1본부 기획팀이 산으로 가게 생겼다 등등.

게다가 정이수 팀장은 왜 이렇게 예민한 걸까. 한때 기민하고 카리스마 있어 보인 행동들은 다른 시선으로 바라보니 극한의 스트레스로 다가왔다. 신경이 쇠약해진 탓에 모든 책임이 정이수 팀장에게 있는 것만 같았다.

"죄송합니다. 정말… 정말 너무 힘들어서 더 못 다니겠습니다."

이수는 무슨 말을 하려다 두 입술을 꽉 붙였다. 어떤 말도 위로가 될 리 없었다. 팀원 건강 하나 제대로 챙기지 못하는 관리자가 무슨 할 말이 있을까. 어쩌면 따뜻한 말 한마디나 격려가 필요했을 임 대리를 추스르지 못한 후회가 뒤따랐다.

"일단은… 휴가부터 내요."

"……."

"임 대리. 병가 처리 해 줄 테니 쉬고 와요. 제가 인사팀에는 잘 말씀드리겠습니다. 복귀해서 불이익 없다고 약속할게요. 그리고… 그 후에 다시 한번 이야기하죠."

"……."

묵묵부답인 임 대리를 바라보는 이수의 마음이 착잡했다.

얼마 뒤 비정기 인사이동이 있을 예정이었다. 문동현 대표가 취임한 뒤로 사내를 긴장하게 만든 결과가 곧 드러나는 셈이었다.

탕비실에서 커피를 내리던 시훈에게 집무 책상 앞에서 자신을 찾는 여 본부장의 목소리가 들려왔다. 블라인드 틈을 벌리자 눈을 마주친 여 본부장은 한걸음에 달려와 열린 탕비실 문부터 닫았다.

"너 저거, 맞지? 시영이가 보낸 엽서."

"……."

커피를 머그잔에 따르던 시훈은 더 이상 언급하기 싫은 듯 입을 다물었다. 서로 좋을 것 없는 말을 여 본부장 역시 굳이 들추고 싶지는 않았다. 눈치를 보던 여 본부장이 화제를 돌려 핀잔 어린 질문을 던졌다.

"너 설마 아직도 본가에 안 찾아뵀냐?"

또 묵묵부답. 시훈은 종이컵 하나에 커피를 채워 건네줄 뿐이다.

"저번에 숙모님이 나한테 웬 안부를 여쭈시나 했다. 너 때문이었네. 네가 하도 연락을 안 하니까."

무감한 표정의 시훈이 커피를 한 모금 삼켰다.

"그 문제 때문에 사무실까지 행차하신 건 아닐 거 아니야. 빨리 말해요, 나도 바빠."

그제야 퍼뜩 정신이 돌아온 여 본부장은 행여나 소리가 새어 나갈까 열려 있는 블라인드까지 내리며 수선을 떨었다. 그리고 어이가 없는지 혀부터 찼다.

"'될놈될'이라는 말이 괜히 있는 게 아니야. 내, 참. 영국 지사 상무보? 유진우가 여유 넘치는 이유가 있었네. 하도 깽판을 치길래 오퍼 들어온 줄 알았더니 내정된 자리가, 영국 지사 상무보?"

문 대표가 유 본부장에게 직접 자리를 제안했다고 한다. 해외 에 이전시를 인수하며 믿을 만한 사람이 필요했다는 후문이었다. 영국 통이기도 했고.

"와이프랑 애까지 이미 가 있다고 하니까, 이건 뭐."

여 본부장이 헛웃음을 지었다. 그러다 문득 시훈에게 물었다.

"정이수 쟤는 어때 보여?"

"뭘요."

유 본이 말 안 한 것 같지? 지 영국 가는 거. 뒤돌아선 여 본부장이 벌린 블라인드 너머를 바라보았다.

"라인 잡으면 뭐 해. 줄기를 잘라 버리는데."

여 본부장의 시선을 따라가자 책상 앞에 앉아 업무를 보는 정이수가 보였다. 끈 떨어진 신세일.

"유 본부장 영국으로 뜨면 정이수도 완전 나가리네."

시훈이 들고 있는 머그잔을 내려 보았다.

"그 후에는… 정이수 팀장 팀도 본부장님 밑으로 배속되죠?"

"아마도?"

"바빠지시겠네요."

"힘줄 때 딱, 주고 풀 때 풀어야지. 어떻게 다 똑같이 봐줘. 열 손가락 깨물어 안 아픈 손가락 없는 건 핏줄일 때나 하는 말이고… 회사에서 무슨."

명확하게 시훈만 제 사람이라는 뜻이었다.

"그나저나 정이수 팀 사람 빠지고 있다며. 애들이 뭔 냄새를 맡아 그런 거야, 아니면 정이수가 인력 관리 능력이 없는 거야."

여 본부장이 커피를 마시며 뻐근한 몸을 늘어뜨렸다. 시훈의 미간에 주름이 졌다. 돌아가는 흐름을 보면 누가 보아도 유진우 본부장이 정이수에게 거리를 둔 후부터 1본부 기획 1팀이 어그러지기 시작했다. 그 가운데 용케도 팀을 끌어가는 정이수 팀장이 몇 배로 개고생을 하고 있을 건 뻔했다.

"유 본 영국 넘어가고, 구색 갖춰지면 정이수 팀 정리해서 네 밑으로 보낼 거야. 이 프로 네가 정산 광고 담당해야지. 외부 광고주는 그다음에 생각할 일이고."

회장님이 인사이트를 인수한 뒤 시훈이 실무에서 뛰고 있는 사실을 묵과하는 이유야 뻔했다. 언젠가 인사이트의 정점에는 시훈이 서게 될 것이다. 그걸 날로 먹으려는 생각도 없고 날로 먹을 생각도 없는 부자간의 기 싸움이 여 본부장으로서는 이해가 안 될 뿐.

"정 팀장은요?"

"글쎄. 알아서 정리하지 싶은데. 쪽팔려서 회사 못 다니지. 유 본한테 팽 당하고 같이 팀장 달고 있다가 네 밑에서 일하라는데."

남은 커피를 마신 여 본부장이 종이컵을 휴지통에 던져 버렸다. 그러다 시훈의 어딘가 불편한 표정을 엿본다.

걸리적거리는 거 없이 제 팀으로 만들어 준다는데 왜 생각이 많아 보일까. 다른 건 몰라도 시훈은 회장님께 제 선택이 옳았다는 걸 증명하고 싶어 했다. 아마 일생의 숙제일 테지. 여 본부장이 나직이 입을 열었다.

"이 프로."

"네."

"너도 욕심 없는 건 아니잖아."

인사이트로 이직을 결심한 후부터 시훈이 걷는 길이 회사의 미래였다. 본인도 그걸 모르지 않을 테고. 침묵이 긍정의 뜻임을 두 사람 모두 알고 있었다.

새벽 출근길은 퇴근길보다 몇 배는 더 고되다. 불과 몇 시간 만에 집에서 회사로 복귀한 시훈의 손에는 메일을 확인 중인 핸드폰이 들려 있었다.

광고주가 출근하기 전 자료를 취합 정리 해 메일로 보내 놓아야 했다. 다행히 최근 시리즈로 제작한 L사 광고가 큰 주목을 받아 매출이 긍정적이었다. 작년 말 인사이트로 이직한 이후 첫 비딩에서 따낸 쾌거가 흐름을 타고 있었다. 그 때문에 시훈의 팀 분위기가 좋았다.

적막에 싸인 복도를 지나 아직 아무도 출근하지 않은 사무실 출입문 태그를 찍으려 할 때였다. 좌우로 열린 출입문 안으로 정이수 팀장이 서 있었다. 상대 역시 예상을 못 했는지 놀란 얼굴로 시훈을 올려 봤다. 정적이 자리한 어색함은 잠시였다. 능숙하게 불편함을 미루어 둔 이수가 시훈에게 사무적인 인사를 건넸다.

"일찍 오셨네요."

"정 팀장님이야말로 일찍 오셨네요."

"…네, 아침 일찍 보고드릴 사항이 있어서요."

소매를 걷어붙인 팔이나 주름진 셔츠를 보면 일찍 온 게 아니라 아주 철야를 한 모습이었다. 잠을 자기는 한 건지 두 눈이 충혈돼 있었다.

"유진우 본부장님께 말입니까?"

유 본부장이 영국 지사로 간다는 건 여민준을 통해 시훈만 아는 상황이었다. 그걸 알 리가 없으니 유 본부장이 변덕을 부려 지시한 무용지물인 보고서를 밤새 만든 모양이다.

"네. 그럼."

살짝 고개를 숙이는 상대에게 시훈이 몸을 비켜 통로를 열어 주었다. 곧 정이수가 제 앞을 지나 사무실을 빠져나갔다.

잠시 후 시훈은 자리로 돌아오는 정이수를 모니터 너머로 바라보았다. 세수를 했는지 조금 흐트러졌던 머리카락이 매끈하게 넘어가 있었다. 팔목 끝 말려 있던 소매는 단정하게 내려갔고, 타이 역시 목을 바짝 조여 느슨한 구석을 찾을 수 없다.

그는 준비를 마쳤다. 유진우 본부장의 전화가 울리면 언제라도 뛰어 나갈 사람처럼. 절박함이 아슬아슬하게 정이수 팀장의 사지를 묶은 듯했다.

* * *

비정기 인사이동이 인트라넷 공지에 게시되고 난 뒤 기획 1본부와 2본부가 통합되며 공식적으로 여 본부장 책임 아래 1본부 1팀에는 이시훈의 팀, 2팀에는 정이수의 팀이 배속되었다. 이하 따로 독립되어 있던 레이블이 통합되며 2, 3, 4, 5본부가 조직도 내로 흡수됐다. 당분간 유진우 본부장은 영국으로 넘어가기 전 런던과 서울을 오가며 신규 TF팀을 관리할 예정이었다.

현 기획 1본부 기획 2팀, 그러니까 유진우 본부장 산하에 있던 정이수 팀장이 지휘하는 팀은 내내 조용했다.

임순정 대리가 생각할 시간이 필요하다며 연차를 냈다. 퇴사 의사를 밝힌 직원들 역시 면담 후 붙들어 놓은 듯하지만, 이번 조직 개편으로 인한 뒤숭숭한 기운이 터놓은 벽을 넘어 시훈의 팀까지 전해질 정도였다.

유진우라면 당장 며칠 전 정이수에게 보고서에 관한 질책을 하면서도 영국행에 대한, 혹은 조직 개편에 대한 기척도 내지 않았을 게 분명했다. 변함없이 업무를 보는 정이수의 표정을 읽을 수가 없었다. 그는 담담했고, 묵묵했다.

"이 팀장님, 제작실에서 기한 관련해서 협의를 좀 했으면 한다구요. 1본부, …아, 그러니까 2팀 제작물 있잖아요. 전무님이 챙기시던 G사."

제작팀과 회의를 마치고 온 신 대리가 이슈 사항을 구두로 읊었다.

"네. 완료된 걸로 아는데."

"온 에어가 코앞인데 추가 요청 사항 때문에 마무리를 해야 한다나요."

시훈은 보고서에 올린 기한을 확인해 본다. 그 옆에서 자리를 지키는 신 대리가 말하기 껄끄러운지 뒷머리를 긁적이며 입을 열었다.

"…솔직히, G사 캠페인이 그렇게 힘쓸 건 아니지 않나요. 근데

정이수 팀장님이 직접 제작실까지 와서 뭘 업이니… 아웃풋 챙기신
다고 해서 좀 난감해하더라구요."

추가 요청 사항이라는 건 막상 열어 보면 온 에어 된 이후에 순차
적으로 진행해도 무관할 가능성이 크다. 그걸 붙잡고 있는 정이수
팀장도 모르지 않을 테고.

저도 그럴 때가 있었다. 아무것도 모르는 인턴 시절 초조함에 밤
새도록 사무실을 벗어나지 못했다. 결과물에 전전긍긍하고 혹시라
도 실수하지 않을까 마음을 졸이던 때였다. 지금 정이수 팀장이 그
런 마음일지도 모르겠다. 누구에게도 책잡히지 않으려고 말이다.

"저희도 기한이 여유 있는 건 아닌데, 협의가 잘 안 돼서요."

"제가 구 팀장 만나서 조정해 보겠습니다. 가능하면 오늘 중으로
회의 다시 잡죠."

신 대리에게 답을 주고 난 후 시훈이 이마를 짚었다.

퇴근 전 여민준 본부장으로부터 호출이 있었다. 집무실에는 정이
수 팀장이 먼저 와 착석해 있었다. 평소와 다름없는 무표정한 얼굴
이었다.

운을 떼기로는 그랬다. 여 본부장이 담당하는 1본부가 내년부터
는 정산 그룹의 캠페인을 맡게 될 것이며, 외부 광고주는 아마 다른
본부에서 진행할 것이라 했다. 그때까지는 1, 2팀이 유동적으로 업
무를 진행해야 한다는 당부가 덧붙었다.

"정 팀장, G사 캠페인은 언제 태워 보내나?"

"일주일 뒤에 온 에어 됩니다."

"그래요, 전무님이 관심이 많으셔서 보고서는 따로 한번 챙겨 드려야 할 것 같아요. 그럼 추후에 리포트받기로 하고, 오늘은 여기까지 합시다."

표면적이고 일반적인 보고 후, 시훈은 앞서 걷는 정이수의 뒷모습을 바라본다. 바쁜 듯 걸음이 빨라진 그가 벽을 짚고 복도 중간에 있는 화장실로 급하게 몸을 수그려 들어갔다.

심상치 않은 기운에 따라 들어가자 화장실 문을 닫고 나온 정이수는 입구에 서 있는 시훈을 발견하지 못하고 세면대 앞으로 이동했다. 비척거리는 걸음에 기운이 없었다. 눈을 잠시 감았다 뜬 그가 하얗게 질린 얼굴로 레버를 올렸다.

찬물로 세수를 하고 거울 안을 바라본 정이수가 그제야 시훈의 존재를 발견했다. 젖은 얼굴을 손으로 훔쳐 낸 그의 안색은 여전히 파리했다.

"괜찮아요?"

"점심이 좀 얹힌 모양이에요."

거짓말. 오늘 정이수 팀장은 책상 위를 벗어나지 않았다. 페이퍼 타월로 얼굴을 꾹꾹 누른 그가 입구에 장승처럼 자리한 시훈 앞에 섰다. 길을 터 달라는 의미인데 시훈은 미동도 없이 이수를 내려 봤다.

"야근해요?"

"네. 보고서… 아, 마무리해야 할 일이 좀."

이수는 갈피를 잡지 못했다. 제가 모시던 상사에게 언질도 받지 못한 채 조직 개편이 된 탓에 팀 전체가 공중으로 붕 떠 버렸다. 마치 버림받은 기분이었다. 그러니 업무가 손에 잡힐 리 없었다.

"무리할 필요 없잖아요. 급한 업무도 아니고…. 그것도 유 본부장한테."

일주일 전, 유 본부장에게 올릴 보고서를 작성하느라 철야를 하던 정이수가 떠올랐다. 의도는 없었지만, 그날을 빗대어 말한 꼴이 되었다.

"…이 팀장님은 알았나 봐요, 유진우 본부장 영국행 내정된 거."

큰 의미 없이 던진 말이었다. 사무실 출입문 앞에서 마주친 그날 시훈에게서 느낀 위화감을 떠올린 이수가 나오는 대로 내뱉은 말이었다.

"……."

답이 없었다. 아마도 긍정의 의미겠지.

배신은 공고히 신뢰가 쌓인 사람에게나 쓰는 말이니 어울리지 않았고, 그저 이수는 외딴 방에 홀로 갇혀 있는 자신을 떠올렸다. 팀장씩이나 돼서 아등바등 유 본부장 눈치를 보느라 지난 몇 달간 눈앞에 닥친 일을 해결하는 데만 골몰한 결과였다.

자신이 사내 정치를 할 만한 위인은 못 되니, 눈치껏 알아서 앞가림을 했어야 했다. 그걸 놓치고 등신같이 초조해한 제가 이시훈 눈에는 얼마나 어리석어 보였을까.

"재밌었겠네요. 유 본부장 비위 맞추느라 이리 뛰고 저리 뛰고… 하는 거 보면서."

"그런 적 없어요."

단호한 시훈의 음성이 공간을 울렸다.

"저는 그것도 모르고."

이수에게서 씁쓸한 웃음이 이어졌다.

"그래서 제작실 구 팀장이… 이 팀장님 제작 건 먼저 진행해야 할 것 같다고 그랬구나. 열 받아서 제작실까지 따라 올라갈 참이었는데… 저는 회의 다시 잡을 필요도 없겠네요."

이수가 미간을 누르며 며칠 전 일을 복기했다. 다시 생각해도 열이 뻗쳤다. 시훈의 눈이 혈색 없는 얼굴을 지나 마른 목덜미에 닿았다. 세수를 하며 튄 물이 셔츠 깃을 적셔 형광등 아래 무방비하게 드러나 있었다.

"일찍 퇴근해요. 컨디션 안 좋아 보이는데."

누그러진 시훈의 말이 걱정씩이나 담고 있는 것 같아 불편한 감정이 피어올랐다.

"……."

대답 없는 정이수가 말을 따를 리 없었다. 보란 듯이 구겨진 페이퍼 타월을 쓰레기통에 처박은 이수가 시훈의 어깨를 물리고 나가려 했다. 꼬여 버린 정이수가 어떤 식으로 오해를 하는지는 몰라도 엿먹일 생각만큼은 없었다. 이맛살을 구긴 시훈이 순간적으로 이수의 손목을 잡아챘다. 충동적이었다.

"퇴근하라니까."

잘라먹은 말에는 여유가 없었다. 정이수를 볼 때마다 때때로 이유 없는 짜증이 울컥 치미는 탓이었다. 아직 세수한 기색이 남은 눈 밑이 발갛게 티를 내었다. 그때까지 그늘져 읽을 수 없던 표정이 불쑥 모습을 드러냈다. 물에 젖은 긴 속눈썹이 바짝 들리며 이수가 시훈을 쏘아보았다.

"퇴근, …하라니까?"

핏기 없는 입술 사이로 어이없는 웃음이 샜다.

"……."

이수의 손목을 잡은 시훈의 손에 힘이 들어갔다. 베일 듯 날카로운 정적이 두 사람을 둘러쌌다.

"왜 이래요, 무섭게."

시훈이 지하 주차장에서 불시에 가한 공격을 상기하는 목소리는 조소를 담고 있었다. 이윽고 신음을 짓이기고 입술을 깨문 이수가 잡힌 손목을 비틀어 빼냈다. 자국이 남은 손목을 다른 손으로 잡아 문지르는 정이수의 입술은 어느새 균형을 맞춰 웃고 있었다. 시훈은 이를 꽉 깨물고 솟구치는 열을 내리눌러 본다. 입과 달리 웃지 않는 정이수의 눈은 여전히 시훈과 얽힌 채였다. 피곤에 핏발이 선 눈에는 오기와 독기가 가득했다. 그걸 한 꺼풀 감추려 웃고 있는 거겠지.

"이 팀장님이 왜 화가 났어요. 정작 뒤통수 맞은 사람은 난데."

"……."

"그리고 함부로 말 자르지 마시구요. 아이… 씨. 동갑이라고 말을 막 놓으시네…."

정이수가 어깨를 부딪치며 재빨리 화장실을 빠져나갔다. 얼얼했다. 당혹감에 시훈의 맥이 쑥 빠졌다. 정이수의 손목을 그러쥐었던 손은 얼마나 힘을 줬는지 열기가 남아 화끈거렸다.

다음 날, 그다음 날에도 정이수는 야근을 했다. 팀원들이 모두 떠난 뒤에도 자리를 지키는 그에게 할 일이 남았을지는 의문이었지만 정이수는 밤새 일을 했다.

같은 사무실에 출입구는 하나뿐이라 오며 가며 정이수와 마주쳤지만, 화장실에서의 실랑이는 잊은 듯 그는 태연하게 인사를 했다. 무심해 보였고, 어느 때에는 방종의 탈을 뒤집어쓴 껍데기가 정이수를 흉내 내는 것 같기도 했다.

하지만 더러 비치는 초조함만은 꼬리를 감추지 못했다. 잠을 이루지 못한 눈 밑이 피로해 보였고, 자꾸만 지는 외꺼풀이, 마른 입술과 어지러운 듯 관자놀이를 눌러 대는 손이 그랬다.

늦은 오후, 적막한 사무실에 앉아 울리지 않는 내선 전화기를 멍하니 바라보던 정이수가 고개를 들면 우연히 시훈과 눈이 마주치고는 했다. 그럴 때면 평이하게 인사를 나누던 사람은 어디 가고 불시에 약점을 들킨 사람처럼 정이수는 입술을 깨물었다.

그는 유진우 본부장이 떠난다는 사실을 받아들이지 못하고 있었다. 그리고 시훈은 정이수와 눈이 마주칠 때마다 매번 담배를 태우고 싶었다.

* * *

이수는 2팀이 담당한 G사의 광고가 온 에어 된 후 리포트를 살폈다. 동영상 사이트에서 누적 조회 수만 천만 뷰에 달하고 광고 전문 사이트에서 선정하는 당월 인기 CF에 선정되었다. 누가 봐도 무리하게 밀어붙인 기획이 이렇게 예상치 않게 터질 때가 있다. 유 본부장의 노림수 때문인지 아니면 제 몸을 갈아 만든 결과인지 모르겠다. 결과를 예측할 수 있다면 신이겠지.

임순정 대리를 병가 처리 하며 인사팀과 필요한 인력에 관한 이야기를 나누었다. 퇴사자 한 명, 병가 한 명. 난감해하는 인사 담당자는 일단 알겠다고만 한다. 인사팀에 다녀오는 길, 이수는 복도에서 유리 벽 너머 업무 인수인계서를 작성하고 있는 임순정 대리를 지켜봤다. 퇴사가 아닌 병가에 얼굴이 반은 폈지만 반은 여전히 우울감이 공존해 있었다. 이수는 면담 뒤로 일부러 업무 강도를 조정해 주었다. 쉬러 가기 전 마음이 무겁지 않았으면 했다.

"정 팀장, 오랜만."

주현탁 실장이 슬렁슬렁 이수의 곁으로 걸어왔다. 그는 평소 물밑에서 클라이언트나 투자자를 만나러 다니느라 회사에 출근하는 일은 많지 않았다. 조직 개편으로 뒤숭숭했던 지난주만 해도 주 실장만큼은 그 모든 사달에서 논외인 양 여유롭지 않았나.

"안녕하십니까."

한 발자국 거리를 물린 이수가 고개를 숙여 인사했다.

"덥다고 몸이 축났네. 인사팀 다녀오나 봐?"

나도 방금 다녀오는 길이라. 친근함을 가면처럼 둘러쓴 주 실장이 제 얼굴을 부담스러우리만큼 들이밀었다.

"네."

"저 친구구만? 병가 냈다는 대리가."

안부를 묻던 주 실장은 그 소식을 어떻게 알았는지 사무실 너머의 임순정 대리를 용케 찾아낸다.

"그나저나… 사무실 겁나게 살벌하네. 1팀, 2팀 나란히 두고 재는 거야, 뭐야. 쯧."

너무들 한다. 마음에도 없는 소리였다. 주 실장은 고개를 절레절레 흔들며 혀를 찼다. 그러다 픽 바람 새는 소리를 내며 무덤덤한 이수에게 어깨를 기대 왔다.

"유 본부장 영국 간대서 서운하지?"

낙동강 오리알 신세가 된 건 팀이나 이수나 매한가지라 뭐라고 말해야 좋을지 몰랐다. 뻔히 소문을 알고 있는 뱀 같은 주 실장이 묻는 의도가 뭐든 낯을 감춘 이수의 담담한 목소리가 입 새로 흘러나왔다.

"이해합니다."

주 실장이 짧은 침묵 뒤 슬쩍 눈썹을 올렸다. 어딘가 비웃는 표정이 역력했다.

"정 팀."

"네."

"내가 좀 답답해서 그러는데… 모르는 척하는 거야, 아니면 진짜 모르는 거야?"

주 실장이 과장된 한탄을 자아냈다. 이거, 이거. 아는 게 하나도 없네. 그리고 이수의 어깨 위로 손을 올려 바짝 힘을 줬다. 주 실장이 틀어 낸 방향으로 몸을 돌리자 1팀 이시훈이 자리를 비운 책상이 눈에 들어왔다. 이수의 귀로 얼굴을 바짝 붙인 주 실장이 낮게 목소리를 죽였다.

"쟤, 저거. 누구 아들인지 몰라?"

손가락은 어느새 소회의실을 나온 이시훈의 자리를 가리키고 있었다. 이시훈? 머리가 더디게 돌아갔다.

　"지금 정 팀네 애매-하게 됐잖아. 작년 하반기부터 유 본은 후달리는 프로젝트만 물어 가지, 그 바람에 비딩마다 줄줄이 미끄러지고. 근데 유 본은 영국으로 영전한대고. 좀, 이상하지 않어?"

　돌이켜 보면 쉽게 이해가 갈 만한 상황은 아니었다. 유진우 본부장과의 개인적인 관계에 매몰된 탓이었다, 맥락을 파악하지 못한 건. 주 실장이 말을 내뱉을 때마다 이수의 안색이 점점 창백해졌다.

　"유 본이 밉보일 일 없게 눈치껏 판 깔아 놓은 거란 말이야. 정 팀네가 힘이 좀 빠져 줘야 스무스하게 이시훈이 밑으로 헤쳐 모여가 될 거 아냐."

　주 실장의 말이라면 때때로 걸러 들어야 할 필요가 있었다. 그런데 쉽게 무시할 수가 없다. 낮말은 새가 듣고 밤말은 쥐가 듣는다지만 주 실장만큼은 예외였다. 주 실장이야말로 회사 돌아가는 상황을 줄줄 꿰는 사람인 것만은 분명했다. 주 실장이 어안이 벙벙한 이수를 스윽 바라보며 검지로 유리 벽을 짓눌렀다.

　"정산 회장님 아들이라고. 둘째 아들."

　이해됐어?

　"……."

　"여 본이랑 유 본 두 사람 상극인 건 알 테고…. 그럼, 여 본이 정 팀장네 팀 내비 둘까? 팀원들 죄다 찢어 놓고 싶은데…. 그러다 보면 어중이떠중이 돼서 애들이 붕- 뜨지."

유 본, 차암… 얄밉다, 그지? 실실 웃는 주 실장이 손가락을 거둔다. 재미있는 구경거리를 두고 보는 호사객 같았다.

"내가 좋은 거 하나 알려 줬으니까, 조만간 우리 정 팀장도 나 좀 도와줘. 응?"

"…네."

최대한 평정을 유지하려 해도 이수는 입이 말랐다. 아마 옳다구나 싶었을 거다. 이수와의 추문이 차츰 부담스러웠을 테고… 여 본이 시훈을 앞세워 팀을 꾸리겠다 했을 때, 위기를 기회로 둔갑시킬 묘안을 찾아냈을 테다. 주먹 쥔 손이 미미하게 떨렸다. 그 안에서 놀아났다. 유진우에게 처음부터 끝까지.

주현탁 실장이 허리를 폈다. 그는 바지 주머니에 두 손을 찔러 넣고 책상을 정리 중인 임순정 대리를 향해 혀를 찼다.

"돌아오면 책상 엎어질 판인데. 팔자 좋네, 저 친구."

멍하게 주 실장을 따라 임 대리를 바라보던 이수의 눈이 이시훈에게로 옮겨 갔다. 복잡한 머리만큼이나 울렁이는 속이 생각을 앗아 갔다.

임순정 대리의 업무 인수인계서 결재를 앞둔 오후께 여민준 본부장의 호출이 떨어졌다. 이수에게 임 대리의 상황을 묻고, 인력 충원에 관해 물을 때만 하더라도 이수의 답은 막힘이 없었다. 인원이 자리를 비우기는 했지만, 3개월 정도는 어찌어찌 버틸 수 있으리라.

"면담 후에도 퇴사 의사를 밝힌 팀원은 한 명입니다."

집무 책상을 돌아 나오는 여 본부장이 이수에게 앉을 것을 권했다.

"근데 사람 하나 더 비잖아. 그건 어떻게."

태블릿 PC로 리포트를 넘겨 보는 여 본부장이 심드렁한 지시를 내렸다.

"인사팀과 협의해서 계약직이든 뭐든 일단 굴러가게 채워요. 업무 구멍 나서는 안 되잖아."

"…네, 알겠습니다."

손발을 맞춰 일해도 매번 버거운 일이었다. 그런데 계약직이든 뭐든이라니. 의식하기 시작하자 모든 것이 제게 불리한 것 같다. 여민준 본부장의 아래로 팀이 재편되고 정기적인 업무 보고 외에 따로 자리가 마련된 적은 없었다. 이시훈 팀장이 이끄는 1팀에 들러 편하게 진행 상황을 공유하는 모습들이 종종 보일 때면 주 실장의 말이 귓전을 맴돌았다.

이시훈의 팀이었더라도 계약직 운용했을까.

"이거… 사이즈가 좀 큰데, 지금 정 팀 인력으로 비딩 가능해?"

"네. 가능합니다."

화면에 고정돼 있던 여 본부장의 시선이 문득 이수에게 닿았다. 그러다 별것 아닌 양 본론을 내밀었다.

"그러지 말고, 1팀이랑 같이 해 보면 어때요. 지금 이 팀장네 아마 여유 좀 있을 건데."

"……."

이수의 입이 꾹 다물렸다. 타 팀에서 인력을 업어 올 만한 덩치는 분명 아니었다.

"광고주와 일전에 TVC 제작 경험 있습니다. 팀 내 인원으로 충분히 소화할 수 있구요."

표정 관리를 한다고 하는데도 입매가 굳은 건 어쩔 수가 없었다. 그런 이수를 흘긋 바라본 여 본부장이 소파 깊숙이 등을 기대며 머리 뒤로 깍지를 꼈다.

"누가 뭐래. 새로운 시각으로도 보자는 거지. OT하고 아이데이션까지는 공유 가능하잖아."

상사가 하라면 하는 척이라도 해야 한다 했던가. 대답 대신 시선을 떨군 이수의 머릿속에 경고의 사이렌이 울렸다. 선례를 남기면 그다음 물꼬를 트는 건 순식간일 테다. 수순을 밟아 가는 여 본부장의 제안은 양의 탈을 뒤집어쓴 늑대처럼 발톱을 드러내고 있었다. 학연, 지연, 혈연에 얽매이지 않는다 열렬히 광고하던 공채 신입 사원 공고가 무색했다.

'돌아오면 책상 엎어질 판인데. 팔자 좋네, 저 친구.'

상황을 타개할 만한 방도가 곧장 떠오르지 않았다. 할 수 있다, 무조건 믿어 달라, 그렇게 설득하기에는 여민준 본부장의 입장이 가벼워 보이지만 완고했다.

여 본부장은 어떻게든 정이수를 흔들 만한 구실을 만들고 있었다. 유진우는 스스로 살길을 찾아 떠났다. 속이 쓰린 건 어쩔 수 없다. 가족들이 오래전부터 자리를 잡았다는 말이 들리는 걸 보면 인사이트와 별개로 다시 한국 땅을 밟을 일은 없을 것이다. 그러니 유진우가 남겨 놓은 꼴같잖은 부스러기를 닦아 낼 때였다.

더 이상 말릴 새도 없이 쭉 뻗은 여 본부장의 손이 내선 전화 수화기를 들었다.

어, 이 팀장. 바쁜가? 잠깐 1팀 스케줄 확인 좀 해 봐.

허벅지 위에 놓인 주먹 쥔 손만이 미약하게 떨릴 뿐이었다.

'벌써 때 이른 더위가 기승을 부리고 있습니다. 오늘 서울은 한낮 31도까지 기온이 올랐고 …'

광고 촬영장을 확인차 들르고 퇴근하는 길. 렌트한 차의 시동을 끄자 카 오디오에서 흘러나오던 뉴스도, 에어컨도 꺼지며 더운 기운이 차 안을 메웠다. 시트에 풀썩 등을 기댄 이수가 촬영장에서 미처 확인하지 못한 묵직한 재킷 주머니를 더듬어 물건을 꺼냈다.

아… 시계.

실랑이 끝에 시훈의 손목에서 떨군 시계를 아직 돌려주지 못했다. 표면에 균열이 간 시계는 시침과 분침이 멈춰 있었다. 엄지 손끝으로 깨진 부분을 더듬어 보다 당시 느꼈던 굴욕감이 스멀스멀 피어올라 도로 제자리에 넣어 버렸다.

'정산 회장님 아들이라고. 둘째 아들.'

그러다 주현탁 실장의 말이, 여민준 본부장의 태도가 줄줄이 꿰인 구슬처럼 떠올라 이수의 머리를 아프게 만들었다.

"…그래서 어쩌라고… 그래서… 그래서…."

저 혼자만 들릴 작은 소리로 마른 입술을 몇 번이나 달싹였다. 그렇게 말할걸…. 혹은 내선 전화 수화기를 잡아채 끊어 버렸으면 좋았을걸…. 말도 안 되는 상상을 해 본다. 이수는 핸들 위로 두 팔을 올리고 이마를 대었다.

임순정 대리가 그랬지, 회사 올 생각만 하면 죽고 싶다고. 그래서 약을 먹는다고. 그때 침묵하던 이수는 사실 묻고 싶었다.

약 먹으면 좀 나아져요?

* * *

책상을 정리한 이수가 어두운 사무실 속 불 켜진 이시훈 팀장의 자리를 확인했다. 이내 넓은 공간 안에 스포트라이트처럼 불이 켜진 두 사람 자리 중 한쪽의 불이 꺼졌다. 출입문으로 걸음을 옮길 때마다 고민과 번민이 질척거렸다.

오늘 오후, 여 본부장은 기어코 이시훈을 한자리에 불렀다. 스케줄을 묻고, 사정을 설명하고, 2팀과 함께 일을 진행해 보는 것이 좋겠다며 일방적인 지시를, 아니, 설득을 이어 갔다. 적어도 이시훈의 존재를 알게 된 이수에게는 그렇게 느껴졌다. 난감해하는 이시훈이 프로젝트에 관해 몇 차례 물었고, 결국 사안을 확실히 부러뜨리지 못하고 회의는 끝이 났다.

매듭짓지 못한 오늘 일은 조만간 결론이 날 것이다. 그리고 불행하게도 프로젝트 참여 여부의 키를 쥔 쪽은 이시훈 팀장이었다.

"네, 물론입니다. 저희가 저작권 문제는 검토 중에 있습니다. 시일 내로 정리해서 그 부분까지 함께 회신드리겠습니다."

통화를 하며 모니터 속 기획안을 살피던 시훈은 자세 그대로 시선만을 올려 책상 앞에 서 있는 정이수를 바라보았다. 퇴근을 하려는지 팔에는 얇은 재킷이 반으로 접혀 걸려 있었다. 애써 감추고 있지만, 표정 아래로 불편한 기색이 역력한 정이수는 통화가 끝나기를 기다리고 있었다.

벽을 터 같은 사무실을 나눠 쓴 지 반년쯤 됐지만 정이수가 파티
션을 넘어온 적은 없었다. 그런데 불쑥 그가 선을 넘은 이유는 아마
도 오늘 오후에 있었던 회의 때문이리라.

이수는 시훈을 기다리며 그의 책상에 시선을 고정했다. 간결하게
정리된 책상 위는 이시훈의 모습과 같다. 같은 브랜드의 볼펜들이
가지런히 꽂힌 펜 꽂이와 바인더, 명함, 홀더 등이 차례로 놓여 있
었다. 시훈의 우측에 세워진 파티션에는 전설적인 그래픽 포스터 몇
종과 유명 사진들 그리고 이과수 폭포가 인쇄된 오래된 엽서 한 장
이 가장 잘 보이는 위치에 고정되어 있었다.

"네, 고맙습니다."

"……."

통화를 마친 핸드폰이 집무 책상 위에 놓였다. 그런데도 손끝으로
턱을 괴고 올려 보기만 할 뿐 가타부타 말이 없는 상대의 모습에 이
수의 자존심에 작게 금이 갔다. 결코 유쾌하지 않았던 몇 번의 대화
와 설전은 서로에게 불쾌함만 남긴 상태였다. 그러니 고작 예의를
차리는 몇 마디 말조차 쉽게 입 밖으로 떨어지지 않았다.

시훈의 검은 동공이 다시 모니터로 돌아가자 초조함이 이수의 등
을 떠밀었다. 이수는 퇴근을 준비하며 어떤 식으로 운을 떼야 할지
고심한 방향 중 한 가지를 입 밖으로 꺼냈다.

"늦게까지… 계시네요. 식사, 안 하셨으면 같이 나가실래요."

눈동자는 다시 돌아오지 않는다. 그사이 마우스 버튼을 조작하는
소리만 들렸다. 10여 초. 단위로 세기에는 짧지만, 사람을 무턱대
고 세워 놓기로는 충분히 긴 시간이었다. 시훈의 답을 기다리는 이

수의 입술이 말랐다.

"오늘은 제가 좀 바빠서요."

고민을 한 흔적은 없었다. 고저 없는 평범한 어조였다. 마치 상사에게 결재 사인을 기다리는 듯한 초조함이 10여 초 동안의 침묵에 고스란히 드러났다. 이수는 입술을 감쳐물었다. 살짝 금이 간 자존심이 조금 더 틈을 벌렸다.

"…네."

스스로 걸어 놓은 제한선에 닿자마자 본능적으로 거부감이 들었다. 식사 자리에서 술이라도 한잔하며 허심탄회하게 풀어놓으려는 계획 따위, 역시 어울리지 않았다. 이수가 제 감정을 갈무리하며 반쯤 몸을 돌렸다.

"……"

자연스럽게 시선은 반대편, 2팀. 자신의 팀이 모여 앉은 사무실에 닿았다. 제 자리부터 시작해 그 아래로 머리를 맞댄 책상들은 어둠 속에서 불빛도 생기도 없이 우두커니 자리를 지키고 있었다. 출입문과 가장 가까운 마지막 책상부터 다시 위를 올려 보니 포도알처럼 엮인 그 끝에는 꼭지를 틀어쥔 자신의 자리, 팀장 정이수의 자리가 있었다.

차라리 모르는 게 나았을까. 주현탁 실장이 베풀듯 흘린 정보는 쥐고 있다고 해서 마냥 좋은 것만은 아니었다. 의식하며 의심을 품고 수많은 선택지를 만들어 놓았다. 기댈 곳 하나 없는 이수가 예민하게 굴 수밖에 없는 이유였다.

제 노력으로 결과를 바꿀 수 있는 방법은 한정적이었다. 요즘에는 그런 사실을 절절히 실감하는 중이었다. 이대로 1팀과의 프로젝트가 시작되면 여 본부장이 힘을 실어 주는 쪽으로 추는 기울게 돼 있다. 맨파워 운운하며 치받을 수도 없었다. 이수에게는 그만한 강수를 띄울 여유가 없었다. 연초에 어그러진 이직을 떠올리자 다시금 속이 쓰렸다.

눈을 질끈 감았다 뜬 이수가 사리문 이를 풀어냈다. 그리고 고민을 짊어진 채 다시 이시훈의 책상 앞에 섰다.

"…오늘 여 본부장님이 제안하신 프로젝트. 못 하겠다고… 아니, 안 하겠다고 하셨으면 합니다."

"……."

"…이번 일, 굳이 1팀하고 같이 진행해야 할 이유가 없는 프로젝트예요. 굳이 따지자면 광고주가 믿고 따라온 쪽은 저니까요."

시훈이 박힌 듯 모니터를 향해 있던 시선을 짐짓 아래로 떨어뜨리다 헛웃음을 흘렸다. 부탁과 협조 요청 사이의 애매한 태도가 망설임의 정도를 짐작게 했다. 잠시 뭔가를 생각하듯 짧은 한숨을 내쉰 그가 단조롭게 입을 열었다.

"제가 결정할 사안은 아니죠. 본부장 지시를 함부로."

이수의 얼굴이 일그러졌다. 시훈의 말이 맞다. 본부장 지시를, 상사의 지시를 딱히 거스를 수 없는 걸 뻔히 알고 있었다. 하지만 냉대하는 시훈의 앞에서 쉬이 걸음을 물리지 못하는 이유를 이미 서로가 짐작하고 있을 터였다.

자존심이 긁히며 듣기 싫은 소리를 냈다. 이수는 명치 아래서 저미는 열을 꾹 눌렀다.

"저는, 1팀이 진행하는 프로젝트나 여타 비딩 관련해서 경쟁하고 싶은 생각 없어요. 정산 그룹 계열사 광고니, 아니니 그런 거 따져 가며 일 받을 생각도 없구요. 앞으로도 1팀은 1팀대로, 제 팀은 제 팀대로… 그렇게 업무 가져갔으면 합니다."

팀장이 되고 난 후 어그러지기 시작한 건 유진우 본부장과의 관계만이 아니었다. 이수가 쌓은 커리어는 오해와 편견이 거머리처럼 따라붙은 탓에 민낯을 보기가 힘들었다.

사방이 덫이었다. 그걸 피하느라 앞을 보지 못하고 발밑만 살피는 상황이 반복됐다. 코너에 몰린 채로 주어진 일을 완수하고 있다지만 어디까지나 미봉책이라는 걸 안 이상 이대로 두고 볼 수는 없었다. 최선책은 아니더라도 차선책이 있다면, 차악이라 한들 그 선택이 가능한 전부라면 팀을 책임지는 사람으로서 마땅히 행해야 했다. 유진우 본부장처럼 내뺄 게 아니라.

"여 본부장도 아니고… 같은 직급 달고 있는 사람한테 좀 안 맞는 것 같은데…."

시훈이 마우스를 놓고 설핏 이마를 구겼다.

"…이 팀장님, 여 본부장님과 막역한 사이시고, 또…"

"정 팀장님."

불편한 대화를 끊으려는 의도였으나 이수의 입장에서는 끝까지 가져가야 했다. 내가. 부탁이라는 걸. 하고 있는데. 당신에게.

"무엇보다, 본부장님께서는… 이 팀장님이 거절하면 받아들이실 거라고 생각합니다. 그럴 수 있다는 거… 알고 있어요."

결코 쉽지 않은 부탁을 끝마친 뒤, 사무실 안의 공기는 더욱 무겁게 가라앉았다. 발아래로 드리운 그림자가 시훈의 대답을 기다리며 꼼짝없이 얽매여 있는 동안 이수의 주먹 쥔 손바닥이 축축해졌다.

머리카락을 쓸어 넘긴 시훈이 코로 긴 숨을 내쉬었다. 복잡했고, 약간은 화가 났다.

지난 몇 개월 동안, 주변을 시끄럽게 만든 추문을 제하고 정이수를 같은 직급자, 기획자로서 존중해 온 시훈으로서는 실없는 웃음이 튀어나올 수밖에 없었다. 가뜩이나 저를 경계하던 정이수가 이따위 너절한 부탁을 해 올 거라는 생각은 해 본 적도 없었으니 더 그랬다.

달라진 말의 어미, 정이수의 누그러진 태도가 여실히 말해 주고 있었다. 언젠가 여 본부장과 식사를 나누며 그가 펴 보인 새끼손가락처럼, 주 실장의 저급한 농담도 실실 웃어넘기던 그날처럼.

"……."

"저에 관해서 무슨 말 들었나 봐요."

썩 듣기 좋은 투는 아니었다. 정말 궁금해서 묻는 것도 아니었고.

정이수는 침묵했다. 긍정의 의미였다. 피곤이 서린 얼굴과 그 아래로 길게 뻗은 목덜미가 조금 발갛게 달아올라 있었다. 참담하고 부끄러워할 만했다. 시훈이 등받이에 등을 기대고 정이수를 응시했다. 팔걸이에 팔꿈치를 올려 턱을 괸 자세였다.

"…쉽게, 말씀드린 거 아닙니다."

자처한 수치를 입에 올리는 것조차 버거운 이수의 목소리가 떨렸다. 얼마나 자존심을 갉아먹으며 버티고 서 있는지 그조차도 모를 것이다.

시훈은 입을 굳혔다. 건조하게 흘러나온 답은 명료했다.

"그 부탁 못 들어 드리겠어요."

여기까지. 이수는 오늘 사무실 내에 사람이 텅 비도록 시간을 죽이며 기다린 것도, 사내 메신저나 핸드폰 문자를 이용해 간단히 물어도 될 저녁 식사 자리를 직접 제안한 것도, 기다리는 내도록 몇 번이나 말을 다듬고 곱씹어 보며 팀의 존립을 지켜보려 했던 것도 다 부질없이 느껴졌다.

꼭 쥐고 있던 주먹이 일시에 풀렸다. 아랫입술을 훔쳐 낸 이수의 얼굴은 서늘하게 굳어 있었다. 처음부터 선택지를 잘못 택했다. 금이 간 자존심이 더 틈을 벌리지 않도록 이쯤에서 봉합해야 했다.

결국 인사를 생략한 이수가 몸을 돌릴 때였다.

"유진우 본부장한테도 이랬어요?"

걸음을 멈춘 이수의 등 뒤로 비난의 화살이 뾰족하게 내리꽂혔다. 시훈이 읊조리는 말은 겨우 기워 낸 상처 난 자존심을 활짝 벌려 놓았다.

"그러다가 겨우 팀장 자리 하나 받은 거고, 이제는 지키느라 아등바등하는 거고."

다분히 감정적이었다. 시시각각 미묘하게 변하는 정이수의 표정을 읽고 있었고, 한계에 다다른 것 역시 뻔히 보였다. 벽을 실감한 정이수가 자책하며 뱉은 말을 후회하고 있다는 것 역시 알고 있었다. 그러나 정이수가 돌아서면 끝났을 해프닝에 발을 걸고넘어진 쪽은 시훈이었다. 정이수의 추문 때문인지, 아니면 낙하산 취급 때문인지 치밀어 오른 짜증을 참지 못했다.

시훈은 열이 오른 목덜미부터 단정한 셔츠 아래로 감춘 이수의 어깨와, 팔 밑으로 긴 손가락을 말아 쥔 떨리는 주먹을 천천히 훑어 내렸다.

관자놀이를 짚은 두 손가락 아래로 작은 진동이 규칙적으로 울렸다. 조금, 빠르게.

하. 정이수가 어이없는 웃음을 터트렸다. 그리고 어느새 성큼 제 앞으로 다가와 양팔을 뻗어 책상을 넓게 짚었다. 깊게 허리를 숙인 정이수의 경계는 이제 시훈의 책상을 넘어왔다.

코끝에 이시훈의 향수, 그리고 담배 냄새가 닿았다. 당기면 당장 이라도 부딪힐 만한 거리를 두고 이수가 입술을 들썩였다.

"네."

"……."

"덜하지는 않았어요. 성의 있게… 아주 정중하고 예의 있게 여쭀더니 덜컥 팀장 자리 하나 주시던데요."

"아, 그래요."

팽팽하게 얽힌 시선에 두 사람 다 물러남이 없었다. 피곤이 깃든 외꺼풀진 눈. 창백한 피부와 비틀린 입술이 한눈에 들어오는 거리였다.

"그런데… 이 팀장님은 좀 박하시네."

아직 감추지 못한 화를 여실히 드러낸 정이수의 호흡이 거칠었다. 숙인 허리를 일으키는 모습은 매끄러웠다. 턱을 살짝 치켜든 정이수가 눈 아래로 시훈을 내려 보았다. 고고하게 올라간 턱 끝이 휙 방향을 바꿔 사무실을 벗어났다. 시훈은 의자를 당겨 전과 같이 모니터 앞으로 자세를 바로 했다. 그러나 얼굴 위로 드리운 짜증만큼은 쉽게 떨치지 못한 채였다.

* * *

유진우 본부장이 김민주 대리의 부탁에 2팀의 사무실을 찾았다. 소회의실에서 열릴 회의에 잠시만 시간을 내어 주실 수 있겠냐는 간곡함에 그가 시간을 비운 것이다.

부산스러웠다. 사무실 입구에서부터 유진우 본부장이 오는지 살피는 팀원들은 긴장한 기색을 감추지 못했다. 이수는 편치 않은 속이며, 머리가 아팠다. 손끝으로 관자놀이를 누르다 문득 감은 눈을 뜨니 파티션 너머로 이시훈 팀장이 사무실을 걸어 나가는 모습이 시야에 걸렸다. 얼마 전 이시훈에게 부탁을 거절당한 뒤로 드러난 바닥에는 피곤과 무력함만 남았다. 이수는 쓸쓸하고 조금 외로워졌다.

"…본부장님 오세요! 다들 준비하시구요."

누군가가 말하자 모두 자리에서 일어나 각자의 역할에 충실했다. 얼마 지나지 않아 출입증을 대는 소리와 함께 문이 열리고, 유 본부장이 들어섰다.

"유진우 본부장님, 축하드립니다!"

갑작스러운 축하 인사에 놀란 유진우 본부장은 기쁜 기색을 감추지 않았다.

"본부장님, 놀라셨죠?"

김 대리가 승진을 축하하는 꽃다발을 한아름 그에게 안겼다. 저번 주 주간 회의 말미에 누군가가 유 본부장의 영국행에 대해 아쉬움을 표했다. 그러다 승진 축하라도 하는 게 도리가 아니겠냐는 말을 임순정 대리가 꺼내자 이수는 차마 반대 의견을 내비치지 못했다. 하는 일마다 질책만 하시냐는 말을 한 임 대리가 낸 의견이라 더 그랬다.

'그러네요. 미처 생각 못 했습니다.'

이수는 개인 카드를 들려 줬다. 팀원들 역시 유진우 본부장과 저 사이의 소문을 알고 있을 테다. 이수는 얼굴에 철면피를 깔고 짐짓 아무렇지 않은 체 연기를 했다.

막내 사원이 고른 선물은 타이였다. 날아온 문자 내역을 보니 H사 제품을 구매한 것 같지만 그가 수제로 제작하는 K사 제품만 매는 걸 굳이 말하지 않았다. 이제 그런 것들을 따질 이유가 없었다.

"고마워요. 언제 이런 걸."

유진우 본부장이 자신을 둘러싼 무리에서 한 발자국 떨어진 이수를 향해 웃어 보였다. 그 모습에 정신이 아득해졌다.

촌극. 참 마지막까지 뻔뻔한 사람이었다. 멜로드라마의 주인공이 된 것처럼 우습게도 가슴이 요동쳤다. 겉으로 드러내지 않으려 간신히 무심한 낯으로 일관하고 있건만 먹은 것도 없는 속이 울렁거렸다. 포커페이스로 무장한 이수는 사람들 사이를 가르고 유진우 앞에 섰다.

"…승진 축하드립니다. 언제,"

저도 모르게 숨을 잠시 멈췄다 다시 들이쉬었다.

"출국하십니까?"

"당분간은 런던하고 서울 오갈 것 같고, 정리되는 대로 출국합니다. 이렇게 돼서 미안합니다. 워낙 갑작스럽게 추진된 일이라. 다들 정 팀장 많이 도와주고, 우리 임순정 대리는 꼭 건강 회복해서 돌아오고 말이야."

그런 말들이 술술 나왔다.

"오늘 일도 고맙고, 애쓴 G사 광고도 무탈하게 온 에어 되었으니, 다들 조만간 시간 잡아요. 내가 한잔 사지."

무리에서 작은 탄성이 터져 나왔다. 여름밤에 어울리는 좋은 호텔 라운지가 있다고 하자 팀원 모두 반기는 눈치였다. 그곳에서 환호하며 웃을 수 없는 사람은 이수뿐이었다. 유 본부장이 꽃다발과 선물이 담긴 쇼핑백을 들고 사무실을 나선 이후 팀원들에게 이수가 짧은 공지를 했다.

"다들 참석할 수 있는 날로 상의해서 날짜 잡으세요. 제가 전달드리겠습니다."

그러겠다 답을 한 팀원들 얼굴에 모처럼 미소가 걸렸다. 자리로 돌아가 업무를 보는 팀원들의 손이 키보드 위에서 분주한 걸 보니 아마 사내 메신저를 통해 날을 잡는 눈치였다. 잠시 생각에 잠겨 있는 사이 모니터 하단에 창이 띄워졌다.

[김민주 대리] 팀장님은 언제 가능하세요?
[정이수 팀장] 상관없습니다. 협의 되면 전달해주세요.
[김민주 대리] 넵 알겠습니다.

이수는 가지 않을 생각이었다. 유진우 앞에서 밥을 먹고 술을 마시고 아무 일 없는 것처럼 웃고 있을 자신이 없었다. 이 모든 건 저 혼자만 느끼는 것이리라. 그런 지저분한 감정들이 슬프고 서러워졌다.

"촬영장에서 강아지가 계속 잠이 들어 가지고 걔 일어날 때까지 다 진 치고 있었잖아요. 스튜디오 렌트한 시간은 끝나 가지, 뒤에 대기하고 있는 촬영팀은 지네들 장비 세팅하고 있지···. 딱 죽겠는데 다행히 CG팀하고 쇼부 쳐서 끝냈어요."

회의를 끝내고 옥상에서 마주친 제작실 구영모 팀장과 담배를 태웠다. 시훈은 구 팀장이 늘어놓는 몇 년 전 제작한 프로젝트에 관한 비화를 한 귀로 듣고 한 귀로 흘렸다. 하루 종일 회의실에 갇혀 있어 입이 아플 지경인데 구 팀장은 열렬히 과거의 추억에 젖어 있었다.

"합성이 낮죠. 테이크 날아가면서 시간이랑 돈도 날아가는데."

시훈은 담뱃재를 손끝으로 툭툭 털어 내며 구 팀장이 수긍할 정도의 심드렁한 맞장구를 쳐 주었다. 말이 많은 사람에게 시훈이 대응하는 방식이었다. 전에도 이런 적 있지 않나···. 묘한 기시감을 더듬던 시훈을 두고 구 팀장이 양해를 구했다.

"밑에서 찾네요. 이 팀장님, 그럼 먼저 내려가 보겠습니다."

"네, 수고하셨습니다."

구영모 팀장이 떠난 후 마천루 사이 해가 기우는 모습에 오늘도 하루가 이렇게 지나가는가를 실감한다.

"···후우···."

시훈은 고개를 젖혀 하늘을 바라보며 느긋하게 담배를 빨았다. 그러다 생각이 났다. 정이수가 설 연휴 전 화가 났던 이유. 그때도 구 팀장의 수다가 적잖이 짜증이 나 대충 뭉개려 했을 뿐이었다. 대화를 끊어 내기 딱 좋은 의미 없고 졸렬한 말로. 그걸 들었을 줄이야.

난간에 등을 대고 두 팔꿈치를 기대선 시훈의 머리 위로 더운 바람이 한차례 불었다.

"정이수…."

표면적으로 정이수 팀장과는 그럭저럭 일상을 이어 가고 있었다. 선을 넘어오던 다음 날, 사무실 앞에서 마주치자마자 정이수는 까딱 고개를 숙였다. 그간 해 왔던 인사처럼 당연하고 자연스러웠다. 그 모습을 삐딱하게 보던 시훈을 남겨 두고 출입문을 통과한 그는 재킷을 벗고, 자리에 앉아 익숙하게 업무를 시작했다. 그 일련의 행동으로 정이수는 다시금 아슬아슬하게 간격을 벌려 놓고, 무언의 합의를 종용하고 있었다.

부유하던 연기가 걷히고 현실로 돌아온 시훈이 손에 들고 있던 테이크아웃 잔에 담배꽁초를 던져 넣었다. 한번 입을 대고 만 커피는 맹맹한 보리차 맛이 났다.

본격적인 여름이 시작되기 전까지 수주한 몇몇 캠페인을 태워 보내야 했고, 휴가 시즌 전에 들어갈 비딩은 줄줄이 줄을 서 있었다. 그런고로, 여 본부장이 2팀과 같이 덤벼들어 보라던 제안은 흐지부지되며 없던 일이 됐다. 당연하게 정이수 팀장과 마주 볼 일이 뜸해졌다.

사무실에서는 매일 조용한 전쟁을 치르고 있었다. 리포트 분석,

자료 조사, 아이디어, 팩트 체킹, 광고주, 프로덕션, PPM, PPT, 스케줄, 예산, 회의, 회의, 회의, 끝없는 회의. 모든 것을 조율해서 결과를 뽑아내야 하니 가끔은 하루를 24시간이 아니라 48시간으로 늘려 놓고 싶었다. 여름이 오기도 전에 틀어진 에어컨의 차가운 공기는 뜨겁게 달궈진 목덜미를 식혀 주지 못했다.

복도 모퉁이를 돌아 나온 시훈이 메일과 메시지 창을 번갈아 확인하며 머리를 넘겼다. 긴 복도 끝 네모나게 트인 창 너머의 해가 시훈의 앞에 긴 그림자를 만들었다.

-팀장님, 안녕하세요. J사 강지운 책임입니다. 보내 주신 제안서는 …

주말을 앞두고 월요일까지 수정된 제안서를 달라는 건 아무래도 전 세계 광고주들의 협약 사항인가. 시훈이 습관 같은 한숨을 쉬고 시선을 들어 올렸다.

"……."

반대편 복도 저 멀리, 언제부터였는지 정이수 팀장이 벽에 팔을 괴고 이마를 기댄 채로 서 있었다. 그는 잠시 숨을 고른 듯 곧장 몸을 바로 세우고 느릿하게 뻐근한 목을 뒤로 늘어뜨린다. 복도를 침범한 노을빛에 흠뻑 젖은 몸은 피로를 토로하고 있었다. 각도에 따라 뒤로 넘어간 머리카락이 흘러내리며 단정한 이마가 드러났다. 그 모습을 목도하던 시훈은 잘 닦인 원목 선반 위 단 한 점 올려진 백자를 떠올린다. 그 정도 그림이라면 멘트도 자막도 없이 내보내도 좋을 이미지라고.

의자도 쉴 만한 공간도 딱히 하나 없는 빈 복도에 홀로 서 있는 정이수가 자신을 위해 쪼개 놓은 시간은 너무도 짧다. 만성적으로 매일이 바쁘고 경쟁하는 삶을 사는 그가 가진 찰나의 휴식 시간일 터였다.

시훈이 막 발을 떼자 정이수가 타인의 존재를 인지하고 눈을 떠 넘어간 고개를 바로 세웠다. 뜻하지 않은 조우에 놀라 눈을 키우는 당황한 얼굴이 고스란히 드러났다.

넓게 벌어진 공간 속 에어컨에서 나온 찬 바람이 습한 밖과 달리 공기를 건조하게 만들었다. 서로를 바라보던 두 사람 중 시훈이 먼저 묵례를 하자 목덜미에 올라간 손을 내린 정이수 역시 어느새 무감한 얼굴로 고개를 숙였다.

아직까지 무언의 합의는 유효했다. 위태로울지언정.

Part 2. 오리 토끼

시발, 이 일정에 어떻게 비딩을 들어가냐.

머리가 쪼개질 거 같다. 주 52시간 근무가 법제화됐다는 건 어느 나라 이야기일까.

이른 열대야가 이어졌고 등대처럼 환한 사무실은 며칠째 불이 꺼질 줄 몰랐다. 모니터를 들여다보며 이리저리 따져 봐도 그림이 안 나왔다. 시훈은 근래에 줄여 가던 담배 생각이 간절했다.

시간은 10시를 넘겼다. 영 정리되지 않은 제안서 속 커서는 깜박일 뿐 움직일 생각을 않는다. 요 며칠간 회의는 황혼에서 새벽까지 이어졌고, 좀비의 몰골로 각자의 자리에서 늘어진 팀원들 눈에는 총기가 없었다. 머리를 쥐어짠다고 답이 나오는 것도 아닌데 영 입안이 까칠한 게 머릿속도 이러지 싶었다.

[이시훈 팀장] 소주 한잔하러 갑시다.

사내 메신저를 통해 메시지가 뜨자마자 우르르 짐을 챙겨 나가는 팀원들을 보며 시훈은 그제야 머리가 트이는 기분이었다. 누구든 이 꽉 막힌 공기를 빼 줄 필요가 있었다.

쥐 죽은 듯 조용하던 사무실과 달리 복도부터 왁자지껄 수다가 시작됐다. 시훈은 한 발자국 뒤따라 걸으며 눈 사이를 손으로 짚어 본다. 팀 전체가 올라탄 엘리베이터가 로비에 다다라 문이 열리자 "어, 안녕하십니까." 하고 누군가가 예상치 못한 인사를 했다. 이어 말소리가 끊기고 일제히 머리를 살짝 조아린다. 제작실 사람인가. 가장 안쪽에 기대어 있던 시훈이 느릿느릿 내렸다.

이미 충분히 늦은 시간, 뜻밖에 맞은편 엘리베이터에서 내린 이는 정이수 팀장이었다.

"……."

정이수는 직원들과 눈이 마주치기가 무섭게 인사를 받는 둥 마는 둥 이미 출입구 게이트로 걸음을 옮기고 있었다. 처진 어깨며 무거운 걸음걸이에 고된 하루가 여실히 느껴질 정도였다. 시훈이 그를 부른 건 한순간이었다.

"정 팀장님."

자신을 부르는 소리에 핸드폰에 시선을 고정하고 있던 이수가 불쑥 고개를 들었다. 우뚝 발을 멈추자 미처 발견하지 못한 시훈과 마주 선 상황이 됐다.

"늦게까지 계시는 줄 몰랐네요."

손목을 들어 시간을 확인하는 시훈을 무심결에 바라보다 빛에 반짝이는 메탈 스트랩이 눈에 띄었다. …아, 시계. 돌려줄 타이밍을 놓쳐 버린 시계는 오피스텔에 보관 중이었다. 정작 당사자는 행방조차 궁금해하는 것 같지 않았지만.

"광고주 미팅이 늦어져서요."

이수의 외꺼풀진 눈이 느리게 깜빡였다. 호기심과 열의가 넘치는 광고주는 오후 광고 촬영장에 얼굴을 내민 뒤, 이수와 꼭 아이디어를 나누고 싶어 했다. 작년 팀에서 수주에 성공해 제작 진행했던 브랜드의 광고주였다. 기획안을 들고 갔을 때만 해도 확신을 못 했던 광고는 끈질긴 설득 이후 온 에어 되고 나자 소위 말해 대박이 터졌다. 그해 상반기 인사이트 내에서 브랜드 매출 상승에 가장 큰 영향을 끼친 광고였을 것이다.

올해 3분기에 새로이 론칭될 브랜드 캠페인을 정이수 팀장이 담당해 줬으면 좋겠다는 취지로 시작된 대화는 장장 2시간이 넘게 이어졌다.

뜬구름 잡는 소리라 일방적이고 무모한 아이디어가 대부분이었으나 성심성의껏 대응할 수밖에 없는 입장인 이수는 입안이 바짝 마르도록 향후 계획에 관한 대화를 이어 가느라 진이 빠져 버렸다.

답을 한 뒤, 저도 모르게 한 손으로 얼굴을 쓸어내리자 거리를 벌려 놓은 경계가 한 꺼풀 벗겨졌다. 며칠 밤을 사무실에서 살다시피 한 시훈과 저만이 알 만한 동질감 때문인지 뭔지 이수도 알지 못했다.

"요 뒷골목에 소주 파는 집 있는데 안주가 삼삼하게 맛있어. 아님 저 옆의 사케집도 괜찮고."

시훈의 뒤쪽으로 팀원들이 행선지를 정하며 부산하게 대화를 이어 갔다. 그 때문에 오늘 퇴근 시간에 맞춰 사무실로 내려온 유진우 본부장이 2팀 팀원들을 챙겨 나가던 모습이 떠올랐다. 승진 턱 겸 다난했던 G사 프로젝트의 성공을 축하하는 자리라 유 본부장 주도 하에 집행되는 회식으로 보였다. 주말을 앞두고 아침 해를 보게 해 주겠다며 웃던 유진우 본부장의 웃음소리가 1팀에까지 들려왔었다.

"회식 안 갔어요?"

"……."

얼굴을 쓸던 손이 잠시 멈추다 느릿하게 떨어졌다. 짧은 침묵 뒤 긴 숨을 내쉬는 이수는 잠시 할 말을 잃는다. 나쁜 의도가 아닌 그 저 으레 묻는 질문이건만, 쓴웃음이 배어 나왔다. 이수는 대답 대신 말에 소질이 없는 사람처럼 아랫입술을 감쳐물었다. 그때 신 대리가 눈치를 살피며 다가와 시훈의 뒤편으로 몸을 기울였다.

"팀장님, 저희 먼저 가서 자리 잡고 있겠습니다. 소주 마신다구요."

그리고 총총걸음을 옮겼다. 곧 갈게요. 고개만 돌려 대답한 시훈의 시선이 다시 이수를 향했다. 곧 가라앉은 목소리를 끌어 올린 정이수가 입을 열었다.

"…이만 가세요. 기다리겠네요."

체력적으로 정신적으로 쌓인 피로 때문에 어딘가 나사가 하나 빠진 것처럼 맥이 풀리는 날이었다. 회식을 피하려 오늘 하루 스케줄을 꽉꽉 눌러 잡은 데다 촬영장을 오가느라 장시간 운전을 했다. 지체 없이 걸음을 떼는 이수를 보며 시훈은 문득 깨닫는다.

"정이수 팀장님은, 집으로 가요?"

"네."

정이수는 말이 안 되는 스케줄을 감당하며 밤낮으로 G사 캠페인을 이끈 사람이었다. 마땅히 공을 치하받아야 할 사람만 쏙 빠진 자리. 이수를 응시하던 시훈은 유진우를 향한 껄끄러운 감정이 울컥 치밀어 올랐다. 그러다 얼마 전, 텅 빈 복도에 서 있던 정이수를 떠올리자… 스킵. 건너뛰기를 하고 싶었다. 불편한 간격은.

그래서 불쑥 그런 말이 나왔다.

"같이 가죠. 무거운 자리 아니니까. 소주 한잔해요."

"……"

이수가 뭐라 대답을 하기 전에 시훈이 먼저 돌아서 걷는다. 거절도, 거절의 사유도 듣지 않겠다는 의도가 담긴 움직임이었다.

가게 밖 노상에 놓인 동그란 테이블에 모여 소주를 마시던 팀원들은 시훈이 이수와 함께 등장하자, 너도나도 눈치를 보기 바빴다. 등받이가 없는 플라스틱 의자를 끌어 나란히 앉자 신 대리가 눈치껏 소주잔을 더 달라 외쳤다.

테이블 내의 말수는 급격히 줄었다. 곧 의미 없는 국내외 트렌드 현황을 분석하기 시작하며 급기야 사무실에 놓고 나온 제안서 이야기를 술자리까지 끌어왔다.

언제나 그렇듯 술자리에서의 시훈은 평소와 다르지 않았다. 끝이 날카로운 눈은 이지러진 상태로 느긋하게 술자리를 관망하는 쪽이었다. 그러다가도 진중한 투로 사람들의 농담이나 질문에 성실히 답을 하고 몇 번인가 습관처럼 머리카락을 쓸어 올리며 잔을 기울였다.

반면 정이수에게는 꿔다 놓은 보릿자루, 라는 말이 어울렸다. 잔을 받고 오랜 시간 동안 술 한 잔 마시지 않은 정이수는 무슨 생각을 하는지 잔만을 만지작거렸다. 마치 다른 세상에 홀로 있는 것처럼 모두가 바쁜 풍경을 뒤로하고 그만이 정적 속에 갇혀 있었다.

시훈은 옆자리에 앉은 이수를 흘깃 바라보다 제 앞에 놓인 소주를 몇 잔 들이켰다. 목이 탔고, 술이 좀체 취하지 않을 것 같은 밤이었다.

내도록 생각에 잠겨 있던 이수를 깨운 이는 시훈이었다.

"정 팀장님, 서초동 사신다 그랬죠. 가는 길에 내려 드릴게요."

30분 넘게 이수에게 말 한마디 안 붙인 시훈이 빈 잔을 채우고 단번에 소주를 넘겼다. 막잔이었다. 말없이 앉아 있던 이수는 비우지 못한 잔을 밀어 놓지 못했다. 옆자리에 앉은 신 대리가 눈치를 살피다 어렵게 따라 놓은 잔이었다. 다른 팀 회식 자리에 불쑥 껴들어 한 잔도 넘기지 않고 일어나기가 마음에 걸렸다. 제가 따라와 이상해진 분위기도 그렇고.

"그거, 못 마시면 마시지 말구요."

대답도 전에 이수의 잔을 가져간 시훈은 단번에 소주를 제 입에 털고 빈 잔을 탁 소리 나게 내려놓았다.

"······."

"저희는 먼저 일어나죠."

시훈이 의자를 밀어 미련 없이 자리에서 일어났다. 팀원들 편하게 마시라고 빠져 주자는 투였다. 두 팀장을 끼고 있는 술자리가 오죽 불편했을까. 별말 없이 이수도 몸을 일으켰다.

"파하고 회사로 돌아가지 말고 집으로 가세요. 맑은 정신으로 월요일에 봅시다."

시훈은 신 대리에게 법인 카드를 건넨다. 어정쩡하게 일어난 팀원들이 어긋난 속도로 걷는 두 사람에게 인사를 했다. 시훈은 이미 몸을 돌린 이수의 뒤를 따랐다.

인적이 없는 구불구불한 골목길은 공용 주차장까지 가는 지름길이었다. 가로등 불빛이 켜켜이 쌓인 골목은 노랗고 습한 기운에 더웠다.

뒤쪽으로 돌아가는 좁은 골목길을 앞서거니 뒤서거니 걷는 두 사람의 발소리만 들릴 뿐 서로 아무 말이 없었다. 피로 때문인지 걸음이 느린 정이수의 뒤를 밟는 시훈의 눈에 더운 날에도 손목까지 떨어지는 재킷을 입은 그의 말쑥한 뒷모습이 들어왔다.

이수의 분위기가 미묘하게 바뀐 건 아마도 유진우 본부장의 영국행이 결정되고 난 후였다. 여상하게 회사 생활을 하고 있지만 어설프게 추스른 감정이 질질 새어 나왔다. 상처, 슬픔, 뒤숭숭한 미련 같은 감정이었다.

그건 지난 몇 주간, 시훈이 업무 중 담배를 태우러 가는 이유이기도 했다. 문득 시선을 돌려 보면 블라인드 사이로 빛을 받은 정이수는 바랜 종이처럼 시간을 비껴간 듯 보였다. 또는 풍랑이 이는 부둣가에서 우산도 비옷도 없이 오도카니 서 있는 사람 같기도 했다.

밖으로 새는 정이수의 감정들을 저도 모르게 좇고 있노라면 그걸 들춰내고 싶었다. 그리고 벌어진 상처를 들쑤시고 조소하고 싶은 낯선 욕구가 불시에 찾아왔다. 시훈은 근래 의미 없는 농담이나 쓸데없는 추근거림을 멈춘 정이수에게 이상한 박탈감을 느꼈다. 그런 그의 어깨를 잡아채고 싶은 막연한 충동이 문득문득 시훈을 저울질했다.

시훈은 정이수가 술자리를 불편해했대도 어쩔 수 없다고 생각했다. 동행을 제안한 것도 비슷한 맥락이었다. 처연한 얼굴을 눈앞에서 확인하고 싶었다. 결국 이도 저도 아닌 시간만 죽인 꼴이지만.

월요일 오전 회의에서 여 본부장에게 보고할 사항을 머리에 그려 본다. 소주를 털어 넣은 머리가, 정이수를 앞에 두고 걷는 머리가 맑을 리 없었다.

집중을 요하는 습관처럼 시훈이 담배를 빼 들 때였다. 앞서서 먼저 걷던 정이수가 갑자기 걸음을 멈추고 뒤를 돌아보았다. 담벼락에 세워진 가로등 불빛을 지난 그의 얼굴에는 그림자가 드리워져 있었다. 곧 잠시 뜸을 들인 정이수가 입을 열었다.

"…사실, 술 잘 못 합니다. 좋아하지도 않구요."

회식 때마다 소주잔을 기울이던 모습을 생각하면 썩 어울리지 않는 고백이지만 지금 정이수가 하는 말이 거짓이 아니라는 것쯤은 알 수 있었다.

"그런데 왜 따라왔어요?"

가만히 묻는 목소리 뒤로 불붙은 담배가 소리도 없이 길이를 줄이고 있었다.

"고마워서요."

담백한 답이었다. 그게 할 말의 전부인 사람처럼 정이수는 그대로 입을 다물었다.

그리고 다시 구불거리는 골목을 앞서 걸었다. 자욱한 담배 연기에 가려 정이수의 얼굴이 잘 보이지 않았다. 다만 긴 재킷 아래 마른 손끝이 조금 움직였던 것 같다. 제법 술이 세다고 생각했는데 뜻하지 않게 마지막 잔에 취한 기분이었다. 시훈은 담배를 깊게 빨았다. 그리고 이마를 문지르며 이유 모를 욕을 낮게 짓씹었다. 아마도… 시발, 이라고.

대리 기사에게 키를 주고 먼저 서초동 법원 앞으로 가자는 말을 한 뒤 정이수 팀장과 뒷자리에 앉았다. 검은 밤, 도로를 달리는 여느 차들과 다름없이 두 사람은 각자의 목적지를 향하고 있다.

후우— 최근 제대로 쉬지 않고 업무를 몰아붙인 탓에 시트에 등을 기대자 절로 한숨이 새어 나왔다. 시훈은 정이수가 앉은 반대편으로 고개를 모로 돌리고 가만히 눈을 감았다. 라디오에선 나긋한 목소리의 여자 아나운서가 영화 음악을 소개해 주고 있었다. 다음은 첫사랑의 열병을 앓고 있는 한 소년이… 그런 고루한 멘트가 이어졌고, 피곤에 몸이 녹아내렸다.

그래서 저도 모르게 손이 시트 가운데께로 풀렸나 보다. 예상치 못하게 맞닿은 상대방의 손등이 취기와 노곤함으로 무감각하게 느껴졌다. 시훈은 여전히 눈은 감은 채였다.

얼마쯤 지났을까. 신호에 걸리지 않는 차가 대교를 지나는 것 같았다. 실내엔 엔진 소리만이 아스라이 들려오는 가만한 시간이었다. 그러다 문득 시훈의 손끝에 낯선 감각이 느껴졌다.

그건 제대로 감쌀 만한 용기도 없어 가만히 자신의 손을 올린 것뿐이었다. 마치 호기심과 두려움으로 물건을 찾는 어린아이처럼 더듬더듬 마지막 손가락만을 둥글게 감싼 손바닥은 노란 불빛이 켜 있던 골목처럼 습했다. 얼마나 긴장을 했는지 축축한 손바닥에서 미미한 떨림이 느껴졌다. 차갑게 떨리는 손가락들은 인파 속을 함께 걷는 엄마의 손을 붙잡은 아이 같았다.

"……."

시훈은 자세 그대로 조용히 눈을 뜬다. 제 손가락에 살포시 느껴지는 상대의 떨림에도 초연히 잠든 자세를 취했다.

유혹이라기에는 어린애 장난 같고, 실수라고 치부하기에는 손가락을 감싼 행위가 너무나 분명했다. 시훈은 정이수의 저의를 쉬이 판단할 수 없었다. 다만 고스란히 느껴진 떨림과 차가운 손이 가련했다. 아마 오늘 정이수가 보인 쓸쓸함 때문일지도 모르겠다.

대교를 지나 차가 우회전할 때쯤 정이수가 슬며시 손을 거뒀다. 떨쳐 낼 타이밍을 놓친 뒤였다. 마치 아무 일 없었던 것처럼 모든 것은 그대로였다.

"손님, 오피스텔 앞에서 세워 드릴까요."

"네."

정차하고 난 뒤에야 상체를 세운 시훈이 이수 쪽으로 몸을 틀었다. 문을 열고 밖으로 몸을 내민 정이수는 대리 기사 쪽을 흘깃 바라보다 잠시 뜸을 들였다.

"이 팀장님."

어둠 속에 가린 시훈의 얼굴이 보이지 않았다. 이수는 차를 타고 오며 하루 종일 꼬인 일정, 유진우 본부장에게 느낀 혼란과 분노가 지나는 한강 물에 떠밀려 갔음을 알았다. 이시훈이 오늘도 함부로 내민 친절 때문이었다.

"……."

"저… 시간 괜찮으시면, 같이… 차…."

이수가 드물게 말을 끌었다. 저지른 실수가 있었으니 차마 쉽게 말이 떨어지지 않았다. 시간 괜찮으시면 잠깐 걸으면서 차라도 한잔 하실래요, 라고.

우울했고, 지쳐 있던 오늘, 시훈이 불러 준 자리가 고마웠다. 바래다준 것만 해도 이걸로 세 번째인지, 네 번째인지…. 슬그머니 빗장이 풀린 이수는 시훈에게 차라도 한 잔 대접하고 싶었다. 그러다 괜찮으면 빈정대지 않고, 서로 기분이 상하지 않는 선에서 대화를 해 볼 수도 있겠다는 기대도 해 봤다. 하나둘 이야기를 꺼내 보면 쌓인 오해가 풀릴지도 모르고.

"……."

침묵이 길어지자 시훈은 피곤한지 짧은 한숨 뒤 옆으로 목을 기울인다. 그러자 이수의 생각이 삽시간에 접혔다. 벌써 자정이 가까운 시각이었으니 차를 마시기에는 늦었다. 게다가 시훈이 굳이 불편한 상대에게 시간을 내줄지도 의문이었다. 결국, 한참 동안 말을 골라내던 이수가 고비를 이기지 못할 즈음 핸드폰이 울렸다. 우연히

보인 액정 화면 속 발신자는 다름 아닌,

유진우 본부장.

이수의 얼굴이 그대로 굳었다. 계속해서 울리는 핸드폰을 손에 쥔 이수가 언뜻 미소를 보이며 난감함을 감췄다.

"…아닙니다. 오늘 고마웠습니다. 들어가세요."

붉게 물든 얼굴로 차에서 내린 정이수가 문을 닫으며 급히 핸드폰을 귀에 댔다. 손목시계로 시간을 확인한 시훈은 어둠 속에서 얼굴을 구겼다. 이 시간에….

…네, 본부장님. …아직… 회식 중이십니까? 일정 …

상대에게 깍듯이 예를 갖춘 말소리는 닫히는 문과 함께 뒤가 잘렸다.

시훈은 낮은 한숨을 쉬었다. 허벅지 위에 놓인 손에는 아직 정이수의 감촉이 남아 있었다. 차갑고 축축하던 손가락과 떨림. 종잡을 수 없는 행동이 자꾸만 그 감각을 떠올리게 만들었다. 제법 오랜 시간 움직이지 않는 차 안에서 시훈은 흐르는 강을 내려 보듯 지나간 혹은 지나는 정이수를 관조했다. 뚜렷한 형체가 없고 손을 담가도 잡을 수 없는 강 같은 정이수를 말이다.

"기사님, 죄송하지만 담배 한 대만 태우고 가겠습니다."

창을 조금 열어 시훈이 담배에 불을 붙이고 깊이 한 모금을 빨았다. 열린 창 너머로 담배를 쥔 손을 걸쳤다. 자연스럽게 시선이 반대편으로 돌아갔다.

길에서는 여전히 유진우와 통화 중인 정이수가 고개를 좌우로 저으며 무언가 대꾸했다. 그러다 아직 출발하지 않은 시훈의 차량을 살짝 돌아보았다. 곧 출입문을 통과한 정이수가 건물 안으로 모습을 감췄다.

톡, 톡, 톡.

손가락이 일정하게 무릎을 두드렸다. 오늘 좁은 골목길에서 정이수의 뒤를 밟으며 느낀 초조함은 눈앞의 형체가 사라지자 시훈의 가슴속에 음습한 심연을 열어 놓았다.

만약 자신의 손가락을 잡은 정이수의 손을 맞잡았더라면 그다음은 뭘까. 여전히 정이수가 유진우에게 절절매는 이유가 단지 고상한 사랑 하나 때문일까. 품어 본 적 없는 의문이 연속으로 들이닥쳤다.

외꺼풀진 정이수의 얼굴이 그늘 속에서 차례로 단면을 드러낸다. 왼쪽, 오른쪽. 하나씩. 대체 어느 쪽이 진짜 정이수일까.

"손님, 어디로 이동할까요?"

룸 미러를 통해 물어 오는 대리 기사에게 답을 하려는 순간, 시훈의 핸드폰이 진동했다. 잠시만요. 재킷 주머니에서 핸드폰을 꺼내 도착한 메시지를 확인했다. 발신자는 뜻밖에도 정이수다.

그 순간, 더운 바람이 훅 불어왔다. 가로수들이 스스스 소리를 내며 나뭇가지를 흔들고 시훈의 손가락에 끼워진 불씨 없는 담배가 도로 위를 나뒹굴었다. 모든 판단과 선택은 찰나의 순간 이루어졌다. 정이수가 가진 단면 중 하나가 얼굴을 드러낸 것도.

"…하."

대체 뭐가 뭔지. 시훈이 헛웃음을 흘렸다. 아슬아슬하게 평행을 유지한 저울이 한쪽 방향으로 기울었다. 정이수가 풋사랑 소년처럼 잡던 손, 뜸을 들이며 차마 내뱉지 못한 말, 시간 차를 두고 도착한 메시지. 시훈이 눈살을 찌푸린다. 간신히 다시 균형을 잡았다 했더니 정이수는 흘러가며 잡아 보라 손가락 사이를 어지럽게 살랑인다.

이제 모든 것을 분명히 할 때였다. 현실이 꿈의 문을 두드리듯 시훈의 정신이 또렷해졌다.

* * *

오피스텔 문 앞에 다다라서야 유진우 본부장과의 통화는 끝이 났다. 술기운에 취한 그가 오늘 왜 오지 않았느냐, 다른 직원들이 기다리고 있다 생색내기용으로 걸어 온 전화는 일방적인 대화로 끝을 맺었다. 유진우는 단지 직원들을 앞에 두고 형식상 몇 마디의 대답을 필요로 할 뿐이었다.

집으로 들어서자마자 닫힌 현관문 뒤로 퍼뜩 정신이 들었다. 시계. 말을 해야 했는데 잊어버렸다. 보관하고 있고, 수리가 필요하다고.

신발을 벗고 재킷을 테이블 위에 대충 올려놓은 이수가 창밖 너머로 아직 오피스텔 앞에 정차해 있는 시훈의 차를 확인했다. 일이 아닌 시계 때문에 전화를 걸기에는 다소 어색했다. 이수는 핸드폰 메시지 창을 열었다.

-이 팀장님

-시계 제가 보관하고 있어요. 가죽 스트랩으로 된 거요

-아직 출발 안 하셨으면 가지고 가실래요

메시지를 보내고 시계 상태를 떠올린 이수가 잠시 손을 멈췄다.

고장이 났고, 수리를 해야 할 것 같다고 말을 덧붙여야 할지 말지 고민이 됐다. 따지고 보면 시계를 그 지경으로 망가뜨린 당사자는 이수 자신이었다. 차라리 주말쯤 브랜드 매장에 수리를 맡기는 편이 좋을까… 고민만 하는 사이 상대에게서는 읽음 표시만 있을 뿐 답장은 없었다.

결국 이수는 한참 동안 메신저 창 위를 맴돌기만 한 손가락을 떼고 핸드폰을 테이블 위에 올려 두었다. 필요하다면 어떤 식으로든 답을 주겠지. 이수는 리모컨으로 켜진 텔레비전 채널을 이리저리 돌려 보며 남은 손으로 셔츠 단추를 풀었다.

그러다 문득 온기가 남은 손끝을 매만졌다. 차가운 제 손과는 정반대였다. 원래 그렇게 남의 술을 잘 마셔 주나… 집에 데려다주는 건 몸에 밴 매너인가. 고단했던 오늘 하루 이시훈이 흘린 투박한 친절을 떠올리다 이수는 저도 모르게 흘러간 CM송을 달싹였다.

"…맛있는 건 정말 참을 수 없어… 누구든 맛을 보면 이렇게…"

이수는 습관처럼 인사이트에서 제작한 광고 몇 개를 확인하고 난 뒤에야 욕실로 들어섰다.

쏟아지는 물을 맞으며 서 있자 몇 주 동안의 일이 슬라이드처럼 머릿속을 스쳐 지났다. 유 본부장, 영국, 선물을 전달하던 팀원들, 주 실장, 임순정 대리, 외떨어져 있던 자신의 모습과… 그리고 이시훈 팀장.

이수는 눈앞에 올린 제 손을 쥐었다 펴기를 반복해 본다. 뜨거운 물 아래 지워진 감각이었다. 이시훈의 새끼손가락을 쥐었던 손. 바보 같은 짓이었다. 깊이 잠든 시훈의 손이 손등에 닿자 풋내기 같은 어설픈 충동이 일었다. 어딘가 잡고 싶은데 잡을 곳 없는 손이 온기를 필요로 했기 때문일까. 사실, 이수는 오늘 하루가 꽤 벅차고 힘겨웠다. 슬쩍 닿은 그의 손바닥에 제 손바닥을 단단히 맞대고 싶을 정도로.

만약 시훈이 그렇게 맞잡아 주었으면, 그랬다면 그대로 서울 시내를 내내 달리고 싶다고 생각했다. 이것으로 오늘의 위로는 충분하다고. 또 한 번, 함부로 친절해 줘서 고맙다고….

아쉬움이 깃든 상상이 이어졌다. 괜찮으면 차 한잔하겠냐고 바로 말할 걸 그랬다. 혹시 제 잔을 대신 마시느라 더 취기가 오른 것 아니냐, 괜찮냐 묻고 싶은 마음도 있었다. 그러다 이시훈이 팀원들에게 그러듯 묵묵히 고개를 끄덕여 주면 사실은 유진우와 무슨 사이는 아니었다고 오해를 소명하고, 몇 년간 내가 바보 같았노라는 부끄러운 고백과, 일전의 실수는 미안했다고 사과를 했으면 좋았을 텐데…. 그냥, 오늘 그러면 좋았을 텐데 싶었다. 피식 웃어넘긴 상념은 오래가지 않았다. 이미 지난 일이었다.

이수가 젖은 머리를 털고 편한 티셔츠와 바지를 막 입었을 즈음 띵동. 벨이 울렸다. 플로어 스탠드만 켜진 거실의 전자시계는 11:51을 가리켰다. 인터폰 앞으로 다가가 버튼을 누르자 방문자는 카메라 옆으로 비켜서 있는지 전체 모습이 보이지 않았다.

"누구세요?"

—…….

화면 밖에서는 말이 없었다. 야밤에 배송업체나 심부름업체 사람이 실수로 눌렀을 수 있었다. 혼자 사는 세대가 대부분인 오피스텔에서 종종 일어나는 일이었다. 카메라가 꺼질 때쯤, 화면 너머 방문자의 목소리가 전해졌다.

이시훈입니다.

방문자의 이름을 듣고 언뜻 당황한 이수는 테이블 위에 놓인 제 핸드폰을 눈짓으로 찾는다. 그리고 시계를 받으러 왔을지도 모르겠다는 데 생각이 미쳤다.

"아… 잠시만요."

짧은 복도를 지나 현관 앞에 다다라 문을 열었다.

반쯤 열린 문 너머로 이시훈이 서 있다. 그는 인사도 뭣도 없이 미간을 일그러트린 채였다. 한 발로 타일 바닥을 짚은 이수가 집 안에 몸을 들였다. 가지 않고 늦은 시간에 직접 찾아올 정도라면 어지간히 중요하거나 고가의 시계인 것 같아 바삐 몸을 틀었다.

"잠깐 기다리세요. 시계…"

"시계 같은 소리 그만하고…."

시훈의 말에 반쯤 돌아간 몸이 스르르 제자리로 돌아왔다.

"…이 팀장님, 무슨…."

이수는 의문을 품고 시훈을 바라보았다. 취한 건 아니었다. 노기 서린 이시훈의 목소리는 또렷했고 또 분명하게 제 의사를 전달하고 있었다. 밑도 끝도 없는 질문이 문제였지만.

"원하는 게 뭐예요?"

"…네?"

시훈이 고개를 모로 기울이며 눈을 가늘게 떴다.

"애매하게 굴지 말고 노선 정하죠. 부탁하면서 자존심 세우는 게 정이수인지, 아니면 손가락 하나에 절절매는 게 정이수인지."

"……."

이수의 얼굴이 순식간에 벌겋게 달아올랐다. 차 안에서 뻔히 알고 있었으면서 모른 척 눈을 감고 있던 그가 얼마나 자신을 비웃었을지 상상만으로도 심장이 쿵쾅거렸다. 난감함과 수치심에 이수가 문고리를 잡아당겼다. 잘 가라는 인사를 할 여유 따위는 없었다. 막 문이 닫히기 전, 시훈은 문틈에 걸어 놓은 손가락을 당겨 문을 힘껏 열어 젖혔다. 강한 힘에 문고리를 잡은 이수의 몸이 휘청거릴 정도였다.

"…왜 이러지, 아닌 척 꼬리 빼면서. 혹시… 나 간 봐요?"

입안에서 혀를 굴리다 툭툭 뱉는 말 끝이 서늘했다. 고개를 숙이고 혼잣말처럼 말을 짓이긴 그가 열을 삭이는지 꽉 깨문 이를 풀었다. 이수는 머리가 멍해졌다.

"내가 차에서 그대로 손잡았으면, 그다음은 뭔데요."

이수는 떨쳐 버린 기억을 떠올리다 묻어 둔다. 그건 오늘 밤이 지나면 사라질 비밀이었다.

"묻잖아요, 뭐냐고."

"……."

집요하게 대답을 요하는 시훈에게 해 줄 답 같은 건 없었다. 그 때문에 불쾌해서, 쫓아와 사과를 요구하는 것 같지도 않았다. 짜증 섞인 시훈의 목소리가 귀를 파고들었다. 문고리를 잡은 손에서 힘이 빠졌다. 생각이 정리되지 않고 마구 뒤섞였다. 몸을 휘감는 위화감이 한꺼번에 밀려들며 팽팽 도는 의식을 붙잡으려 이수는 눈만 껌뻑일 뿐이었다.

맨발로 내디딘 현관의 타일 바닥이 눈앞에서 울렁거렸다. 이수가 본능적으로 뒷걸음치는 순간이었다.

"나 잡아 보고 싶어요? 그래서 사무실에서도 찾아온 거고. 그게 시원찮으니 답지 않게 내숭 떨면서 몰래 손잡은 거 아니에요?"

슥 밀린 발이 우뚝 멈췄다. 명치에 묵직한 돌 하나가 떨어진 것 같았다. 차라리 남자에게 잡힌 손이 불쾌했노라고 주먹이라도 날렸다면 가뿐히 털어 낼 만한 기운은 남아 있었을 거다. 그런데 이건… 결국, 제가 가진 업보였다. 새겨진 주홍 글씨가 이제는 놀랍지도 않았다.

구멍 팔아먹는 정이수. 딱 그 취급이었다. 언젠가 뒷골목에서 자신을 욕하던 그치들이 이수를 지칭하던. 헛웃음이 터졌다. 아… 진짜 웃기고 바보 같다.

빈틈을 없애려고 무던히 노력해도 삐끗하는 순간이 있었다. 선택의 순간들이었다. 장학금을 받고 지방 국립대에 입학하기로 결심한 선택이 그랬고, 입사 후 포기한 이직이, 유진우 본부장을 사랑한 일이 그랬다. 모든 선택은 시간이 지나자 전부 잘못된 결과를 가져왔다. 그리고 지금은 이시훈의 손가락을 잡은 바보 같은 충동이 그랬다.

어이없는 감정을 드러낸 얼굴이 종국에는 씁쓸한 미소를 띠며 드문드문 문장을 연결해 중얼거렸다.

"아… 아드님이셨지. 그러니까 갈아타려고… 내가. 아… 그거구나…"

어쩐지 참을 수 없는 웃음이 새 나온 이수가 피식거렸다.

"하. 자꾸 또… 이러네."

목덜미를 쓸어내리며 시훈이 낮게 욕지거리를 흘렸다. 명확한 답 대신 다시 저울질을 시작하는 정이수 때문이었다.

문을 잡은 시훈의 손이 풀렸다. 시훈은 바지 주머니에 두 손을 찔러 넣고 이수를 삐딱하게 바라보았다. 매번 예상과 정도를 벗어나는 정이수의 가슴에 갈고리를 박아 넣고 싶었다. 미간에 골이 팬 채로 시훈이 이수를 응시했다.

"이러는 거 재미없어요. 그러니까 앞으로 자리 지켜요. 사람 열 받게 하지 말고."

쯧. 턱을 치든 시훈이 혀를 찬 뒤 어이없는 한숨을 흘렸다. 더 남아 있을 이유가 없었다. 서로 오물을 뒤집어쓴 꼴이래도 방금 남긴 경고를 끝으로 뭐든 부러뜨려 끝냈으리라. 그렇게 생각한 시훈이 발을 막 돌릴 때였다.

"몰래 손잡은 건… 이 팀장님 취향은 아니신가 봐요."

바닥 어디쯤을 바라보던 이수의 눈동자가 상대를 향했다. 이수는 열을 내뿜는 응어리를 짓누르고 머리를 차갑게 식힌다. 이따위로 주도권을 빼앗기고 싶지 않았다.

열린 문을 사이에 두고 이수의 입술이 가벼이 호선을 그렸다.

"저 자리 좀 보전해 주세요. 내 팀 건들지 말고, 후진 프로젝트는 쳐 주시고… 여 본부장한테도 잘 봐 달라, 말 좀 해 주구요. 아시겠지만… 제 회사 생활이 좀 그렇잖아요."

"선 지키라잖아요. 지금 본인이 무슨 말 하는지 알아요?"

데구루루 눈을 굴린 이수가 눈을 치떴다.

"아니… 원하는 게 뭐냐고 달려와서 묻고는, 갑자기 왜 빼요."

결코 유쾌하지 않은 웃음을 흘린 정이수가 문가에 나른하게 한쪽 어깨를 기대고 다음 말을 이었다.

"적어도 이 팀장님은 누구처럼 본진 버리고 떠날 사람은 아니잖아요. …그리고, 우리 같은 직급인데 누가 상상이나 하겠어요?"

자신을 갉아먹을 짓인 걸 알면서도 멈출 수가 없었다.

"유 본부장한테 데어서 머리가 어떻게 됐나 보네."

시훈이 뇌까리는 말에 이수의 턱이 비틀렸다. 살짝 숙인 얼굴에 드리운 모욕감을 순식간에 묻어 두고 이수가 퍽 가벼운 투로 입을 열었다.

"우리 연대할까요?"

제 손목을 그어 해방을 맞는 행위처럼 체념 끝에 좌절과 모멸을 끌어안은 이수가 행한 또 다른 자해였다.

그 순간 시훈의 눈이 번뜩였다. 머리부터 발끝까지 저릿하게 관통하는 분노에 열이 올랐다. 정이수는 하룻밤에도 훌쩍훌쩍 손바닥을 뒤집는다. 포장지는 몇 겹이며, 둘러쓴 껍데기는 어느 쪽이 진짜일까.

…이제 상관없다. 활활 타오르던 시훈의 열기가 한계에 치달았다. 빨갛게 색을 피운 불빛이 서늘한 푸른빛으로 돌변한 건 한순간이었다.

"정이수 팀장님. 말씀 고상하게 하시네요."

"……."

시훈이 눈을 내리깔며 보다 바람 빠지는 목소리로 사실을 전했다.

"지금요, 하려는 그거… 연대 아니에요. 상납이지."

사람 헷갈리게 만드는 정이수의 맨얼굴을 어떻게든 들추고 싶은 충동이 끊임없이 마음을 분탕질했다. 시훈은 딱 부러진 말로 뾰족한 갈고리를 박아 넣었다. 어디서 기인했는지 모를 분노를 되짚어갈 필요조차 느끼지 못했다.

"아… 상납. 그럼 언제부터 상납할까요. 오늘부터 시-이작?"

따갑고 아픈데 한편으로는 후련하게 숨통이 트였다. 차가운 타일 바닥 위로 발을 내디딘 이수가 몸을 기울여 시훈의 목에 손을 감았다. 현관의 센서 등이 꺼지며 두 사람 다 어둠 속에 각자의 속내를 감추었다. 이수의 집에서 기어 나온 에어컨 바람이 복도의 습한 기운과 뭉근하게 섞였다.

느릿느릿 코끝이 스치며 이마가 마주 닿자 속눈썹을 들어 올린 이수가 시훈과 눈을 맞췄다.

"이시훈. 하자고, 섹스."

서슴없이 튀어나온 말과 달리 흘러나온 미소는 조롱에 가까웠다. 눈을 마주친 시훈이 어떤 표정을 짓고 있는지 알고 싶지 않았다. 다만 시훈이 길게 내쉰 숨이 볼에 닿았을 뿐이다.

"왜… 이 말 듣고 싶어서 득달같이 쫓아 올라온 거 아니야?"

이제까지 불편한 상황 속에 브레이크를 거는 쪽은 매번 시훈이었다. 이번이라고 다를 것 없는 같은 상황의 반복일 테지. 어설프게 시훈의 손가락을 잡으며 부풀린 상상들은 순식간에 바람이 빠져 쪼글쪼글 흉측해졌다. 내가 뭐라고, 답지 않은 생각을 했을까.

"정이수 팀장님."

화를 참는 한숨처럼 시훈이 이수를 불렀다. 아마도 시훈이 가진 인내심의 한계였을 것이다.

"아. 남자라서 안 되시나, 미안해서 어쩌죠."

그걸 모르고 받아친 이수가 빈정대며 입술을 비틀었다. 상처가 죽 그어진 가슴에 피가 흘렀다. 출혈은 있지만, 이걸로 어떻게든 일단락될 터였다. 언제나 그렇듯 시간은 흐르고 버티면 자국을 남길지언정 피는 멎을 것이다. 이시훈이라면 쪽팔려서라도 어디 가서 정이수와 이랬다고 나불대지는 못할 테고.

이수가 어둠 속에 침묵하는 시훈을 뒤로하고 몸을 물리던 때였다.

"웃…!"

시훈의 손이 이수의 허리를 붙들어 상체를 바짝 당겨 왔다. 움직임에 센서 등이 팟 켜지며 놀라고 당황한 이수의 얼굴이 조명 아래 생생하게 드러났다. 외꺼풀진 눈과 가늘게 떨리는 움직임마저 모두 보이는 가까운 거리였다.

허리를 비트는 무력한 반항은 정이수를 결박하고 바닥을 샅샅이 헤집고 싶은 시훈의 욕구를 부채질할 뿐이었다. 한쪽 눈썹을 들어 올린 시훈이 얼굴을 붙여 속삭였다.

"동갑이라고 말을 막 놓네…. 그리고,"

손가락 사이로 살랑이며 빠져나가는 정이수를 잡을 수 없다. 그러니 시훈은 물길의 방향을 바꾸기로 했다. 보를 세워 제 안으로 고일 수밖에 없도록.

"……."

"오해가 있으신 것 같은데, 난 남자… 그런 거 신경 안 써요."

올라간 입술 끝이 한순간 뚝 떨어지고 이수의 얼굴이 구겨졌다.

* * *

몸이 현관에서부터 밀렸다. 짧은 복도를 지나 불 꺼진 침실까지 가는 동안 시훈은 잡아먹을 것처럼 입술을 붙여 왔다. 어마어마한 악력에 팔을 내칠 수 없었다. 블라인드가 절반쯤 내려온 방 안에는 달빛이 만든 그림자가 계단처럼 층을 이뤘다.

이수의 몸이 침대 위로 풀썩 쓰러지자 시훈의 손이 티셔츠 속을 파고들었다. 최근 들어 살이 내렸다 싶었는데 손으로 만져 보니 역시 그랬다. 가슴 위에 솟은 돌기를 손으로 문지르자 호흡을 참아 내는 게 여실히 느껴졌다. 처음부터 솔직하지 못했던 속내처럼 몸도 그랬다. 유두를 두 손가락에 끼워 힘을 줘 비벼 올리자 그제야 탄식 같은 신음이 흘러나왔다. 정이수의 살결이 손안에서 제 것처럼 감겼다.

일부러 보이듯 티셔츠를 목까지 끌어 올린 시훈은 두 손으로 이수의 유두를 잡아당겼다. 그러자 화답처럼 한껏 가슴을 내민 몸이 바르르 떨렸다. 시훈은 지체하지 않고 이수의 바지 밴드를 속옷과 함께 내렸다. 무릎까지 내려간 바지 위로 성기가 고스란히 드러났다. 이수가 몸을 모로 뒤틀어 보려 한들 골반을 잡아 쥔 시훈은 조금도 틈을 주지 않았다.

의지와 달리 발기한 성기가 꼿꼿이 섰다. 그리고 만지지 않은 성기 끝에서 새어 나온 프리컴에 주변이 번들거렸다. 그걸 본인도 느껐는지 단번에 목과 얼굴, 그리고 몸을 발갛게 붉힌 정이수가 팔을 들어 얼굴을 가렸다.

"하."

때를 기다려 잡아먹으라는 것처럼 착실히 반응하는 정이수를 보며 시훈은 작게 실소했다. 머리부터 발끝까지 매번 단단히 동여매던 몸이 이렇게 야살스러울 줄은 몰랐다.

제멋대로인 정이수의 기를 꺾어 주려는 마음과 제 안에서 기묘하게 뒤틀린 오기로 침대까지 밀어붙였지만, 막상 눈앞에서 목도한 상황에 시훈이 이맛살을 구겼다. 돌이킬 수 없을 밤이라는 생각이 확고해진 탓이었다.

말도 행동도 멈춘 시훈을 두고 팔 아래 얼굴을 가린 이수가 숨을 고르며 입을 열었다.

"하아… 구멍에 넣고 싶으면 기다려요. 씻고 올 테니까. …입으로만 빨아 주는 건 상관없을 테고."

비뚜름한 입술이 난잡한 말을 잘도 했다. 시훈의 이마가 조금 더 깊게 구겨졌다.

"좆 보니까 식었어요? 그럼 입에다 싸고 끝내죠."

"내가 정이수 팀장, 남자인 거 몰라요?"

성이 난 말투에 시훈의 목소리 끝이 거칠게 갈라졌다. 단번에 이시훈에게 어깨가 붙들렸다. 힘이 들어간 손끝이 강하게 파고들어 아팠다. 저도 모르게 나온 신음 뒤로 뱉은 말이 시훈의 신경을 긁어 놨다.

"…그래서 재밌는 거네…."

빈정대는 말이 우습기만 했다. 팔을 치워 내고 마주한 정이수의 눈빛이 형편없이 흔들리고 있어서였다.

정이수라는 사람은 연주하는 내내 변주하는 재즈 같았다. 예측할 수 없고, 시작과 끝을 짐작하기도 어려웠다. 돌이켜 보면 저를 유혹하며 허리를 돌리던 날도, 유진우 때문에 상처받은 눈으로 창밖을 바라보던 시선도, 제 목에 손을 둘러 같잖은 도발을 행한 모습 역시 그러했다. 그러니 시훈은 정이수가 함부로 저를 흔들지 못하도록 겹겹이 둘러싸인 막 사이에 단단한 정을 꽂아 넣을 생각이었다.

시훈이 이수의 몸을 뒤집었다. 버둥대는 허벅지를 무릎으로 고정한 뒤 상체를 비틀지 못하게 뒷머리를 손을 감아 잡았다. 적당히 힘을 줘 누르자 베개 위로 왼쪽 볼이 짓이겨졌다.

귀가 물릴지도 모른다고 생각했다. 그만큼 가까웠고, 또 화가 난 것처럼 시훈의 손길은 거칠었다. 뒤 머리카락을 틀어쥐자 신음이 절로 나왔다. 아파서가 아니라 예상하지 못한 타이밍에 시훈이 제 속마음을 파고든 탓이었다.

"왜 떨어요."

눈이 크게 뜨였다. 머리카락을 붙잡은 그의 손이 방향을 달리해 저를 바라보게 했다. 모로 뒤틀린 얼굴이 불편했다.

"이것도 내숭인가?"

이수의 머릿속이 새카매졌다.

"……."

긴 속눈썹이 속절없이 파르르 떨렸다. 무슨 말을 하려다 만 건지 힘껏 깨문 입술에 피가 날 것 같다. 시훈은 이수의 입술 사이로 손가락을 비집어 넣었다. 갑자기 들어온 손가락에 헛구역질을 참아 낸 이수가 고개를 돌려 피하려 했다. 그런 이수를 내려 본 그가 한심하다는 듯 한숨을 쉬었다.

"하자며. 손가락 하나 못 물어요?"

압도됐고, 두려웠다. 아랫입술에 박힌 이가 힘없이 풀어졌다.

"으… 읍…."

이내 제자리로 돌아온 입이 서서히 벌어졌다. 남자가 물린 검지와 중지가 입안에서 젖어 들었다. 그사이 시훈은 침대 옆 협탁을 뒤지듯 열었다. 가능성은 반반이었지만 혼자 사는 남자라면 이쯤에 뭔가 있을 거란 생각 때문이었다. 빠르게 위 칸부터 차례로 열어 본 그가 마지막 서랍을 열었을 때 이수의 몸이 굳었다.

"이 정도가 좋아요?"

이수의 머리 옆으로 젤과 딜도, 콘돔 몇 개가 떨어졌다. '겨우'라는 말을 부러 붙이지 않아도 그것이 제 치부를 어떤 식으로든 놀리려는 의도인 걸 알았다.

"빨아요."

종용하듯 입안의 혀를 지그시 누르자 이수가 다시 손가락을 빨았다.

"잠잘 시간 쪼개 가면서 이딴 걸로 자위해요?"

침대맡에 앉아 콘돔을 씌운 딜도를 구멍에 밀어 넣었을 모습이 그려졌다. 유진우를 생각했을까. 아니, 죄악감에 차마 존경하는 유진우를 떠올리지 못하고 포르노를 보며 신음했을지 모르겠다. 덜렁거리는 실리콘 딜도를 손에 쥔 시훈은 모양과 크기를 가늠하다 이내 바닥에 던져 버렸다. 크기도 모양도 제 것에 한참 미치지 못할 만큼 작고 얇았다. 둔탁한 소리를 내며 떨어져 뒹구는 딜도를 두고 이수의 입에서 손가락을 뺐다.

"하… 으…!"

엎드린 이수의 허리를 세워 제 쪽으로 무게를 실어 당겼다. 무릎을 굽혀 앉은 시훈의 허벅지에 엉덩이를 붙여 앉은 모양이 되었다.

뒤에서 겨드랑이 사이로 손을 넣어 이수의 상체를 끌어안은 시훈은 뾰족이 세운 젖꼭지를 젖은 손가락으로 비비고 문질렀다. 소름 돋는 감각이 몰려왔다. 완연하게 모양을 갖춰 선 성기가 꺼덕였고 유두는 간지러웠다.

"…으……."

참지 못하고 신음을 흘리자 시훈의 발기한 물건이 엉덩이 사이로 느껴졌다. 단단해진 좆을 엉덩이 사이에 문지르자 천이 밀리는 소리가 들렸다. 시훈이 감도 체크라도 하는 것처럼 살짝살짝 허리를 쳐 올리자 박을 타지도 못하는 이수의 몸은 엇박으로 어긋나기만 했다.

"어떻게 하고 싶은지 움직여 봐요. 잘한다며. 앞은 이미 다 젖었잖아."

가슴을 희롱할 때부터 흘러나온 프리컴이 둥그렇게 시트를 적셔 자국을 남긴 걸 보고 하는 말이었다. 시훈이 있지도 않은 가슴을 쥐었다 펴며 유륜과 유두를 끊임없이 긁어내고 손가락 새로 굴렸다.

"아… 흑…."

남자하고 자 본 적 있냐고, 내가 잘한다고. 언젠가 시훈의 몸 위에서 허리를 흔들었다. 수모를 되갚아 주려던 행동이 부메랑이 되어 날아왔다. 시훈이 재촉하며 퍽 허리를 쳐올렸다. 이수가 어설프게나마 시훈의 물건 위로 엉덩이를 내리자 회음부와 구멍 사이를 단단한 성기가 쑤시듯 압박해 왔다. 안으로 박히지 못할 감각을 좇으며 이수는 앞뒤로 허리를 흔들었다.

"훗… 으."

등이 휘어 있는 이수가 고꾸라지지 않도록 시훈은 결박하듯 열이 오른 몸을 단단히 껴안았다. 필사적으로 신음을 참아 보려 해도 시훈이 간헐적으로 허리를 쳐올릴 때면 저도 모르게 소리가 새 나왔다.

입술 새로 더운 숨과 숨죽인 신음 소리가 흘러나왔다. 정이수의 몸짓에 직접 구멍에 넣고 흔든 것도 아닌데 감질났다. 시훈은 손을 내려 이수의 매끈한 허벅지 안쪽을 파고들었다. 순간적으로 오므리는 다리를 제지하려 허벅지 안쪽을 약하게 내치자 다시금 무릎이 열렸다.

"만져 줄 테니까 싸요."

발기한 성기가 배꼽까지 붙어 있는 것 같았다. 숱이 적은 음모와 함께 뿌리부터 성기를 잡아 쓸어 올리자 휘어 있는 몸이 무너질 듯 바르르 흔들렸다. 이수의 어깨에 턱을 올려 더 바짝 끌어안았다. 내려 본 시선 아래 뾰족하게 선 젖은 유두가 새어 들어온 빛에 반사돼 더욱 야해 보였다.

발기한 성기를 쥐고 위아래로 흔들 때마다 정이수의 몸은 시시각각 예민하게 반응했다.

"…아, 하으… 응."

"…예민하네."

혼잣말을 내뱉은 시훈이 어깨를 돌려 이수의 등을 시트에 고정했다. 매트리스에 던져진 몸이 튀어 오르기 전에 시훈이 허벅지 뒤쪽을 들어 무릎을 눌렀다. 다리 사이에 앉은 시훈은 곧장 벨트와 버클을 내렸다. 시훈의 행동에는 주저함이 전혀 없었다. 이대로 삽입까지 할 수 있겠다는 생각이 들자 손에 젤을 들고 있는 시훈의 손을 이수가 붙잡았다. 삽입 섹스라면 너무 오랜만이라 덜컥 겁이 났다.

"안 넣어. 그러니까 죽는 얼굴 그만해요."

단호한 말에도 안심이 되지 않는지 팔꿈치를 세워 상체를 일으켰다. 하지만 시훈이 허벅지를 거세게 끌어당기자 단번에 시트 위로 몸이 넘어갔다.

미지근한 젤이 성기 위로 흐르고 미끈거리는 요도를 시훈의 엄지가 자극해 왔다.

"아… 흑!"

이질감은 쾌감으로 탈바꿈하며 이수의 몸을 뒤틀어 놓았다. 바지에서 성기만 뺀 채인 시훈은 망설임 없이 이수의 것과 제 것을 한 손에 쥐었다. 단단히 발기한 물건이 흉흉하게 모양을 갖췄다. 시훈은 핏줄이 불뚝 선 제 것과 이수의 성기를 함께 쥐고 느릿하게 문지르기 시작했다. 젤이 열 때문에 물처럼 흘러내려 시훈의 손이 움직일 때마다 물 터는 소리가 선명했다.

어둠 속에서 두 사람의 신음과 숨소리가 간헐적으로 터졌다. 실루엣으로 보이는 시훈의 머리카락이 이마 위로 너울져 흔들리고 있었다.

"으흑… 흡, 나와, 그만…!"

"후… 참아요."

요도를 문지르는 시훈의 엄지손가락에 뒷덜미가 바짝 굳었다. 앞으로든 뒤로든 자위를 한 건 너무 오래전이었다. 애가 탄 몸은 마치 누군가의 손길을 바라고 기다린 것처럼 멋대로 헐떡였다. 호기롭게 시훈을 도발한 정이수는 온데간데없고, 예민한 몸은 만지는 족족 이리저리 움찔거렸다.

성기를 쥔 손이 속도를 올렸다. 힘을 준 손안에서 꺼덕이는 성기는 밀려오는 사정감에 아우성을 쳤다. 더, 더, 더. 아니…, 아니…, 그만…! 제 안에서도 욕정은 끊임없이 변덕을 부린다. 그것이 시훈에게 얼마나 자극으로 다가갈지 상상도 못 하고.

온몸이 절정을 향해 가며 감각이 한곳에 집중됐다. 솟은 핏줄이며 존재감을 드러내는 시훈의 기둥에 제 물건이 멋대로 지탱하며 비비는 것 같은 착각이 일었다.

"으, 읏! 아, 아흑, 아… 앗, 흑!"

"후우, 읏!"

그리고 더 이상 속도를 가늠할 수 없을 때 시훈의 손에 의해 동시에 사정했다. 가슴 위로 사출된 정액이 턱과 입술까지 튀었다. 누구 것인지 모르게 섞인 정액이 상반신을 축축하게 뒤덮었다. 쾌감을 이기지 못하고 사정 직전 엉덩이가 시트에서 들렸다. 전혀 손대지 않은 구멍이 마음대로 움찔거리고, 여전히 힘을 빼지 못한 몸의 떨림 또한 쉬이 멈추지 않았다.

"하아, 하…."

이수의 다리 사이에 앉은 시훈은 여전히 두 개의 성기를 놓지 않고 있었다. 마지막 한 방울까지 짜낼 기세로 손에 힘을 주었다 풀었다 하며 한껏 예민해진 이수를 자극했다.

"…그만… 그만해요."

가라앉은 목 때문에 제대로 나오지 않던 목소리가 숨과 함께 목구멍을 비집고 나왔다. 업무를 마친 사람처럼 단박에 손을 뗀 시훈은 시트를 끌어다 제 성기를 닦아 내고 침대에서 일어났다. 시훈이 매무새를 가다듬는 동안 이수는 탈력감에 손가락 하나 까닥할 수 없었다. 벨트를 채우고 손에 묻은 정액을 손수건으로 닦아 낸 뒤 시훈은 흐트러진 머리를 쓸어 올렸다.

이수는 몸을 모로 돌리는 대신 간신히 티셔츠를 끌어 내리고 시선만을 반대로 돌렸다. 이불을 끌어다 하반신을 덮지도 못했다. 힘을 잔뜩 주었다 풀어진 손이 생각대로 움직이지 못해서였다.

시훈은 그런 이수를 내려 보고 발끝에 채는 물건을 집었다. 협탁 위에 둔탁한 소리가 울렸다.

"버려요."

딜도였다. 뒤돌아보지 않은 이시훈이 침실을 나가고 잠시 뒤 현관문 도어 록이 열리고 닫히는 익숙한 전자음이 들렸다.

"……."

완전한 정적만 남은 오피스텔에서는 조금 전 나눈 정사는 애초부터 없던 일처럼 느껴진다. 눈을 도르르 굴려 불이 꺼진 천장을 멍하니 바라봤다. 거실 텔레비전에서 새어 나온 불빛이 닿은 천장은 시시각각 색과 모양을 달리하며 일렁였다. 소리 좀 켜 둘걸…. 아무 소리도 들리지 않는 집은 너무나 적막하기만 하다.

"…이제 정말 구멍 팔아먹게 됐네. 좆같아라…."

어이없이 자조하며 씁쓸하게 웃었다. 같은 직책과 직함을 가진 이시훈에게 부끄럽고 싶지 않은 마음이 더러 있었다. 연말 저를 욕하는 무리를 향해 욕을 짓씹던 그였다. 그러니 시작은 낯선 전학생에게 제 신분을 깨끗하게 세탁해 보려는 욕심 같은 거였다. 유진우 본부장이 아니라도 나도 당신처럼 팀을 잘 꾸릴 수 있다고. 개천에서 난 용. 그게 사실은 바로 나라고.

불륜을 저지르다 버려진 첩 같은 비참함을 마주 본 이시훈에게 나는 그런 사람이 아니라고 말하고 싶었다. 버려지지 않았고, 내가 유진우 본부장을 버린 것이라. 차라리 그렇게 보여지고 싶었다. 그러니 실없는 농담을 던지고 초조함을 감춘 자존심을 자꾸 세웠다.

구겨진 종이는 아무리 펴도 자국을 남긴다. 몰랐던 것도 아닌데… 다 알고 있었는데… 뭐 하러 부득부득 펴 놓으려 했는지 모르겠다. 종이 위로 셀 수 없을 만큼 자국을 남긴 금이 끝을 알 수 없는 미로 같아서 이수는 숨이 턱 막혔다. 조용히 눈을 감았다. 잠이 오지 않을 걸 알면서도….

* * *

어릴 적 이수는 CM송을 자주 흥얼거렸다. 짧고 간결한 멜로디가 귀에 쏙쏙 들어와서 심심할 때마다 불렀다. 그러면 조용하다 못해 적막한 집을 견딜 수 있었다.

몇 살 때부터인지 몰라도 혼자 집에 있는 시간이 길었다. 셋방살이하는 지하 방은 벽지에 곰팡이가 마를 날이 없었다. 엄마는 아빠가 돌아가시고 난 후부터 항상 정신이 반쯤 빠진 사람 같았다. 매번 바쁘다고 말하며 허둥댔지만, 어디를 가고 뭘 하는지 몰랐다. 늘 잠을 자지 못해 눈에 벌겋게 핏줄이 터진 엄마는 한번 곯아떨어지면 좀처럼 일어나지를 못했다. 엄마가 깨어나길 기다리며 이수는 굴러다니는 빵이나 과자 같은 걸 주로 먹었다. 때때로 맨밥에 김치나 단무지를 얹어 먹었지만 대부분 밥은 말라비틀어져 있었다.

집을 나서는 엄마가 매번 하는 말은,

'이수야, 작은아버지만 찾으면 우리 다 해결돼. 작은아버지가… 갚아 주기만 하면, 그러면….'

웃는 엄마는 손바닥을 넓게 펼쳐 이수의 마른 볼을 감쌌다.

'우리 아들 착해….'

볼품없이 마른 엄마는 꼭 다른 사람 같았다. 그녀는 이수의 손에 리모컨을 쥐어 주었다.

'텔레비전 보고 놀다가 먼저 자고 있어. 알았지?'

엄마는 이수를 두고 밖에서 문을 걸어 잠갔다. 행여 이수가 집을 나가 길을 잃어버릴까 염려가 돼서라고 했다.

이수는 텔레비전을 보며 세상을 배웠다. 엄마가 집을 나가면 숨이 죽은 베개 위에 앉아 채널을 죽 돌려 보았다. 텔레비전 속에는 본 적 없는 세상이 많았다. 귀여운 만화 캐릭터들이나 변신 로봇들도 그러했지만, 무엇보다 드라마나 영화를 보면 조금 이상한 기분이 들었다. 깨끗하고 넓은 집, 단란한 가정, 열두 가지도 넘을 반찬이 놓인 밥상 같은 것들이 그랬다. 뭐가 그렇게 재미있는지 웃는 그들을 보며 이수는 베개에 몸을 뻗었다.

아빠가 죽고 난 뒤 엄마가 작은아빠의 행방을 찾는 일에 미치기 전까지 개중 몇 가지는 비슷했다. 가난해도 그럭저럭 한 밥상에 둘러앉아 같은 국을 떠먹으며 소리 내 웃었고, 가끔 음식을 싸 들고 멀리 소풍을 다녀오기도 했다.

마른 다리를 이리 휘적 저리 휘적대며 텔레비전을 보다 보면 그 다음에는 광고가 나왔다. 15초짜리 짧은 노래는 어린 이수가 따라 부르기 좋았다.

여섯 살 먹은 이수는 과자를 먹으며 CM송을 따라 불렀다. 텔레비전에 나오는 것 중 한 가지라도 가지고 있다는 게 위안이 되었다.

"왔어요? 지금 식사 마치셨어요."

병실에서 배식판을 내오던 요양 보호사가 문가에 서 있는 이수를 알아봤다.

"안녕하세요."

"잠을 많이 못 잤나 봐요? 얼굴이 피곤해 보여요."

거의 뜬눈으로 밤을 새우고 해가 뜬 아침에 간신히 눈을 붙였다. 그리고 오후가 돼서야 요양원에 도착했으니 안 그래도 마른 얼굴이 좋아 보일 리 없었다. 버스를 타고 오는 동안 이수를 심란하게 만든 이시훈과의 일은 요양원에 들어오자 까맣게 잊혔다. 불안을 또 다른 불안이 잠식했다.

요양원과 정한 날짜에 정기적으로 방문을 하지만, 발걸음은 매번 무거웠다. 이제 더운 기운이 느껴지는 밖과 달리 요양원은 언제 와도 서늘했다.

창 너머로 뭘 보는지 오랜만에 만난 엄마는 미동도 없었다. 이수가 침대 끄트머리에 엉덩이를 대고 앉았다. 그제야 엄마가 이수를 바라봤다.

"엄마, 나 왔어. 밥을… 왜 이렇게 안 먹었어."

조금 전 보호사 손에 들려 나간 밥은 손도 대지 않았길래 걱정부터 튀어나왔다.

"…아이구!"

"……."

"삼촌! 조금만 더 말미를 달라니까 또 왔네…! 지금 내가 찾고 있어요…. 여기 어디 주소 받아 놓은 게 있는데…."

"……."

멍하게 초점 없던 눈이 빛을 보이며 반색했다. 엄마는 침상 옆에 있는 서랍장을 열다 말고 덥석 이수의 손을 잡아끌었다.

"내가 그래도 이자는 꼬박꼬박 넣어 줬잖아. 진짜 다 갚는다니까 그러네. 우리 아저씨가… 우리 아저씨가…."

이수의 손바닥에 제 손을 비비는 엄마는 호들갑을 떨다 아빠 이야기에 낯을 바꿨다. 말없이 고개를 숙여 엄마의 손을 쥐었다. 곧 보호사가 들어와 식사한 테이블과 침구를 정리했다. 자리에서 일어난 이수에게 이제 됐다고 앉으라며 안색을 살폈다.

"오늘은 못 알아보시나 보네."

어제는 핸드폰 사진 보고 아들인 거 알아보셨는데…. 미안해 죽겠다고 어찌나 우시는지 아침에 눈이 퉁퉁 부어 혼났어요. 대개 엄마는 이수를 인식하지 못했다. 처음에는 아빠의 이름을 불렀다가 다음은 아빠에게 보증을 세우고 사업을 날려 먹은 작은아버지. 그리고 사채업자나 일수꾼으로 이수를 착각했다.

대화는 길지 않았다. 몇 번이나 이수 앞에서 그 인간을 잡아야 한다느니, 아빠는 언제 온다니 하던 엄마는 언제 그랬냐는 듯 배터리가 방전된 사람처럼 힘을 쭉 뺐다.

"그나저나 지난번에는 버스 정류장까지 뛰쳐나가셨어요. 병실 문을 어떻게 잠갔는지 열리지를 않아서 혼났네."

"아… 네. 죄송합니다."

엄마는 잊을 만하면 한 번씩 탈출을 감행했다. 바깥문을 꼭 걸어 잠그는 시늉을 하고 무작정 오는 차를 붙잡아 타려 한다 했다. 이수는 무어라 할 말이 없었다. 요양 보호사가 자리를 뜨고 난 뒤 침대 옆에 있는 낮은 서랍장을 칸칸이 열어 보았다. 개별 포장 되어 있는 간식거리와 손톱깎이, 비누, 바르지 못해 굳어 버린 매니큐어, 그리고 어린 이수를 무릎에 앉혀 놓고 찍은 사진을 끼운 액자가 있었다. 먼지가 뽀얗게 앉은 액자를 꺼내자 그 아래 깔린 제 명함 한 장이 보였다.

[인사이트

기획 1본부 기획 1팀 사원 정이수]

입사한 뒤 받은 첫 명함이었다. 기쁜 마음에 한달음에 달려와 엄마에게 건네니 이수를 안아 줬더랬다. 제정신이 돌아왔나 싶어 '엄마' 하고 부르자 엄마가 눈을 번뜩이며 물었다.

'작은아버지 여기 있대?'

버린 줄 알았는데 용케 가지고 있었나 보다.

"엄마, 밥 잘 챙겨 먹어. 다음에 또 올게."

오기 전까지는 미루고 미뤄 둔 숙제처럼 불편하다가 막상 보면 슬프고, 돌아갈 때는 왠지 미안했다. 그것이 이수가 엄마에게 가진 마음이었다. 요양원을 나오며 요양 보호사에게는 약간의 수고비를, 간호사들에게는 사 들고 온 음료수를 건네었다. 한 번씩 요양원을 나가겠다 난동을 부리는 통에 얼마나 수고스러울지 안 봐도 선했다.

요양원에서부터 버스를 타고 나오는 길이 제법 멀었다. 차창 밖으로 어느새 해가 지고 있었다. 오렌지색 하늘이 예쁘다 여기면서도 이수는 그게 저와 무슨 상관인가 싶었다.

회의 결과를 정리해 보고를 마친 시훈은 시계를 내려 봤다. 유난히 몸이 늘어진다 싶더니 점심시간이 지난 것도 몰랐다. 새벽부터 출근해 먹은 것 없는 빈속이 쓰릴 지경이었다. 구내식당은 이미 점심 식사 운영이 끝났을 테고 회사 근처에서 간단히 먹고 올 생각으로 밖으로 나섰다.

해가 제법 뜨거웠다. 사옥 밖 큰길가에는 하늘 높이 뻗어 있는 나무들 아래 짙은 녹음의 그림자가 져 있었다.

회사 뒤 구불구불한 골목에는 직장인을 상대로 하는 식당이 많았다. 그중에서도 시훈은 한식집으로 발을 들였다. 점심시간이 지난 시각이라 한차례 썰물처럼 사람이 빠져나간 홀은 한산했다. 입구에서 적당한 자리를 찾던 시훈의 눈길이 곧 한곳에 머물렀다.

막 서빙된 초당순두부에서 모락모락 김이 피어올랐다. 주말 내내 제대로 입에 넣은 음식이 없었다. 생각하지 않으려 해도 저절로 떠오르는 이시훈 때문이었다. 이수는 얼굴을 살짝 찌푸려 저릿한 감각을 애써 지워 봤다. 누군가와 잠자리를 한 것도, 사정을 한 것도 까마득했다.

주말 동안 침대 시트를 세탁기에 욱여넣고 빨래를 하다가 협탁에 버리라 올려놓은 딜도를 재차 아래 칸에 밀어 넣고 애써 무력감을 떨쳐 보려 했다.

그리고 대체 어디서부터 일이 틀어진 건지 시작점을 찾아보려다 그만두었다. 엎질러진 물은 도로 담을 수 없었다. 감정도 뭣도 없이 치기로 시작된 비틀린 관계, 몇 번 대 주고 맞춰 주면 언젠가 나가떨어지겠지. 그때까지만 참아 내면 이 또한 지나갈 것이라 냉담하게 상황을 정리했다.

이시훈이 바보가 아닌 이상 정이수와 붙어먹는다는 소문 따위 바라지는 않을 테니까. 적어도 유진우 본부장에게서 한 가지 교훈은 얻을 수 있었다. 포장이 색달라 재밌는 건 민낯을 마주하는 순간 한편에 밀어 두게 된다는 사실을.

오후 내내 긴 회의가 예정되어 있어 먹고 싶지 않아도 버틸 만큼은 배를 채워 놓아야 했다. 입맛이 돌지 않아 숟가락으로 뚝배기 안을 휘휘 젓기만 하는 이수의 맞은편에 누군가 엉덩이를 붙여 앉았다.

"합석해도 돼요?"

대답하기 전에 앉아 놓고 묻는 심보는 뭘까. 이수는 상대를 흘깃 바라보고 다시 뚝배기로 시선을 내렸다. 시훈은 메뉴판을 보지 않고 물과 수저를 놓아 주는 점원에게 이수와 같은 거로 달라고 했다.

"점심 늦게 드시네요."

"네. 결재 때문에."

이수의 단조로운 대답 이후 막막한 분위기가 이어졌다. 예의 차려 가며 밥 먹자고 할 때는 들은 체도 안 하더니, 이제 와 한 테이블에 앉을 건 뭐람…. 밥을 먹느니 마느니 식사를 대접하려고 했던 지난날을 생각하면 참 우스웠다. 그러잖아도 없던 입맛이 한순간에 달아났다.

시훈은 의자 등받이에 한쪽 팔을 걸고 태평하게 창밖을 보고 있었다. 그는 기어코 벽을 넘어 이수를 헤집어 놓았다. 지하 주차장에서 일어난 짧은 충돌은 불시에 당했으니 반격의 타이밍을 놓친 거로 여겨졌다. 하지만 지난밤 그렇게 완력으로 밀릴 줄은 몰랐다. 주도권은 순식간에 빼앗겼고 이시훈은 당연히 남자와 섹스할 수 없을 거라는 확신도 와장창 부서졌다.

얼마 지나지 않아 시훈의 앞으로 초당순두부를 담은 뚝배기가 차려졌다. 시훈은 수저를 드는 대신 물을 마셨다. 배고파 들어온 곳에서 막상 정이수를 보니 배고픔보다도 목이 말랐다. 재차 빈 잔에 물을 채워 마시는 모습을 본 정이수가 순두부를 뭉개다 말고 문득 시훈에게 물었다.

"낙하산이면 좀 그럴듯한 위치가 좋지 않아요? 실무 간 보는 건 아닐 테고."

시훈이 빈 물 잔을 밀어 놓았다.

"그렇게 보여요?"

"어차피 앉을 자리는 비어 있으니까 재미로 해 보는 거예요?"

미래가 보장되어 있는 이시훈은 그럴 수 있다. 실수하거나 삐끗해도 그건 그것대로 경험이라 치면 될 테다. 실패해도 성공할 때까지 기회는 얼마든지 보장되어 있을 테니. 빈 잔에 다시 물을 채우며 시훈은 무심히 입을 열었다.

"고등학교 졸업할 때까지 정말 하라는 건 빠지지 않고 다 했어요. 머리부터 발끝까지 딱 원하시는 만큼. 아니, 그보다 더. 그러다 대학 원서 내려 가는 길에 광화문 서점 앞을 지나는데, 큰 옥외 광고판 글귀가 눈에 들어오더라구요."

소위 말하는 재벌가의 코스라는 것이 있다. 초등학교 중학교 대학교 유학까지 짜인 대로 잘 걸으면 되는 길 말이다. 그 길을 잘 걷다가 제대로 벗어난 시훈을 아버지는 이해하지 못했다. 아버지의 조건에 부합하지 못한 또 한 명의 아들이었다. 당시를 떠올리는 시훈의 얼굴에 언뜻 씁쓸한 미소가 번졌다.

"…그래서, 시작하게 됐죠. 감화돼서."

이수의 숟가락질이 멈췄다. 쉬운 인생이고, 잡지에 실리기 좋은 드라마틱한 스토리였다. 철없는 재벌 집 아들이 적성 찾아 꿈 찾아 선택한 직업. 저는 어땠더라…. 지하 방, CM송, 과자, 남은 부스러기들. 그런 생각에 자연스럽게 넘을 수 없는 벽을 실감하게 된다. 밥 한 숟갈 제대로 뜨지 못한 식사를 깨작이는 이수를 응시하며 시훈은 짧은 침묵 뒤 입을 뗐다.

"퇴사할 생각, 안 해 봤어요?"

누가 봐도 삐거덕거리는 의자에 앉아 있는 꼴인데 버티고 있는 정이수가 이해되지 않았다.

"이 팀장님이 할 질문으로는, 좀 안 맞는 것 같은데…."

상납 운운하며 간밤에 몸을 섞은 사람이었다. 그만 수저를 내려놓은 이수가 시훈을 향해 입을 열었다.

"스카우트도 아니고 인사이트에서 팀장직 수행하다 이직이라…. 레퍼런스 체크하면 무슨 말 나올까요? 직원들이 제 소문 다 아는데."

울컥 치미는 열감을 애써 삼킨 이수는 말을 더 잇지 않았다. 상대를 향해 담담하게 내리 푼 속내가 제 발등을 찧었다. 그런 이수를 알지 못한 시훈이 무심하게 짧은 감상을 전했다.

"아집 부리는 것 같아요. 유진우 본부장한테 인정받고 싶어서. 너 없어도 잘하고 있다고 증명하고 싶은 것처럼요."

그리고 시훈의 말에 더 세게 발등을 찧었다. 아랫입술을 깨문 이수의 말문이 막혔다. 아니라고 할 수도 없었다. 유진우가 영국으로 발령되기 전까지 필사적이었다. 그 꼴을 안 보이려야 안 보일 수 없는 위치에 이시훈이 있었다.

이수의 골은 깊어지는데 턱을 치켜든 시훈은 아무런 동요 없이 고고한 자태로 이수를 내려 본다. 네 속을 다 읽고 있다는 표정으로. 시훈의 짐작이 사실인지 아닌지 중요하지 않았다. 그저 몰래 새끼손가락을 그러쥔 비밀이 까발려진 수모를 또다시 겪는 기분이었다.

짧은 정적과 함께 팽팽하게 시선이 얽혔다. 그러다 불쑥 이수가 시훈을 향해 몸을 기울였다.

"그러니까 잘 좀 봐주세요, 회장님 아드님께서. 저 같은 흙수저랑 괜한 실적 경쟁 마시구요."

냉정을 유지하던 시훈의 미간이 좁아졌다. 정이수야말로 라인 잡아 보겠다는 사람치고 너무 뻔뻔한 거 아닌가? 이수는 다시 수저를 들었지만, 음식을 차마 입에 넣지 못했다. 스스로 얼굴에 침을 뱉은 찝찝함에 그나마 누그러진 속이 다시 얼음장처럼 차가워졌다. 결국 테이블 위로 수저를 내려놓을 무렵 기다렸다는 듯 올려놓은 핸드폰이 진동했다. 요양원이라 적힌 액정을 확인한 이수의 얼굴 위로 난감함이 덧씌워졌다.

손을 뻗어 화면을 돌려놓은 이수는 의자에 걸어 놓은 재킷을 챙겼다. 이제 신경은 계속해서 울리는 핸드폰을 향해 있었다. 그런 이수를 두고 한발 앞서 이시훈이 몸을 일으켰다.

"정 팀장님, 식사하세요."

"됐어요, 생각 없어요."

계산서를 손에 든 시훈이 이수의 몸을 위아래로 훑었다.

"말랐어요. 잘 봐줄 테니까 제 취향도 존중해 줘요."

"…하."

오만하기 짝이 없었다. 눈을 치켜올린 이수가 모멸감을 삼켰다. 이시훈이 계산서 모서리로 밀어 놓은 반찬 그릇이 뚝배기 앞에 멈췄다.

"적어도 노력은 해야죠. 지난밤에 킥오프했으니 실전입니다. 이제부터."

계산하고 나서는 시훈이 가게 문을 열자 더운 열기가 밀려들어 왔다. 받지 못한 전화도 끊겨 버렸다. 엄마가 요양원을 뛰쳐나갔다는 연락일까, 아니면 또 다른 문제일까.

이수는 시훈에 의해 밀린 찬과 식은 음식을 멀거니 바라보다 제 옆에 놓인 물을 벌컥벌컥 들이켰다. 답답한 속이 도무지 풀리지 않았다.

* * *

"안녕하십니까!"

아침 8시를 조금 넘긴 시간. 요즘 들어 출근 시간을 조금 더 앞당긴 이수가 사무실 문을 열었을 때 누군가가 허리를 90도로 꺾으며 인사를 해 왔다. 목소리가 어찌나 큰지 1, 2팀이 함께 쓰는 넓은 사무실을 쩌렁쩌렁 울릴 정도였다.

"정이수 팀장님, 인턴 고우재입니다. 잘 부탁드립니다. 열심히 하겠습니다!"

청바지와 하얀색 셔츠가 먼저 눈에 들어왔다. 그리고 임시로 발급받은 방문증이 발랄한 인턴처럼 목에서 대롱대롱 움직였다.

계약직이라도 좋으니 비어 있는 자리는 둘 다 경력으로 뽑아 달라는 부탁은 받아들여지지 않았다. 경력직 직원 한 명과 함께 세트 구성처럼 인턴 한 명이 딸려 들어왔다. 상반기에 진행한 공모전의 대상 수상자에게 일정 기간 동안 인턴십 기회가 부여되었고, AE를 희망한다 했다. 저번 주에는 경력직 직원이, 이번 주부터는 인턴이 팀에 합류하게 되었다. 탐탁지 않지만 거절할 수가 없었다. 지금은 삐걱대는 팀을 모래라도 쌓아 괴어 놓아야 했다.

청춘. 말끔하고 잘생긴 청년. 첫인상이 그랬다. 그리고 언제 만난 적 있던가. 사옥에서 열린 공모전 시상식에 참석한 기억은 없는데…. 오며 가며 봤을지도 모르겠다. 수상자를 대상으로 인턴십을 시작하기 전 일정 기간 교육이 있었으니 말이다.

깨끗하게 정리한 자리 위로 어디서 가지고 왔는지 마케팅 서적들이며 사내에서 발행한 1년 치 사보가 월별로 쌓여 있었다. 펼쳐 놓은 사보의 한 페이지에는 사진과 함께 소속과 직책이 기재된 짧은 이수의 인터뷰가 실려 있었다. 이수의 눈길을 따라 고우재가 자신의 책상을 돌아보고 눈을 반짝였다.

"탕비실 구석에 있더라구요. 살펴보면 좋을 것 같아서요."

서글서글하게 웃는 얼굴이 나이보다 더 앳되어 보였다. 게다가 처음 만난 상사를 어려워하거나 낯을 가리지도 않았다. 매번 익숙한 얼굴과 풍경이 자리하던 사무실에 갑자기 싱그러운 화초 하나가 배달된 기분이었다. 곁에 두고 어떻게 키워야 할까 고민스럽긴 하지만 말이다.

"업무는 사수인 김민주 대리가 봐줄 겁니다."

"네, 알겠습니다."

인턴은 다른 직원들이 사무실로 도착하는 족족 깍듯이 예를 차려 인사했다. 새로이 입사한 경력직 직원과도 인사를 나눈 뒤 9시 반이 되자 두 사람이 인사팀의 부름을 받고 제대로 된 사원증을 받아 왔다. 그럭저럭 다시 구색이 갖춰지고 있었다.

"구 팀장님. 좀 전에 주신 시안 확인했는데요, 자막이 그림하고 잘 안 붙는 것 같다고…. 폰트 문제인지 아니면 레이아웃 문제인지, 네. 광고주가 예민해요. 영어가 한글로 바뀌어 들어가니까 느낌이 안 산다고. 네, 부탁드립니다. 수고하십시오."

통화를 마치고 사무실 앞에 섰을 때 누군가 이수를 가볍게 불러 왔다.

"정 팀장."

바지 주머니에 손을 넣은 주현탁 실장이 이수를 향해 걸어오고 있었다. 썩 마주치고 싶지 않았다. 어쩔 수 없이 고개를 숙여 인사를 한 이수가 자리에 멈춰 섰다.

"아이구, 사무실은 여전히 살벌하네…. 요즘 일은 할 만하고?"

주 실장이 1팀 이시훈 팀장 자리로 슬쩍 고개를 빼다 묻는다.

"네, 괜찮습니다."

외근이 잦은 주현탁 실장은 평소 회사로 출근하는 일이 많지 않았다. 그러니 지나다 우연히 만난 건지 아니면 저에게 용무가 있어 찾아온 건지 모르겠다. 더 나눌 대화도 없어 인사를 하려는데 사무실 안을 빤히 바라보던 주 실장이 별일 아닌 듯 물었다.

"연초에 P사로 이직하려다가 막혔다며? 아는 후배가 거기 인사과에 있어 놔서."

요번에 휴가 갔다가 우연히 만났거든. 주 실장이 콧등을 찌푸렸다. 워낙 발이 넓고 정보가 많은 사람이라 놀라지는 않았지만, 편하게 나눌 만한 주제도 아니었다. 하물며 상대가 직장 상사라면 말이다. 잠시 뜸을 들인 이수가 "그렇게 됐습니다."라는 말만 남기고 입을 다물자 주 실장이 툭툭 가벼운 투로 핀잔을 주었다.

"정 팀. 왜 그러냐, 상도가 있지. 거기 경쟁사잖아. 작년에 우리한 테 비딩마다 번번이 밀려서 지금 안달이 났더구만. 위에서 그런 거 아주 싫어한다구. 좆같아도 별수 있나… 동종업계 이직 금지. 이게 코에 걸면 코걸이 귀에 걸면 귀걸이 같아도 걸고넘어지면 아주 귀찮 아요."

어투 때문에 그렇지 내용을 들여다보면 어느 하나 가볍게 들을 만한 구석이 없었다. 사규에 적힌 내용을 누가 모르나. 알면서도 메 뚜기처럼 몸값 올려 떠나는 게 이 바닥인걸. 주 실장이 일부러 한참 지난 이야기를 입에 올린 데에는 그만한 이유가 있을 것이다.

"…네. 주의하겠습니다."

"내가 또 말이 많다. 이 얘기 하려고 온 거 아닌데…. 정 팀, 나하 고 일 하나 하자."

역시나.

"어떤 일… 말씀하십니까."

"업체 미팅 가는데, 우리 실 애들이 영… 쯧."

주 실장은 혀를 차며 고개를 저었다. 부서 간 협업이라기에는 기 획팀 영역과 결이 다른 미팅임이 분명했다. 회식 자리에서 잠 오는 오후 2시 미팅을 농담 삼던 기억이 떠올랐다.

"정이수 팀장 정도면 잠이 확 깨지 싶은데…."

술자리서 하는 너스레였다는 걸 주 실장도 모르지 않을 텐데 그 의 제안은 생각보다 완고하다. 이러려고 이직이니 뭐니 이수에게 썩 불리한 말부터 꺼내 놓은 것일 테다. 주 실장이 곤란함에 미간에 슬 쩍 주름이 지는 이수를 곁눈질로 훑었다. 곧 탈을 바꿔 유들유들하게 목소리를 늘인다.

"지분 좀 챙겨 달라며─ 정 팀이 광고주 좀 미리 만나 봐 줘. 여 본부장한테도 내가 말은 다 해 놨거든. 이러면 서로서로 좋은 거 아닌가?"

같은 시간, 자리에서 일어나 서류를 한데 모아 든 시훈이 유리 벽 너머의 두 사람을 발견했다. 무슨 말을 하는지 정이수의 어깨 위로 올라간 주현탁 실장의 손이 거슬렸다.

실실 웃으며 말을 뱉는 주 실장 앞에서 정이수의 표정은 예의를 차리고 있지만 반쯤 굳어 있었다. 주 실장의 시선이나 비릿한 미소, 성적인 의도가 저변에 깔린 손길에 시훈이 이맛살을 구겼다. 툭툭. 파쇄할 서류를 한 손에 말아 쥔 시훈이 발길을 뗐다.

"…그럼 나중에 보자고. 수고해."

사무실 문이 양쪽으로 열리고 등장한 이는 이시훈이다. 툭. 이수의 어깨를 한 손으로 감싸 쥔 주현탁 실장은 스윽 이시훈을 볼 뿐, 인사 없이 자리를 벗어났다. 주 실장이 자취를 감춘 복도 끝을 보며 시훈이 사무실로 들어가려는 이수를 불러 세웠다.

"뭡니까?"

"일이요."

허무할 정도로 간단한 답을 남긴 이수가 시훈을 피해 출입문 태그를 찍는다. 달리 더 물을 수 없었다. 다른 팀 사정을 굳이 알아야 할 이유도 없었고. 그저 상대가 주 실장이라 마음에 걸리는 것뿐이었다. 시훈은 어느새 사무실을 가로질러 자리로 돌아가는 정이수를 바라봤다. 턱을 손에 괴고 모니터를 들여다보는 얼굴은 평온하기만

했다. 그를 바라보던 시훈도 탕비실로 발걸음을 옮겼다. 파쇄기까지 돌아갈 필요 없는 길을 뱅뱅 돌아가게 됐다.

며칠 뒤, 외근 후 다시 복귀할 생각은 없는 듯 자리를 정리한 정이수가 사무실을 나서며 팀원에게 몇 가지 지시 사항을 당부했다. 곧 사무실을 성큼성큼 걸어 나가는 정이수의 모습은 마치 전장에 나서는 무사처럼 비장해 보였다.

해가 뜨거운 여름이 본격적으로 시작됐다. 사무실에서 마주치는 정이수는 고개는 숙였지만 입은 열지 않았고, 서로를 반쯤 투명 인간 취급 하는 나날이 이어졌다. 단 하루였을 뿐인 날을 어쩌면 두 사람 다 기억에서 소각해 버렸는지도 모르겠다. 누군가 다시 불씨를 지피기 전까지는.

광고주와 점심 식사를 하고 배웅을 마친 시훈의 핸드폰에 문자가 도착했다.

-미향에 있지? 안쪽에 주현탁 실장이랑 한잔하고 있어. 잠깐 들렀다 가.

미닫이문을 열자 반주를 마시는지 잔을 기울인 여민준 본부장이 가볍게 손을 들었다.

"어, 이 팀장. 왔어? 앉아."

신발을 벗고 올라선 시훈이 여민준 본부장, 주현탁 실장을 향해 차례로 머리를 숙였다. 여 본부장의 옆자리에 앉을 때까지 주 실장은 슬쩍 눈썹만 들어 올릴 뿐 별다른 인사를 하지 않았다. 시훈에게도 잔을 내어 준 여 본부장이 두 사람의 눈치를 살폈다. 대충 전해

듣기는 했지만 모르긴 몰라도 대폿집 회식 이후로 주 실장이 시훈의 태도를 영 껄끄럽게 여기는 것만은 분명했다. 여민준이 넉살을 떨었다.

"오늘 회가 좋으네. 주 실장님, 한잔하세요."

발이 넓은 주 실장은 여 본부장에게 말하자면 필요악 같은 존재였다. 계보로 따지자면 저와 척을 지고 있는 사이지만 라인이 대수랴, 그런 것 따지지 않고 안하무인 제 꼴리는 대로 사는 사람이 주현탁 실장이라 살살 달래야 할 필요가 있었다. 함부로 가지치기하기에는 주 실장이 발을 걸쳐 놓은 일이 한두 가지가 아니었다.

주 실장은 잔을 받아 들고 시훈에게 말 한마디 붙이지 않았다. 시훈 역시 입매를 굳히고 제 앞에 놓인 잔만 바라볼 뿐이었다.

안 봐도 훤했다. 남들은 모른 척 넘길 수 있는 걸 여차하면 치받을 각오도 했을 것이다. 아무렴. 누구 아드님인데 꿀릴 게 있으려고. 시훈이 제아무리 평사원부터 사회생활을 시작했다 하더라도 재벌가 자식들이 가진 기질이 드러나는 순간이 이럴 때다. 남들에게는 비범함이나 용기가 필요한 일을 할 때도 눈치 보지 않고, 좋든 싫든 타고난 뒷배에 제 의견을 피력하는 데 거침이 없었다.

그런 놈이 제 나와바리인 양 회사를 주무르는 주 실장과 상극인 건 생각만으로도 피곤한 문제였다.

빈 잔을 내리고 회를 한 점 집어 먹는 주 실장의 미간에 여전히 심지가 도드라져 있다.

"에이… 실장님, 너무 야박하게 굴지 마시구요. 우리 다 인사이트에서 오래오래 일할 사람들인데…."

잔을 넘겨 마신 시훈에게 여민준 본부장이 눈짓을 주었다. 시훈은 인상을 짐짓 구기다 술병을 들었다. 일종의 화해의 제스처였다. 그 모습에 질경질경 회를 씹던 주 실장이 못 이기는 척 잔을 들었다.

"내가 언제 이 팀장하고 마시고 싶댔나요. 사람 빌려 쓴 게 미안해서 식사 대접하는 거지."

조소를 삼킨 시훈이 술병을 거뒀다. 인사는 끝이 났고 아랫사람으로 해야 할 도리도 뭣 같지만 해낸 것 같다. 아무래도 표정 관리를 더 하다가는 얼굴에 경련이라도 일어나지 싶었다. 시훈이 자리를 뜰 적당한 기회를 보고 있을 때 여민준 본부장의 입에서 생각지 못한 이름이 튀어나왔다.

"어땠어요, 정이수?"

회 한 점을 입에 넣은 여 본부장이 태연하게 물었다.

"걔네 브랜드로 머리부터 발끝까지 해 입혀 갔는데 어땠겠어요."

"사비로요?"

"진행비는 됐다 뭐 해요."

상황을 보자면 주현탁 실장의 우스갯소리처럼 정이수가 얼굴마담으로 동행했다는 뜻이었다. 그걸 승인하고 묵인한 쪽은 여 본부장이고.

"회의실에 정이수 들어가니까 뻑이 가서는…! 미팅하는 내내 얼굴 뚫어지는 줄 알았어요."

말을 잇는 주 실장은 당시에 느낀 희열이 얼마나 대단했는지 떠들어 댄다. 내가 이럴 줄 알았다는 둥. 정이수가 제법이었다는 그런 이야기를 무용담처럼 말이다.

"북미 쪽 애들인데, 아시아 시장 잡으려고 공격적으로 투자한단 말이에요. 조만간 연락 올 거예요, 아마."

대뜸 방으로 들어와 업무 협력 좀 하자더니 거하게 일을 물어 왔다. 정이수한테 말은 다 해 놨으니 반나절만 빌려 달랬나. 여 본부장이 감탄 섞인 헛웃음을 보인다.

그때, 옆자리에 앉은 시훈이 이를 까득 깨물었다. 도저히 들어 줄 수가 없었다. 사람 없는 자리에서 빌려 가니 빌려주니. 얼마 전 복도에서 주 실장과 이야기를 나누며 굳어 있던 정이수의 얼굴이 어른거렸다. 자신이 어떤 취급을 받고 있는지 알았을 정이수는 표정 하나 바꿔지 않고 사무실을 나섰다.

"이 팀장, 한잔하지?"

기분이 퍽 풀렸는지 주 실장이 술병을 기울였다. 술을 받고 잠시 고민하던 시훈이 잔을 그대로 테이블 위에 올려놓았다.

"일 때문에 먼저 일어나겠습니다."

무표정하지만 시훈의 저조한 기분을 두 사람 다 느낄 수 있었다. 때마침 연속해서 울리는 핸드폰 진동음이 아니었다면 주 실장이 다시 한번 혀를 찼을지 모를 정도로 표정 관리가 되지 않았다. 여민준 본부장이 눈치를 살피며 짐짓 모르는 척 시훈을 올려 봤다. 어디가 또 마음에 안 드는 모양인데 정확한 포인트를 잡을 수 없어 이쯤에서 시훈을 빼놓았다.

"오후에 회의랬지? 가 봐, 늦겠네."

결국 주 실장의 잔에는 여 본부장이 잔을 부딪치는 걸로 유야무야 상황이 종결됐다. 시훈이 잔뜩 굳은 얼굴로 식당을 나섰다. 가문

여름, 오늘은 비가 당장이라도 내릴 듯 하늘이 궂었다. 그리고 시훈의 기분도 못지않게 잔뜩 무거웠다.

* * *

-주차장입니다. 일 끝나면 내려와요.

방금 전 퇴근한 이시훈이 메시지를 보내왔다. 메시지를 보낸 시간은 9시. 30분 뒤 업무를 정리한 이수가 지하 주차장에 도착하자 상향등을 켜는 차가 있었다. 이시훈이었다.

운전석 쪽으로 다가가자 그가 창을 반만 내렸다.

"타요."

"렌트한 차가 있어요. 외근 때문에."

"내일 가져가면 될 일이고. 일단 타죠."

시훈의 어조는 건조했다. 조수석에 올라타자 그르릉 엔진음을 낸 차가 곧바로 주차장을 빠져나갔다. 도착한 곳은 서울 시내 한복판에 위치한 호텔이었다. 의도를 눈치채고 머뭇거리는 이수가 로비 한쪽에 서서 눈을 굴렸다. 프런트에서 카드 키를 전달받은 시훈은 이수와 속도를 맞출 생각이 없어 보였다. 곧 이수를 지나 무신경하고 또 불친절하게 앞서 나간 그가 엘리베이터 앞에서 걸음을 멈췄다.

이수는 망설였다. 로비를 환히 밝히는 불빛 아래 단정한 얼굴 위로 당황한 표정이 떠올랐다.

"뭐 해요?"

버튼을 누른 시훈의 채근에 안쪽으로 발을 디디자 그는 안전 바에 몸을 기댄 채 층수를 알리는 모니터를 올려 볼 뿐이었다. 발소리도 나지 않는 복도를 걸어 카드를 댄 그가 들어가지 않고 문을 열었다. 시훈은 두어 발자국 뒤에 서 있는 이수를 돌아봤다.

아가리를 벌린 야수가 어서 발을 들이라 떠미는 기분이었다. 이수는 '상납'이라 지칭한 관계가 현실임을 상기했다. 그리고 그동안 섹스를 하지 않은 건 이시훈의 선택일 뿐 자신의 의사와 무관하다는 사실을 새삼 깨달았다. 착잡한 기분을 감추며 룸 안으로 들어선 이수의 뒤로 새까만 문이 닫혔다.

"저녁은, 먹었어요?"

"아뇨. 생각이 없어서."

시훈은 재킷을 벗어 소파에 올려 두었다. 생수 뚜껑을 돌려 물을 한 모금 마신 그가 이수를 향해 물었다.

"안 더워요?"

생수병 끝이 이수의 셔츠를 가리켰다. 이수는 말없이 고개를 저었다. 제집처럼 구는 시훈과 다르게 이수는 룸 가운데 어정쩡하게 서 있었다. 의중은 알지만 어떻게 해야 할지 좀처럼 모르겠다. 숙맥처럼 굴고 싶지는 않다. 그러나 갑작스러운 이시훈의 연락과 이어진 호텔행이 이수가 미처 생각지 못한 부분이었다. 시원하게 트인 통유리 창 너머로 도시의 야경이 보였다. 헤드라이트를 켜고 이동하는 차들은 흐린 밤하늘 아래 뿌연 빛을 발했다.

"요전번에 주 실장은 왜 따라갔어요. 도와주면 뭐라도 챙겨 준다고 해요?"

이시훈이 이미 풀린 타이의 한쪽 끝을 쭉 잡아끌며 무미건조한 투로 물었다. 여 본부장에게 들었나. 뾰족한 가시가 튀어나온 물음이었다.

"네. 뭐."

"우리 영업직 아니잖아요. 기획자가 책상 앞에서 머리를 굴려야지, 왜…."

시훈에게 비난받을 이유는 없었다.

"왜… 몸으로 때우려고 하냐구요?"

말을 마무리하는 쪽은 이수다. 완성된 문장은 흔해 빠진 레퍼토리였다. 그래서 타격감 따위는 없노라며 스스로를 애써 달래 봤다. 시훈은 이수를 향한 담담한 시선을 유지하며 물을 마셨다. 어디 더 해보라는 식이었다.

"……."

"밥까지 떠먹여 줄 거예요?"

미니바 위로 둔탁한 소리를 내며 생수병이 놓였다. 대구하지 않아도 이시훈은 온몸으로 언짢은 기색을 표하고 있었다.

이시훈과는 소위 말하는 상납 관계였으나 이수는 제 모든 걸 의탁할 생각은 조금도 없었다. 이시훈이 어떻게 오해를 하고 있는지 알기에 더 그랬다. 팀장 자리를 유진우가 쥐여 줬다고 생각하겠지만, 적어도 능력만은 제 것이었다. 다만, 기울어진 운동장 대신 평평한 운동장에서 공도 차고 달리기도 하고 싶은 작은 욕구를 이시훈이 이해할 수 있을지는 모르겠다. 그는 이미 다 가지고 태어난 사람이니까. 허무한 웃음으로 속을 감춘 이수가 짜증 섞인 말을 내뱉었다.

"저 많은 거 바라는 거 아닌데…. 있죠, 회사에서 쫓아낼 생각 말고, 엿 먹이지 말고, 내 팀 건드릴 생각도 하지 말고. 일하게 내버려 두라구요."

정이수는 회사 생활 중 아무것도 아닌, 당연한 것들을 열거한다. 그런 부탁이 너무 형편없어서 시훈은 비딱하게 되물었다.

"정이수 자존심 때문에?"

멍이 든 가슴 한쪽이 꾹 눌리는 듯한 통증이 느껴졌다. 어찌 되었건 제 몫은 하고 싶었다. 들판에 매어 놓은 허수아비가 되기는 싫었다. 이수는 시훈을 쏘아보았다.

"본인 팀 관리나 잘하죠. 같은 직함 달고 있으면서 괜하게 여기저기 들쑤시지 말구요. 필요할 때는 부르지 말래도 찾을 테니까."

거기까지였다. 시훈의 입이 일자로 다물렸다. 그는 피로를 물리듯 느릿하게 목을 돌렸다.

"……."

섬뜩할 만큼 조용한 시간이 흘렀다. 잠시 후, 이시훈은 셔츠를 벗으며 욕실로 걸음을 옮겼다. 그는 이수를 배려할 생각이 없었다.

이수는 자신의 모습이 비치는 유리창을 바라본다. 너머에는 인사이트에서 진행한 옥외 광고와 광고주의 사옥이 어깨를 맞대고 있었다. 프로젝트 내내 속을 끓였던 터라 익숙해지다 못해 질릴 법한 카피나 이미지가 오늘따라 낯설어 보였다. 그건 자신이 조금 긴장하고 있다는 뜻일까.

슬리퍼 쓸리는 소리에 뒤를 돌아보니 아슬아슬하게 가운을 여민 시훈이 젖은 머리를 털며 이수를 스쳐 지났다.

"씻어요."

요구는 무심했다. 그때까지 재킷 하나 벗지 않은 사실도 몰랐다. 이수는 욕실 앞에서 옷을 벗었다. 샤워기 아래에서 떨어지는 물을 맞으며 복잡한 생각은 애써 배수구로 흘려보냈다.

가운을 여미고 나오자 이시훈은 침대 끄트머리에 반쯤 엉덩이만 걸쳐 앉아 있는 상태였다. 적당한 거리를 두고 멈춘 이수를 시훈은 답이 하나뿐인 시험대 위에 올려놓았다.

"하지 말까요?"

"……."

벌어진 다리 사이로 이시훈의 성기가 반쯤 발기해 있었다. 제대로 털지 못한 이수의 머리카락에서 툭 물방울이 떨어졌다. 망설이거나 혹은 겁먹었거나… 혹은 둘 다였다. 그렇대도 처음 그날같이 불에 덴 사람처럼 굴고 싶지 않았다. 곧 의무를 행하듯 무표정하게 걸음을 옮긴 이수가 이시훈의 다리 사이에 무릎을 꿇었다.

머리에 순서를 그렸다. 입에 넣고 혀로 핥고 목구멍을 조이면 되는 일이었다. 일. 이것은 일. 입안이 말랐다. 적절한 온도로 자동 조절 된 호텔 룸 안에서 제 손끝만 이렇듯 차가웠다.

아직 완전한 형태도 아닌데 이시훈의 성기는 꽤 버거워 보였다. 이수가 손으로 성기 뿌리를 잡고 살살 쓸어 올렸다. 그리고 기둥에 몇 차례 입을 맞추자 힘이 들어가는 게 느껴졌다.

이수는 주저 없이 단번에 귀두를 입에 넣었다. 서로 목적을 가진 관계에서 망설임은 어울리지 않았다. 원하는 대로 싸게 하면 그만일 터였다.

정이수가 막대 사탕을 먹는 것처럼 볼이 패도록 빨아들이자 순식간에 아래쪽으로 피가 몰렸다. 조금 전만 해도 창백했던 입술이 붉게 변해 있었다. 성기를 입에 문 이수의 시선은 줄곧 아래를 향했다. 여름의 습한 기온처럼 이수의 입안이 그랬다. 입 안쪽까지 성기를 넣은 정이수는 이가 닿지 않도록 조심하며 목구멍을 열었다가 입천장 끝까지 성기가 닿을 때쯤 머리를 물렸다. 다시 귀두를 입안에 삽입하듯 넣고 조이며 서서히 앞뒤로 머리를 움직였다. 간간이 성기가 입에서 빠질 때는 이수의 혀가 귀두의 갈라진 틈을 찾아 핥았다. 프리컴과 침이 뒤섞이는 소리가 적나라하게 호텔 룸을 울렸다.

정이수는 시훈의 허벅지가 아닌 바닥에 두 손을 내렸다. 높이를 맞추려 세운 무릎에 바닥을 제대로 짚지 못한 손끝이 바들바들 떨렸다. 제 앞에 앉은 상대의 허벅지만 잡으면 수월할 텐데 정이수는 그러지 않았다. 남의 성기를 빨고 있는 상황에서도 고집스러운 성격이 티를 내었다.

본인의 생각과 달리 복종을 요하지 않아도 마치 순순히 꼬리를 내린 개와 같은 정이수의 자세는 시훈에게 강렬한 시각적인 자극을 주었다. 마른 듯 플로어 스탠드의 역광에 도드라진 어깨 위로 손을 올리자 이수가 반사적으로 움찔 몸을 떨었다.

"흑, 응…."

그 작은 움직임이 기폭제가 되었다. 이수의 뒤통수를 감싸 안은 시훈의 손에 힘이 들어갔다.

"으… 웁."

약하게 그러쥔 뒷머리를 깊숙이 누르자 미약한 반항과 함께 정이수의 입에서 신음이 흘렀다. 입술 끝이 발개질 정도로 시훈의 성기가 흉흉하게 크기를 더했다.

머리카락을 쥐고 앞뒤로 흔들었다. 정이수는 속도에 맞춰 머리를 움직였다. 마치 유효한 제안을 받아들인 것처럼 뒤틀린 자세를 바로하며 눈을 치켜 시훈을 올려 봤다. 정이수는 이런 순간에도 지는 법이 없었다. 그리고 다시금 눈을 내리깐다. 혀 위에 성기를 놓고 이가 닿지 않게 입을 오므렸다.

"우… 읍! 으, 우…!"

시훈이 갑작스럽게 속도를 높이자 불규칙하게 몸이 튀며 단정하게 내린 손바닥이 단단한 허벅지 위로 올라왔다. 버티려고 힘을 준 이수의 차가운 손이 어쩔 수 없이 시훈의 허벅지를 꽉 붙들었다.

인상을 찌푸린 시훈이 자리에서 일어나자 무릎을 세워 착실하게 위치를 맞춰 온다. 거칠고 빠른 추삽질에 이수의 입에서 컥컥대는 소리가 간헐적으로 튀어나왔다.

성기가 드나드는 입에서 흐른 침이 턱까지 흥건하게 늘어졌다. 닦을 생각도 하지 못할 만큼 이시훈이 깊게 귀두를 쑤셔 넣자 순간적으로 목구멍이 확 죄어들었다. 코로 숨을 쉴 줄 모르는 것도 아닌데 호흡이 정지된 이수의 몸이 바짝 굳었다 파득 떨렸다.

"허윽, 컥, 컥…! 후, 읍…!"

좆을 뺀 시훈은 이수의 뒷머리를 잡고 얼굴을 고정했다.

"후우… 혀 내밀어요."

물기 어린 눈이 시훈을 올려 보다 금세 시선을 내렸다. 말랑한 혀가 번들거리는 입술 새로 얌전히 나왔다. 시훈이 손으로 제 성기를 흔들었다. 이윽고 사정한 시훈의 정액이 얼굴 위로 쏟아지며 눈과 뺨에 흩뿌려졌다. 열기에 숨을 고르기도 전에 이수의 혀 위로 귀두가 꾹 눌려 비벼졌다.

비릿한 정액을 혓바닥에 종지부처럼 짓이기고 몸을 떼자 입이 곧 다물렸다. 긴 속눈썹이 아래로 감기며 그림자를 만들었다. 오르내리는 어깨가 잠시 숨을 멈추는가 싶었다.

"⋯⋯."

이수는 입안의 정액을 한데 모아 바닥에 퉤 뱉었다. 침과 섞인 정액이 실처럼 길게 늘어지다 끊어졌다. 그 모습을 보는 시훈의 눈이 일그러졌다.

"맛없어서요."

상대를 올려 보는 정이수의 눈은 시작도 전에 끝나 버린 여름밤 축제 같았다.

두 어깨를 잡힌 이수가 침대 위로 내팽개쳐졌다. 튕겨 나간 몸이 자리를 잡기 전에 시훈은 이수가 입은 가운을 벗겨 바닥에 패대기 쳤다. 곧장 골반을 짚은 손이 가슴까지 올라와 유두를 잡아당겼다. 여기가 성감대라는 건 지난밤 정이수의 몸을 만지며 알게 됐다. 본능적으로 움츠러든 몸과 달리 꼿꼿이 선 돌기 끝을 손가락으로 굴렸다.

"정이수 씨 지금 섰어요. 빨면서."

다리 사이에 심을 세운 이수의 것을 손에 쥐었다. 본능적이고 생리적인 현상이지만, 이런 순간에 발기한 성기가 달가울 리 만무했다. 목덜미에 오른 열과 달리 룸은 미약한 에어컨 바람에 서늘했다.

그 때문에 이수의 몸에 오소소 소름이 돋았다. 벌어진 다리 사이에 자리를 잡은 시훈은 허벅지 안쪽으로 손을 미끄러트렸다. 그리고 문을 틀어 잠근 이수의 구멍에 엄지손가락을 가져갔다. 입술을 깨문 이수가 애써 표정을 감추려 고개를 외로 돌렸다.

왼쪽 허벅지 뒤를 눌러 가슴까지 붙이자 적나라하게 드러난 구멍에 찬 공기가 닿았다. 그 위로 젤을 짜낸 시훈이 제 엄지손가락으로 구멍을 문질렀다. 차갑다가 금세 손가락이 만지는 주변만 뜨거워졌다.

주름진 구멍 주변을 원을 그리며 매만지는 손길은 꽤 조심스럽고 은밀해 저를 침대로 패대기친 사람으로 느껴지지 않았다. 입술 위로 팔을 올려 감춘 이가 살점을 약하게 물며 흘러나오는 신음을 참을 때였다.

"흐… 흡…."

미끄덩한 구멍 속으로 엄지의 끝마디가 쑥 들어왔다. 그 바람에 엉덩이를 움찔대자 시훈이 남은 한 손으로 둔부를 쓸어 올리며 물었다.

"버렸어요?"

앞뒤가 생략된 질문에 답이 없자, 시훈이 엄지손가락을 빼고 검지와 중지를 밀어 넣는 것이 느껴졌다.

"버렸냐고. 이만한 거."

손가락 두 개 정도의 굵기였을 것이다. 형편없는 모양의 딜도를 두고 비웃었었다. 이수는 그제야 질문의 뜻을 이해했지만 대답하지 않았다. 근래에 삽입한 적 없는 구멍은 쉬이 진입을 허락하지 않았다. 입구에서 진퇴를 반복하며 길을 틔우자 빠듯하게 조여 오는 압박감이 대단했다. 시훈은 인내를 더해 손목에 힘을 줬다.

"으흥… 으, 웃…"

가슴이 들뜬 이수는 끝끝내 새고 마는 신음을 참아 내 본다. 아직까지는 이물감이 더 컸다. 시훈이 안쪽에서 가위질하듯 벌리고 들어오는 감각이 선연했다. 손가락 끝까지 박아 넣은 채로 젤을 쏟은 그가 앞뒤로 움직이며 관절을 굽히고 있었다. 이리저리 찌르며 더듬는 감각이 싫었다. 저조차도 잘 모르는 곳, 제대로 경험해 본 적 없는 곳이 축축하게 젖어 들어 타인의 손가락을 집어삼킬수록 얕은 신음이 뭉개졌다. 펠라티오를 하며 발기한 성기가 불편한 이물감에 반쯤 힘이 빠졌을 즈음이었다.

내벽을 돌아다닌 손가락이 어느 튀어나온 지점을 눌렀을 때 이수의 아랫배가 훅 꺼지며 의도하지 않게 허벅지가 파르르 떨렸다.

"하윽…!"

입을 막은 팔목은 소용도 없이 거친 숨과 함께 신음이 터져 나왔다.

"아흑, 아, 앗! 으, 흡…"

시훈이 그걸 놓칠 리 없었다. 더듬어 찾은 조금 전과 달리 이번에는 대놓고 안쪽을 눌러 대자 이수가 몸을 틀며 상반신을 들어 올렸다. 시훈의 손목을 잡으려 하니 심술처럼 단번에 손가락이 빠져나갔다.

상황을 인지할 틈은 없었다. 다리 사이로 시훈이 자세를 잡아 앉았다. 한차례 사정한 뒤에도 시훈의 성기는 이미 크기를 키우고 있었다. 발기한 성기에 핏줄이 선명했다. 펠라티오를 할 때보다 길이와 굵기가 더 커진 듯했다. 전초전을 치른 후 본게임을 준비한 것처럼 말이다.

이로 콘돔 포장지를 벗겨 낸 이시훈이 다리를 가슴께에 붙이고 이수의 손을 끌어 놓았다.

"잡아요."

협조를 명한 시훈은 단호했다. 불필요한 말 대신 꺼덕이는 좆을 잡아 이수의 구멍에 대가리를 맞췄다. 엄지손가락과 두 손가락, 그리고 정이수 집에서 본 딜도가 우스웠다.

"으… 흡…!"

귀두만 들어왔는데도 버거웠다. 구멍이 얼마나 벌어졌을지 짐작이 안 됐다. 허벅지를 잡은 손이 일시에 풀리며 침대 시트를 쥐어 잡았다. 바들바들 떨리는 손을 외면한 채 시훈은 제 좆을 진득하게 밀어 넣었다. 그리고 잠시 적응할 시간을 주겠다는 듯 움직이지 않았다. 다만 제 아래서 숨을 고르는 이수를 가만히 내려 볼 뿐이었다.

뻑이 가더라고? 얼마나 화가 났는지 시훈은 그 순간 주 실장의 턱에 주먹을 날리는 상상을 했었다. 그리고 그 분노의 불티가 이수에게로 순식간에 옮겨붙었다.

일 이야기. 저를 갚잖게 이용하는 줄 뻔히 알면서도 주 실장을 따라나선 게 분명했다. 기가 찼다. 농담을 던지는 얼굴 아래 겹겹이 가린 맨얼굴은 바람이 날려야 보일지, 아니면 볕을 쬐어야 드러날지 짐작을 못 하겠다.

정이수는 눈앞에서 얼쩡대다 무시하면 처연한 얼굴을 보이고, 시답지 않은 농담을 하다 불시에 상처받은 눈을 했다. 순식간에 감춘 꼬리에 매번 물음표가 남았다. 왜, 정이수는 항상 이런 식으로 사람을 혼란스럽게 만들까.

"흐으… 읏…"

숨을 고르는 소리가 불규칙했다. 정이수는 고통으로 일그러진 얼굴을 옆으로 돌려 베개 속에 파묻은 상태였다.

"숨 쉬어요. 힘 빼고."

퍽. 기다린 시간이 무색하리만치 시훈은 단번에 이수를 꿰뚫는다.

"아… 앗! …흑!"

움직인다. 단번에 뿌리 끝까지 박아 넣고 다시 귀두까지 뺐다가 엉덩이가 눌릴 만큼 성기를 쑤셔 넣었다. 손가락에 의해 자극을 경험한 몸이 눌려 짓이겨질 때마다 의지와 다르게 허벅지부터 바르르 떨렸다. 침대 위로 주먹을 딛고 체중을 실은 시훈의 좆이 빠르게 드나들 때마다 엉덩이와 맞닿아 찰박대는 소리가 났다.

"…읏, 왜, 안 버렸어요."

이시훈은 집요했다. 별것 아닌 것에. 이수는 신음하며 고개를 좌우로 흔들었다. 시훈이 부리는 심술이 싫다는 의미였을 것이다.

"아, 흡! …으…!"

"유진우가, 사 줬어? 아니면…! 그만한 게, 좋아요?"

이상한 방향으로 튀어 오르는 질문은 모욕적이었다. 퍽! 박아 넣듯 단번에 안으로 살덩이를 들이민 시훈이 울퉁불퉁한 내벽을 느끼며 구멍 끝까지 귀두를 천천히 빼고 다시 천천히 밀어 넣기를 반복했다. 그 바람에 멋대로 흔들리던 몸이 허리를 휘었다. 사지에 힘이 들어갔다. 몰아칠 때 정신을 쏙 빼놓은 것과 달리 느긋한 움직임에 오싹할 정도로 도리가 없는 쾌감이 밀려왔다.

협탁 위 은은하게 비추는 조명 아래로 보이는 정이수의 눈은 발갛게 달아올라 곧 눈물이라도 흘릴 듯 젖어 있었다. 쾌감을 이기지 못해 턱을 치켜들고 가늘게 눈을 뜬 정이수의 속눈썹이 파르르 떨리는 모습까지 이시훈은 빠짐없이 지켜보았다.

"아…, 흑."

늘어진 팔이 느릿하게 허리 짓을 하는 시훈을 애써 밀어내려 한다. 이기지 못할 반항이라는 걸 알면서도 의미 없는 손짓에 짜증이 솟구쳤다. 시훈이 두 팔목을 이수의 허벅지 옆으로 붙여 잡았다. 단단한 손아귀에 결박된 손목을 비틀어 보아도 시훈은 요지부동이었다.

그런 뒤에 연결된 상태로 천천히 몸을 뒤로 빼다 퍽! 단번에 치켜올렸다.

"…아!"

눈앞에 번쩍 섬광이 터졌다. 요의가 느껴질 정도로 무릎을 움츠려 들 때를 기다린 시훈이 다시 한번 허리를 세게 쳐올렸다.

퍽!

쾌감이 덮쳐 오는 파도 같았다. 피할 수가 없었다.

"내가 못 할까 봐 걱정하는 것 같던데… 후우… 어때요."

첫날 오피스텔에서 쏟았던 말을 떠올릴 여유는 없었다. 발가락이 단숨에 곱아들었다.

"아… 흐… 흐응…."

엉덩이 사이로 젤이 흐르는 감각이 선명했다. 시훈은 반복해서 같은 곳을 짓이기고 있었다. 빈틈없이 몰아붙이자 이수가 곧 터질 것처럼 몸을 휘었다.

"그… 그만! 으… 흥! 흐…!"

물기가 진득한 얼굴은 당장이라도 울 것 같다. 팔자로 휘어진 눈썹 아래로 젖어 엉킨 속눈썹이 속절없이 깜빡였다. 이따위 질문에 절대 답을 하지 않을 거라는 걸 안다. 그걸 알고 있으니 울리고 싶은 가학심이 활활 불타올랐다.

시훈은 허벅지 옆으로 붙들어 둔 이수의 팔을 들어 올려 한데 모아 틀어쥐었다. 그리고 허리가 반절로 접힐 듯 이수의 구멍에 제 좆을 박아 넣었다.

"너무… 깊… 아흑…!"

너무 깊었다. 너무 깊어서 어떻게 돼 버릴 것 같았다. 뱃가죽이 내벽을 찌르는 좆 모양대로 불쑥불쑥 튀어나오는 상상이 더해졌다.

땀에 흐트러진 시훈의 머리카락이 이수의 가슴팍에 닿았다. 갈급함에 물이라도 찾는 사람처럼 가슴을 빨아 당겼다.

턱이 들린 채 뒷머리를 시트에 짓이기는 것밖에 도리가 없었다. 손도 대지 않았는데 사정감이 몰려왔다. 시훈의 성기가 쑤셔 대는 안쪽이 뜨거웠다. 설명할 수 없는 성감이 바늘을 앞에 두고 커져 가는 풍선처럼 아찔하고 위험하게 크기를 더해 갔다.

퍽퍽 시훈이 치댈 때마다 밀려 올라간 몸에 정수리가 쿵 침대 헤드에 부딪혔다. 그러다 문득 잡힌 팔이 풀리고 둔탁하게 부딪히는 소리 대신 딱딱한 침대 헤드와 자신의 머리 사이에 시훈의 손이 들어왔다.

"……."

저와 짧게 눈을 맞추고 시선을 돌린 시훈이 엄청나게 빠른 속도로 움직이며 이수의 빳빳한 성기를 쥐었다. 시훈이 움직일 때마다 가슴 위로 땀방울이 떨어졌다. 유두를 빨리는 가슴 언저리가 불타는 거 같다. 쾌감은 고통스러울 정도로 이수의 감각을 깨웠다. 너도 몰랐을 거라고, 이렇게 느끼고 이토록 신음을 흘릴 수 있는지. 몇 번이나 되새기며 이수를 몰아붙였다.

성기를 문지르는 손길은 거침없다. 갈라진 부분에서 흐르는 액이 시훈의 손에서 번들거렸다.

"읏, 의! 아, 아, 앗! 으흥, 아… 흑!"

"…하아!"

엉덩이가 짓이겨지며 시훈이 몸에 바짝 힘을 주었다. 안쪽에서 울컥 사정액을 쏟아 낸 성기가 크게 꺼덕였다. 그리고 몇 번의 움직임에 이수의 성기 역시 정액을 쏟아 냈다.

"하아… 아, 흡… 하아…."

탈력감에 손가락 하나 까딱할 수 없고 고갯짓 한번 할 수 없다. 순식간에 타오른 열기만큼 빠르게 몸이 식었다. 이어서 밀려드는 자괴감과 수치가 스멀스멀 이수의 이성을 잠식했다.

무릎을 지탱해 몸을 일으킨 시훈은 젖은 머리카락을 넘긴 뒤 미련 없이 제 성기를 곧장 구멍에서 빼냈다. 그 때문에 사정 후 한껏 예민해진 이수의 몸이 떨렸다.

"흐으…."

본능적인 신음 뒤로 얼얼한 두 다리가 풀썩 시트 위로 떨어졌다.

시훈은 성기를 감싼 콘돔을 벗겨 바닥에 던져 버렸다. 침대 아래로 몸을 내린 그가 다시 욕실로 들어가는 소리가 들렸다. 얼마 지나지 않아 이시훈은 옷을 갖춰 입고 침대 끝에 떨어져 서 있었다.

"앞으로 그런 일 하지 말아요. 아랫사람들이 배웁니다."

참 좋은 충고다. 팔을 교차해 가린 얼굴 아래로 이수가 쓴웃음을 지었다. 대답할 기운도 없거니와 어떤 답을 해도 이시훈이 무시할 걸 안다. 그 무시를 제가 또 무시할 테고.

"……."

얼마 뒤 이시훈이 나가는 문소리가 들리고 룸에는 지독한 정적만 남았다. 싫다. 또 너무 조용해.

고개만 돌려 옆을 바라보자 창문 너머 옥외 간판에는 눈을 감은 모델이 미소를 짓고 있었다. 그 위로 주룩주룩 내리는 비 때문에 꼭 눈물이 흐르는 것 같았다.

* * *

점심시간. 평소와 달리 이수가 이끄는 2팀 전체가 다 같이 업무를 정리하고 일어났다. 새로 입사한 두 사람과 얼굴도 익힐 겸 며칠 전 점심 회식을 공지한 대로 예약한 식당으로 삼삼오오 짝을 이뤄 이동했다.

여럿이 둘러앉은 원형 테이블 위로 코스 요리가 줄줄이 나올 때마다 고우재는 사진을 찍었다. 옆에서 그 모습을 지켜보는 김민주 대리가 고우재의 핸드폰 화면을 슬쩍 들여다봤다.

"고우재 씨 사진 잘 찍네요."

며칠간 옆자리에서 업무를 가르친 김민주 대리와는 제법 편해졌나 보다. 고우재가 자신이 찍은 사진을 보이자 다른 직원들 역시 이집 메뉴판에 올려놓으면 매상 좀 뛰겠다며 한마디씩 덧붙였다.

"고우재 씨, SNS 팔로워 장난 아니던데. 그 정도면 인플루언서 아닌가? 사진 봐 봐요. 연예인 같아요."

자신의 핸드폰으로 계정을 찾아낸 김민주 대리가 직원들을 향해 내밀었다. 고우재는 쑥스러운 미소를 보였지만 부인하지는 않았다.

"사실은 그 덕분에 기획팀 올 수 있었던 것 같아요. 전공이 시각 디자인이라 제작실로 보내실 줄 알았거든요."

"그러게. 공모전 수상작 보니까 비주얼을 기깔나게 뽑아서 제작실에서 기대했던 것 같은데…. 근데 왜, 기획팀으로 지원했어요?"

먹음직스럽게 차려진 음식을 먹으며 누군가가 물었다. 고우재는 손에 든 핸드폰을 내리고 눈을 접어 웃는다.

"아, 그게,"

고우재는 제 이야기를 꺼내는 데 주저함이 없다. 행동하는 하나하나가 밝고 옳게 자란 티가 났다. 조용하고 묵묵한 새로 들어온 경력직 직원부터 나머지 팀원들의 시선도 모두 고우재에게 몰렸다. 입맛이 없어 차만 몇 잔째 마시고 있는 이수만 신경이 다른 곳에 기울다 말다를 반복하며 고우재의 이야기를 흘려듣고 있었다.

"제가 어렸을 때 텔레비전을 진짜 많이 봤거든요. 부모님이 맞벌이셔서. 근데 CM송이 너무 재밌어서 달달 외우고 다녔어요. 그러다가 부모님이랑 백화점 갈 때, 마트 갈 때 CM송을 부르면 물건 파시는 분들이 귀엽다면서 뭘 막 챙겨 주시는 거예요."

어머, 너무 귀엽다. 김민주 대리가 입으로 손을 가리며 웃었다.

"시간 좀 내주오, 갈 데가 있소. 거기가 어디요, 안녕마트."

고우재가 망설임도 없이 그 자리에서 CM송을 부르는 통에 모두 폭소했다. 술술 나온 CM송 하나에 매번 조용하기만 했던 식사 자리가 편하게 풀어졌다. 고우재의 반대편에 앉은 이수의 얼굴에도 그제야 슬쩍 미소가 번졌다. 나랑 같은 이유로 광고 회사에 들어온 사람도 있구나.

"그럼 음대로 진학했어야 하지 않아요?"

"아… 그게, 이런 건 누가 만드나… 타고, 타고, 타고 올라가 보니까 기획자가 하는 거래서. 그때부터 나는 기획자가 되어야겠다 싶었죠."

"그럼 미대는 왜?"

"어머니 치맛바람이에요. 미대 아니면 인서울 못 한다고 해서."

콧잔등을 구기며 웃는다. 그 뒤로 자연스럽게 경력직 직원에게로 질문이 골고루 나눠졌다. 우리 회사 분위기는 어떤지, 이직 전 회사에서는 어떤 일을 주로 했는지 등등. 식사 내내 고우재의 수다에 테이블 위로 웃음이 끊이지 않았다. 우후죽순 사람이 빠지고 휘청이던 팀에 시원한 바람이 불어온 듯했다.

식사를 마치고 나오자 거리에는 완연한 여름을 티 내는지 더운 공기가 절절 끓는 중이었다. 이수는 사무실로 향하는 무리의 뒤에서 부재중 전화와 메시지를 확인하는 중이었다.

… 회신 부탁드립니다.

광고주가 보낸 메시지에 간단한 답문을 보내고, 방금 도착한 메일을 확인하는 이수의 옆으로 누군가 붙어 섰다.

"팀장님!"

갑작스러운 목소리에 놀라 돌아보니 뜻밖에 고우재가 서 있다.

"드실래요?"

계산대 옆에 있는 바구니에서 한 움큼 사탕을 집어 왔는지 펼친 손에 자두 맛, 레몬 맛, 박하 맛 등 사탕이 종류별로 한가득 있었다. 대답을 하기도 전에 고우재가 박하 맛 사탕을 불쑥 내밀었다.

"왠지 단건 잘 안 드실 것 같아서요."

받고 안 먹으면 그만이라는 생각에 일단 재킷 주머니에 넣었다. 그 모습을 보고 난 고우재는 레몬 맛 사탕을 까서 제 입에 넣고 볼 한쪽에 밀어 둔다. 요즘 애들은 다 이러나…. 좀만 더 보태면 저와 10년 차이가 나는 인턴에게 직장 상사에 대한 어려움은 없어 보였다.

횡단보도를 건너 인도 위로 발을 디딜 때였다. 뒤따라온 고우재가 머리 위에 손을 올려 그늘을 만들었다. 오늘 진짜 더워요. 손부채질을 하며. 그런 뒤 제게 던진 갑작스러운 질문에 이수는 더욱 세대 차이를 실감했다. 아니면 넉살 좋은 고우재의 성격이든지.

"팀장님, B 대학 졸업하셨죠?"

"네. 어떻게 알았습니까? 사보에 그런 것도 나와요?"

졸업한 지 까마득하기도 했고 지방 소재 대학을 고우재가 알고 있으니 의아함이 더해졌다.

"친구가 B 대학 광고홍보학과 다니거든요. 제가 인사이트 입사했다고 하니까, 팀장님이 전설이라고 그러던데요. 메이저 회사 공모전에서 그랜드 슬램 하셨다고요. 그리고 참가하신 공모전에서 수상 안 하신 적 없다는 말도 덧붙여서요."

지방 대학에서 메이저 회사 공채로 입사하는 건 학점이나 토익 점수가 높아도 가능성이 낮았다. 유학이나 들이밀 만한 인턴 경력을 쌓기가 힘들어 1학년 때부터 부지런히 공모전에 목을 맸다. 과와 동아리 선후배들과 함께 치열하게 날밤을 지새우고 아침 해를 보며 웃던 때였다. 순수했고, 재미있었다. 동기들과 공모전을 준비하다가 잠이 올 때면 메이저 회사의 BI를 그리며 잠을 깨웠던가…. 그중에 인사이트를 가장 많이 그렸던 것 같다.

"옛날 일입니다."

이수는 추억이 돼 버린 기억을 한마디로 일축했다. 이내 걸음을 재촉하는 이수를 향해 문득 제자리에 선 고우재가 고개를 꾸벅 숙였다.

"팀에 받아 주셔서 고맙습니다. 알려 주시는 것 다 받아먹을게요."

그리고 웃는다. 눈부시게. 고우재는 스물다섯 청춘이었다. 여름 햇살에 반짝이는 얼굴을 바라보다 이수는 깨달았다. 익숙하다 느껴지는 이유는 아마도 스물넷 인사이트에 입사한 정이수를 떠올렸기 때문이라는 걸.

집무실 회의 테이블을 사이에 두고 이수가 아슬아슬하게 채운 예산을 조목조목 따져 묻는 여민준 본부장의 인상은 회의 내내 펴지지 않았다. 일부러 다리를 걸고 넘어트리려는지 평소 이시훈에게 관대한 결재 창 사인과 달리 확연한 온도 차가 느껴졌다.

고민하는 여 본부장을 두고 시훈의 눈길이 이수에게 잠시 머물다 떨어졌다. 호텔에서 보낸 밤 이후, 제대로 얼굴을 보는 참이었다. 두 사람 다 바빴고, 책상 앞에서 돌부처럼 자리를 지킨 이수와 달리 시훈은 최근 외근이 잦았다.

"정 팀장, 나는 이거 확신이 없는데…. 걔네 산하에도 대행사 하나 붙어 있잖아요."

"저번 분기 실적이 좋질 않았어요. 잡음이 많다고 들었습니다. 그래서 제안서 요청이 들어온 거구요."

흐음. 결론을 내지 못한 여 본부장의 고민은 고착 상태였다. 일을 물어다 뿌리는 쪽이기는 하나 영 탐탁지 않은 프로젝트에 정이수가 덤비겠다고 하니 고, 스톱 둘 중 어느 쪽을 외쳐야 할지 여 본부장이 오히려 갈팡질팡하게 됐다.

고민이 깊어지는 사이 맥을 끊듯 여 본부장이 한숨을 크게 내쉰다.

"일단은,"

이수의 예산 창을 미루어 둔 여 본부장은 손을 뻗어 집어 온 자료를 테이블 위 시훈의 앞으로 내밀었다.

"1팀에서 이걸 좀 진행했으면 하는데. 중요해. 이번에 단발로 진행하고, 실적 봐서 장기로 계약할 것 같아. 규모도 크고."

제안이 아니었다. '1팀에서 이 건을 꼭 진행해야 한다.'라는 뜻이었다. 그때 묘하게 이수의 눈썹이 일그러졌다. 여 본부장은 그걸 알면서도 다리를 꼬아 앉아 의자 깊숙이 등을 기댔다.

"일전에 정 팀장이 주 실장하고 애쓴 거 알아요…. 그런데 이쪽에서 I사 아트 시리즈를 꼭 찍어서 말이야."

"1차 미팅에서는… 2팀 포트폴리오를 전달드렸는데요."

자기들 브랜드 옷까지 갖춰 입은 이수가 기획팀 팀장이라고 소개를 올리자 호전적으로 일을 진행하려 한 기억이 선명했다.

"홈페이지 있잖아. 정 팀장, 서운해? 크게 보면 같은 기획 본부 식구끼리 협업하는 거잖아. 게다가 정 팀장은 비딩 들어가겠다며."

단박에 묵살된다.

"…네. 괜찮습니다."

자료를 챙겨 눈으로 훑는 시훈의 낯빛도 그리 밝지만은 않았다. 무겁게 가라앉은 회의실에서 시훈과 여 본부장이 주거니 받거니 하며 개괄적인 방향을 논의하는 동안 이수는 허벅지에 올려놓은 주먹을 꽉 쥐었다.

종이에 각서를 받아 놓은 것도, 녹음을 해 놓은 것도 아니었다. 주현탁 실장 역시 유진우 본부장이 떠난 빈자리를 알아챈 것뿐이었다. 광고주가 직접 선택했다고 하니 이수는 더는 할 말이 없어졌다. 패배감이 어깨를 짓눌렀다.

"그럼, 그건 그렇게 정리하고, 어디 보자… 정이수 팀장. 정말 이렇게 가?"

예산이 기입된 전자 결재 창과 이수의 얼굴을 번갈아 보는 여 본부장이 물었다. 짓이겨진 어깨가 불쑥 솟았다. 여기서 넋 놓고 있을 수는 없었다. 회사에 돈을 벌어다 줘야 살길이 트이는 건 자명했다. 비딩에서 물먹은 것도 아닌데… 이 정도로 약해 빠지면 안 됐다.

"네."

"자신 있어?"

결과에 책임지라는 무언의 압박이었다. 덥석 잡아 물거나 괜히 흥분하는 모습을 보여서는 안 됐다. 이수는 속으로 제 뺨을 후려치는 상상을 한다. 정신을 바짝 차려야 했다.

"자신 있습니다."

여 본부장이 태블릿 PC 위를 클릭했고, 그로써 예산이 책정됐다.

찝찝한 회의가 끝이 난 후 시간 차를 두고 두 사람이 사무실로 들어섰다. 이수의 호출에 곧바로 2팀이 회의실로 이동하는 모습을 보고 난 뒤 시훈은 경계 너머 사무실에서 낯선 얼굴 둘을 발견했다.

"쟤 되게 싹싹하죠?"

"그러게. 아침에 우리 팀까지 와서 머리 꼬박 숙이며 인사하던데."

신동윤 대리와 조민희 대리가 나누는 대화는 새로 온 인턴을 두고 하는 말이었다.

기어이 경력직 하나에 혹을 붙여 놨네….

시훈은 털썩 앉아 의자를 창 쪽으로 돌렸다. 해가 길어진 밖은 퇴근 시간이 가까워졌지만 여전히 한낮처럼 환했다. 괜한 피로감이 몰려왔다. 정이수가 나가고 난 뒤 여 본부장이 일부러 그 건을 제게 밀어 놓았다는 사실을 알았다. 시훈은 집무실에 앉아 있던 정이수의 얼굴을 떠올린다. 짐짓 표정 관리를 하고 있지만 문드러진 속이 빤히 보였다.

사방에서 정이수를 못 잡아먹어 안달이었다. 눈엣가시처럼 어떻게든 뽑아내려고… 아우성들을. 의자 팔걸이를 짚은 손에 저도 모르게 힘이 들어갔다.

"팀장님, 저희 저녁 먹으러 가는데, 같이 가세요."

야근이 예정된 신 대리가 조 대리와 같이 간다며 시훈에게 의중을 물었다. 회의 때문에 점심도 걸렀으니 뭐라도 입에 넣어야 했지만 영 생각이 없었다. 카페테리아에서 간단히 요기만 할 생각으로 두 사람을 먼저 보냈다.

카페테리아 옆 구내식당에서는 석식을 운영 중이었다. 식당에는 많지도 적지도 않은 사람들이 띄엄띄엄 자리를 차지하고 있었다.

어느덧 노을 진 하늘이 마천루 사이로 색을 달리했다. 커피가 나오기를 기다리는 동안 같은 자리를 맴돌던 시훈은 한편에 식사를 놓고 앉은 정이수를 발견했다. 수저를 들지 않고 핸드폰을 확인하는 정이수가 인상을 찡그렸다. 그동안 언뜻 본 정이수는 대부분 외부에서 미팅을 겸한 식사 자리를 갖는 듯했다. 그래서 구내식당에서 여느 직원들과 다름없이 앉아 있는 모습을 보니 새로웠다.

"주문하신 아메리카노 나왔습니다."

시훈은 커피를 들고 이수 쪽으로 방향을 틀었다. 오후 회의에서 여 본부장이 넘긴 일은 독단이었다고 말해야 했다. 그리고 원한다면 당연히 쳐. 낼 의사가 있다고.

회신을 하는지 핸드폰을 붙들고 있는 정이수가 살짝 넘겨 짚듯 앞머리를 미약하게 그러쥐다 한숨을 내쉰다. 길게 뺀 목을 풀썩 숙이며 고개를 좌우로 절레절레 흔들기도 했다. 그 모습에 저도 모르게 시훈의 입술 끝이 슬쩍 올라갔다. 지금 모습만 본다면 팀장이 아니라 제안서 마감을 앞둔 신입 사원처럼 문득 어려 보여서다.

시훈은 관조하며 거리를 좁혔다. 아무래도 밖에서 저녁을 같이 먹고 들어오는 게 좋을 것 같았다. 일전 회사 바깥에서 먹고 있던 음식을 떠올리며 근처 괜찮은 식당 몇 군데를 그려 보았다. 순두부라… 한식 타입인가. 마침내 테이블 하나를 남겨 놓고 거리를 좁혔을 때였다.

"팀장님, 많이 기다리셨죠? 죄송해요. 태그가 잘 안 돼서."

누군가 맞은편에 정이수를 가리고 등을 돌려 앉았다. 누구더라. 아… 인턴.

"아닙니다. 먹죠."

분명 정이수의 말투가 살갑지는 않았다. 그런데도 시훈은 커피를 한 모금도 마시지 않았는데 입안이 썼다. 입사한 이후로 정이수가 누군가와 밥 먹는 꼴을 본 횟수가 손에 꼽았다. 하물며 구내식당이라니.

작게 코웃음을 치는 사이 젓가락을 쥔 정이수와 시훈의 눈이 예기치 않게 마주쳤다. 이수는 자신을 빤히 바라만 보는 시훈이 제게 용무가 있는지 궁금해하며 눈썹을 슬쩍 들어 올렸다.

"……"

미간을 찌푸린 시훈은 바지 주머니에 손을 찔러 넣었다. 맞은편에 앉은 인턴이 정이수의 시선을 따라 몸을 돌렸을 때 시훈은 카페테리아를 나가고 있었다.

"안 들어가요?"

모니터를 끄고 자리를 정리한 이수가 아직 퇴근하지 않은 고우재를 발견했다. 사수까지 퇴근한 마당에 여전히 자리를 지키고 있는 고우재는 무슨 할 일이 많은지 여전히 마우스를 손에 꼭 쥐고 있었다.

"서치한 자료만 취합해 놓고 가겠습니다."

뒤돌아보는 모습에 지친 기색은 없었다. 얼마나 창을 켜 두었는지 작업 표시줄이 빽빽했다. 자료실에서 가져온 디자인 잡지에는 페이지마다 포스트잇이 가득 붙어 있고, 프린트해 놓은 자료에 책상 위를 보는 것만으로도 벅찼다.

"무조건 야근한다고 일 잘하는 거 아니에요. 시간 효율적으로 관리하세요."

"넵!"

자리에서 일어나 "들어가십시오." 하고 90도로 인사하는 고우재에게 이수가 고개만 살짝 숙였다. 그리고 출입문 태그를 찍기 전, 흘깃 돌아본 이시훈의 자리는 주인도 없이 덩그러니 스탠드 라이트만 켜져 있었다.

이수는 복도를 지나 엘리베이터 앞에 서서 버튼을 눌렀다. 여전히 불을 밝히고 있을 제작실 층에서 멈춘 엘리베이터가 움직일 줄 몰랐다.

"퇴근해요?"

이시훈이었다. 뒤에서 걸어온 그는 늘 그렇듯 소매를 걷어붙이고 셔츠의 위 단추를 두어 개 풀어 둔 채였다. 옥상에서 담배를 태우고 묶인 엘리베이터 대신 비상구를 통해 내려온 듯했다.

"네."

이만하면 인사는 충분히 한 것 같은데 시훈은 완전히 몸을 틀어 이수를 향해 선다. 옆으로 따가운 시선이 느껴졌다. 바지 주머니에 손을 찔러 넣고 선 이시훈은 쉽게 용건을 말하지 않았다.

이윽고 깜박인 숫자가 차례로 줄기는 했으나 약속이라도 한 듯 층마다 엘리베이터가 멈췄다. …늦다. 다시 한번 이수가 의미 없이 버튼을 누를 때였다. 시훈이 고저 없는 목소리로 입을 뗐다.

"오늘 일. 여 본부장님이 일방적으로 처리한 거예요."

짐작은 했었다. 회의실 안에서 설명을 전해 듣던 시훈이 몇 차례 짧은 침묵으로 직접적인 대답을 피하며 불편한 기색을 보였고, 일정 상으로도 좋은 퀄리티를 뽑아내기는 힘들 거라는 쉽지 않은 거절도 했으니까.

"알아요."

정이수의 대답은 덤덤하고 무신경했다. 이미 흥미가 떨어진 주제를 대하듯 체념마저 털어 버린 무심함이 고스란히 전해졌다. 말을 제대로 듣고 있는 건지, 대답만 했을 뿐 여전히 오해를 하는 모양이다.

경쟁 관계이기는 하나, 같은 기획 본부 안에서 차려야 할 최소한의 예의라는 게 있다고 생각했다. 그런데 이런 식의 일 처리는 시훈의 방식이 아니었다. 시훈 역시 전 직장인 T 기획에서 사장 아들내미가 날름날름 좋은 일만 채 가는 엿 같은 상황을 경험해 본 터였다.

"괜한 오해 말아요. 우리 팀도 바빠서 지금 이 일 끼워 넣을 여유 없었으니까."

오해? 이수의 입술이 비뚜름해졌다.

어느덧 도착한 엘리베이터 문이 열렸다. 반쯤 몸을 튼 이수는 그제야 시훈과 눈을 맞췄다. 차분한 목소리였다.

"상사가 까라면 까고, 하라면 해야지…. 별수 있나요, 팀장 나부랭이가."

정이수 팀장 나부랭이. 그리고, 잘난 이시훈 팀장 나부랭이.

이렇게 먹일 수도 있나. 담뱃갑을 쥔 시훈의 손에 힘이 들어갔다.

"그럼 고생하세요. 들어가 보겠습니다."

살짝 미소를 보이는 얼굴은 예쁘나 고약했다. 잠자코 듣고 있으려니 오해가 풀린 것도 아니었다. 자존심도 뭣도 아닌 속을 살살 건드린 상대를 이대로 보내기에는 시훈의 이가 갈렸다.

깍듯이 고개를 숙인 이수가 발을 떼고 안쪽으로 몸을 들인 순간, 팔이 잡혔다. 텅! 시훈이 엘리베이터에 몸을 끼우는 바람에 덜컹이는 소리가 복도와 로비를 크게 울렸다. 이수의 손목을 붙들어 잡은 시훈의 턱에는 힘이 들어가 있었다.

잡힌 손목이 아픈 건 둘째 치고 아직 사무실에는 고우재가 남아 있었고, 반대편 엘리베이터 역시 가동 중이었다. 제작실에서 업무를 이유로 빈번하게 기획팀을 드나드니 여차하면 누군가 내릴지도 모른다.

"회사예요. 놔요."

분노는 구긴 담뱃갑으로 끝나지 않고 이수의 손목을 움켜쥐는 쪽으로 전이되었다. 일개 팀장 따위가 뭘 할 수 있냐는 꾸짖음은 시훈의 성질을 긁기에 충분했다.

"슈퍼 을이라도 됐어요?"

"을?"

"그래, 을. 지금 무능하다고 남편 타박하는 마누라 같아요."

"웃기지도 않아. 이 팀장님 마음대로 생각하세요."

이수가 깨문 아랫입술을 풀어내며 시훈에게 이죽거렸다. 조소하는 이수를 향해 시훈이 눈썹을 구기며 보다 낮은 목소리로 쏘아붙였다.

"안하무인 재벌 3세 코스프레라도 해요? 여 본부장한테 나 정이수랑 떡 치는 사이니까, 지금이라도 물리라고 할까?"

크게 뜨인 정이수의 동공에 스치는 모멸감은 눈을 감았다 뜨자 순식간에 사라졌다. 어느새 눈동자에는 차가운 냉기만이 서려 있었다.

"……."

"내버려 두라며. 눈치껏 굴어 달라고 한 건 정이수 당신이잖아."

감정 없이 시훈을 바라보는 눈빛은 이상의 대화는 묵살하겠다는 의도가 다분했다. 시훈은 오늘 구내식당에서 고민하며 고개를 저어 흔들던 정이수를 떠올렸다. 생기 있고 스스럼없던 모습을 보이던 사람은 지금 자신의 눈앞에 있는 사람과 다른 이 같다.

공중에서 맞닿은 시선이 두 사람 모두 날카로웠다. 가슴에 메다꽂는 말만 하는 시훈이다. 제 쪽에서 정리하고 덮으려던 일이었다. 그런데 반나절이 지나서야 변명처럼 여 본부장의 독단이었다고 전하자 간신히 진정된 속이 부지깽이로 뒤집히는 기분이었다.

오랜 시간 동안 강제로 열려 있는 엘리베이터에서 삐- 하는 경고음이 울렸다. 그 소리를 배경으로 한동안 시훈은 여전히 자세를 유지한다. 억지로 빼낸 이수의 손목에 언뜻 발갛게 자국이 남았다.

"…떡 치는 사이."

헛웃음을 흘리며 혼잣말을 중얼거렸다. 다른 손으로 제 손목을 감싸 쥔 이수가 태연자약하게 입을 열었다.

"말하든 말든, 그것도 마음대로 하시구요."

이수가 닫힘 버튼을 눌렀다. 시훈은 여전히 발로 문을 괸 채로 이수를 노려보는 중이었다.

화가 났다. 차라리 정이수가 제 책상 앞으로 찾아온 그날처럼 부탁을 해 왔다면 이렇게 몰아붙이지 않았을 것이다. 그런데 정이수는 관심조차 없이 또 손가락 사이를 흘러 빠져나갈 뿐이었다. 말은 어긋나고 접점은 찾을 수도 없이 서로 인상만 구기고 말았다.

고개를 숙이다 말고 거칠게 한숨을 내쉰 시훈이 발을 무르자 순식간에 닫히는 문 사이로 창백한 얼굴이 사라졌다. 시훈은 미간을 누르며 지끈대는 머리를 진정시켜 본다.

오늘 저녁, 의미 없는 야근을 하고 말았다.

* * *

여름이 지속되고 있었다. 해는 뜨겁고, 비는 마르고, 날은 흘렀다.

그나마 비수기인 여름은 여유가 있는 편이나, 팀원들이 돌아가며 휴가를 내고 자리를 비우는 동안에도 이수와 시훈은 사무실을 지켰다.

슈퍼 을 운운하며 속을 뒤집어 놓았던 그날 이후, 시훈과는 말을 섞거나 따로 만나지 않았다. 사무실에서 서로의 존재를 의식하면서 한편으로 상대의 공간을 까맣게 칠해 놓은 것처럼 굴었다. 그래서 때때로 이시훈과의 관계가 애초에 없는 일인 것 같은 착각이 들었다.

　-잘못 본 줄 알았어. 어떻게 거기서 만나니.
　외근 후 늦은 점심 식사를 마친 이수가 로비를 가로지르며 전화를 받았다. 수화기 너머 백주홍의 밝고 활기찬 목소리에 저절로 입꼬리가 올라갔다.
　오늘 프로덕션을 방문하고 나오는 길에 누군가 '정이수!' 이름을 불렀다. 프로덕션이 모여 있는 강남 일대에서 종종 협력업체 직원을 만난 적은 있으나 직함 없이 이름을 부를 사람은 없었다. 놀란 눈을 하고 뒤를 돌아보니 백주홍이 손을 흔들었다.
　B 대학에 출강하던 백주홍은 이수가 졸업할 때쯤 교수직을 그만두었다. 선수는 필드에서 뛰어야지. 그게 백주홍이 남긴 말이었다. 그리고 마지막 수업에서 강사님이나 교수님 대신 선배라는 호칭이 좋겠다고 거리를 좁혀 주었다.
　"저도 놀랐어요. 그동안 잘 지내셨어요?"
　업체 미팅을 가는 백주홍과 급히 연락처만 교환한 탓에 안부 인사가 늦어졌다. 이수가 인사이트에 입사하고 일 년간 근근이 이어지던 연락은 바쁜 회사 생활에 점점 뜸해졌다. 와중에 핸드폰까지 분실하고 연락처가 통으로 날아간 일이 있었다. 고객사를 제외하고 백업조차 안 해 놓은 연락처가 드문드문 메꾸어지는 동안 일이 바빠 백주홍 선배를 까맣게 잊고 있었다.

-그럭저럭. 돈 버느라 바빠.

"회사 차리셨다면서요. 얼마 전에 기사는 봤는데…. 그게 선배 회사인 줄은 몰랐어요. 늦었지만 축하드려요."

얼마 전, 해외 광고제에서 수상한 업체에 관한 기사를 보고 동명이인이라고 넘겨짚었다. 설마 회사를 차렸으리라는 생각은 못 했다. 알았더라도 연락할 만한 정신도 없었지만…. 미안했다.

-운이 좋았지. 언제 한번 놀러 와.

대학 시절 내내 공모전에 목을 맨 이수는 백주홍에게 많은 도움을 받았다. 백주홍은 현장 경험을 바탕으로 한 조언을 해 주거나 이수가 활동하는 동아리에도 참고하라며 각종 자료를 공유해 준 이였다.

"네. 꼭 갈게요. 날 더운데 건강 잘 챙기시구요."

상대 역시 좋은 하루가 되라는 인사를 건넨 뒤로 전화가 끊겼다. 반가운 전화 통화를 마친 이수의 얼굴에 잔잔한 미소가 걸렸다. 하지만 얼마 지나지 않아 순식간에 입매가 굳어졌다.

게이트를 지나 엘리베이터 앞에 당도한 이수는 유진우 본부장과 인사팀 팀장을 발견하고 머리를 숙였다. 영국행이 결정된 후 여름휴가 겸 잠시 런던에 가 있던 유 본부장이 서울로 돌아온 것이다. 오랜만에 만나는 유 본부장은 인사팀 팀장과 식사를 마치고 들어오는 길 같았다. 이수는 대화를 나누는 두 사람의 한 발 뒤로 자리해 엘리베이터를 기다렸다.

"서울 집은 다 정리하시구요?"

"네, 결혼하고 계속 살았던 집인데 아쉽게 됐어요."

"이번에 건너가시면… 몇 년 만이시죠, 4년, 5년?"

"5년이요."

귀를 막고 싶어도 들리는 소리는 어쩔 수 없는 노릇이었다. 이수의 시선은 엘리베이터 숫자에 매여 있었다. 그러다 인사팀장의 다음 말에 이수의 시선이 뚝 떨어졌다.

"말씀하신 서류는 퇴근 시간 전까지 메일로 보내 드릴게요. 요번 달 말이면 못 뵙는다니…. 본부장님 가시면 서운해서 어떡해요. 아, …잠시만요."

네, 인사팀장 김정윤입니다. 통화를 위해 멀리 거리를 벌린 인사팀장이 여 본부장에게 실례한다는 의미로 고개를 까닥였다. 때마침 로비에 도착해 열린 엘리베이터에 유 본부장이 올라탔다. 곧 닫히는 문을 잡은 유 본부장이 넋을 놓고 있는 이수를 깨웠다.

"정 팀장, 올라가는 거 아닌가?"

영국행이 확정된 사실을 몰랐던 것도 아닌데 구체화된 일정에 덜컥 심장이 내려앉았다. 당황한 시선이 얽히다 고개를 떨궈 낸 이수가 유진우의 한 보 앞으로 섰다. 유 본부장의 향수 냄새가 코끝을 스치자 가슴이 꽉 죄어 왔다. 과거를 불러온 향기에 자신과 팀을 버린 유 본부장에 대한 원망은 한편에 미뤄지고 파블로프의 개처럼 끝맺지 못한 미련이 불쑥 머리를 쳐들었다. 남은 감정이 찌꺼기뿐인 오물인 줄 알면서도 어쩔 수가 없었다.

가늘게 눈을 뜬 유진우가 단정한 이수의 뒷모습을 훑었다. 팔목까지 내려온 셔츠를 입고 있는 모습이 여느 때와 같았다.

대리 시절 무채색 무지 티에 색이 짙은 청바지만 주야장천 입고 다니던 정이수와 프로덕션을 방문하고 퇴근하는 길이었다. 변변찮은 옷차림이 신경 쓰여 차를 돌려 백화점에서 슈트 한 벌을 선물해 주었다.

'우리 같은 AE는 사람 만날 일이 많잖아. 보자, 잘 어울리는지.'

'팀장님, 너무… 과분한데요.'

'이수 덕분에 옷이 사네. 정 민망하면 셔츠 정도만 입고 다녀.'

정이수를 달래 탈의실에서 옷을 바꿔 입힐 때마다 거울 앞에 선 녀석의 뒤에서 어깨를 가만히 쓸어 주면, 발개진 얼굴과 눈이 마주쳤다. 가늘고 긴 팔다리와 늘씬한 몸은 입히는 족족 잘 어울렸다.

그 뒤로 정이수는 청바지와 슬랙스를 번갈아 입고 단추가 달린 셔츠만큼은 꼭 갖추어 출근했다. 그리고 팀장 승진을 앞두고는 제 취향과 엇비슷한 옷을 갖춰 입게 되었고.

"출국 날짜 잡혔어."

"…네."

일상적인 물음처럼 유진우 본부장이 입을 열었다.

"이시훈이 잘 챙겨 줘?"

"…대답할 이유, 없는 것 같습니다."

마음을 감추고, 혼자 한 이별에 끙끙대고, 구멍 난 마음을 메꾸는 이수를 유진우는 여전히 흔들고 싶어 했다.

"나는 이수가… 아니, 정 팀장이 꽤 보수적인 사람이라고 생각했거든."

이수가 눈을 질끈 감았다 뜬다. 유 본부장과의 관계에서는 추문이 따랐을지언정 제 순수한 애정에 확신이 있었다. 하지만 이시훈과의 관계야말로 몸 팔아먹는 상납이라고밖에 표현할 길이 없어 스스로 똥물을 뒤집어쓴 기분이었다. 갈아탔느냐 물었던 유 본부장의 말을 들었을 때처럼 말이다.

"···잘못 보셨나 보죠."

애써 감정을 내리누른 이수는 서늘한 투로 절망을 감추었다.

"그래, 나보다야 이시훈이 더 확실하지."

조소하는 유진우 본부장이 미간을 좁혔다.

원석을 발견해 다듬는 과정은 즐거웠다. 주면 주는 대로 받아먹고 흘리면 흘리는 대로 주워 뒤를 쫓아오던 정이수는 가꾸는 맛이 있었다. 반짝이며 일을 하던 눈이 처연함을 담아 자신을 바라볼 때는 이루 말할 수 없는 쾌감이 일었다.

생각보다 길어진 추문이 귀찮아질 때쯤, 영국행이 가시화되었다. 가지고 놀던 정이수와의 관계를 차분하게 털고, 여지없는 끝을 맺어야 후환을 없앨 수 있었다. 그러니 섹스를 하지 않은 엔딩은 당연한 결과였지만, 요즘 들어 껍질을 벗겨 보지 못한 그날이 조금 후회가 됐다.

"본부장님, 저는···."

저는 본부장님 이용하려는 마음 같은 건 없었어요.

차마 하지 못한 말이 입속을 데굴데굴 굴렀다. 그냥 좋아했을 뿐이라고. 그렇게 말할 수가 없었다. 지나간 사랑에 대한 폐수 같은 고백은 악취만 남길 뿐이었다. 형편없이 떨리는 목소리에 유 본부장이 코웃음을 쳤다.

때마침 이수의 사무실이 있는 층에 다다른 엘리베이터의 문이 열렸다. 추스르지 못한 감정을 만면에 드러낸 이수가 힘없이 발을 내디뎠다. 차마 뒤로 돌아 묵례조차 못 할 만큼 표정 관리가 되지를 않았다.

"……."

마른 입술을 감쳐문 이수가 그렇게 머뭇대는 사이 반대편 엘리베이터의 문이 열렸다.

"너무 돌아가지 말자구요, 메시지가 좀 더 간결하게….."

고개를 들자 먼저 정이수가 보였다. 그리고 어깨 너머의 유진우가 보통 때와 다름없이 여유로운 얼굴로 문이 열린 엘리베이터 안에 서 있었다.

불편한 삼자대면에 슬며시 인상을 쓴 시훈은 잠시 핸드폰을 떼고 뒤편의 유 본부장에게 묵례를 한다. 간격을 넓게 벌린 샌드위치처럼 중간에서 어정쩡하게 서 있는 이수의 뒤로 스르르 문이 닫히며 짧은 만남은 그렇게 막이 내렸다.

"…내가 다시 전화할게요."

이시훈을 바라보던 이수의 시선이 부지불식간 아래로 뚝 떨어졌다. 어지러운 감정과 거세게 솟아오른 긴장이 이수를 압박했다. 건물 내 서늘한 공기가 몸을 지날 때마다 텅 빈 가슴에 숭숭 구멍이 난 것만 같다. 유진우에게 보이지 못한 얼굴은 근육이 제멋대로 뒤틀린 느낌이었다. 그리고 그 꼴을 전부 보인 사람이 하필 이시훈이라니….

"……."

시훈은 자신을 무시하고 곁을 지나는 정이수의 등을 한참 동안 바라보았다. 거기에는 소멸되지 못한 미련이 잔상처럼 따라붙어 있었다.

"아마… 이쯤 있을 것 같아요."

인터넷 창을 열면 정보가 다 나오는 요즘 같은 시대에 자료실은 구시대의 유물들이 전시된 박물관 같았다. 인사이트가 정산 그룹 계열사로 인수되기 전부터 국내 탑티어 광고 회사로 자리 잡은 지가 벌써 30년이었다. 인하우스 광고 대행사가 아닌 독립 광고 대행사로는 드문 일이었다. 국내외 시장 상황이 바뀌며 전통적인 매체나 서비스만으로 성장을 기대하기 어렵기에 결국 정산 그룹 계열로 들어오게 됐지만 인사이트가 남긴 발자국은 자료실에 잘 보관 정리 되어 있었다.

엘리베이터에서 우연히 만난 조민희 대리가 품에 자료 다발을 넘치도록 들고 있었다. 조금만 기울이면 와르르 무너질 기세라 담배를 태우러 가던 시훈이 잠시 손을 빌려주었다. 그렇게 우연히 들어온 자료실에 책자를 반납한 조 대리와 내친김에 오전 회의에서 말이 나온 테이프까지 찾게 되었다.

"와… 테잎."

서늘한 온도로 유지되는 자료실 한편에는 인사이트에서 제작한 광고들이 정리된 테이프가 가지런히 꽂혀 있었다. 대부분 자료들은 디지털로 변환되어 구축된 서버에 보관 중이었다. 이곳에 남아 있는 것들은 심의 문제로 온 에어 되지 못한 광고나 촬영장 비하인드가 찍힌 자료들이었다.

40주년을 맞는 D사의 기업 광고를 기획하기 위해 인사이트에서 90년대에 제작한 광고가 필요했다. 요즘 레트로 트렌드와 결이 맞으리라 판단한 광고주 쪽에서 자료를 찾아보기를 소망한 것이다.

"이거 맞는 것 같은데요. 〈96년, D사 #1〉."

조민희 대리가 매직으로 적힌 글자를 확인하고 먼지 쌓인 테이프를 품에 안았다.

"팀장님은 처음 와 보시죠? 정산 그룹에 인사이트 매각하기 전에 대표님이 이곳에서 홀로 이 유물들과 함께 장고에 장고를 거듭하셨다는 후문이 있죠."

작년에 이직한 시훈보다 인사이트에 먼저 입사한 조민희가 손으로 입을 가리며 비화를 전했다.

자료실은 구색을 잘 갖춰 놓아 생각보다 보는 재미가 있었다. 테이프를 손에 들고 벽을 따라 전시된 〈인사이트〉의 역사를 곁눈질로 휘휘 지나치던 조 대리가 갑자기 걸음을 멈추고 눈을 동그랗게 떴다.

"어?"

옆에 선 시훈의 시선이 조민희가 가리키는 손가락을 따라갔다.

'〈인사이트 대학생 광고대상〉 대상 수상자. 좌부터 B 대학교 광고홍보학과 정이수, 안지윤, 홍기석.'

"이거 정이수 팀장님 맞죠? 와…."

비주얼이 아주 난리 난리, 장난 없…. 튀어나온 호들갑에 조민희가 시훈의 눈치를 살피고 입을 다물었다. 타 팀이기는 하나 상사에게 할 법한 말은 아니었다.

하얀색 티셔츠에 청바지를 입은 사진 속 정이수는 친구들과 어깨동무를 하고 환하게 웃고 있었다. 거짓말을 조금 보태 지금과 별반 다름없는 앳된 얼굴이 무리에서 단연 돋보였다.

"대학생 때 인사이트 공모전에서 두 번이나 대상 수상하셨다더니… 이건 4학년 때 받으셨나 봐요."

시훈이 사진을 응시하는 사이 조민희가 또 다른 사진 하나를 발견했다.

"유진우 본부장님. 아… 칸."

유진우가 담당한 광고가 국제 수상을 한 뒤 매체에 실린 사진이었다.

"그러고 보니까 유 본부장님은 이달 말에 출국하신대요."

"…그래요?"

그래서. 어제 유진우를 뒤에 둔 정이수는 간신히 참아 내는 중이었다. 시훈이 코로 긴 한숨을 내쉬었다.

어쩌면… 정이수는 되돌릴 수 없는 과거를 떠나보내지 못한 게 아니라, 떠나보내기 싫은 건지도 모르겠다. 박제된 유물로 가득한 이곳처럼 자신만 아는 작은 방에 유진우의 잔재를 남겨 놓고 싶은 건지도. 그건 외로운 사람들만 아는 못된 방법이었다. 잊었다 거짓으로 인정하고 이 정도는 괜찮다며 스스로 타협한다. 가장 아픈 부분을 도려내야 상처는 말끔히 치유될 테지만 정이수에게 그런 여유가 있을지 시훈은 알 수 없었다.

어제 마주친 정이수는 여전히 유진우를 의식하고, 체념 섞인 상실을 무심결에 흘리고 있었다.

조민희가 기사를 훑어보며 새삼 알게 된 사실처럼 중얼거렸다. 이때 참….

"어? 정 팀장님도… TF에 같이 계셨구나…."

국제 광고제 수상 후 유진우와 정이수가 트로피를 들고 찍은 사진이었다. 미소 지은 정이수는 공모전 수상 때보다 성숙하고 차분해 보였다. 아마도 20대 후반이었을 정이수의 확신에 가득 찬 자신감이 사진 너머로 전해졌다. 그리고 한쪽 눈에 진 쌍꺼풀도. 뿜어내는 아드레날린에 피로조차 느끼지 못했을 시간이 한 장의 사진에 담겨 있었다.

"워낙 대형 광고주라 사활을 거네 마네 하던 프로젝트였거든요. 유 팀장님… 아, 유진우 본부장님이 팀별로 사람을 뽑아 갔어요."

과거를 상기하는 조 대리가 말을 이었다.

"그런데 영국에 있는 아들이 아프다 그랬었나…. 아무튼 몇 번 오가셔야 해서 다 망했다 싶었는데… 집행되고 나서 매출은 대박에 칸에서 수상까지 했다는 전설 아닌 전설이 있죠. 그 뒤로 제안서는 비행기에서 쓰셔야 하는 거 아니냐고 다들 우스갯소리로 그랬어요."

말을 마친 조민희 대리의 얼굴은 웃고 있었지만 시훈의 미간에는 주름이 져 있었다. 사진 속 정이수의 외꺼풀을 바라보는 채였다.

제안서를 비행기에서…. 헛소리도 참. 정이수가 수습하느라 몸을 갈아 넣었을 상황이 눈에 훤했다.

조금만 관심 있게 들여다보면 실무를 뛰고 있는 라인에서 보이는 사실들이 있었다. 하나부터 열까지 정이수의 방식으로 돌아가고 소화되는 제안서와 결과물들에는 의식하지 못해도 시그니처처럼 본인의 흔적이 남아 있었다. 집행된 당시 광고와 인사이트에 들어와 밤새 훑어본 기존의 제안서들을 보고 알게 된 사실이었다.

"…이만 가죠."

좀처럼 사진에서 떨어지지 않는 눈길을 갈무리한 시훈의 뒤를 조민희가 따랐다.

정이수는 인사이트의 역사와 함께했지만 알아주는 이 없이 늘 유진우의 그늘에 가렸나 보다. 일에 대한 열정과 유진우에 대한 사랑으로 20대를 보내고 팀장 반열에 오른 지금 빛을 발해야 할 순간에 먼지를 뒤집어썼다.

그래서 부당한 줄 알면서도 저와 이런 관계를 맺는 데 주저함이 없었을까. 돼먹지 못한 발악처럼?

문이 닫히고 실내를 환하게 비추던 불이 꺼졌다. 열어 보지 않았으면 몰랐을 자료실의 유물처럼 정이수의 역사 역시 다시 갇혔다. 온몸을 휘감은 씁쓸함에 시훈은 하릴없이 담뱃갑을 우그러뜨리고 말았다.

*　*　*

정이수가 지시를 남기고 사무실을 나서는 모습을 시훈의 눈동자가 따라갔다. 성큼성큼 걸어가는 뒷모습이 순식간에 문에 가렸다.

"씹…."

…하기 싫어 미치겠네. 혼자만 들릴 정도로 욕을 짓씹은 시훈이 책상 위로 볼펜을 던져 놓았다. 누가 뇌를 갉아먹기라도 한 건지 오

전 내내 업무에 집중이 안 됐다. 불쑥불쑥 떠오른 정이수 얼굴 때문이었다. 어제 유진우를 뒤에 두고 우연히 제게 보인 모습과 자료실에서 마주한 얼굴들 말이다. 손바닥이 이내 얼굴을 쓸어내렸다.

시훈이 머리를 짚다 문득 오른편에 세워진 파티션으로 의자를 돌렸다. 한쪽 팔꿈치를 책상에 기댄 시훈은 파티션에 붙여 놓은 낡은 엽서 한 장을 물끄러미 바라보았다. 일전 여 본부장이 언급한 엽서였다.

거대한 폭포의 물줄기가 수면에 세차게 부딪치는 장엄한 풍광이 인쇄된 엽서는 수험생 시절 시훈의 참고서 안쪽에, 대학 작업실에, T 기획 그리고 인사이트에 와서까지 시훈이 부적처럼 달고 다니는 물건이었다. 또한 잊었다고 거짓으로 인정하고 이 정도는 괜찮다며 스스로 타협한 유일한 산물이기도 했다. 시훈의 손이 엽서 아래쪽을 들어 올리자 뒷면의 내용이 거꾸로 모습을 보였다.

착해지지 않아도 돼.

무릎으로 기어 다니지 않아도 돼.[1]

…

익숙한 글씨체로 휘갈겨 쓴 시는 보지 않아도 얼마든지 외울 수 있다. 정신이 흐트러질 때마다, 하루가 너무 길게 느껴질 때마다 자신을 다그치기도 다독이기도 하는 방법이었다.

짐짓 미간 사이를 찌푸린 시훈이 손을 내리고 시간을 확인했다. 여 본부장의 집무실에 올라갈 시간이었다.

"시훈이가… 네. 그럼요. 아… 바빠서 아마 못 받았나 봐요. 계속

---

1) 메리 올리버의 시 〈기러기〉 중 일부

야근을…. 숙모님, 걱정 마세요."

타이밍이 이렇게 안 좋아서야. 여민준 본부장은 난처한 표정과 달리 전화 온 상대방에게 성실하게 답을 주었다. 가끔 걸어도 부재중으로 넘어가기 일쑤인 아들보다 꼬박꼬박 받아 주는 조카에게 아들 사정을 묻는 일이 더 빠른 모양이었다.

여 본부장이 눈짓으로 전화 받을래? 묻는 신호에 시훈이 단박에 고개를 저었다.

"네, 들어가세요. 그럼."

후우. 크게 한숨부터 내쉰 여 본부장은 핸드폰을 테이블에 내려놓고 시훈을 흘겨보았다.

"얼굴이라도 비치라니까 그러네. 멀리 살아? 퇴근하는 길에 잠깐 다녀가."

"알아서 해요."

또, 또. 으휴. 지긋지긋한 이시훈 성격 때문에 1년에 한 번 할까 말까 한 숙모와의 통화가 지금 몇 번째인지. 절레절레 머리를 흔들며 여 본부장이 태블릿 PC로 스케줄을 확인했다. 잠시 후, 시훈이 올린 보고서를 확인하고 오늘 나눈 업무 이야기를 마무리할 즈음이었다.

"진짜 열심히 산다…."

사내 전산망으로 올라온 보고서를 확인한 여 본부장이 기가 찬 웃음을 내비쳤다. 그리고 맞은편에 앉은 시훈을 바라보며 태블릿 PC를 테이블 위로 내려놓았다.

"정이수 말이야. 저번에 너네 팀한테 일 넘겨주고 뭐 하나 던져 줬더니 아주 죽자고 달려드네."

헛발질하는 것도 모르고 말이야. 시훈이 가지고 올라온 서류들을 한데 모아 쥐며 표정을 굳혔다.

"무슨 말이에요?"

그리고 자리를 뜨려다 말고 여 본부장을 향해 묻는다.

"급히 보내야 할 제안서가 하나 있어서 와꾸만 맞춰서 달라고 했거든. 근데 칼같이 보내 놨네…."

화면을 쓱 넘겨 보던 여 본부장이 그만저만한 투로 사정을 설명했다.

"이거 광고주 쪽하고 입 맞춘 업체가 있거든. 정 팀장네야 그냥 들러리지, 뭐. 괜히 잡음 안 나게 하려고."

시훈에게서 한숨이 쏟아졌다. 무겁게 가라앉은 얼굴에 쉬이 표정 관리가 되지 않았다. 이거 너무 나갔네…. 시훈은 핏줄이자 한때는 자신의 멘토이며 롤 모델이었던 여 본부장을 응시했다. 유진우에게 무슨 억하심정이 남았길래 정이수까지 괴롭히는지 이해할 수 없었다. 누구에게 무슨 도움이 된다고. 심드렁한 태도로 정이수가 올린 제안서를 읽어 가는 여 본부장의 표정이 흥미로운 빛을 띠었다.

"이것 봐라…. 제법이네?"

자리에 그대로 눌러앉은 시훈은 눈살을 찌푸리며 무겁게 입을 열었다.

"형, 너무 나갔어."

"뭐?"

액정 화면을 들여다보며 무심코 대꾸하는 여 본부장에게 시훈이 가슴에 꽂힐 말을 살벌하게 턱턱 내뱉는다.

"사규 안 봐요? 이거 직무상 고의로 사측에 손해 입히는 거예요."

시선을 끌어 올린 여 본부장의 입이 딱 벌어졌다. 어이가 없었다. 지금 얘가 뭐라는 거야. 사규 운운하니 여 본부장은 화보다도 황당함이 앞섰다.

"시훈아, 너 말이 좀 그렇다?"

"다른 본부, 다른 회사 아니잖아요."

"야, 이 팀."

눈에 힘이 잔뜩 들어간 여 본부장은 할 말이 막힌다. 저 하고 싶은 말, 가리지 않는 녀석인 건 알았지만 이건 벌써부터 자기 회사라고 관리하는 건지 뭔지. 허리를 세워 앉은 여 본부장이 고개를 좌우로 갸웃거렸다. 인사이트에 들어와서 대행이라는 후진 자리부터 앉아서 일은 일마다 회식은 회식마다 챙기던 녀석이었다. 좀 편하게 가라고 등 떠밀어도 눈 흘기며 위아래 따지던 게 누군데⋯. 시훈이 좋아하는 원칙대로라면 이건 당치 않은 행동이었다.

곧 시훈이 몸을 일으키며 여전히 당혹감이 가시지 않은 여 본부장에게 단호하게 입을 열었다.

"그리고 앞으로 2팀이 물고 온 거 우리 쪽으로 넘기지 말아요. 보기 안 좋아."

거기서 참지 못하고 여민준 본부장의 언성이 높아졌다.

"내가 나 좋으라고 이래?"

손끝 거스러미들 깨끗하게 떼어 준다는데 얘가 왜 이럴까. 여 본부장은 서운한 마음이 덜컥 들었다. 시훈이 허리에 한 손을 올리고 크게 숨을 내쉬었다. 그리고 여 본부장에게 불쑥 묻는다.

"내가 시원찮아요?"

"뭐-어?"

이놈이. 끓어오른 화가 주체가 안 돼 뒷머리가 쭈뼛 설 지경이었다.

"형."

잠시 틈을 준 시훈이 차분히 입을 열었다. 팽팽히 당긴 감정의 고삐를 느슨하게 만드는 목소리였다.

"여기 와서 대행부터 시작한 거 명분 쌓으려는 거 아니야? 그런데 지금 이러면 형이 차려 놓은 밥상 엎는 거랑 똑같아. 나 지금도 잘하고 있어요. 손발 잘 쓰고 있는데 옆에서 밥 떠먹여 줄 필요 없어. 그러니까 괜히 앞서가지 말자구. 혼자서 일하게 좀 내버려 둬요."

흥분을 가라앉힌 시훈은 눈을 맞추며 조곤조곤 제가 요구하는 바를 확실하게 내리꽂는다. 말을 잃은 여 본부장의 벌어진 입이 황당함을 토로했다.

"시훈아, 이거… 무슨 새로운 결벽증이냐?"

제 아버지 회사로 데려오는 것도 낙하산이니 뭐니 말 나올까 싶다는 거 설득해 당치도 않은 자리에 앉혀 놓았다. 어차피 갈 길 좀 깨끗하고 편하게 만들어 놓으려는 것뿐인데 그것마저 싫단다.

"형."

시훈이 기운 눈썹을 들어 올렸다. 못마땅한 여 본부장의 얼굴 위에 여전히 지워지지 않은 의문과 서운함이 한가득이었다. 그리고 여 본부장의 욕심까지도.

"뭐."

인사이트에 단단히 뿌리내려 위치를 공고히 하고 싶은 여 본부장의 밑바닥 욕망을 모르는 바 아니었다. 그걸 모르고 인사이트로 이직한 것도 아니었고. 그러나 정이수와의 거래를 떠나서 이런 저열한 방식은 도무지 받아들일 수 없었다.

"형은 어쨌든 유진우 치웠으면 된 거잖아. 욕심, 너무 부리지 마세요. 체해요, 그러다가."

"야…!"

문을 열고 나서는 시훈의 뒤에는 서늘함만 남아 있다. 허. 헛웃음을 터트린 여민준 본부장이 소파 위로 털썩 등을 기댔다.

"아… 진짜 황당하네…. 이놈의 자식이…."

여민준은 항상 시훈이 타오르는 불꽃 같다고 생각했다. 눈치 안 보고 척척 내는 기획안이나, 인턴 생활을 할 때도 제작팀까지 쫓아가 아웃풋에 공을 들이는 모습이 그랬다. 한번은 제작실 실장에게 한 소리를 듣고 부랴부랴 쫓아간 회의실에서 당시 책임이었던 자신이 중재하지 않았다면 그대로 인턴에서 잘렸을지 모를 만큼 거침없는 언행을 보이기도 했다.

…그러던 놈이니, 성격이 어디 갈까 싶다가도 여 본부장은 섭섭한 마음이 들었다.

거센 바람에 활활 타기만 하던 어릴 때와 달리 이제는 고요히 고온으로 연소하는 불꽃이 된 것 같다. 그 때문에 요목조목 따지는 시훈에게 어버버 황당해하는 제 모습에 어이가 없었다.

여 본부장은 생각보다 더 커 버린 녀석이 낯설게 느껴졌다.

* * *

이수가 호텔 주차장에 도착해 조수석 문을 열 때였다.

"앞으로 2팀 업무 우리 쪽으로 넘어오는 일 없을 거예요."

갑작스러운 통보였다. 잠시 정적이 흐르고 이수가 열린 문을 두고 입을 열었다.

"상관없는데요."

말 그대로 이래도, 저래도 상관없지만 이시훈의 말에 제 처지가 명확하게 드러난 것 같아 기분이 좋지 않았다. 곱씹을수록 속이 쓰렸다.

"…상관없다."

무표정한 시훈이 입술을 달싹였다. 정이수에게 고맙다는 말을 기대하지는 않았지만 허탈했고 생각만 많아졌다. 발을 내디뎌 호텔 출입구로 향하던 이수는 이시훈이 시간을 두고 차에서 내린 사실을 깨달았다. 딱히 일상적인 이야기를 나눌 만한 사이는 아니지만 호텔까지 오는 내내 두 사람 사이에 대화는 없었다. 이수는 할 말이 없었고, 시훈은 할 말을 참는 듯 보였다. 꼭 지금처럼.

프런트에서 카드 키를 전달받은 시훈이 이동하기 전 이수를 돌아봤다.

"저녁은요."

"생각 없어요."

언제는 먹고 싶었겠냐마는…. 퇴근하기 전까지 책상에만 박혀 있던 정이수였다. 속이 곪지. 사람이 먹지를 않는데.

적막한 복도를 걸어 룸에 도착하자 시훈은 문을 열고 이수를 먼저 들여보냈다.

"담배 한 대 피우고 올게요."

시훈은 올라간 길을 되돌아 나와 건물 밖 흡연 구역을 찾았다. 이제는 밤공기마저 더웠다. 바람 한 점 없는 여름밤에 연기는 날아가지 않고 시훈의 눈앞을 뿌옇게 흐려 놓았다. 그래서 안개가 가득한 곳을 헤매는 기분이 들었다. 장님 코끼리 말한다 했나…. 방향을 상실한 듯한 찜찜함이 내내 시훈을 맴돌았다.

가운을 입고 욕실을 나온 이수가 막 문을 열고 들어온 이시훈을 발견했다. 시훈도 젖은 머리를 수건으로 훔치는 이수를 발견한 참이었다.

"벌써 씻었네요."

느리게 떨어지는 시훈의 어조에는 예상 못 했다는 기색이 묻어 있었다.

"네."

일상 소리마저 차단된 룸은 지나치게 조용했다. 간접 조명만 켜진 그 안에서 한동안 말없이 서 있던 두 사람 중 먼저 발을 뗀 쪽은 이수였다. 목덜미에 올라간 손이 떨어지고 이내 정이수가 무심한 발길을 돌렸다.

"오전 일찍 미팅이 있어요."

"……."

그러니까…

"빨리 끝냈으면 해요."

정이수는 간결한 용건을 남기고 침대맡 창가에 서 있었다. 시훈이 느릿하게 재킷을 벗으며 작게 인상을 구겼다. 한숨과 함께 소매를 뺀 재킷을 무신경하게 던져 놓은 시훈이 침대맡으로 성큼 걸음을 옮겨 협탁 위 전화를 들었다.

"룸서비스 취소해 주세요. …네, 상관없습니다."

창 가까운 곳에 서 있는 이수는 창문에 비친 시훈을 바라보다 곧 시선을 돌렸다. 당치도 않은 일을 한 시훈이 못마땅했다. 이런 곳에서 마주 앉아 밥이라도 먹겠다는 건지, 아니면 마른 몸은 본인 취향이 아니니 억지로 입속에 뭐라도 쑤셔 넣을 생각이었는지…. 어느 쪽이든 불편해서 밥 한 숟가락, 물 한 모금도 넘길 수 없을 게 분명했다.

달칵. 수화기를 내려놓는 소리만이 적막한 룸 안의 유일한 소음이었다.

두 개… 아니, 세 개였다.

눈을 질끈 감았다. 손가락이 구멍에 푹 꽂혔다 뒤로 천천히 무를 때마다 엎드린 자세로 상체를 시트에 대고 있는 이수의 어깨가 미미하게 떨렸다. 하체에 바짝 붙어 앉은 시훈은 재킷과 느슨하게 매고 있던 타이만 벗은 상태였다.

"아흐… 흑…"

물처럼 녹은 젤이 구멍 사이로 흐르는 감각에 피부가 간지러웠다. 닦아 내고 싶다는 생각도 잠시, 시훈이 손가락을 찌를 때마다 찌걱대는 소리가 호텔 룸 안을 울렸다. 자극은 뒤가 보이지 않는 불안함에 비례해 자꾸만 잇새로 신음 소리가 튀어나왔다. 좀처럼 참아 보려 해도 도리 없이 새어 나오는 소리에 입술을 질끈 깨물었다.

"하으… 웃…."

차라리 삽입되는 편이 나았다. 고간을 고스란히 드러내는 수치를 느낄 바에야 그편이 낫겠다고 생각했다. 얼굴을 시트에 파묻어 내리자 다리 사이로 단단히 발기한 제 성기가 아직 손 한번 닿지 않았는데도 프리컴을 툭툭 흘리는 광경이 보였다. 질끈 눈이 감겼다.

시훈의 손이 내벽 안을 힘주어 쑤시자 구멍 안에서 자리다툼이라도 하는지 움직이는 손가락들이 전립선에 닿을 듯 말 듯 짓이겨졌다. 그럴 때마다 이수는 배 속에 뭐라도 있는 건 아닐지 의심스러웠다. 닿을 수 없는 곳을 마구잡이로 긁어내고 싶기도, 또 당장에 도망가고 싶기도 했다. 혼탁한 생각이 머릿속을 메울 때마다 속도를 높이는 손이 박히며 물 같은 젤이 주위로 튀었다.

"흐윽, 아, 아아, …아!"

손가락은 근처만 오갈 뿐 끝까지 닿지 않는다. 일부러 의도한 심술이었다.

"……."

"…그냥…! 넣, 으면…."

시훈은 대답 대신 이수의 골반을 부여잡고 더 세게 손가락을 쑤셔 넣었다. 손가락이 안쪽으로 처박힐수록 이수의 허리가 둥그렇게 말렸다. 자각 없이 엉덩이를 앞으로 빼자 묵직한 힘이 허리 위를 지그시 내리눌렀다. 도망가지 말라는 뜻이었다.

미약한 저항에 이수의 몸이 단번에 뒤집혔다. 무릎을 거세게 벌려 놓은 시훈의 손이 이미 벌어진 구멍 사이를 부드럽게 파고들었다. 다리 사이로 자리 잡은 시훈이 제 무릎 위로 둔부를 잡아 올렸다. 적당히 근육이 붙은 동그란 엉덩이 골을 따라 흘러내린 젤이 바지를 적셨지만 시훈은 아랑곳하지 않았다. 다만 손가락 세 개를 삼킨 구멍이 요사스럽게 오물대는 모습을 한동안 주시했다.

"으… 흑…."

"잘 먹네…."

바람 빠지는 웃음이 떨어졌다. 시훈은 나머지 손을 뻗어 이수의 발기한 성기를 귀두부터 밑동까지 부드럽게 잡아 쓸었다. 이수의 입에서 헉. 소리 없는 탄성이 터지자 성기를 자극하던 시훈이 속도를 늦추고 문득 입을 뗐다.

"원하는 거 없어요?"

시훈의 물음은 맥락이 없었다. 차분한 목소리가 자칫 다정하게 들릴 정도라 의도조차 파악되지 않았다.

"……."

"바라는 거. 없냐구요."

시훈이 다시 물었다. 섹스 중 묻는 말에 뭐라고 대답해야 할까. 구멍에 성기를 넣어 달라는 말이라도 듣고 싶은 건가. …아니, 그딴 치욕을 주기 위한 의미로 들리지는 않았다. 이시훈은 정말 묻고 있었다. 요구하고 바라는 것. 몸에 대한 대가를.

"……."

시훈은 엄지와 검지로 고리를 만들어 이수의 성기 끝을 압박해 말아 쥐었다. 점점 속도를 올려붙이며 서슬 퍼런 눈을 깔아 입을 다문 상대를 내려 보았다. 그리고 부득부득 끓어오르는 속을 인내하며 느른하게 말을 이었다.

"내가 찾아다니는 기분이라… 정이수 팀장은 바라는 게 하나도 없는데, 뭘 좀 바라 주세요. 부탁해 주세요. 그러는 기분이에요, 나는."

"흐…."

손이 주는 자극과 달리 시훈의 말투는 너무도 평이했다. 그에 반해 이수는 도마 위에 올려진 생선처럼 몸을 꿈틀댔다. 대체 무슨 말을 하는지 모르겠다. 저변에 깔린 시훈의 어조는 어딘가 심술이 난 사람처럼 억지스러웠다.

"그런데 일 이야기는… 왜 이렇게 벽을 칩니까."

묵묵하게 물어 온 목소리에는 감정이 거세되어 있었다. 저의를 알 수 없는 말이 이어지는 동안 이수는 이 상황에서 벗어나고 싶은 생각밖에는 없었다. 미끈거리는 성기가 뜨거운 손에 농락당하는 내내 도무지 적응할 수 없는 감각이 온몸에 퍼져 나갔다. 결국 포개 놓은 입술 사이로 짓씹힌 말이 엉망으로 새어 나왔다.

"…내버려 두라니까요. 필요하면 내가 알아서…! 아… 흑!"

원하는 답은 아니었는지 내리깐 눈을 들며 정면으로 시선을 던져 놓은 시훈이 요도를 엄지손가락으로 문질렀다.

"…그게 언젠데."

이수의 뒤척이는 몸이 시트에 마찰되는 소리에 읊조린 시훈의 목소리는 전달되지 못했다. 건조하나 어딘가 체념 섞인 기색이 묻은 투였다.

매번 대화를 끌어갈 때마다 두 사람 중 누군가 벽을 치고 막다른 골목에 들어서는 기분이 지속됐다. 오늘 주차장에서 정이수에게 여본부장과 정리한 상황을 전달한 후 마주한 공허함과 허무함은 시훈을 운전석 밖으로 쉽게 나설 수 없게 만들었다. 텅 빈 정이수의 눈이 저를 비껴가는 것도, 발걸음 속도 하나 맞추지 않는 현실도 거슬리고 불편했다.

"하… 으… 응…."

시훈이 푹 절 정도로 구멍 안에 들어간 손가락을 입구 끝에 걸어 놓자 움찔 허벅지가 떨렸다. 만지면 만지는 대로 착실하게 반응하는 몸만은 어쩌면 정이수가 보이는 모습 중 가장 솔직한 단면일 테다. 싸늘하게 감정을 감춰 낸 시훈이 오기를 부린 것도 그 때문이었다. 이수의 기둥을 뿌리부터 서서히 훑던 시훈이 바짝 어깨를 낮추며 여상하게 입을 열었다.

"그럼, 이건 내가 좀 필요해요?"

발기한 성기 끝에 맺힌 프리컴이 주르륵 흐르는 모습을 눈앞에 두고 시훈이 낮게 중얼거렸다.

"곧 싸게 생겼네…."

…설마.

"정 팀장님 물건 적당히 크고 예쁘긴 한데… 자기 좆 혼자는 못 빨잖아요."

아랫배에 시훈의 머리카락이 닿았다. 뾰족하게 세운 혀가 음모를 헤집는 느낌 역시 부득이한 착각이라, 설마 그럴 리 없다며 머리를 좌우로 흔들던 이수의 배가 한순간에 꺼졌다.

"하… 하지… 마, 아흑…!"

시훈이 이수의 성기를 단숨에 입에 넣었다. 따뜻하고 축축한 입안에 성기가 빨려 들어가자마자 치닫는 쾌감에 이수가 반사적으로 허리를 뒤틀었다. 자꾸만 모아드는 무릎을 잡아 벌리자 유약한 반항이 뒤따른다. 귀두를 쪽 소리가 나도록 빠는 시훈이 엉덩이로 이어지는 허벅지를 달래듯 부드럽게 쓸었다. 손바닥의 뜨거운 온도는 에어컨 바람에 차가워진 살결 위를 부지런히 매만지며 성감을 끌어내고 있었다.

이수의 눈이 아래로 휘어지며 난감함을 드러냈다.

입술로 성기를 조일 때마다 구멍에 걸쳐 놓은 마디 끝을 내벽이 꽉 물어 왔다. 정이수의 얼굴은 그 어느 때보다 솔직한 표정을 담아내고 있었다. 허둥대던 두 팔이 시트를 부여잡다 종국에는 두렵고, 애가 타고, 부끄러운 얼굴을 가리기를 택한다.

"아… 흐읏… 응… 으…."

구멍 안의 손이 안팎으로 열심히 드나드는 동안 성기를 빠는 입역시 쉬지 않았다. 팔 아래로 언뜻 보이는 눈빛에 이수가 얼굴을 붉히며 눈을 질끈 감았다. 쭉쭉 성기를 당겨 빠는 시훈의 시선이 줄곧 저를 향해 있는 탓이었다. 남자의 다리 사이에서 성기를 빠는 일에도 자존심을 세워 보려 눈을 내리떴던 저와 달리, 시훈은 마치 벌받는 상대를 관찰하듯 자신을 집요하게 노려보았다.

"흐읍… 하아… 흐응…."

끈적한 물기가 시훈의 손바닥을 적시는 동안 이수의 호흡도 점점 가빠졌다. 어딘가 수틀린 사람처럼 이시훈은 끈질겼다. 왜 이따위로 화풀이를 할까. 저질이다. 그런데… 그 손에, 입에 헐떡대는 저는 또 뭐고. 본능 앞에 와르르 무너진 자괴감이 몸과 머리를 잠식했다. 정말 이시훈의 말처럼 유진우에게 데어서 머리가 어떻게 됐을지도… 정말 그럴지도 모르겠다.

몽롱하게 부푼 욕구가 계속해서 부채질한다. 쉬지 말라고, 더 끈질기게 쑤셔 달라고 조르는 구멍이 움찔거렸다. 저도 모르게 시훈의 입안으로 허리를 털고 싶은 강렬한 음욕이 이수를 지배했다.

"나와… 쌀 것 같… 으… 입, 입… 떼요… 흐…."

시훈은 아랑곳하지 않고 위아래로 규칙적으로 움직이며 능숙하게 혀끝으로 갈라진 틈 사이를 자극한다.

"하… 으…!"

더 이상 못 참겠다 생각했을 때 그대로 입술이 떨어졌다.

"쌀 것 같다며. 왜 안 싸요."

아, 책망한 시훈의 입에서 뒤늦은 탄식이 흘러나왔다. 미처 몰랐던 사실을 깨달은 듯.

사정을 참아 낸 이수의 몸이 푸들푸들 떨렸다. 성기는 배에 닿을 정도로 빳빳하게 서 있었고 하반신은 펠라티오를 받는 동안 허리가 반쯤 뜬 채로 끌려가 절반은 제 몸이 아닌 것 같았다.

"…흐… 으"

시훈의 성기가 불편할 정도로 바지 안에서 부풀어 있었다. 다리를

벌린 이수의 오금을 누르고 빠끔대는 구멍에 느긋하게 손가락 세 개를 넣었다. 정 팀장님,

"여기…, 허전해서 못 싸겠죠? 겨우 만져 주고 빨아 줘서는 안 되잖아."

입을 벌려 여전히 푸들푸들 떨리는 뽀얀 엉덩이를 한입 가득 베어 물고 가볍게 입을 맞추자 이번에는 꽉 다물려 있던 입술이 벌어지며 아랫입술을 세게 깨문다.

"웃…."

예민한 몸 위에 시훈이 이상한 감각을 겹겹이 덧씌우는 동안 도무지 얼굴을 가린 팔을 내릴 수가 없었다.

입술은 몇 번이나 엉덩이와 구멍 주위를 오가며 이수를 자극했다.

"하으…!"

살살 주위만 맴돌다 간지러운 지점을 스치자 간신히 인내하던 이수의 숨이 터졌다. 앞과 뒤가 차례로 자극당하는 쾌감은 너무나 강력해서 수순처럼 구멍을 조였다. 시훈의 손가락이 인정사정없이 안쪽을 파고들었다. 작정이라도 한 것처럼 느끼는 지점만 집요하게 눌렀다. 신음인지 뭔지 알 수 없는 흐느낌이 무력하게 흘러나왔다.

"…흐응… 하… 하지… 마… 으…!"

"후우… 나는 시작도 안 했는데, 뭘 하라 하지 마라예요."

미칠 것 같다. 손가락이 오가는 구멍이 더욱더 사정을 재촉했다. 이러다가 울음이라도 터질 것처럼 가슴이 한껏 부풀어 올랐다. 대책 없이 흔들리는 다리 아래 발끝이 곱아들었다. 더 참을 수… 더 못 참겠어. 팔을 내려 다리를 쥐고 있는 시훈의 손목을 붙잡고 고개를

좌우로 휙휙 돌렸다.

"씹…."

그 순간 지퍼를 내리는 소리와 함께 들린 엉덩이가 풀썩 시트 위로 내려왔다. 빠져나간 손가락에 다물리지 못한 구멍 속으로 시훈의 성기가 끝까지 들어와 박혔다. 단번에 짓눌리는 감각에 이수의 눈이 순간 크게 뜨였다.

"아… 윽!"

뭉툭한 성기 끝이 대번에 자리를 잡고 쿵쿵 치받기 시작했다.

"아…! 웃… 아…! 아흑… 아…!"

철썩철썩 시훈이 부딪칠 때마다 이수의 적나라한 신음이 사방으로 퍼졌다. 시훈이 골반을 틀어쥐고 규칙적으로 박아 댈 때마다 잡생각들은 달아나고 오직 한 가지 생각밖에는 없었다.

사정하고 싶다. 사정하고 싶다. 싸고 싶어. 싸고 싶어. 싸고 싶어….

이수가 손을 뻗어 허겁지겁 제 성기를 붙들었다. 하얗고 긴 손가락이 습한 욕망을 그러쥐며 흔들었다. 싸고 싶다는 절박한 본능과 감추고 싶은 이성 사이에서 어쩔 줄 모르고 헤매는 눈이 울 것처럼 시훈을 바라봤다. 단정한 얼굴이 열락에 젖어 분홍빛으로 달아오른 채였다.

정이수를 바라본다. 땀인지 눈물인지 물기에 엉킨 속눈썹이 허리를 치받을 때마다 뒤집히듯 파르르 떨렸다. 그 모습에 한계까지 다다른 좆에 더 피가 몰렸다.

"…시발."

이마가 젖어 들 정도로 세차게 허리를 털던 시훈이 쿵! 깊숙이 체중을 실어 박았다.

"아윽…!"

눈앞이 번쩍였다. 온몸을 팽창한 이수가 푸드득 몸을 떨었다. 쏘아 올린 정액이 이수의 목 아래까지 튀어 있었다. 사정의 여파로 무너지는 허벅지를 붙잡은 건 시훈의 손이었다. 잠시 동안 허리를 얕게 움직인 시훈이 곧 거친 숨과 함께 허리를 거세게 붙여 왔다. 비명을 짓이긴 신음이 끊임없이 터져 나왔다.

"하흑…! 아…! 아…! 웃…!"

"웃…."

잔뜩 예민해진 몸에 이수가 고개를 돌려 이로 베개를 물어뜯을 때쯤 온전히 성기를 밀어 넣은 시훈이 가장 안쪽에 사정했다.

"윽…!"

시훈이 곧바로 빼지 않은 성기를 두어 번 추어올리고 몸을 물리자 이수의 다리가 맥없이 시트 위로 떨어졌다. 여운에 벌벌 떨리는 허벅지는 제대로 힘이 들어가지 않았다. 질척한 정액과 젤이 구멍 사이로 주르륵 흐르는 감각에 소름이 돋았다. 몸을 들어 닦을 생각도 하지 못했다. 가슴팍이 위아래로 오르내리며 숨을 고르기 바빴고, 베개에 묻은 얼굴은 절망스러운 쾌감을 어떻게 숨겨야 할지 몰라 추스르지 못한 상태였다.

몸뚱이도 뇌도 모든 것이 너무 더디게 움직이고 있었다.

"후우…."

몸을 일으킨 시훈이 침대 아래로 내려서며 그제야 옷을 벗고 생수로 목을 축였다. 촘촘하게 짜인 균형 잡힌 근육이 호흡을 고르고 있었다. 곧 카펫 위로 플라스틱 통이 가볍게 튕기는 소리가 이어지고 빈 병이 바닥을 굴렀다.

이시훈은 다시 침대 위로 올라와 자리를 잡았다. 여전히 작은 숨을 몰아쉬는 이수를 옆으로 뉜 시훈이 상대의 한쪽 다리를 들어 올렸다. 사정한 정액이 구멍에서 흘러나오는 모습에 시훈은 그제야 콘돔을 떠올렸다.

이따위로 흥분해서는….

그럼에도 꺾지 못한 충동이 계속 시훈을 몰아붙였다. 뒤에서 끌어안은 자세로 번들거리는 구멍에 성기를 밀어 넣었다. 갑작스러운 삽입에 파르르 경련이 일었다. 아…. 이수가 참지 못한 신음을 흘리고 난처함을 베개 위로 감추는 동안 시훈은 이수의 뒤 머리카락을 가만히 쥐었다. 코를 묻자 정이수의 희미한 체향이 코를 간지럽혔다.

"…흣…."

시훈은 고개를 비틀어 하얗게 드러난 목덜미에 입술을 가져갔다. 자신이 정이수의 목덜미를 빨고 있다는 자각은 없었다. 행위는 자연스러웠고, 동그랗게 남은 흔적을 보고 천천히 허리를 움직이기 시작했다.

자국은 쉽게 빠지지 않을 테다. 원하는 바였다.

* * *

샤워를 하며 확인한 자국은 희미했으나 못 알아볼 정도는 아니었다. 시일이 지나도 빠지지 않는 자국 위로 이수가 네모난 살색 테이프를 붙이며 지끈대는 두통을 참아 냈다.

출근하기 전 테이블 위에 올려놓은 핸드폰이 드르륵. 연속으로 몇 번이나 진동했다. 월급날이었다. 월급이 입금됐을 테고 기다렸다는 듯 은행 대출금, 요양원 비용, 보험금, 각종 세금 등이 차례로 빠져나갈 예정이었다.

이수는 거실을 지나 열린 창문을 닫았다. 내내 켜 놓은 텔레비전의 음소거 버튼을 누르고 테이블 위로 리모컨을 올려놓았다. 그 옆으로 신문, 잡지, 업무용 스마트 패드, 기억도 안 나는 전시회 리플릿 등이 어지럽게 널려 있었다.

집안에 남은 빚을 입사 후 7년간 인센티브와 온전한 월급을 쏟아부어 갚고 난 다음에 옮긴 집은 들어온 지 1년이 넘었는데 아직도 휑했다. 주중에는 씻고 난 뒤 잠만 자고 주말에는 소파 위에 앉아 텔레비전과 잡지를 보면서 시간을 죽였다. 가끔 종로에 나가 전시회를 보거나 카페에 멍하니 앉아 있는 일이 이수의 취미라면 취미였다. 대학 시절 친했던 동기들이나 선후배들은 대부분 지방에 남아 자리를 잡았고, 비슷한 시기에 함께 서울로 올라온 동기들과는 한창 바쁜 시절 연락이 뜸해지다 안부를 묻기도 쉽지 않아졌다. 그들에게도 이수에게도 타향살이는 여러모로 쉽지 않았다.

나가기 전 챙긴 핸드폰에 출금 문자가 아닌 발신인 이름이 떴다.

-안녕하세요, 저예요. 요양 보호사.

"네. 안녕하세요."

-아침 일찍부터 연락드려서 미안해요. 다름이 아니라, 어머니가

오늘 새벽에 또 밖으로 뛰쳐나가시는 바람에 발바닥에 상처를 좀 입으셨어요. 많이 다치시지는 않았는데 알려 드리려고 전화드려요.

"아… 다른 곳은 괜찮으시구요?"

-네, 멀리 가지는 못하셨어요. 화단에 흙하고 돌을 잘못 밟으셔서 그래요.

엄마가 작은아버지를 찾는 일에 미친 이유는 어딘가에 몰두할 거리가 필요해서라고 생각했다. 맞벌이를 해도 변변치 않았던 가정이 화목할 수 있었던 건 모두가 제자리를 지킨 덕분이었다. 아빠의 죽음으로 드러난 빈자리가 너무 커서 엄마는 정신을 차리지 못했다. 보증이 집안을 말아먹는 일인 줄 몰랐던 순진한 엄마는 사고로 죽은 아빠도 사실은 자살했을지 모른다며 이게 다 돈과 작은아버지 때문이라고 두 가지 모두에 똑같이 책임을 전가했다.

아빠가 죽고 난 뒤 수령한 보험금과 그나마 남아 있는 세간살이로 빚을 일부 갚고 반지하로 들어갈 때까지 어린 이수는 자신이 처한 상황을 잘 이해하지 못했다.

그래도 고등학교에 진학하고 대학을 졸업하기 전까지의 기억은 참 좋았다. 무슨 일인지 작은아버지를 찾는 일을 그만두고 화목했던 때로 돌아간 엄마와 꽤 평범한 시절을 보냈다. 과자나 말라비틀어진 밥 대신 따뜻한 국이 있는 소담한 밥상에 마주 앉아 도란도란 이야기를 나누었다. 과방에서 하얗게 지새운 밤도 피로하지 않고 즐거웠다. 없이 살아도 이 정도면 살 만하다고 느낀 때였다.

아마 전조 증상이었을 것이다. 가끔 뜬금없는 이름을 부르고, 이수는 기억 못 할 옛 시절을 이야기하고, 새벽이면 다시 문밖을 나서는 일들은. 4학년 졸업을 앞두고 시작된 치매는 또다시 평범한 엄마와 이수의 삶을 앗아 갔다. 그리고 요양원을 탈출하는 일은 잊을 만하면 벌어졌다.

"…죄송합니다. 어머니 잘 부탁드릴게요."

전화를 끊는 손이 맥없이 풀렸다. 이수는 집을 나서기 전 TV장 위에 세워 두지 않고 엎어 둔 액자를 뒤집어 보았다. 고등학교 졸업식 때 찍은 사진 속 엄마와 자신은 환하게 웃고 있다. 이수는 차마 사진을 세워 두지 못하고 다시 엎드린 그대로 내려놓았다. 보고 싶은데… 막상 보면 속상해서 회피하는 마음만 점점 커질 뿐인 이수의 아침은 오늘도 무겁기만 하다.

이수는 유진우 본부장의 집무 책상 위로 서류를 가지런히 올려놓았다. 요즘 들어 사소한 부탁을 내선 전화로 해 오는 일이 잦았다. 업무 협조를 구한다는 명목이었다.

전자 서류화 된 서류들을 일일이 프린트해 달라는 부탁은 유진우가 일부러 보고서를 꼬박꼬박 서면으로 올려 받았던 과거를 상기시켰다. 문서를 되내밀며 자신의 말 한마디에 시시각각 반응하는 저를 기꺼워하던 사람이었다.

'이렇게라도 안 하면 바쁜 이수 얼굴 보기가 힘들지.'

"더 필요하신 거 없으시면…."

"그거 너무 티 나지 않아? 사이가 좋긴 좋은가 봐."

흘러가는 말은 감정 없이 무료했다.

"……."

멈칫한 손을 다시 움직여 그의 앞으로 서류를 밀어 놓았다.

"목. 그런 거 안 붙이잖아. 보기 안 좋다고."

근육통에 시달리던 언젠가 뭐라도 붙이라는 유진우에게 바쁘고 힘들다 투정 부리는 것 같다고 마다했었다. 저도 모르게 목덜미에 손이 올라갔다. 일주일 전, 시훈이 빨아들인 자국은 호텔에서 샤워를 할 때 알았다. 얼마나 세게 빨았는지 울긋불긋 동그랗게 자리를 잡고 쉽게 가라앉지 않았다. 궁여지책으로 출근할 때마다 붙여 놓았더니 그걸 유진우가 본 모양이다.

"뻐근해서요."

변명할 필요가 없는데도 아직 습관이 남아 있었다. 행여 오해를 살까, 그를 곤란하게 하지 않을까 싶어 전전긍긍한 과거가 만들어 놓은 행동이었다.

"그래?"

"……."

내려놓은 서류를 거들떠보는 체하며 안경을 추켜올린 유진우가 뜻밖의 제안을 해 왔다.

"가기 전에 밥 한번 먹지. 정 팀장."

"본부장님 바쁘실 텐데… 굳이 저까지 챙기실 필요는 없습니다."

"저번 회식 때도 일 핑계로 안 왔잖아. 이제 곧 못 볼 텐데…."

유진우 본부장은 잠시 말을 골랐다. 잠깐의 공백이 이수에게 어떤 의미를 주는지 알고 있을까.

"식사뿐인데… 불편한가? 아니면, 이시훈 때문에?"

느리고 가만하게 흘러나오는 유진우의 목소리가 퍽 다정하게 들려오는 착각이 일었다. 이수는 대답 대신 입술을 안쪽으로 말았다. 간사한 유진우가 저를 흔들고 있다는 걸 알면서 하마터면 덮어 놓은 감정들이 비집고 나올까 봐 두려웠다. 상처와 배신감, 슬픔과 상실 그리고, 그리고….

더 이상 버텨 낼 재간이 없어 이수가 재빨리 등을 돌렸다.

"…업무 때문에 이만 가 보겠습니다."

담담하게 받아들이고 무시해야 하는데 무 잘리듯 쉽게 되지 않는다. 차라리 눈에 안 보이면 나을까. 기어코 복도 한가운데에 멈춘 이수가 한 손으로 얼굴을 가렸다. 유진우를 마주할 때마다 철렁 내려앉는 가슴이 지치고 버거웠다.

숨을 고르는 이수가 시훈을 발견한 건 그때였다. 시훈은 같은 층에 있는 여민준 본부장의 집무실 앞에 서 있었다. 언제부터 보고 있었는지 눈이 마주치자 이수가 곧장 몸을 돌려 비상계단 쪽으로 향했다. 추스르지 못한 감정을 순식간에 무마할 만한 여유가 없었다. 또다시 이시훈에게 이런 모습을 보이고 싶지 않았다.

덜컹. 문이 열림과 동시에 이수의 오른쪽 어깨가 잡혔다. 중심을 잃은 몸이 휘청이며 벽에 등이 닿았다. 어쩔 수 없이 코너에 몰려 시훈을 마주 보게 된 이수가 어깨를 잡은 손을 끌어 내렸다.

"…놔요."

팔을 털어 내는 이수의 기운 꺼진 안색이 파리했다. 고개를 기울여 자신을 살피는 이시훈의 눈을 피하며 이수는 시선을 비껴 내렸다. 유진우를 만난 뒤 잠잠했던 두통이 다시 도졌다.

시훈이 보기에 이수의 모습은 지금 딱 쓰러져도 좋을 정도였다.

피로에 진 외꺼풀이나 핏발 선 눈도 문제였지만 무엇보다 혈색 없는 얼굴이 제일 걸렸다. 아무래도 잠깐 바람이라도 쐬어야 할 것 같은데…. 생각이 미치자 시훈은 덥석 이수의 손목을 붙잡았다.

"따라와요."

그대로 비상계단의 문을 여는 시훈에게서 이수가 확 손을 뺐다.

"여기 회산데요. 이렇게 막…! 하아… 됐습니다."

화를 내려다 말고 이수가 침음하며 도로 벽에 등을 기댔다. 유 본부장을 만난 직후 목덜미에 자국을 남긴 원흉을 만나자 기분이 쑥 가라앉았다. 정사로 뒹군 몸은 며칠째 뻐근함이 가시지 않았다. 잠은 여전히 4시간 이상 자지 못했고, 속절없이 부릅뜬 눈으로 맞이하는 아침 해는 매 순간 이수의 등을 떠밀었다.

자꾸만 잡아채는 이시훈의 손길에 더더욱 기가 찼다. 그만 좀 가줬으면 좋겠는데 시훈은 자신을 내려 보고 있었다. 그에 이수가 나직이 한숨을 토해 내며 인상을 썼다.

"이 팀장님… 함부로 자국 남기지 마요."

작은 소리에도 왕왕 울리는 비상계단이라 화를 참아 낮고 건조한 경고를 주었다.

"……."

그제야 목덜미에 붙인 살색 밴드를 발견한 시훈이 마른 입술을 살짝 훔쳐 냈다. 그날 뭐에 미친 놈처럼 정이수와 몸을 섞고 목덜미를 빨았지만 몇 날이 지나도록 자국이 남아 있을 줄은 몰랐다. 한 발자국 간격을 두고 선 시훈이 목소리를 낮추고 손을 뻗었다.

"…봐요."

허공을 가른 손이 본능적으로 시훈의 손등을 내쳤다. 손이 부딪히며 탁! 날카로운 소리가 울렸다. 뭐 하자는 거야. 동그랗게 뜬 눈을 일그러트린 이수가 허리를 곧추세우며 시훈을 노려봤다.

"회사라니까요?"

조금 전 내리누른 기색과 달리 날카롭게 내지른 소리에 이시훈의 눈썹이 순식간에 이지러졌다. 남들이 보기에 별것 아닌 스킨십이 불리하게 적용되는 쪽은 이시훈이 아니라 자신이었다. 한껏 예민해진 이수가 입술을 깨물었다. 소문은 나도는 순간 꼬리에 꼬리를 문다. 이수는 그걸 일찍이 경험해 본 사람이었다.

까슬한 밴드 위를 덮은 이수의 손에는 미미한 초조함이 묻어 있었다. 곧 얼굴과 목까지 열이 오른 정이수가 슬쩍 고개를 빼고 나선형의 계단 아래를 살폈다. 경계와 주의 가득한 눈빛이 눈동자에 아른거리다 금세 사라졌다.

며칠간 이딴 밴드를 붙이고 다니는 것도 일이라면 일이었다. 기분이 나쁠 쪽은 분명히 자신인데 뭐가 마음에 안 들어서 이럴까. 이수를 노려보는 시선이 따가웠다. 눈앞에 서 있는 이시훈은 자리에 못 박힌 사람처럼 요지부동 움직이지 않았다.

이미 유진우 때문에 지쳐 있었다. 더군다나 회사 내에서 업무 외의 문제로 입씨름은 하고 싶지 않았다.

"먼저 갑니… 아…!"

그 순간 시훈이 고개를 돌린 이수의 턱을 한 손으로 잡아챘다.

"이 팀장님… 좀….."

아프지 않지만 쉬이 빠져나갈 수 없도록 턱을 고정한 시훈과 눈빛이 짧게 얽혔다. 순간적으로 호흡을 멈춘 이수의 귀 아래와 턱이 이어지는 경계에 곧 시훈의 입술이 닿았다. 가볍게 빨아들이는 동시에 이시훈은 목에 올라간 이수의 손을 붙잡아 끌어 내렸다.

살결에 입을 맞추는 행동은 분명 다정하고 어르는 모양새였다. 남자가 피우는 담배, 그리고 향수 냄새가 시훈의 단단한 어깨에 이마를 대고 있는 이수의 코끝에 닿았다.

반면 부드러운 입술과 달리 자꾸 벗어나려는 손목을 붙든 시훈의 악력은 시간이 지날수록 점점 더해졌다. 거세게 입을 맞추고픈 이시훈의 절절 끓는 욕망이 손으로 옮겨 간 듯했다. 이수는 혼란스러웠다.

"…나… 나요."

숨소리에 섞여 겨우 새어 나온 미약한 목소리에 이시훈은 피부 위로 짧게 입을 맞추고 몸을 물렸다. 마치 사랑하는 연인을 대하듯 부드러운 입맞춤이었다. 동시에 턱과 손목을 잡은 손 역시 말끔하게 떨어졌다.

재빨리 사선으로 고개를 떨군 이수가 숨이 턱 막힐 듯 짧은 호흡을 삼켜 냈다. 잘게 떨리는 손이 본능적으로 이시훈의 입술이 닿은 자리를 덮었다.

"……."

촉촉하고 따뜻한 피부 위로 마치 심장이 달린 듯 작은 박동이 느껴졌다.

"걱정돼요? 자국 남았을까 봐?"

한숨을 크게 내쉰 시훈이 이수의 목 위로 올라간 손을 잡아 다시 한번 끌어 내렸다. 못 믿겠냐는 식이었다. 차마 밀어내지 못한 이수의 눈꺼풀이 작게 떨렸다. 부산스럽게 튀는 감정들은 불쾌함과는 분명 결이 달랐다.

"나도 여기 회사인 거 알아요. 옥상에서 같이 바람 좀 쐬려고 붙잡은 게 오해할 만한 상황이에요?"

"말로 하세요. 함부로 덥석덥석… 멋대로 당기고 채고."

이수는 상한 기분을 숨기지 않으며 눈썹을 찌푸렸다. 성이 난 이수가 반대편으로 고개를 돌리자 문제의 밴드에 저절로 시선이 모아졌다.

"이깟 자국 아무도…."

예민하게 굴지 말라 쏘아붙이려던 시훈은 저답지 않게 문장 끝을 맺지 못했다. 목덜미를 붉히고 서 있는 정이수를 내려 보며 당시를 떠올린 시훈의 눈빛이 미세하게 흔들렸다.

말끝이 흐릿한 이유를 저 역시 알지 못했다. 다만 그날, 정이수의 뒷목에 흔적을 남기고픈 충동을 느꼈을 뿐이라고밖에 설명할 수 없었다. 두 사람 모두 드문드문 맺힌 감정을 연결하지 못한 채 분주히 마음을 헤맸다.

정적만 남은 공간 속에 또각또각 층계를 내려오는 하이힐 소리가 울렸다. 흠칫 놀란 이수의 시선이 소리를 좇았다. 시훈은 이수의 뒤로 손을 뻗어 비상계단의 문을 활짝 열어젖혔다. 꽉 막혀 정체된 공기 속에 에어컨 바람이 밀려 나오며 작은 바람을 일으켰다. 이시훈이 두툼한 문을 잡아 고정했다. 둘둘 말린 소매 아래로 힘을 준 팔에 힘줄이 도드라졌다.

"…먼저 가요."

시훈은 이수의 눈을 피하며 낮은 목소리로 중얼거렸다. 이수는 기댄 몸을 세워 열린 문 안으로 재빨리 걸음을 옮겼다. 잠시 뒤 비상 계단 문이 닫히는 소리가 벽 너머로 희미하게 들려왔다. 방향을 달리한 시훈은 계단을 통해 내려갔으리라.

회의를 마친 무리가 한꺼번에 탔는지 승강기 안은 꽤 빽빽했다. 겨우 남은 자리에 올라타 버튼을 누른 이수는 저도 모르게 시훈이 입술을 붙여 온 귀 아래를 더듬었다. 넋이 나간 사람인 양 멍했다. 두어 층 내려갔을 무렵 사람들이 썰물처럼 쑥 빠지고 홀로 승강기에 남았다. 불식되지 못한 의심에 승강기 표면에 슬쩍 입술이 닿은 부분을 비춰 보았다.

"……."

이수는 거울에 반사된 자신의 얼굴을 확인하고 재빨리 시선을 떼어 냈다. 발갛게 달아오른 난처한 얼굴이… 마치…. 이수가 고개를 저었다. 이건 아니지. 이건…. 부정을 하다 언뜻 곤란한 기색을 띤 시훈의 얼굴을 떠올렸다. 뒤를 흐린 말도. 어딘가 망설임을 느꼈다면 착각일 테다. 승강기에서 내린 이수는 애써 남은 생각을 정리했다.

* * *

'수고하셨습니다.'

멀리서 들리는 소리에 서류를 확인하던 시훈이 흘깃 눈을 올렸다. 소회의실에서 팀 회의를 마치고 나오는 팀원들 뒤로 정이수가 모습을 드러냈다. 긴 회의에 지쳤는지 한숨을 내쉰 그가 머리를 쓸어 올리자 창백한 안색이 유난히 눈에 띄었다. 잠시 제자리에서 눈을 감았다 뜬 정이수가 자리로 이동했다. 그 모습을 줄곧 따라가던 시훈의 날카로운 시선이 울리는 핸드폰 벨 소리에 막을 내렸다.

"어, 잠깐만. 사무실이라 나가서 받을게."

층 로비에서 습관적으로 더듬어 본 안주머니가 텅 비어 있었다. 계단에서 정이수와 그 일이 있고 난 뒤 며칠째 신경은 날이 서 있었다. 덕분에 줄줄이 피운 담배는 사는 족족 금세 동이 났다. 엘리베이터에 오른 시훈이 짜증을 삼키고 카페테리아로 향하는 버튼을 눌렀다.

"어, 웬일이야?"

광고업계에서 일하는 대학 동기 중 하나였다. 가벼운 안부 인사가 오고 간 뒤 주변인의 소식이 대화의 주제로 이어졌다.

―주홍 선배 연남동에 회사 차렸다던데, 가 봤어?

"시간 안 맞아서 못 가고 오픈할 때 화분만 보냈어. 잘나가는 것 같아. 매체에 기사도 줄줄이 나오고…. 이번에 뉴욕에서 수상도 했더라고."

―그러게, 실무 안 뛰는 줄 알았는데…. 선영이가 요번에 갔다 왔는데 회사도 딱 백 선배답대. 강남 아니고 연남동이라니 왠지 잘 어울리지 않냐? 그나저나 너네 회사는… 아, 맞다. 너 알겠네.

바지 주머니에 손을 찔러 넣은 시훈이 흘깃 층수를 확인하는 사이 대학 동기가 예상치 못한 이름을 불쑥 입에 올렸다.

―정…이수, 맞나? 기획팀.

무슨 연관인지…. 시훈이 생각을 더듬는 사이 핸드폰 너머로 말이 이어졌다.

-그 사람 연초에 우리 쪽 기획팀 팀장으로 오네 마네 하다가 흐지부지됐다는데. 아직 인사이트 다녀?

　"…어, 같은 본부 산하에."

　-그래? 인사팀 후배하고 술 한잔하는데 인사이트 이야기 나오다가 그 이야기까지 흘렀네? 걔가 말을 하다가 말긴 했는데, …여하튼, 여기 기획팀 상반기에 너네한테 번번이 깨지다가 하반기에 간신히 체면치레했거든. 그래서 그쪽에서 사람 온대서 기대한 것 같던데… 뭐가 안 맞았나 봐. 페이가 안 맞았나?

　일전 정이수에게 퇴사나 이직을 고려해 본 적 없느냐 물은 적이 있었다.

　'스카우트도 아니고 인사이트에서 팀장직 수행하다 이직…. 레퍼런스 체크하면 무슨 말 나올까요? 직원들 제 소문 다 아는데.'

　그때 정이수가 일말의 감정 없이 내뱉은 말은 아마도 가정이 아니었으리라는 짐작에 시훈이 허공을 바라보며 이를 꽉 깨물었다. 아집 같다고 했다. 유진우에게 인정이라도 받고 싶은 거냐고. 아무것도 모르고 그렇게 넘겨짚었다.

　-우리가 좀 짜냐. 씹… 명절에도 모회사가 건설사라 가가호호 쌀 보내 준다. 진짜 돌아 버려.

　때마침 승강기 문이 열렸다. 그 뒤로 시훈은 귀에 딱히 들어오지 않는 이야기를 반쯤 흘려들으며 시답지 않은 대화를 마무리했다.

　"어, 다음에 한번 보자…. 그래."

　퇴근 시간이 가까운 사내 카페테리아에는 사람이 없었다. 커피를 주문한 뒤 텅 빈 공간 속에서 시훈은 두 눈 사이를 짚고 눈을 감았다.

전화를 끊고 나서도 심란한 마음이 좀체 가라앉지 않았다. 정말이지 용케 버티고 있다는 생각밖에 들지 않았다. 이직이 무산된 이유가 커리어가 아닌 다른 이유라면 몸을 사릴 이유로는 충분했으니까.

생각에 잠겨 있는 사이 가까운 곳에서 부드러운 목소리가 아이스 바닐라 라테를 주문했다. 시훈은 자세를 바로 하고 상대를 향해 고개를 숙였다.

"안녕하십니까."

안경을 한번 추켜올린 유 본부장은 불편한 기색도 없이 시훈과 어깨를 나란히 하고 섰다. 예의상 인사는 했지만 말을 걸어온 유진우에게 시훈은 애써 짜증을 숨겼다.

"야근?"

"네."

"L사는 내년도 아트 시리즈로 나가요?"

"광고주 판단이 1순위지만 매출만 본다면, 아마도요."

의례적인 질문과 답이 오고 가는 대화는 겉핥는 내용이 주를 이뤘지만 이야기를 끊어 낼 만한 이유도 없었다. 잠시 후, 주문한 커피를 들고 대화의 물꼬를 튼 유 본부장을 따라 전면이 유리로 된 창가 앞에 섰다. 불편한 간극을 자연스럽게 엮어 나가는 유진우 본부장의 스킬은 그가 얼마나 능숙한 AE였는지 보여 주는 것 같다.

시훈은 앞으로 열흘 후면 서울을 떠날 유진우 본부장과 일대일로 말을 섞은 것도 나란히 창밖을 바라보는 상황도 이질적이라 생각했다. 이렇다 할 의미 없는 대화가 이어졌다. 시훈은 빛을 받아 반사되는 빽빽한 빌딩 숲 너머로 시선을 옮겼다. 역시 말이 없는 채로 도시를 바라보는 유진우가 문득 입을 열어 물었다.

"어때요, 정이수는?"

느닷없이 튀어나온 이름에 시훈이 커피를 마시려다 말고 그대로 행동을 멈췄다. 직함이 생략된 질문의 의도를 모르지 않았다. 언젠가 전후 사정 없이 정이수가 물은 질문과 비슷한 느낌이었다. 유진우가 가는 길마다 뒤따라 다녔으니 이 또한 습자지처럼 배운 것일까.

"뭘 여쭤시는지 잘 모르겠습니다."

짐짓 감정을 감춰 사무적인 답을 하자 유진우 본부장이 빙긋 웃는다.

"정이수… 가끔 지나간 CM송 흥얼거리는 거 알고 있어요? 기분 좋을 때 하는 버릇인데."

"……."

"신기할 정도로 옛날 CM송을 줄줄 읊거든요. 우리 같은 사람도 기억 못 할."

미소를 머금은 유진우 본부장은 플라스틱 컵 안의 얼음을 빨대로 헤집는다. 그리고 입을 다문 잠잠한 상대를 보며 고개를 끄덕였다.

"뭐, 모를 거라고 생각은 했어요."

"……."

정이수와 이시훈의 관계가 몸뿐이라고 단정하는 유진우의 말에는 조금의 의심도 없었다.

"그런 시시콜콜한 것까지 알게 되는 관계는, 아무래도 좀 위험해지잖아요?"

정작 하고 싶은 말은 따로 있을 텐데 그는 사려 깊은 표정으로 의도를 감추고 있었다. 정말 시훈을 걱정하고 염려하는 투가 그랬다. 비록 안경 아래 눈은 웃고 있지 않지만.

"처음 봤을 때 미인이라고 생각하지 않았어요? 무심하고 서늘해 보이다가도 한 번씩 당황한 눈으로 사람을 보면 꼭 어린애 보는 것 같거든. 굳이 예의를 차리자면 재미있는 사람이고, 솔직히 말하자면."

"……."

"여우 같고."

정이수를 향한 냉혹한 평가는 흡사 심야 라디오의 DJ처럼 부드러운 유진우 본부장의 음성과 어울리지 않았다.

"그리고 욕심도 많죠."

자신의 앞에서 추억이라도 되짚을 생각인지 저딴 말을 지껄이는 유진우 본부장의 저의를 알 수 없다. 다만, 자신과 함께 있던 정이수를 향한 눈빛을 떠올렸다. 이건 치정 끝 지저분한 감정의 찌꺼기였다. 갖고 싶지는 않지만 그렇다고 남을 주고 싶지도 않은 생떼 같은 마음. 시훈은 가식을 떠는 유 본부장에게 장단을 맞추고 싶은 생각은 없었다.

"화가 나세요? 정이수 팀장이 본부장님을 버린 것 같아서?"

다소 모욕적인 언사에 살갑게 휘어진 입술이 굳는가 싶더니 순식간에 평정을 유지했다. 업계에서 수많은 사람들을 만나며 감정을 컨트롤하는 방법마저 습관처럼 다져진 사람이었다. 여 본부장의 말마따나 소시오패스 같은 이기적인 종자 말이다.

상대에게 훅을 날렸다고 생각했는데 마치 허공을 가른 듯한 착각이 들었다. 유진우가 가슴을 부풀려 내쉰 숨 때문이었다.

"이 팀장. 나는 우리가 가진 공통점이 있다고 생각하는데…."

이맛살을 찌푸린 시훈의 물음 뒤로 유진우 본부장은 차분하고 또 여유 있게 고개를 좌우로 저으며 말을 이었다. 공격적이고 무례한 시훈을 누그러트리려는 행동이었다.

"……."

"어차피, 우리 두 사람 다 정이수가 원하는 건 줄 수가 없거든."

시훈은 일그러진 눈 그대로 몸의 방향을 유 본부장 쪽으로 틀었다.

"……."

뜸을 들인 유진우가 빙긋 웃으며 입을 열었다.

"조건 없는 것들 말예요."

이를테면… 사랑이나 신뢰 같은.

침묵이 흘렀다. 정이수와의 관계에서 유진우 본부장이 주지 않은 것이며, 이미 조건을 나눠 가진 시훈 역시 줄 수 없는 것이었다.

"……."

턱에 힘을 준 시훈은 겨우 흐트러진 표정을 감추었다. 유진우가 자신과 정이수의 자세한 전후 사정을 알 리는 만무했다. 하지만 재벌가 아들인 저와 소위 소파 승진이라 꼬리표가 붙은 정이수의 사이가 적어도 애정을 기반으로 한 관계는 아닐 거라 짐작한 유진우의 한 방이었다.

시훈을 흘깃 바라본 유진우는 커피를 한 모금 삼키고 여유 있게 창밖으로 시선을 돌렸다. 그나저나 요즘 참 더워요. 그따위 한가한 말을 흘리고서 말이다.

때마침 정적을 뚫고 유진우의 핸드폰이 울렸다. 액정 화면을 확인한 그의 눈이 흥미롭게 변했다. 손가락이 통화 버튼을 누를 무렵 카페테리아가 있는 층의 엘리베이터가 열렸다. 그리고 짜 맞춰진 상황처럼 모습을 보인 사람은 정이수다.

그의 손에는 태블릿 PC와 인쇄된 보고서 몇 부가 들려 있었다. 유진우의 부탁이었을 테지. 정이수가 귀에 댄 핸드폰을 내리자 유 본부장의 수신음 역시 끊겼다.

멀리서 두 인영을 본 정이수가 누구를 향하는지 모를 묵례를 했다. 그 모습을 지켜보는 유진우가 번지르르한 미소를 띠며 시훈의 어깨를 가볍게 두드렸다.

"그럼 수고해요."

엘리베이터 문을 잡고 서 있는 정이수는 유진우 본부장이 올라타자 버튼에서 손을 뗀다. 유진우의 어깨 뒤로 선 정이수가 문이 닫히기 전 몸에 밴 습관처럼 의식적으로 그와 거리를 두고 있었다. 시훈은 입도 대지 않은 커피를 쓰레기통에 통째로 버린 뒤 뒷목을 쓸어내렸다. 참은 욕지거리가 저도 모르게 나지막이 튀어나온 건 그다음이었다.

'이수야, 너는 좀… 특별해. 이유는 모르겠는데, 그렇게 만드네. 네가.'

야근을 하고 데려다주겠다는 유진우 본부장의 차에 올라탔을 때 시동을 걸지 않고 한참 동안 앉아 있던 그가 건넨 말이었다. 혼자만 꾹꾹 감춰 둔 애틋함을 알고 있었구나. 또 완벽한 그를 번민하게 만든 사람이 바로 자신이라는 사실은 절망과 희망을 동시에 안겨 주었다. 그가 가진 사회적 위치를 잘 알고 있었다. 그러니 이혼을 했다 손 치더라도 곤란하게 하고 싶은 생각은 손톱만큼도 없었다. 욕심내서는 안 되는 사람이라고 포기할 무렵이었으니까.

'무슨 말씀이신지… 잘.'

불쾌함을 토로하고 그 자리에서 털어 냈다면 이 지경까지 오지 않았을지 모르겠다. 하지만 볼을 물들이기만 했을 뿐, 자신을 품에 안아 등을 토닥이는 유진우를 차마 뿌리치지 못했다.

미안하다고, 이렇게밖에 못 해서 미안하다는 말을 하는 목소리가 너무 따뜻하고 다정했다. 무너져 내린 건 순식간이었다.

'이수야.'

-시간 언제가 괜찮겠어?

정이수 팀장, 정이수, 이수야. 세 가지 중 어느 것도 붙여 부르지 않았지만 아마도 예전처럼 이수야, 라고 불렀을 유진우 본부장의 메시지에 손가락이 움직이지 못했다.

설레지는 않았다. 다만 슬픈 무력감이 물먹은 솜처럼 온몸을 스몄다. 이제 일주일. 집, 집무실, 그리고 정이수를 정리할 차례였다. 유진우 본부장이라면 호텔 라운지에서 회식의 대미를 장식하는 고상한 타입이니 제게도 그런 예의를 차리려는 사람인 건 분명했다. 갈팡질팡하는 사이 핸드폰에는 발신인이 다른 메시지 하나가 더 도착했다.

-퇴근하고 봐요.

이마를 짚었다. 엉켜 있는 실타래가 더 엉킨 것 같은 답답함이 가슴을 짓누른다.

-오늘은 힘들 것 같은데요.

-아니요, 오늘 보죠.

-오늘은…

메시지 창 속 움직이는 커서를 한참 동안 바라보다 결국 글자를 지웠다. 이시훈은 일방적인 말을 할 수 있는 사람이고, 거절할 수 없는 위치에 있는 사람은 자신이라는 자각 때문이었다. 상납하고 상납받고. 벌리고 박고.

이수는 사무실 안에서 태우지 못할 담뱃갑을 손안에서 몇 번 쥐어 보았다. 정신을 빼고 창밖만 보는 이수를 깨운 이는 김민주 대리였다.

…팀장님.

"팀장님?"

"아… 네."

"팀장님, A사 OT 다녀오겠습니다. 그리고 인천 공항에 있는 아트 월이요, 고우재 씨 보내서 확인 영상 찍어 오게 하려구요."

"…네, 좋네요. 그렇게 하세요."

김민주 대리보다 한 걸음 뒤에 서 있던 고우재가 이수를 보고 놀란 듯 입을 벌렸다. 김민주 대리 역시 잠시 망설이더니 목소리를 죽여 묻는다.

"팀장님, 안색이…. 어디 안 좋으세요?"

꺼진 모니터의 귀퉁이에 모습을 비춰 본들 안색이 어떤지 알 리 없지만 핏기 없는 얼굴에 창백함은 배가되었으리라 짐작한다.

"…복귀해서 마무리할 일 없으면 그대로 퇴근하시구요."

모니터로 시선을 돌리자 이런 상황에 익숙한 듯 김민주 대리가 작게 고개를 숙였다. 사적인 부분만큼은 민망하리만치 선을 긋는 태도에 입술이 뾰족해졌다.

"네. 그럼 다녀오겠습니다."

자리에서 소지품을 챙겨 나가는 김 대리의 뒤로 고우재가 재빨리 자신의 자리로 갔다가 되돌아왔다. 이내 고우재의 희고 예쁜 손이 불쑥 책상 위로 올라왔다.

"…팀장님. 이거 비타민 성분 피로 회복제인데요."

"……."

자그마한 알약 하나를 이수 앞으로 밀어 준다. 무표정하게 속눈썹을 들어 올리자 표독스럽게 날 선 인상이 몰골을 드러냈다. 그에 당황한 고우재가 얼른 머리를 숙였다.

"…그럼, 다녀오겠습니다."

어느새 김민주 대리를 따라잡은 녀석은 밝게 웃고 있다. 고우재의 뒷모습이 닫힌 문에 가리자 이수가 쥐고 있던 마우스를 거칠게 한쪽으로 밀어 놓았다. 같이 일하는 어린애 앞에서 감정조차 컨트롤하지 못한 자괴감 때문이었다. 이수는 손바닥으로 건조한 눈두덩이를 깊게 눌러 본다. 차가운 손바닥이 뜨거운 얼굴을 가려 본들 아무 소용이 없었다.

* * *

정이수와 각자 호텔로 이동한 적은 처음이었다. 제안을 거절한 정이수에게 다시 답장이 왔을 때는 호텔 이름과 호수가 적힌 메시지만

적혀 있었다. 그 뒤로 자신이 보낸 메시지와 거는 전화는 확인도,
받지도 않는 통에 시훈은 결국 찜찜한 마음을 달고 호텔로 오는 수
밖에 없었다.

문을 열고 들어선 룸에는 어둠 속 희미한 텔레비전 소리만 들렸
다. 재킷을 벗을 생각조차 없는 시훈이 침대 위의 이수를 발견했다.

침대 헤드에 등을 기대앉은 이수는 인기척에도 텔레비전에 시선
을 고정하고 있었다. 바지 주머니에 두 손을 찔러 넣은 시훈이 그 모
습에 한숨을 쉬었다. 젖은 머리나 가운만 입은 꼴을 보니 준비를 하
고 기다린 모양이다. 시훈이 날카롭게 눈썹을 들어 올리며 물었다.

"뭐 해요, 지금?"

"……"

흘깃 시훈을 향한 눈동자가 도로 굴러 텔레비전에 꽂혔다. 빛을
받은 정이수의 얼굴 위로 겹겹이 천연색이 드리워졌다. 고집스럽게
닫은 입술을 노려본 시훈이 리모컨으로 텔레비전 전원 버튼을 눌러
껐다. 그럼에도 한참 동안 자세를 유지하는 정이수는 꺼진 텔레비전
만 멍하게 응시할 뿐이었다.

"내가 지금… 씹…."

시훈이 순간적으로 욕을 짓씹었다. 정이수가 가운을 벗고 나신이
된 몸을 시트 위로 뉘고 있었다.

"빨리 끝내라고 하면… 계속하고, 그렇다고 천천히 하랠 수도 없
고…."

엎드려 느릿느릿 말을 뱉는 정이수의 얼굴 위로 머리카락이 아무
렇게나 흐트러졌다. 섹스만 끝내고 빨리 갔으면 싶은 적나라한 자세

에 오히려 모욕감을 느낀 쪽은 시훈이었다. 오늘 보자는 말이 섹스와 동일시된 이 좆같은 상황의 원인이 자신이 아니라고 할 수가 없으니 부글부글 속이 끓었다.

"내가, 섹스하자고 했어요?"

시훈이 화를 꽉 내리누르며 질문을 내쏘았다. 의자에 뭐라도 붙은 건지 출근해서 퇴근할 때까지 꼬박 일만 하는 정이수의 얼굴은 최근 창백하다 못해 못 봐 줄 지경이었다. 오늘 사무실과 복도에서 마주친 정이수는 몇 번이나 이마에 손을 올렸다. 쓰러지지 않은 게 용할 정도였다. 그래서 억지로 약속을 잡았다. 맛있게는 아니래도 뭐라도 욱여넣을까 싶어서. 그랬더니 하는 짓거리가 고작….

이 이상 같이 있다가는 좋은 말이 나오기 글러 먹은 상황이었다. 오늘은 더 볼 일이 없었다. 저녁은 물 건너갔고, 섹스할 생각은 애초부터 없었으니.

"하아… 잠이나 자고 가요."

한숨과 함께 짜증 섞인 말을 남기고 돌아서려는 찰나, 정이수가 느슨하게 입을 열었다.

"시간이 남아도나 보네…."

시훈에게 직접적으로 하는 말은 아니었다. 혼잣말로 읊조린 말들에 날카롭게 가시가 섰을 뿐. 정이수가 손을 딛고 몸을 일으켜 앉았다. 음험한 목소리는 그간 정이수가 내뱉은 빈정거림보다 한층 더 시훈의 신경을 더 건드렸다.

"한가하게 잠이나 처자라고…."

"정이수 팀장."

한걸음에 거리를 좁혀 침대 위에 있는 정이수의 팔을 끌어당기자 힘없는 몸이 딸려 왔다. 반항도 아프다는 말도 하지 않고 침대 어디 쯤엔가 시선을 고정한 이수는 시훈을 바라보지도 않았다.

"…보니 마니…."

비딱하나 어딘가 얼빠진 말에 미간이 더욱 좁혀 들었다. 머리통에 대체 뭐가 들었길래 매번 사람 속을 박박 긁어 놓을까. 눈에 치이고 걸리고. 힘없이 풀린 두 눈이 시훈을 스윽 올려 봤다. 잠 못 들고, 피곤과 스트레스에 핏발 선 두 눈은 그야말로 오기로 버티고 있을 뿐 분노마저 기계처럼 답습할 뿐이었다.

"왜… 그냥 가려니까 서운해요?"

"오늘…."

목이 잠겨서 말이 나오지 않았다. 정이수가 입을 여는 족족 이맛 살을 구겼지만 더 올려붙일 말도 오늘 밥을 먹으려 했다는 말도 나 오지 않았다. 무기력한 상대는 밟혀서 멍이 들고 찔려서 피가 나도 상관없어 보였다.

"오늘, 뭐요. 이 팀장님이 보자면서요. 오늘…, 꼭 봐야겠다면서 요."

룸 안에 긴 정적이 내렸다. 천천히 눈동자를 돌린 정이수는 시훈 에게 대거리할 일말의 의지조차 없어 보였다. 끌어당긴 손을 놓자 힘 빠진 몸이 털썩 시트 위로 무너져 내렸다. 몸을 일으키기 전처럼 시트 위로 뺨을 대고 누워 눈을 껌뻑이기만 할 뿐 의식은 정이수를 자꾸 다른 곳으로 이끌고 있었다. 차마 시훈은 짐작도, 감히 파고들 지도 못할 곳으로.

"빨아 주기라도 해요? …아니면… 갈 길 가시지. 귀찮게….."

마음을 정리해 상자 속에 넣고 뚜껑은 닫았지만 차마 상자를 불사르지 못한 나약함이 오늘 하루를 엉망으로 만들었다. 아무것도 하고 싶지 않았다. 지난한 회의, 올라오는 보고서, 분석해야 할 리포트, 회신해야 할 메일, 메신저를 통해 전달되는 이슈들, 울리는 전화기. 모든 것이 귀찮았다. 유진우에게 답하지 못한 메시지 창을 몇 번이나 다시 보고 고민하는 자신이 믿기지 않아 속이 뒤집힐 지경이었다.

"대체….."

차라리 아득바득 이를 갈면서 쏘아붙였다면 착잡한 마음은 들지 않았을 테다. 그런데 모난 말과 달리 세상 끝난 사람처럼 구는 정이수 때문에 답답한 마음이 가시지 않았다.

뭐가 문젠데. 유진우가 뭐가 그렇게 대단해서…. 등골이나 빼먹은 그런 인간이.

털썩 침대 옆에 걸터앉은 시훈이 반대 방향으로 얼굴을 돌린 정이수의 누운 뒷모습을 바라보았다. 흐트러진 머리카락과 긴 목 아래 늘어진 팔. 날개 뼈 옆으로 옴폭 팬 등을 내려가면 엉킨 이불이 엉덩이를 아슬아슬하게 가리고 있었다. 어디에서 기인했는지 모를 복잡한 심경이 불쑥 치밀어 올랐다.

정이수는 틈을 보이지 않는다. 단단히 벽을 쌓고 가시를 세웠다. 도대체 무슨 말을 어떻게 해야 할지 종잡을 수 없었다. 앞으로 괜찮아질 거라느니, 잊힐 거라는 말은 생각만으로도 어이가 없어 우스울 지경이었다. 유진우를 사랑한 지난날이 인생을 좀먹었다는 걸 알면서도 이토록 허우적대는 정이수를 이해할 수 없었다.

시훈은 긴 숨을 내쉬고 잠시 동안 정이수의 뒤통수를 응시했다. 살을 뚫고 돋아난 가시 아래에 피가 흐르는 몸뚱이는 유약하고 외롭고, 조금… 안쓰러워 보였다. 고민은 짧았다. 그러나 충동적으로 뻗은 손은 공중을 배회하기만 할 뿐 상처를 쓰다듬어 주지는 못했다. 겨우 손가락 한 마디만큼의 거리를 남겨 두고 손이 멈췄다.

"…구멍에 넣고 싸기 싫으면… 제발 좀 가시라구요…."

시트에 얼굴을 묻은 정이수가 귀찮은 목소리로 중얼거렸다.

…갑니다. 얼핏 체념이 깃든 건조한 목소리가 들려왔다. 동시에 몸을 반도 가리지 못한 이불이 어깨 위로 끌어 올려졌다. 손은 그것을 끝으로 말끔히 떨어졌다. 기울었던 침대가 다시 수평을 유지하고, 뭉툭한 발소리가 멀어졌다. 곧 무거운 문이 닫히고 이수는 홀로 남았다.

텔레비전이 꺼진 룸은 지나치게 조용했다. 귀찮은 존재가 사라졌으니 이제는 마음껏 우울해할 차례였다. 몸을 뒤집어 천장을 보고 누운 이수는 바스락 소리가 나는 시트 위로 힘없이 팔을 내리며 인상을 찌푸렸다.

아마 평소대로 섹스를 했다면 이런 불순물이 남지 않았을 텐데. 그런데 맺지 못한 말이나 침대 끝에 묶어 놓은 이시훈의 발걸음이 침전하는 이수를 방해하고 있었다.

'내가, 섹스하자고 했어요?'

분명 화가 나고 어이없어하는 투였다.

"…웃기고 있네."

…인정하기 싫지만, 오늘 이시훈은 섹스를 하려던 게 아니었을

거라는 데 생각이 미쳤다. 양팔로 얼굴을 덮었다. 뒤죽박죽 엉켜 버린 감정들이 이제는 누구 때문인지도 모르겠다.

2팀의 사무실로 들어오는 유진우 본부장의 곁에는 직원들 여럿이 모여 있었다. 출국 이틀 전이었다. 답문을 보내지 않은 자신을 일부러 찾아왔다는 생각을 지울 수가 없었다.

"본부장님, 런던 가게 되면 연락드려도 되죠?"

"그럼요, 언제든지 환영이지."

이수는 인사를 나누는 무리와 외떨어져 업무를 핑계로 통화를 하는 중이었다. 간혹 유진우 본부장과 눈이 마주칠 때마다 그는 꼭 예전처럼 이수를 대하는 눈빛이었다. 아쉽고 미안해 애달파하는.

차례로 악수를 하며 모두와 인사를 마친 유진우 본부장이 사무실을 나서기 전 막 통화를 끝마친 이수를 따로 불러냈다.

"정 팀장, 잠시만."

"…네."

사무실을 벗어나 엘리베이터가 있는 로비까지 유진우 본부장을 따라가는 동안 업무와 관련한 사항들을 전달한다. 대부분 지나가고, 이제는 관련 없는 사항들이었다. 시간만 갉아먹는 지시를 한 귀로 흘려듣는 동안 머리가 어지러웠다. 소모적이고 불편한 감정들이 여전히 찰랑였다. 그래서 뒤편으로 누가 서 있는지 눈치채지 못했다.

"…거기 좋아했잖아. 내일 예약해 뒀어. 7시."

"본부장님, 저는…"

왜… 이렇게. 마지막이라고 인심이라도 쓰려는지 유진우 본부장의 목소리는 예전 자신이 사랑한 그때와 같았다. 이수가 말을 못 잇고 마른침만 삼킬 때였다.

"유진우 본부장님."

언제부터 와 있었는지 이시훈이 어깨를 나란히 하고 섰다. 차마 고개를 돌리지 못한 이수의 눈동자가 바닥 어딘가를 헤맸다. 한 번도 유진우에게 이시훈과의 관계를 인정한 적 없지만 그가 멋대로 넘겨짚은 예전과 지금의 처지는 너무도 달랐다. 그의 말대로라면 갈아 타고 갈아탄 사람이었다, 이시훈과 자신은. 가슴이 조여들며 한순간 긴장이 닥쳐왔다.

유진우는 입은 웃지만 눈을 휘지는 않았다. 반면 시훈은 습관처럼 날 선 눈썹을 들어 올려 기분을 숨기지 않았다.

"건승하십시오."

담담하게 예의를 차린 인사 뒤로 시훈은 깍듯이 머리를 숙였다. 잠자코 인사를 받은 유진우가 한쪽 입술을 끌어 올리며 헛웃음을 쳤다. 이렇게 티를 내서야….

승강기 문이 열리고 안쪽으로 이동한 유진우 본부장이 정 팀장도, 정이수도 아닌 지나간 어느 때처럼 이름을 불렀다.

"이수야."

여유 있고,

"늦지 마."

다정하게.

스르륵 닫히는 문 너머로 눈을 맞추자 그가 싱긋 웃으며 사라지고 있었다.

어지럽다. 유 본부장이 사무실로 내려왔을 때부터 내내 들쑤셔진 감정들이 마구 날뛰었다. 이수가 답답한 숨을 내뱉지 못하고 눈을 감은 사이 낮고 서늘한 목소리가 들려왔다.

"기분 좋게 밥 먹을 수 있겠어요? 가지 말죠."

고압적인 말투가 귀에 꽂혔다. 이수가 감은 눈을 서서히 뜨며 방향을 틀었다. 발을 뻗자 그 앞을 이시훈이 벽처럼 막아섰다. 답을 듣고 싶은 건가. 좀처럼 물러날 기미가 보이지 않았다.

"상관 말아요."

목줄이라도 쥐고 흔들고 싶은 건지 여기까지 나와 굳이 불편한 각을 만드는 상황이 싫었다. 딱 잘라 말하자 어이없어하는 나직한 한숨이 상대의 입에서 새어 나왔다. 그 때문에 이수의 눈썹이 쭉 올라가며 모난 말이 튀어나왔다.

"왜요, 내일은 하고 싶을 것 같아서?"

뾰족한 마음이 멋대로 뻗어 나갔다.

"말 가려서 해요."

"아니면 내가 유 본부장한테 한번 대 주고 올까 봐?"

이런 말을 하기에 좋은 장소는 결코 아니었다. 예민하게 주위를 살피던 평소와 달랐다. 핀트가 엇나간 정이수가 툭툭 내뱉는 말들은 하나같이 형편없었다.

"자꾸 사람 말 넘겨짚지 말아요. 듣기 싫게."

턱에 얼마나 힘을 줬는지 불거진 근육이 도드라질 정도였다. 시훈을 노려보던 이수가 걸음을 옮기려 하자 뻗은 손이 한쪽 어깨 위로 올라왔다. 손을 뿌리치기도 전에 시훈이 부탁인지 명령인지 모를 말을 낮게 중얼거렸다.

"가지 말라면, 가지 마요."

더 볼일 없는 사람처럼 돌아선 시훈이 사무실 안으로 사라진 뒤 이수의 무릎이 풀썩 꺾였다. 한 손이 무릎을 짚어 간신히 몸을 지탱하는 사이 다른 손으로 입을 막아 보아도 토기를 참을 수 없었다. 벽을 짚고 정신없이 화장실로 뛰어가 변기 뚜껑을 열었다.

"우욱…! 욱…!"

먹은 것도 없는 속에서 결국 주르륵 쓴 위액만 게워 냈다. 가슴팍을 쿵쿵 친 이수가 물을 내리고 벽에 기대섰다. 손끝이 차갑다. 얼굴은… 또 형편없겠지. 식은땀이 흐르는 몸은 미미하게 떨리고 있었다. 숨을 차분하게 골라 쉬고 눈을 감아 진정해 보려 해도 쉽게 되지 않았다. 모든 것이. 차라리 내일이 오지 않았으면 좋겠다.

* * *

시훈은 오전 내내 광고주 미팅을 마치고 점심이 지나서야 회사로 복귀했다. 오락가락하던 날씨는 이제 비를 멈추고 해를 보이고 있었다. 갖춰 입은 정장이 답답하게 느껴지는 날이었다.

핸드폰으로 도착한 몇 가지 메시지를 확인하며 승강기를 기다리는 사이 시훈의 앞쪽에 서 있는 직원들 입에서 익숙한 이름이 들려왔다.

"오늘 기획에 정이수 팀장 봤어요?"

"나 무슨 연예인인 줄 알았어요."

"그러게, 오늘 비딩 들어가시나. 우리 패션 브랜드 고객사 어디 있죠?"

"아닌데… 뭐지…. 아무튼, 눈 돌아가게 생겼어요. 그러니까 그 소문 있죠? 그럴 만도…. 어머, 이 팀장님, 안녕하세요."

"네. 안녕하세요."

우연찮게 뒤를 돌아본 두 사람의 대화는 시훈을 보자 뚝 끊겼다. 대체 뭐가 어떻다는 건지 정확한 상황 파악이 되지 않은 시훈이 손목시계를 내려 봤다. 오후 회의까지 10여 분 정도밖에 여유가 없었다.

어제 정이수는 자신이 퇴근할 때까지 자리에 앉아 평소와 다름없이 일을 하고 있었다. 초연해 보였고, 전처럼 창 너머나 내선 전화를 물끄러미 바라보지도 않았다. 가지 말라는 경고에 대한 확답은 없었다. 하지만 이 관계가 유지되는 한 정이수는 제 말을 따라야 했다. 이미 끝나 버린 유진우가 아니라.

엘리베이터에서 내린 시훈은 오늘 중으로 처리해야 할 업무들을 되짚어 보았다. 오늘도 회의, 보고서 작성, 또 회의가 줄 서 있었다. 문 열린 사무실로 들어서며 손으로 미간 사이를 눌러 피로를 죽인 시훈이 급히 걸음을 멈췄다.

"…아…! 안녕하십니까."

출입문 앞에서 얼빠진 얼굴로 2팀 쪽을 보고 있던 신 대리와 하마터면 부딪힐 뻔했다. 얼른 자세를 바로 한 신 대리가 머리를 숙이고 비켜서자 시훈의 시선이 자연스레 상대가 보고 있던 방향으로 옮겨 갔다.

"카피가 후킹이 없네요. 그리고 시선이 자꾸 분산되는 거 같아. 제작실에 말해서 수정 요청하시고, 가능하면 오늘 중으로. 네."

정이수가 직원의 책상 위로 숙인 얼굴을 드러낸 순간, 시훈이 눈살을 찌푸렸다.

"…정이수."

작정하고 온 사람 같았다. 머리부터 발끝까지 차려입은 모습이 그랬다. 무난한 셔츠에 정장 바지를 입은 단정했던 평소와 달리 오늘 정이수는 조금 아슬아슬한 면이 있었다. 풀어낸 위 단추며 몸을 움직일 때마다 부드럽게 흔들리는 검은색 셔츠가 묘한 상상을 자극했다. 같은 방향으로 고정돼 있던 머리카락이 흘러 내려와 이마 위를 덮은 탓에 다른 분위기를 풍겼다. 꼭 맞춰 입은 옷 대신 느슨하게 힘을 푼 모습은 이상야릇한 감각을 자극했다.

집무 책상으로 돌아간 시훈이 손가락을 벌려 관자놀이와 턱을 괴었다. 결재 서류에 빠르게 사인을 한 뒤 흘긋 시선을 올려 정이수를 좇는다. 쥐면 한 줌에 안길 만한 늘씬한 허리를 매끄러운 셔츠가 감싼 것도, 길게 뻗은 다리가 사무실을 오가는 것도 신경을 좀먹었다.

"팀장님. 지금 미디어팀 회의실로 출발한다구요."

"…네, 갑시다."

소리가 나도록 결재 서류를 덮은 시훈이 자리를 털고 일어났다. 지금 시간이 3시. 정이수의 약속 시간까지 4시간이 남았다.

주말을 앞둔 금요일. 시계가 6시를 가리키자 사무실 사람들이 하나둘씩 퇴근을 시작했다. 소회의실에서는 간단히 샌드위치로 끼니를 때운 1팀이 시훈을 기다리며 회의를 준비 중이었다. 오늘 중으로 부러 뜨려야 할 사항을 정리한 시훈이 회의실로 이동하기 위해 제자리에서 일어나려는 순간이었다. 정이수가 팀원들과 인사를 나누고 있었다.

"그럼 먼저 들어가 보겠습니다."

같은 사무실을 쓴 이래로 정이수가 정시에 퇴근한 적은 없었다. 아마도 유진우를 만나러 가는 길이리라. 손에 쥐고 있는 펜이 책상 위 같은 지점에 놓인 서류 위 같은 지점에 무수히 많은 점을 찍고 있었다. 입안이 마르고 신경은 날카로워졌다. 명시되지 않은 두 사람 사이의 룰은 명확한 기준이 없으니 무턱대고 정이수를 묶어 놓을 수 없는 답답함이 치솟았다. 결국 시훈이 핸드폰을 들었다.

막 출입문에 태그를 찍으려던 정이수가 난데없이 울리는 핸드폰을 확인했다. 조금 고민하더니 슬쩍 얼굴을 돌려 멀리 떨어진 시훈을 바라본다. 하루의 번잡함이 가라앉은 텁텁한 사무실에서 시훈은 초연한 정이수와 시선을 마주했다. 핸드폰을 손에 들고만 있을 뿐 정이수는 받을 생각이 없어 보인다. 연결음이 울리는 전화기를 끄지 않은 상태로 시훈이 책상 위로 핸드폰을 내려놓았다. 눈은 뚫어져라 정이수를 향한 채였다.

-고객님이 전화를 받을 수 없어 …

곧 불투명한 유리문이 닫히며 흐릿한 실루엣이 안개 속을 헤매는 사람처럼 사라졌다. 시훈은 의자를 뒤로 돌려 빼곡히 솟아 있는 빌딩 숲을 바라보았다.

"…후우… 정이수, 정이수, 정이수, 정이수…."

귀 기울여 듣지 않으면 들리지 않을 소리가 달싹이는 입술 새로 한숨처럼 흘러나왔다. 강처럼 흐르는 정이수는 따라잡을 수 없이 또 손가락 사이를 지나는 것 같다. 그래서 매번 화가 나는 걸까. 손을 담그고 있는데 잡을 수 없어서. 밑바닥부터 설명할 수 없는 초조함이 밀려 나왔다. 창밖으로 해가 비치던 하늘은 어느새 잔뜩 흐려져 있었다.

가진 집중력이 소용돌이 속으로 빨려 들어가 사라져 버렸다. 40여 분 동안 의견을 주고받은 회의는 영 진도가 나가지 않았다. 보통 적절히 강약을 조절해 가며 회의를 끌어갔던 시훈은 오늘따라 좀처럼 결정을 내리지 못했다.

결국 막바지가 돼서야 정리된 시안을 조 대리가 간략하게 브리핑했다. 그동안에도 시훈은 어딘가 깊은 생각에 빠져 있었다. 느른하게 의자에 등을 기대앉은 모습 역시 평소 시훈과는 달랐다.

"…이렇게 진행할까 싶은데 팀장님 생각은 어떠세요?"

회의 테이블 위로 담뱃갑을 쥐고 있는 손이 바스락 구겨질 때마다 말이 끊기던 조민희 대리가 살살 눈치를 보며 물었다. 심지를 세운 시훈의 미간 때문이었다.

"그건…."

툭, 툭, 툭. 담뱃갑 모서리로 책상을 두드리던 시훈이 자리에서 벌떡 일어나서 회의실 문을 열었다.

"…잠깐 쉬죠. 10분 후에 다시 시작합시다."

옥상으로 올라와 담배에 불을 붙일 때만 해도 이유를 몰랐다. … 젠장. 제 속내만큼 빨갛게 노을 진 하늘을 배경으로 시훈은 같은 자리를 반복해 오갔다. 손가락 사이에 끼운 담배는 벌써 두 개비째였다. 날리는 연기 사이로 정이수의 모습이 아른거렸다. 머리부터 발끝까지 살랑이던 오늘의 정이수가. 무슨 생각인 걸까. 무슨 생각으로 그렇게 입고, 그런 얼굴로, 그런 눈으로, 그딴 식으로, 그렇게, 그렇게, 왜, 왜, 왜. 질문만 가득한 생각이 꼬리에 꼬리를 물었다.

상념을 뚫고 주머니 속 핸드폰이 요란하게 울렸다. 재빨리 화면을 확인한 시훈은 잠시 망설이다 통화 버튼을 눌렀다.

"네."

여민준이었다. 왜 아직도 본가를 안 찾아갔냐는 둥, 숙모님 말소리보다 한숨 소리에 땅이 꺼지겠다는 둥 쓸데없는 말들이 이어졌다.

"형. 회의 있어. 끊어요."

기다리는 전화는 없고, 분위기 파악 못 하는 전화 때문에 한층 신경이 날카로워졌다. 담배를 쥔 손으로 힘껏 난간을 잡은 시훈이 손목시계를 내려 보고 시간을 가늠했다. 태운 담배가 벽에 짓눌렸다. 뭐든 부러뜨려야 했다. 일도, 정이수도.

엉망이 된 회의가 수습되고 직원들 모두가 퇴근한 불 꺼진 사무실. 시훈의 책상 위에만 스탠드 불빛이 켜져 있었다. 초조함이 인정하기 싫은 분노를 넘어서자 차가운 이성이 돌아왔다.

10시. 시훈은 관자놀이를 짚고 있던 손가락을 내려 핸드폰 속 정이수의 번호를 찾았다. 화면 안 번호를 응시하며 시훈은 차분하게 핸드폰을 책상 위에 내려놓았다. 볼 안쪽을 혀로 꾹꾹 눌러 가며 넘실대는 감정을 절단하려는 노력이 수포로 돌아갈 때쯤 액정 위로 뜻밖의 이름이 떠올랐다.

정이수 팀장.

먼저 전화를 걸어온 상대는 말이 없었다.

―…….

"지금 어디예요."

―…….

"정 팀장님, 지금…"

시훈의 말을 끊고 정이수가 목소리를 냈다.

―…왜요.

이마를 짚어 낸 시훈이 한숨과 함께 짐짓 목소리를 가다듬으며 물었다.

"같이 있어요?"

―…같이. 같이… 그러려고 했죠. …그러려고.

분명 취한 것 같다. 늘어지는 말과 전해지는 호흡이 그랬다. 유진 우를 만났다는 건지 아니라는 건지 분명치 않은 말은 그 뒤로 뚝 끊겼다. 시훈이 차마 나오지 않는 말을 삼키는 사이 수화기 너머로 번 잡한 사람들의 말소리며 시끄러운 오토바이 소리가 넘어왔다. 아마 도 길 위, 술집들이 늘어진 곳일 테고 들어 본 적 있는 익숙한 소리 들이었다.

"지금… 회사 근처예요?"

피식 웃는 소리가 들렸다. 시훈이 그대로 자리에서 일어났을 때 전화는 끊겨 있었다.

금요일 밤 회사 뒷골목은 그야말로 불야성이었다. 여름이라 가게

마다 거리에 테이블을 내놓고 장사를 하고 있었다. 대폿집들이 줄지은 거리는 당장이라도 비가 올 것 같은 습한 날씨와 숯불 위로 구워지는 안주 때문에 정신없고 후덥지근했다. 삼삼오오 짝을 지어 앉아 술잔을 기울이는 직장인들이 웃고 떠들며 시끄럽게 목소리를 높이는 골목은 부산하기 그지없었다.

통화를 마치고 정이수를 찾아 나선 시훈의 발걸음이 더욱 빨라졌다. 등으로 땀이 흘렀다. 골목 안으로 들어갈수록 가능성은 희박해 보였다. 욕을 짓씹은 시훈이 아마 오해한 것이라 생각할 때였다.

좁은 틈으로 오토바이 한 대가 쌩 지나가고 어깨동무를 한 샐러리맨 둘이 눈앞을 지나자 그 너머로 초라한 등이 보였다. 촌스러운 빨간색 플라스틱 테이블과 의자에 홀로 앉은 정이수의 늘어진 팔 아래 긴 손가락에는 담배가 걸려 있었다. 뛰어가던 시훈이 속도를 줄여 가며 이윽고 정이수의 앞에 섰다.

눈앞에 서 있는 사람이 저인 걸 아는지 모르는지 정이수는 스윽 올려 보고 말 뿐 가타부타 말이 없다. 담배를 쥔 손으로 가득 채운 소주잔을 그대로 넘겨 술을 마시는 정이수가 취한 건 분명했다. 시훈이 아무 말도 없이 내려 보고 있자 재차 빈 잔에 소주를 따르는 이수가 느릿하게 입술을 뗐다.

"와… 진짜 대단하다…. 어떻게 알고 왔어요?"

내려간 속눈썹을 들며 시훈을 올려 보았다.

"언제부터 여기 있었어요?"

낮은 목소리 뒤로 정이수가 슬쩍 미소를 띠고 태평한 답을 건넸다.

"…술 마시기 적당한 시간부터요…."

"……."

화가 나는데 정이수의 얼굴을 보자니 말이 나오지 않았다.

"한잔하세요. 자리도 비었고… 시간도 많은데…."

테이블 맞은편에 빈 소주잔이 놓였다.

"정 팀장님, 이미 많이 마셨어요."

안주는 손댄 흔적 없이 줄줄이 세워진 빈 소주병만 보였다. 얼굴을 구긴 시훈이 이만 일어나라 입을 떼려는 때 갑자기 정이수가 잔을 채우다 말고 실실 웃기 시작했다. 웃음을 참기 힘든지 담배를 끼운 손등으로 입을 가린 채 킥킥대며 말을 이었다.

"큽… 근데… 진짜 웃긴다. 제가요… 한잔하고 싶어서, 여기… 연락처를 처음부터 끝까지 주우욱 내려 봤는데… 와… 전화할 사람이… 이시훈밖에 없네…?"

"……."

"무지하게 친절한 우리 이 팀장님…. 좆같이 친절한 우리 이시훈 팀장님…밖에…."

소주를 단번에 넘긴 정이수의 얼굴은 싸늘하게 굳은 채였다.

나눌 수 없고 나눌 이 없는 제 처지가 이렇게 궁상맞을 수 없었다. 회사 근처를 벗어나지도, 멀쩡하게 밥을 처넣지도 못하고 찌질하게 소주나 마시고 앉은 꼴이라니. 제 꼬락서니는 삼류 멜로 영화보다도 우스울 게 분명했다. 그런데 싸구려 동정인지 또 뭐에 화가 났는지 입이 붙은 이시훈은 꼼짝없이 자신을 바라보기만 할 뿐이다. 어울리지 않는 착잡한 표정으로. 그러니 꼬일 대로 꼬인 속에서 비틀린 말이 튀어나왔다.

"…안 갔잖아. 원하는 대로 안 갔는데… 뭐가 그렇게 마음에 안 들어서… 네?"

담배를 재떨이에 짓이긴 이수가 잔을 채우며 시훈에게 되묻는다. 패잔병 같은 몰골로 창과 칼을 휘두른들 허공을 가를 뿐 시훈의 가슴에 꽂히지 못했다. 긴 속눈썹 아래로 언뜻 보이는 정이수의 눈빛은 불이 꺼진 것처럼 공허했다.

"……."

소음처럼 웅웅대는 무리 속에서 대체 얼마나 홀로 있었을까. 심해 깊숙이 가라앉은 듯한 정이수의 눈빛이 처연해 보였다. 얼룩덜룩 덧칠해진 우울이 누구 때문인지 알고 있지만 그 깊이를 헤아릴 수는 없었다. 시훈의 속이 바짝바짝 타들어 갔다. 손을 대면 바스러질 것 같고, 이대로 두면 안 된다는 막연한 충동만 있을 뿐이었다. 갈피를 쉬이 잡지 못하며 소주만 묵묵히 마시고 있는 이수를 내려 볼 때였다.

툭.

툭.

아스팔트 바닥 위에 동그란 자국이 하나둘씩 생겨나더니 순식간에 짙은 색으로 덮이기 시작했다. 굵은 빗방울이 떨어지고 있었다. 갑작스럽게 쏟아지는 비에 야외 테이블에 자리를 잡은 사람들이 요란하게 허둥거리는 동안 그 가운데 정이수만이 비와는 상관없는 사람처럼 묵묵히 자리를 지키고 있었다. 손님이 가득한 대폿집 안에서는 문밖에 있는 테이블을 신경 쓸 겨를이 없어 보였다. 머리부터 발끝까지 옷이 다 젖도록 그 자리에 앉아 있는 이수의 곁에서 같이 비를 맞고 있는 시훈이 그의 팔목을 들어 올렸다.

"일어나요. 데려다줄게."

"…놔요."

손을 뿌리치며 이미 빗물로 가득 찬 소주잔에 다시금 술을 콸콸 붓는다. 출구가 없는 감정들은 쏟아 낼 수 없었다. 비참함을 이렇게라도 달래야 했다.

회사에서 나와 유진우와의 약속 장소를 확인하고 택시를 기다렸다. 제 앞에 멈춰 선 택시 기사가 조수석 너머로 행선지를 물었을 때 이수는 차마 대답하지 못했다. 통나무처럼 서 있기만 하는 자신을 두고 가 버린 택시의 뒤꽁무니를 바라만 봤다.

보내고, 보내고, 또 보내고… 몇 대를 그냥 보냈는지 모르겠다. 아침에 일어나 씻고, 옷을 입고, 머리를 매만지는 동안 우습게도 조금은 비장했던 것 같다. 그 사람을 만나면 보여 줘야지. 그리고 웃어 줘야지. 그리고 또….

가득 채워진 술잔을 들자 불쑥 튀어나온 손이 잔을 채 갔다. 천천히 손을 따라가니 이시훈이 빗물과 소주가 뒤섞인 잔을 제 입에 한 번에 털어 넣고 테이블 위로 빈 잔을 내려놓았다.

"……."

곧 5만 원권 두어 장이 잔 아래에 놓였다. 빗물을 머금은 지폐 두 장이 순식간에 엉기어 달라붙었다. 이수가 눈을 들어 시훈을 바라보았다. 그는 저처럼 머리부터 발끝까지 완전히 젖어 있었다. 젖은 머리카락을 넘긴 시훈이 이수와 똑바로 눈을 맞추었다. 비 때문인지 흐려진 시야 사이로 뭐가 뭔지 모를 감정의 파고가 일렁였다.

"…또 비 맞잖아요, 이 팀장님."

늦겨울 와인 바 앞에서 조수석 문을 열어 주고 비를 맞던 이시훈이 겹쳐 보였다. 그때도 아마 지금처럼 못마땅한 얼굴이었지. 해야 할 일 목록에 정이수 집에 데려다주기라도 있는 건지…. 어이가 없어 이수가 비죽 웃음을 흘렸다.

곧 고개를 풀썩 떨어트린 이수의 손목을 뜨거운 손이 붙잡았다. 이수는 기력이 쭉 빠진 몸을 이끄는 대로 끌려가게 두었다. 쓰러진 플라스틱 의자를 뒤로하고 시훈은 흐트러짐 없이 비를 뚫고 길을 걷는다.

난장판이 된 골목, 여전히 여기저기 뛰어가는 사람들 속에서 이수는 시훈을 의지해 걷고 있었다. 빗물에 희석된 술이 입가에 미미한 잔향을 남겼다.

오피스텔 지하 주차장에 정차한 차 내부는 히터 열기 때문에 따뜻했다. 술기운과 비에 젖어 지친 이수는 조수석에 눈을 감은 채로 겨우 기대앉아 있을 뿐이었다. 파리한 얼굴은 잘 보이지 않았다.

습한 차 안의 공기가 걷힐 때쯤 정이수가 문을 열고 인사도 없이 발을 내렸다. 현실에 없는 사람처럼 흔들리는 몸이 주차장에서 이어진 엘리베이터에 올라타 11층부터 9층까지 버튼을 주르륵 눌렀다.

정이수는 나사가 빠진 사람 같았다. 표정이 없고, 소리가 없고, 감정을 거세해 버린 것 같았다. 말없이 이수의 뒤를 따라 엘리베이터에 탄 시훈은 한 발자국 떨어진 거리에서 착잡한 심정으로 그 모습을 지켜볼 뿐이었다.

복도식 오피스텔의 긴 통로를 지날 때마다 정이수의 머리 위로 센서 등이 켜지다 꺼졌다. 복도 좌측으로 여전히 세차게 내리는 비가 난간에 부딪혀 멋대로 튀어 올랐다.

1107호. 문 앞에 선 이수가 문고리를 잡아 돌리다 여전히 자신의 등 뒤에 서 있는 시훈을 의식하고 크게 한숨을 푹 내쉬었다. 문고리를 잡은 그대로 문에 이마를 기댄 이수가 느릿느릿 입을 열었다.

"…이 팀장님, 오늘은 제가… 좀 힘들어서요, 다음에… 다음에 많이 해요, 섹스. 제가 두 배로… 아니, 세 배로… 잘해 볼게요."

겨우 한다는 말이…. 헛웃음을 보인 시훈이 라이터를 돌려 담배 한 개비를 입에 물었다. 연기는 눅눅한 공기 속에 부유하지 못하고 가라앉았다. 담배를 빼어 문 사이 솟아오른 화는 순식간에 휘발됐다. 비에 쫄딱 젖어 여기까지 좇아온 이유가 정이수의 몸 때문이 아니라는 건 스스로가 잘 알고 있었다.

담배를 한 모금 빨고 바닥에 내버린 시훈이 떨어지지 않는 입술을 떼었다.

"…왜 안 갔어요? 일부러 신경 쓰고 왔으면서."

"……."

정이수를 찾고 난 후 내내 묻고 싶었던 말이었다. 제 경고가 이유일 리는 없었다. 그러니 알고 싶었다. 정이수가 무슨 생각을 하는지. 내도록 입안을 맴돌던 질문을 내뱉고 시훈은 마른 입술을 혀로 축였다. 차마 더 다그치지 못하고 잠잠한 상대의 모습에 마음을 졸였다. 비에 젖은 몸도 슬픔에 겨운 마음도 충분히 지쳐 보였다. 문에 기대 있는 정이수는 숨도 쉬지 않는 사람처럼 침묵했다. 사정없이 떨어지는 비만 길게 벌어진 시간을 메울 뿐이었다. 얼마나 지났을까.

"말하기 싫으면…"

답을 기대하기를 포기할 때쯤 메마른 입술이 움직였다.

"…구차해질 것 같아서요."

"……."

서러운 숨을 토해 내며 이수가 머리를 떨구었다. 앞으로 쏟아 내린 머리카락 사이로 감춘 얼굴이 일그러졌다.

"그냥… 지금처럼 있어도 좋으니까, 여기 있어 달라고… 그럴 것 같아서요."

정이수는 웃고 있었다. 진짜 우습죠? 돌본 적 없어 아물지 못한 상흔 위에 피어난 웃음이었다. 들썩이는 어깨가 떨고 있었다. 어쩌면 받아들이지 못했나 보다. 처음부터 시작한 적 없으니 끝도 없을 거라고. 전처럼 연정을 숨기고 들키지 않으면 상관없다 여겼을까. 그렇게 나는 형편없는 사람이었나. 바닥을 박박 긁어내고도 들어내지 못한 감정들은 이제 영영 볼 수 없는 사람 앞에서 초라하고 또 초라해질 뿐이었다. 애초부터 얄팍한 자존심은 지킬 것도 없는데 차마 버리지를 못했다. 그깟 하나를.

시훈의 인상이 더없이 구겨졌다. 불쑥 내민 충동이 정이수의 두 어깨를 잡아 돌려세우기까지는 어렵지 않았다. 그 얼굴을 보기 전까지는.

마주한 두 눈에는 차마 흘리지 못한 눈물이 망울져 있었다. 창백한 얼굴 위로 발개진 눈과 얼마나 깨물었는지 아플 정도로 이를 사리문 모습이 시훈의 앞에 고스란히 드러났다.

"정···"

"···흔들···렸을까요? 오늘 날 봤다면···."

말을 막고 애처롭게 미소 짓는 입술이 묻는다. 시리도록 투명하게 단 하나 궁금했던 질문을.

말문이 막혔다. 애원하는 얼굴은 답을 원하고 있었다. 밑바닥까지 내보인 무너진 자존심 따위는 안중에도 없이 정이수가 희미하게 웃으며 시훈의 눈동자를 바쁘게 좇았다.

"···아쉽다고 생각했을까요?"

뺨 위로 소리 없는 눈물이 흘러내렸다. 답을 갈망하는 눈과 시선이 얽히는 순간 시훈은 충동적으로 젖은 뒷머리를 감싸 안았다. 흐느끼는 이수의 이마를 어깨에 묻어 둔 시훈이 다른 한 손으로 허리를 끌어안고 마구잡이로 일렁이는 충동을 내리눌렀다. 고요한 복도에는 세차게 쏟아지는 빗소리만 들렸다.

고민은 길지 않았다. 떨리는 몸을 더욱 끌어안은 시훈이 이수의 관자놀이에 입술을 바짝 붙이고 달싹였다.

"네··· 나라면요."

진실인지 위선인지 모를 답은 경계가 모호했고, 유진우의 생각까지 헤아려 볼 아량은 없었다. 허리를 감싼 팔에 힘을 풀고 시훈이 정면에 보이는 문고리를 잡아당겼다. 얼굴을 마주할 틈도 없이 품에 안긴 정이수를 돌려세워 현관 안으로 들여보내자 등을 보인 몸 위로 센서 등이 켜졌다.

"···쉬어요."

움직이지 않고 우두커니 서 있는 마른 등을 바라보던 시훈은 복도에서 현관문을 조용히 밀어 닫았다. 아마도… 자신이 할 수 있는 건 이뿐이었다. 기묘한 박탈감과 무력함이 찾아왔다. 정이수가 손에 쥔 모래처럼, 그렇게 빠져나갔다.

오늘 밤은 모든 것이 예상을 빗나가고 있었다. 질끈 눈을 감았다 뜬 시훈이 두 손으로 얼굴을 쓸어내렸다. 그리고 발을 물려 몸을 돌렸을 때, 또 한 번 예상은 빗나갔다.

문을 열고 나온 정이수가 목에 팔을 둘렀고, 입술이 맞붙은 건 순식간이었다.

* * *

정이수의 셔츠를 잡아 벌렸다. 후드득 단추가 떨어졌다. 시훈은 이수의 목덜미에 얼굴을 파묻고 뺨, 턱, 입술을 집요하게 따라가며 입을 맞췄다.

"하아…."

젖어 헝클어진 머리카락이 손가락 사이로 엉켜들었다. 걷어차인 신발이 현관을 올라 나뒹구는 걸 내버려 두고 침실까지는 들어가지도 못했다. 거실 러그 위에 몸을 뉜 정이수의 셔츠를 마저 벗기고 버클을 풀어낸 바지와 속옷을 다리에서 단번에 빼냈다.

시훈이 머리맡을 짚고 이수의 가슴으로 입술을 내렸다. 작은 유두를 입에 넣고 빨아올리자 탄식과 같은 신음이 흘러나왔다. 시훈은 가슴 주변을 헤집듯 입술을 붙였다 떨어트리며 점점이 자국을 남겼다. 뜨겁고 단단한 손이 서늘한 이수의 몸을 허벅지에서부터 옆구리까지 쓸어 올렸다. 달아오른 이수의 몸이 받은 숨을 내쉬었다.

"하아… 하…"

명치부터 입을 맞춰 내리며 얄팍한 배에 얼굴을 비볐다. 움푹 파인 배꼽에 축축한 혀가 파고들자 숨죽인 신음이 터졌다. 이수의 다리 사이에 앉은 시훈이 허리를 펴고 제 허벅지 위에 둔부를 올려놓았다. 프리컴이 맺힌 이수의 곧게 발기한 성기를 시훈이 입을 벌려 빨았다.

"아윽…!"

둔부를 받치고 위아래로 머리를 움직이자 떨리는 손이 시훈의 어깨를 밀어낸다. 부끄럽고 당혹스러운 감정을 다 느끼기도 전에 기둥을 샅샅이 핥았다. 갈라진 끝부분에 혀가 닿을 때마다 배가 훅 꺼지며 물밀듯 쾌감이 밀려왔다.

입으로 집요하게 빨아 댄 성기가 더없이 축축해질 즈음 참기가 힘든지 이수가 끙끙대며 몸을 뒤틀었다. 시훈이 물고 있던 성기를 놓고 테이블 위를 뒹구는 핸드 로션을 가져와 손에 짜냈다.

이수의 무릎을 벌리고 한쪽 발목을 잡아 어깨에 걸쳤다. 로션이 묻은 시훈의 손가락이 회음부를 따라 미끄러졌다. 몸을 맞춘 지 시일이 지난 구멍은 꽉 다물린 채 쉬이 진입을 허락하지 않는다. 시훈은 발기한 이수의 성기를 부드럽게 매만지며 주름을 따라 넓게 손을 문질렀다.

손길에 따라 파득거리는 몸에 차차 힘이 빠질 무렵 미끄러운 중지와 약지가 이수의 구멍 속으로 쑥 들어갔다. 입구에서 가볍게 진퇴를 반복하는 손가락을 내벽이 익숙하게 물어 왔다. 숨을 죽인 시훈의 입술이 어깨에 걸쳐 있는 이수의 발목에 가볍게 닿았다 떨어졌다. 손가락 한 개를 더 밀어 넣고 구부려 내벽 안의 튀어나와 있는 부분을 건드리자 엉덩이에 바짝 힘이 들어갔다.

"으흐…."

어깨를 내린 시훈이 이수의 귓가에 바짝 입술을 붙였다.

"좋아요, 여기?"

"흐응… 으…."

곤란한 질문에 당황한 이수가 움찔 몸을 떨었다. 답을 줄 생각이 없는 입술이 꾹 맞물렸다. 시훈이 성기를 흔들며 손가락을 느릿하게 앞뒤로 움직이자 설핏 엉덩이가 입구까지 빠져나가는 손가락을 따라왔다. 그 모습을 지켜본 시훈의 입가에 희미한 미소가 떠올랐다. 몸이 원하는 바를 말하고 있었다. 손가락이 대번에 안쪽을 파고들었다. 순식간에 달아오른 몸이 믿기지 않아 이수가 고개를 모로 저었다.

"하윽…!"

푹푹 찌를 때마다 번들대는 로션이 찰박거렸다. 간질간질한 감각이 더해지고 발가락이 곱아들다 종국에는 참을 수 없는 사정감에 성기를 쥐고 있는 시훈의 손을 허겁지겁 붙잡았다.

"…나, 나올 것 같…아요."

팔자로 내려간 두 눈과 시선을 맞추자 시훈의 손이 더없이 빨라졌다. 꼿꼿이 선 성기를 문지르며 한곳만 집중적으로 찌르는 움직임을 참지 못한 이수가 둥글게 몸을 말았다.

"아… 아앗…! 으흑…!"

곧은 이수의 성기 끝에서 정액이 툭 터졌다. 사정으로 예민해진 이수의 성기를 쥐고 시훈은 마지막 한 방울까지 짜낼 기세로 귀두 부분을 문지르며 푹 풀어진 구멍 속에서 손가락을 빼냈다. 붉은 점 막이 속절없이 움찔거렸다.

시훈은 중간까지 풀어놓은 셔츠를 벗어 던지고 버클을 내렸다. 여운에 숨을 몰아쉬는 정이수를 바라보며 드로어즈를 내리자 완전하게 모양을 갖춘 성기가 퉁 튕겨 나왔다. 치덕치덕 로션이 묻은 손으로 성기를 잡은 시훈이 귀두 끝으로 이수의 회음부부터 구멍 사이를 느릿느릿 문지르자 무릎을 세운 다리가 오므라들었다.

민감한 몸이 만든 반사적인 행동을 오해한 시훈의 손이 정강이를 지나 매끄럽게 무릎에 당도했다. 당장에라도 무릎을 열고 안으로 들어가고 싶은 욕정을 꽉 내리누른 입에서 조용한 물음이 떨어졌다.

"…싫어요?"

머리맡을 짚어 정이수의 달뜬 얼굴을 내려 본다. 외꺼풀진 눈이 열기에 일그러지고 곧게 뻗은 코 옆 창백한 두 볼에는 수채화처럼 붉은 기운이 번져 있었다. 시훈의 얼굴 위로 확신을 얻은 엷은 미소가 피어올랐다.

"말해 봐요. 넣어도 되는지…."

옆구리부터 올라온 손이 성감대인 유두를 문지르며 다시 한번 이수를 재촉했다. 어르는 목소리는 부드럽지만 초조한 기색을 숨길 수는 없었다. 아랫입술을 깨물며 신음을 참는 이수는 끙끙대기만 할 뿐 시훈의 물음에 두 팔을 들어 눈을 가려 버렸다. 뭉근하게 구멍 주위를 맴돌며 입구를 찌를 때마다 젖꼭지를 발딱 세운 가슴팍이 오르락내리락 숨을 몰아쉬었다. 들어와도 좋다고 이수는 온몸으로 말하고 있었지만 시훈은 답을 듣고 싶었다.

가린 팔 아래로 코와 입만 드러난 정이수가 입술을 달싹였다. 코끝이 스칠 정도로 시훈이 어깨를 내려 귀를 내주었다. 그러자 가린 팔 아래로 꽉 깨문 입술이 풀리며 이수가 작은 목소리로 속삭였다.

"…하고, 싶어…."

전율이 일었다. 이수의 정수리를 감싸 안은 시훈이 얼굴을 가린 이수를 뚫어져라 바라봤다. 가슴을 맞대고 깊은 곳까지 쑤욱 삽입한 성기가 자리 잡기 무섭게 시훈이 허리를 뒤로 뺐다. 그 바람에 성기를 감싼 내벽이 밀리며 예민한 감각을 더욱 부채질했다. 옴폭 휜 허리 아래로 이수의 엉덩이가 발발 떨렸다.

"으…."

시훈은 여태 떨리는 허벅지와 엉덩이를 손바닥으로 매만지다 다시금 귀두 끝만을 구멍에 찔러 온다. 마치 빨리 달라고 조르는 것처럼 움찔대는 구멍을 시훈도 이수도 분명히 느끼고 있었다.

"……줘. 넣어…."

애달프고 달콤한 목소리에 몸을 일으킨 시훈이 성기를 잡아 이수의 구멍에 맞춰 서서히 삽입했다. 따뜻하고 좁은 내부가 좆을 삼킬 때마다 파드득 경련했다. 넣는 족족 성기에 쩍 달라붙어 빠듯하게 조여 오는 감각에 시훈의 입에서도 낮은 탄식이 터져 나왔다.

"하아…."

굵은 성기가 밑동이 보이지 않을 정도로 꽉 들어찼다. 완벽하게 맞물린 채로 시훈은 잠시 움직이지 않고 뜨겁게 열이 오른 내부를 온전히 느꼈다.

"…아…."

낮은 신음이 저도 모르게 입술 새로 흘러나왔다. 이수는 시훈에게 양쪽 허벅지가 눌려 고간과 구멍을 그대로 보이고 있다는 사실조차 인지하지 못했다. 삽입하는 것만으로도 배 속에 꽉 들어찬 느낌이 소름 끼치게 좋았다.

시훈이 슬슬 허리를 움직였다. 얼굴을 가린 이수의 손목을 붙잡자 그가 두 눈을 감았다. 거실은 앞다투어 뱉어 내는 달뜬 숨과 비에 젖은 살 내음으로 가득 찼다. 천천히 허리를 뒤로 빼며 치받는 힘이 부드럽지만은 않았다. 시훈이 턱턱 허리를 움직여 찌를 때마다 뒷덜미에 오소소 소름이 돋았다. 머리 양옆으로 가볍게 결박한 상태로 손목을 그러쥔 시훈이 입술을 달싹였다.

"아니… 눈 감지 말고."

소리를 죽여 속삭인 명령은 부탁과 같다. 스르르 뜨인 눈이 자신을 응시하는 눈빛과 마주했다. 젖은 머리카락이 이마 위로 흐트러진 남자는 평소와 다른 분위기를 풍겼다. 이시훈은 빠짐없이 자신을 지켜보고 있었다. 그리고 말하고 있었다. 비 오던 골목에서처럼 나를 따라오라고. 지금 내가 당신과 함께 있노라고. 잡생각은 사라졌다. 지금만큼은 남자와 같은 비를 맞고 다시 온몸이 젖는대도 상관없을 것만 같았다. 달뜬 신음이 자꾸만 잇새로 흘렀다. 동시에 뿌리 끝까지 가득 치받힌 만족감에 더운 숨을 내뱉듯 짧은 감상을 흘렸다.

"……좋아…."

그 순간 시훈의 움직임이 멈췄다. 얼마 지나지 않아 흥분에 반쯤 감긴 속눈썹이 파르르 뜨이자 집요할 정도로 눈동자를 꿰뚫는 시선이 느껴졌다. 정적은 길지 않았다. 곧 숨이 턱 막힐 정도로 시훈이 강하게 몸을 붙여 왔다.

"하… 아…!"

머리가 새하얗게 비었다. 충격에 턱이 들리며 벌어진 입술로 혀가 밀려 들어왔다.

"우읍…! 으…."

입구까지 빠진 귀두가 한 번에 깊은 곳으로 쑤셔 박혔다. 방금까지는 전초전에 불과했다는 듯 움직이는 속도가 빨라지기 시작했다. 시훈이 아랫입술을 빨아올리며 입술을 떼자 이수에게서 탁한 숨이 터졌다. 빠르게 움직인 성기가 살짝 방향을 바꿔 치받자 이수의 성기가 다시 서기 시작했다. 시훈이 허리 짓을 할 때마다 발가락에 잔뜩 힘이 들어갔다. 엉덩이가 바들바들 떨리며 쾌감을 좇아 성기를 조였다.

"후우… 지금 여기가…."

시훈 역시 여유가 없기는 마찬가지였다. 성기를 감싸는 내벽이 전립선을 스쳐 찌를 때마다 달라붙어 쥐어짜는 것 같다. 어쩔 줄 모르겠단 표정으로 이수가 눈을 질끈 감았다 뜰 때에는 흥분으로 머리가 쭈뼛 서는 기분이었다.

시훈은 얼굴을 내려 솟아오른 유두를 입술 사이에 넣고 진득하게 빨아올리며 허리 짓을 멈추지 않았다. 너무 좋았다. 움찔거리며 생동하는 움직임이, 울퉁불퉁한 내벽을 찌를 때마다 시시각각 변하는 얼굴도, 입안에서 굴려지는 작은 돌기가 더할 나위 없이 좋았다. 깨끗한 피부를 빨아들여 가슴 주위에 자국을 남겼다. 이수가 화를 내며 남기지 말라 했던 경고는 잊힌 지 오래였다.

그동안 정이수의 몸을 가르고 들어갈 때마다 마주한 공허함은 조금도 느껴지지 않았다. 이전에는 상대가 드러내지 않은 감정을 흔들어 보려 정이수의 바닥을 헤집는 데 몰두했다면 오늘 밤은 모든 것이 달랐다. 목 아래 신음하는 소리를 온전히 듣고, 눈물이 흐르는 뺨을 핥고, 밭은 숨을 모조리 제 입속에 가두고 싶었다. 애타고 안달 나게 목이 말랐다.

"하… 윽! 흐으…."

몸을 뒤척이며 고양되는 사정감을 애써 참아 보려는 몸짓이 부질없었다. 체중을 실어 이수의 안쪽에 힘껏 삽입하자 깊은 곳까지 귀두가 박혔다. 더 깊은 곳으로 들어가고 싶다는 욕망이 절절 끓는 만큼 묵직한 타격음과 함께 살 부딪히는 소리가 오피스텔을 적나라하게 울렸다.

액을 흘리고 있는 성기가 올라붙은 채로 시훈이 움직일 때마다 단단한 배에 닿았다. 속절없는 쾌감에 정신을 차릴 수가 없었다.

"아… 학! 흐… 흡!"

사정하고 싶은 욕구가 머리끝까지 다다랐을 때 시훈의 몸이 거세게 몸을 찧어 올렸다.

"윽…!"

손 하나 대지 않은 이수의 성기가 두 번째 사정을 했고, 푹 처박힌 시훈의 성기도 같은 속도로 뜨거운 정액을 쏟아 냈다.

소파에 등을 대고 다리를 벌린 이수의 몸에 소리 없이 켜진 TV 불빛이 닿았다. 허벅지 뒤를 누르자 뻐끔대는 구멍 사이로 시훈의 성기가 쑤욱 들어갔다. 민감한 몸은 삽입만으로도 신음을 흘렸다. 이수는 헝클어진 뒷머리를 소파에 비비며 허리를 휘었다. 내려 보지 않아도 움직임을 그릴 수 있을 정도로 시훈은 속도를 조절하고 있었다. 느리게 왕복한 성기를 빼 일부만 걸친 채로 몸을 움직였다. 시훈은 아슬아슬하게 전립선 주위만 꾹꾹 눌렀다.

"으… 흑…."

러그 위에서 시훈이 몰아붙인 감각을 몸이 기억했다. 일부러 비켜 가며 찌르는 행동에 몸이 달았다. 이수는 차라리 제 손가락을 넣어 휘젓고 싶을 지경이었다. 시훈은 한 손으로 이수의 두 손목을 머리 위로 틀어쥔 채 허리를 붙여 왔다.

TV 화면을 등지고 있는 시훈의 얼굴이 어둠 속에 가려 있었다. 어떤 표정을 짓고 있는지 알 수 없지만 저를 바라보고 있는 눈빛만은 또렷했다. 살짝 벌어진 입이 신음 섞인 호흡을 내뱉었다. 다 들어오지 않은 성기를 구멍이 빨아 당기듯 죄었다. 손을 내려 접합 부위를 매만지자 이수의 허리가 퍼뜩 튀어 올랐다. 이윽고 시훈이 내벽 안쪽 살짝 튀어나온 부분을 꾹 눌러 왔다.

"흡…! 하윽…!"

크게 눈을 뜬 이수의 목에 잔뜩 힘이 들어갔다. 백지 위로 날것의 흥분이 마구 흩뿌려지는 느낌에 온몸이 부르르 떨렸다. 정신없이 나뒹구는 편이 차라리 나았다. 시훈은 마치 포식자처럼 이수의 반응을 낱낱이 살폈다. 하얗고 말갛게 드러난 이마며 이목구비가 섬세하게 자리를 잡고 있었다. 부드러운 턱선 아래 긴 목을 따라가면 울긋불긋 자국이 남은 가슴이 보였다. 뾰족하게 선 유두에 잠시 머무른 시선은 우물처럼 팬 배꼽까지 이어졌다. 허리를 붙이면 양쪽으로 벌어진 허벅지 안쪽 근육이 가련하게 경련했다.

"하아… 누를 때마다… 얼마나 조이는지 모르죠."

좆은 좆대로 짓이겨지고 있는 데다 정이수가 곧 울 것처럼 흥분에 못 이기는 모습에 아랫배가 더욱 묵직해졌다. 반복해 찔어 넣자 엉덩이가 움푹 팰 정도로 근육이 조여들었다.

"아흑…! 이, 이거… 그만, 그…만…!"

눈물을 매단 눈이 시훈을 올려 본다. 애걸하는 목소리를 쥐어짜 봐도 오싹오싹 감겨 오는 감각만은 어쩌지 못했다. 시훈이 빠르게 허리를 털었다. 다분히 의도된 움직임이 전립선만을 중점적으로 찌르고 짓이겼다.

두 번이나 사정한 성기에서 몽글몽글 프리컴이 나왔다. 손을 붙잡혀 좆을 잡고 흔들지도 못하는 괴로움에 신음하는 사이 시훈이 쾅 허리를 쳐올렸다. 그 순간 눈앞이 번쩍이며 신음조차 내뱉지 못한 이수가 눈을 홉뜬 채로 입을 벌렸다. 눈꼬리에 매달린 눈물이 관자놀이를 타고 흘렀다.

푸들푸들 허벅지가 떨렸다. 사정하지 못한 성기는 여전히 꼿꼿이 발기한 상태로 꺼덕이기만 할 뿐이었다. 정액 한 방울 흘리지 않고 오르가슴을 느낀 이수가 충격으로 허리를 잔뜩 휘었다. 저절로 내밀어진 가슴 위로 시훈의 입술이 따라왔다. 유두를 머금어 자국을 남긴 시훈이 겨드랑이 사이로 팔을 넣어 가뿐히 이수를 들어 올렸다.

"하아…."

소파에 앉은 시훈의 몸 위로 올라탄 자세가 되자 이수가 몸을 내리며 연결된 부분이 더욱 깊숙이 삽입됐다. 완전히 풀어진 울퉁불퉁한 내벽은 굵은 성기가 뚫고 지날 때마다 꽉 죄어 왔다. 계속된 정사에 이수도 시훈도 온몸이 끈적였다. 시훈의 미끄러운 어깨 위로 이수의 손톱이 콱 박혔다. 익숙해지지 않는 이물감과 깊숙이 삽입된 탓에 느껴지는 약간의 통증, 그리고 소름 끼치는 야릇한 쾌감에 작게 머리를 털어 냈다.

"…흐응… 으…."

성기가 삽입된 엉덩이를 주무르던 손이 허벅지를 쓰다듬며 이수를 다독였다. 안쪽 허벅지를 스쳐 간 손은 사타구니 쪽을 피해 날씬한 배 위로 미끄러지며 세운 허리를 붙들었다. 이내 이수가 숨을 쉴 때마다 언뜻 드러나는 갈비뼈를 지나 등허리를 감싸 안은 손이 따뜻하고 부드럽게 몸을 쓸었다. 빗소리가 숨을 죽인 두 사람 사이로 부지런히 창을 두드렸다.

어쩐지 부끄러워 숙인 얼굴 아래로 시훈이 어르듯 이마를 맞대자 불쑥 마주친 시선에 이수의 얼굴에 열이 올랐다. 본 적 없는 온화한 눈빛이 가만히 이수를 응시했다.

"왜, 우리… 처음에 이랬잖아."

기억이 남자의 몸 위에 군림하듯 앉았던 그날로 이수를 이끌었다.

시훈에게 행한 쓰디쓴 복수가 이내 달콤한 추억처럼 그윽하게 스며들었다.

둥글게 말린 이수의 등을 누른 시훈은 뾰족하게 유두를 세운 가슴에 얼굴을 묻었다. 짐짓 여유 있는 체해 봐도 짐승처럼 이수를 파고들고 싶은 욕망은 쉬이 꺾이지 않았다. 젖은 몸을 핥고, 끌어안아 정이수 안으로 더 깊이 들어가고 싶었다. 시훈이 깊게 숨을 내쉬고 유륜 주변을 살짝살짝 빨아들이다 놓았다. 높게 뻗은 코끝에 유두가 스치며 간지러웠다.

"으흥… 흐… 응…."

세게 빨아 줬으면 좋겠다. 애태우지 말고, 혀로 마음껏 희롱하고 입술 새에 넣고 당겨 줬으면 좋겠다는 불순한 바람이 천박하게 이수를 재촉했다. 입술을 감쳐문 이수의 손이 시훈의 머리를 끌어당겼다.

"빨아 줬으면… 좋겠어요, 여기?"

시훈이 부스스한 머리카락을 들어 올려 몽롱한 정이수와 눈을 맞췄다. 요구하는 몸짓은 분명한데 도리질하는 모습에 시훈이 미소 지었다.

쏟아져 내린 머리카락 아래로 일그러진 입술이 망설이는 기색을 띠었다. 항상 정이수가 나이에 비해 어려 보인다 생각하기는 했지만 예기치 못한 때는 더더욱 그러했다. 무언가를 고민하고 당황하는 낯을 볼 때였다.

"…움직여 봐요."

"흐…."

속삭이는 시훈의 부탁에 느릿느릿 허리가 움직였다. 뒤로 접힌 매끈한 다리에 힘을 주고 유연하게 흔드는 몸을 훑어가는 시훈의 입에서 더운 숨이 상대의 이름을 대신해 쏟아졌다. 정이수, 정이수, 정이수. 드라이 오르가슴 이후로 사정하지 못한 이수의 성기가 움직일 때마다 시훈의 배에 비벼졌다.

힘이 드는지 색색대는 숨소리가 가까이 닿아 있는 시훈에게 고스란히 전해졌다. 눈물에 엉킨 속눈썹이 올라가며 보인 야릇한 두 눈이 시훈과 시선을 맞췄다. 그리고 인상을 쓴 울 듯한 얼굴이 짜증을 내는 것처럼 입술을 달싹였다.

"하아… 움직이고… 움직이고, …있잖아. 그러니까 이제… 이제, 빨리…."

애원은 황홀했다.

땀이 아롱아롱 맺힌 턱을 빨았다. 붉은 뺨을 핥아 올리고 젖은 눈가에 입을 맞췄다. 그리고 통통하게 물기를 머금은 입술 속으로 혀를 밀었다. 허리와 머리를 끌어당기자 저항 없이 안겨 온다. 긴 키스를 마치고 난 뒤 정이수의 허리를 단단히 쥐고 하체를 쳐올렸다. 더 이상 참지 않고 터트린 신음이 시훈을 자극했다. 부글부글 끓어오르는 욕망과 한시도 눈을 뗄 수 없는 정이수를 시야에 가득 채운 시훈이 이수의 성기를 잡았다. 몇 번 움직이지 않은 손안에 묽은 정액이 울컥 쏟아졌다. 배가 훅 꺼진 이수가 사정한 여운을 느끼기도 전에 퍽퍽 올려치는 힘에 몸이 둥글게 곱아들다 순간적으로 허리를 뒤로 젖혔다.

"하윽…! 응… 으웃…!"

눈앞이 뿌옇게 흐려졌다. 시훈의 성기가 콱콱 박히는 구멍 안이 까마득한 쾌감을 이끌어 냈다. 간신히 붙잡은 단단한 어깨에 손가락을 박아 넣었다. 발딱 선 유두가 시훈의 입술 안에서 굴려졌다. 퍽 퍽 엉덩이를 때리는 소리가 점점 끝을 향해 갔다. 이수는 어깨를 그러쥔 손을 놓고 시훈의 머리를 껴안았다. 그에 이수의 어깨 위로 턱을 올린 시훈이 으스러질 듯 이수를 당겨 안았다.

그 순간 닫힌 문을 열고 안정과 충만함이 이수의 마음속에 빠듯하게 차올랐다. 그리고 깊숙이 자리를 틀고 있던 낡은 상자가 화르르 불타올랐다. 더 이상 열어 보지도, 보고 싶지도 않을 유진우의 상자가.

"…흑… 흐읍…"

뺨 위로 뜨거운 눈물이 흘렀다. 젖은 뺨을 단단한 어깨 위로 비비자 흐느낌이 시훈의 귀를 파고들었다. 그때 온몸을 욱여넣을 것처럼 쳐올린 시훈이 아마도 입을 열었던 것 같다.

…이수야.

혼몽한 정신이 마지막 절정과 함께 불린 이름을 인지하지 못한 사이 뿌리 끝까지 성기가 박히며 몸 안에 왈칵 정액이 쏟아졌다. 정이수. 이수야. 이수. 정이수. 둥둥 떠가는 의식 너머로 반복해 불리는 이름의 주인은 제가 아닌 것 같다. 다만 다정한 목소리로 이름을 부르는 남자의 의도만은 짐작할 수 있었다. 울지 말라고… 아니, 마음껏 울어도 좋다고.

탈진하다시피 몸을 축 늘어뜨린 이수는 시훈의 어깨 위로 뺨을 기댄 채 눈을 감은 상태였다. 미동도 없이 기절하듯 잠이 든 상대에게서 가느다란 숨소리가 들렸다. 시훈은 자신의 품 안에 무너진 이수의 등을 가만히 다독였다. 손이 닿을 때마다 제 품을 파고드는 이수의 살결에 시훈은 몇 번이고 입술을 문지르며 가볍게 입을 맞췄다.

시훈이 긴 숨을 내쉬었다.

"…정이수."

흐르는 강인 줄만 알았던 정이수가 순식간에 범람해 제 발목을 적시고 목까지 차오르고 있었다. 이수의 목덜미에 입술을 파묻은 시훈이 눈을 감으며 탄식했다.

"……어떡하냐… 빠지면…."

창밖으로 여전히 비가 쏟아지고 있었다.

* * *

몸을 닦고 뒤처리를 하는 동안 잠든 정이수는 가끔 신음과 함께 뒤척이기만 할 뿐이다. 그동안 얼마나 마음고생을 했는지 한눈에 봐도 살이 내린 몸은 유약했다. 다른 남자가 남긴 그늘을 보고 있는 건 분명 유쾌하지 않았다. 그러나 어쩔 수 없다. 시선 끝에 정이수가 있는걸.

욕실에서 씻고 나온 후 주인 허락 없이 빌린 티셔츠를 꿰어 입은 시훈의 눈에 그제야 거실 풍경이 들어왔다. 우연히 방문한 그날처럼 텔레비전은 소리 없이 켜져 있고, 테이블 위로 몇 종류의 잡지와 스마트 패드, 노트북, 그리고 전시회 리플릿 몇 가지가 어지럽게 널려 있었다. 리모컨으로 전원 버튼을 누르던 시훈은 TV장 위에 엎어져 있는 액자를 발견했다. 뒤집힌 액자에는 교복을 입은 정이수와 짐작 건대 어머니일 여성이 꽃다발을 들고 서 있었다. 말간 얼굴이 해사 하게 웃는 모습은 같은 얼굴로 웃고 있는 어머니와 꼭 닮았다.

"…어머니를 닮았네."

어린 이수를 눈에 담은 시훈이 텔레비전 옆으로 액자를 세워 놓 고 집 안을 살폈다.

단순히 인테리어에 관심이나 소질이 없다고 치부하기에 오피스텔 은 생기라고는 찾아볼 수 없었다. 벽에 걸린 그림이나 하다못해 액 자에 끼워 놓은 사진도 한 장뿐인 집은 텅텅 빈 박스처럼 보였다.

냉장고 문을 열어 본 후에는 절로 한숨이 새어 나왔다.

"이게 뭐야…."

생수 열댓 개와 먹다 만 숙취 음료, 언제 넣어 뒀는지 모를 숨이 다 죽은 샌드위치만 덩그러니 있을 뿐이다. 냉장고 문을 닫고 바닥 에 널브러진 이수의 옷을 다용도실에 넣어 둔 시훈이 침실로 걸음을 옮겼다.

잠든 얼굴을 빤히 내려 본 시훈이 침대 옆 협탁을 열어 본 건 단 순한 충동이었다. 혹시나 하는.

"음…."

탱탱한 실리콘 덩어리 끝을 잡고 좌우로 흔들어 본 시훈이 눈을 굴리며 몸을 일으켰다.

느리게 눈꺼풀이 올라갔다. 익숙한 천장이 보이고 습관처럼 벽시계를 확인하고 나서야 10시간이 넘게 잤다는 사실을 깨달았다. 블라인드 사이로 들어오는 빛은 한낮을 알리고 있었다.

숙취에 머리를 짚어 보다 맨살이 닿는 느낌에 이불을 걷었다. 티셔츠 한 장뿐이지만 멀끔하게 갈아입혀진 옷이나 조금 쓰리기는 해도 깨끗하게 닦인 다리 사이가 어제의 기억을 떠올리게 만들었다.

타지 못한 택시, 빗속에서 마신 소주, 이시훈을 붙잡은 손과 거실에서 나눈 섹스. 그리고 이수야, 라고 부르던 목소리.

"……."

이마를 짚은 손 아래로 끙 앓는 소리가 절로 나왔다. 한바탕 운동이라도 한 것처럼 아픈 몸도 문제였지만 단편적으로 잘린 기억이 더 문제였다.

침대 밑으로 다리를 내리자마자 꺾이는 허리와 무릎에 간신히 힘을 줘 거실로 나갔다. 습관처럼 텔레비전을 보는데 화면은 꺼져 있고, 테이블 위에 올려 둔 물건들이 한쪽에 가지런히 모여 있다. 당혹감에 드문드문 끊긴 기억을 더듬어 보다 눈앞의 소파 때문에 그마저도 포기했다. 소파와 러그 위에 정사의 흔적이 그대로였다. 세수하듯 두 손으로 얼굴을 벅벅 쓸어 내다 식탁 위로 몸을 짚었을 때는 고개를 갸웃거릴 수밖에 없었다.

숙취 음료와 생수 한 병이 놓여 있었다. 겨울이 아니면 뭐든 몽땅 냉장고로 집어넣는 자신의 습관과는 다른 그림이었다. 숙취 음료를 끌어다 손에 쥐어 보는 사이 식탁 위에 놓인 핸드폰에 메시지 알림이 떴다.

-티셔츠 좀 빌립니다.

-냉장고에 죽 있어요. 용기째로 데워 먹으면 됩니다. 그리고 쉬는 게 좋겠어요. 무리했습니다.

메시지를 확인한 이수의 얼굴이 순식간에 벌겋게 달아올랐다. 핸드폰을 던지다시피 내려놓고 의자에 털썩 주저앉았다. 텅 빈 집이 익숙해서 시훈의 존재를 잊고 있었다.

"하아…."

무슨 생각으로 시훈을 잡았는지 모르겠다. 문이 닫히자 물밀듯 밀려오는 상실감 때문이었을 것이다. 긴 밤을 홀로 지새울 자신도 없었고, 약속 시간을 목전에 두고 가지 않은 선택의 이유를 누구라도 붙잡고 물어야 했다. 가지 말라고 했기 때문이라고. 당신이 그런 당위를 나에게 주었노라고 따져야 했다. 인사조차 못 한 이별에 이시훈 당신에게도 조금의 책임은 있노라고.

그런데 뜨거운 몸을 끌어안고 차마 그러지 못했다. 모든 것은 태풍처럼 몰아쳤다.

아픈 머리를 짚어 내고 있을 때 다시 한번 핸드폰이 울렸다. 캘린더에 예약해 둔 알림 기능이었다.

요양원 방문.

날을 가늠해 보면 마지막으로 다녀온 지 벌써 두어 달이 지났다. 오늘이 지나면 한동안 방문이 어려울 테다. 재빨리 몸을 씻고 되는 대로 옷을 주워 입었다. 오피스텔을 나서는 이수의 뒤로 식탁 위의 숙취 음료와 냉장고 속 죽은 그대로였다.

한바탕 비가 쏟아진 뒷날은 청량했다. 요양원으로 들어가는 길목의 나무들은 이전에 방문했던 때보다 잎이 더 푸르렀다. 데스크에 인사를 하고 병실로 들어가자 엄마가 있어야 할 침상이 비어 있었다. 당혹감에 주위를 둘러보는 이수에게 옆자리의 요양 보호사가 창밖을 가리킨다.

"좀 전에 산책 가셨어요. 요 앞에 있죠? 정원하고 연결된 길."

고맙습니다. 인사를 한 뒤 정원과 이어진 길을 밟았다. 소담하게 가꾼 길 안쪽으로 등나무가 드리운 벤치에 엄마가 요양 보호사와 함께 등을 지고 앉아 있었다. 옷을 정리해 주던 요양 보호사가 이수를 발견하고 손을 흔들었다.

"왔어요? 여기 와서 앉아요. 오늘 날이 좋아서 좀 걸었어요."

"네."

당연하게 이수를 먼저 맞는 이는 요양 보호사다. 요양원으로 모신 엄마가 아들을 알아본 적은 거의 없던 터라 서운하지는 않았다. 티셔츠를 펄럭이며 이수가 엄마 앞으로 허리를 숙인 순간이었다.

"이수 왔어?"

눈이 크게 뜨였다. 엄마 목소리로 너무 오랜만에 불리는 이름이었다.

"…엄마."

또렷한 눈동자가 이수를 마주 보며 웃는다. 가지런히 정돈된 머리카락이나 생기가 도는 입술이 보기 좋았다.

"아침에 일어나서는 식사도 맛있게 하시고, 오늘 봉사자들이 와서 머리도 다듬어 주셨거든요. 오랜만에 기운이 도시나 봐요."

옆자리에 앉은 이수의 손부터 잡은 엄마가 손바닥 전체를 꾹꾹 눌러 보더니 걱정 어린 눈으로 얼굴을 바라본다. 걱정을 잔뜩 매단 손이 얼굴이며 팔을 쓸어내렸다.

"이수야, 왜 이렇게 말랐어?"

"마르긴…. 여름이라 그렇게 보이나 보다."

신경 좀 쓰고 올걸. 빠듯한 시간 때문에 거울 한번 제대로 보지 못한 게 후회가 됐다. 오늘처럼 엄마 정신이 맑은 날은 흔치 않아 더 그랬다. 대학을 졸업하고 회사에 입사한 이수가 집을 떠났을 때 엄마가 쓰러졌다. 전부터 더디게 진행된 치매가 그쯤부터 더 악화되기 시작했고, 간혹 정신이 돌아올 때는 미안하다는 말만 수십 번 했다. 하나밖에 없는 가족이자 엄마를 돌볼 사람은 저뿐이었다.

"보호사님이 봐도 우리 아들 말랐죠?"

"그래도 인물이 훤칠해서 연예인 같아요."

"하기는 우리 이수가 정말 예뻐요. 엄마가 이 모양 이 꼴인데… 어쩜 이렇게 잘 컸는지…."

자칫하면 또 울지 싶어 이수가 맞잡은 손을 살살 흔들었다.

"그럼 두 분이서 잠깐 시간 보내세요. 저는 조금 있다가 올게요."

입이 열 개라도 할 말 없는 죄인인 걸 알고 있으니 정신이 돌아오면 이렇게밖에 해 줄 수 없다. 지금 와서 엄마 노릇을 흉내조차 못 내는 몸뚱이는 늙고 쇠약하기만 할 뿐이다.

"미안해서 어쩌니…. 엄마가 또 사고 쳤지?"

"안 그랬어."

정신이 드문드문 돌아올 때 눈치챘지 싶었다. 그래도 끝내 아니라고 고개를 저은 이수가 얼굴도 못 드는 엄마를 물끄러미 바라보았다. 등나무 아래로 새어 들어온 햇살이 엄마의 얼굴 위로 생기를 불어넣었다. 몇 번을 망설인 끝에 이수가 엄마의 허리를 끌어당겨 마른 가슴 위로 얼굴을 묻었다. 제정신에 안아 본 기억은 대학교 졸업식 때가 마지막이었나. 이수뿐 아니라 엄마 역시 놀란 듯 몸이 잠시 굳었다. 곧 등 위로 마른 손이 와 닿았다. 조금 지친 탓이리라. 해진 둥지라도 파고드는 건.

이수는 온기를 느끼며 2년 전, 제가 만든 광고 문구를 살짝 빌려 왔다.

"전선자 씨, 오늘… 참 예쁘십니다."

부려 본 적 없는 애교를 어떻게 부려야 할지 고민한 이수가 생각해 낸 묘안이었다.

"…얘가 뭐래."

당황스러워하면서도 싫지 않은지 작은 웃음소리가 터져 나왔다. 엄마의 웃는 얼굴을 봤으니 됐다. 뿌듯한 기분을 느낀 것도 오랜만이었다.

"일이… 힘들지? TV 보면 서울에서 일하는 사람들은 밥 먹을 시간도 없다는데… 너가 다니는 회사도 그래? 그래도 굶지 말고 챙겨 먹어야지. 요즘은 뜯어서 레인지만 돌리면 되는 것도 많잖아."

응. 응. 살살 다그치는 잔소리가 싫지 않았다.

이상한 날이 있다. 전지전능한 누군가가 내 삶을 편집하는 것 같은 날들. 힘들어 미칠 만큼 가혹한 상황들이 내내 이어지다 오늘은 한숨 쉬어 가라 다독이는 것처럼 숨 쉴 틈을 틔어 준다. 그래도 아직 살 만하다고. 살아야 한다고. 엄마의 배에 얼굴을 묻은 이수가 머리 위로 조곤조곤 이어지는 목소리를 들으며 편안히 눈을 감았다.

늦은 저녁, 오피스텔 문을 열고 들어오자 거실 한 귀퉁이가 주홍색 노을빛으로 물들어 있었다. 텔레비전은 여전히 꺼진 그대로였다. 그 모습을 조용히 응시한 이수가 냉장고를 열었다.

"아… 이거 뭐….."

냉장고 안에는 포장된 죽과 함께 날이 지나도 먹을 수 있는 간편식이, 다른 칸에는 소분되어 포장된 과일이나 야채가 열 맞춰 정리되어 있었다. 짧은 한숨이 나왔다. 언제, 무슨 꼴로 이걸 사다 날랐을까. 꼬리를 문 생각에 아랫입술을 짓이겼다. 열린 냉장고에 얼굴이 차가워질 즈음 이수는 복잡한 생각은 일단 접어 두기로 했다. 이걸 먹으세요. 딱 봐도 그렇게 보이는 용기에 포장된 죽과 반찬을 식탁 위로 내놓았다. 전자레인지를 열고 죽을 용기째로 넣어 타이머를 맞췄다.

불빛을 뿜으며 천천히 돌아가는 기계를 보고 있다 시간에 맞춰 용기를 꺼냈다. 차례로 뚜껑을 열고 일회용 수저를 뜯어 나란히 정렬했다.

"……"

김이 모락모락 나는 죽을 멍하게 내려 본 이수가 문득 비어 있는 식탁 앞자리를 바라봤다.

"……"

그리고 흠. 목을 가다듬는다. 삐죽 솟은 생각이 아무래도 불편했다. 숟가락으로 죽을 떠 후후 불어 입에 넣었다.

망설이다 첫 술을 넘기고 나니 다음부터는 입맛이 돌았다. 슥슥 긁어 바닥을 비우고 옆에 놓인 숙취 음료까지 까득 뚜껑을 따서 단번에 넘겼다. 배가 불렀고, 다음은… 미루어 둔 일을 마무리해야 할 시간이었다.

해가 떨어진 오피스텔 안에 노을이 지고 저녁 빛이 내려앉았다. 이수는 핸드폰 잠금을 풀고 쌓인 메시지를 확인했다.

유진우 본부장, 유진우 본부장, 유진우 본부장, 유진우, 유진우, 유진우. 부재중 통화 목록에 유진우 본부장이 남긴 기록이 한가득이었다. 이수는 망설임 없이 메시지와 부재중 통화 목록을 지우고 마지막으로 그의 번호를 지웠다.

식탁 위로 팔을 괴고 엎드려 눈을 데구루루 굴렸다. 생각보다 담담했고, 생각보다 견딜 만했다. 하늘이 무너질 것 같더니 모든 것이 그대로였다. 심장 부근에 손을 가져다 대었다. 헛헛한 속에 들어간 죽이 따뜻한 열을 피워 기운을 불어넣었다. 혼자 있는 집이 싫어 일을 핑계로 켜 두었던 텔레비전이 꺼진 오피스텔은 고요하고 어색했으나 나쁘지 않았다.

의자를 뒤로 밀고 일어난 이수가 옷장 문을 열었다. 한편에 고이 모셔 놓은 슈트 한 벌과 중요한 날에만 아껴 입던 셔츠도 옷걸이에서 당겨 뺐다. 품 안에서 굴려 뭉친 옷을 들고 다용도실 문을 열었다. 제일 큰 봉투를 펼쳐 옷들을 전부 밀어 넣고 끝을 단단히 여몄다.

다시 거실로 돌아와 바닥을 비운 용기를 들고 쓰레기봉투를 펼친 이수가 어금니를 슬쩍 밀었다.

"하… 이시훈."

쓰레기봉투 안에 딜도가 처박혀 있었다. 허리춤에 손을 올리고 실리콘 덩어리를 쏘아본 이수의 얼굴에 피식 어이없는 웃음이 샜다. 고개를 절레절레 흔든 이수가 그대로 다용도실 불을 끄고 문을 닫았다.

Part 3. Affordance

　하루 연차를 냈다. 그동안 모아 놓은 연차만 해도 한 달은 족히 쉬어도 될 테지만 이수는 단 하루만 저에게 휴식을 허락했다. 더 이 상 시간도 감정도 허비하고 싶지 않았다. 입구를 봉한 쓰레기봉투를 버리고 창을 열었다. 여름밤 공기를 한껏 맡았다. 뭘 해야 할지 망 설이거나 고민하지 않았다. 사람이 떠난 자리는 흔적을 지우고 텅 빈 마음은 음식으로 채웠다. 그리고 핏발이 선 눈은 오래도록 감아 쉬게 해 주었다. 목이 마르거나 화장실이 가고 싶을 때를 빼고 이수 는 하루 종일 잠을 잤다.

　꿈을 꾸지 않았다. 현실을 온전히 받아들였기 때문이었다. 내일은 온종일 바빴으면 좋겠다. 그래야 다시 살아가고 있다는 확신을 할 수 있을 테니까.

익숙하게 리모컨을 눌러 텔레비전을 켜 놓은 상태로 출근 준비를 시작했다. 신발을 신기 전 집을 한번 돌아보았다. 모든 것이 제자리에 있었다. 그러니 오늘도 하루를 살아간다. 이수는 평소보다 더 일찍 집을 나섰다. 몸은 가뿐했고, 두통도 없었다.

아무도 없는 사무실에 도착해 제 자리를 찾아갔다. '기획 1본부 기획 2팀 팀장 정이수'. 책상 위에 어수선하게 펼쳐진 명함을 한쪽에 가지런히 밀어 두고 업무 준비를 시작했다.

재킷을 벗고 사원증을 목에 건 이수의 눈에 책상 너머 고우재의 컴퓨터가 보였다. 7시 반이 간신히 넘은 시각이었다. 퇴근할 때 전원도 안 끄고 가나. 김민주 대리를 통해 보안 사항을 재차 일러두어야겠다 생각하며 카페테리아로 올라갔다.

일반 사원들이 출근하는 시간보다 앞서 오픈하는 카페테리아에서는 자유롭게 놓인 테이블이 이제 막 정리를 끝낸 듯 반짝였다. 창을 향해 배치된 바 스툴에서는 해외 업무를 담당하는 몇몇 직원이 샐러드로 간단한 아침을 먹고 있었다.

"안녕하세요, 주문 도와 드리겠습니다."

"아이스… 잠시만요."

커피를 주문하려던 이수의 시야에 문득 고우재가 보였다. 테이블에 자리를 잡고 앉은 고우재가 샌드위치를 크게 한 입 베어 물고 있었다. 괜한 오해가 순식간에 풀렸다. 고우재는 노트북을 앞에 두고 고민을 하는지 불룩하게 볼을 부풀린 채 이마를 잔뜩 찡그리고 있었다. 코앞까지 다가갔는데 알아채지 못하고 집중하는 모습에 이수가 테이블을 돌아 고우재의 뒤편에 섰다.

노트북에는 이번 인턴들에게 과제로 내 준 브로슈어 디자인 시안이 펼쳐져 있다. 뭐가 마음에 안 드는지 이리저리 화면을 클릭하던 고우재가 인기척을 느끼고 언뜻 행동을 멈췄다. 천천히 고개를 돌린 고우재가 비명을 질렀다.

"으…악! 아, 안녕하십니까!"

"시안?"

놀라서 심장을 붙든 고우재와 달리 이수는 인사 대신 턱짓으로 화면을 가리켰다.

"아, 네. 이거 제작실 인턴이 어제 새벽에 전달해 줘서요."

"뭐가 그렇게 마음에 안 들어요?"

그런 말 한 적 없는데…. 당황한 고우재에게 이수가 자신의 미간 사이를 짚어 보였다. 인상. 그제야 고우재가 이수를 따라 자신의 눈 사이를 만져 보고 힘이 잔뜩 들어간 걸 깨달았다.

"내용은 다 들어가 있는데… 팀장님이 보시기에는 어떠세요?"

"음, 지루해서 안 볼 것 같은데. 야마가 없네."

요즘 같은 세상에 종이로 인쇄된 브로슈어를 누가 보겠냐마는 펼쳤을 때 빈 공간 하나 없는 레이아웃이 제일 먼저 문제였다. 시각디자인 전공인 고우재가 긍정한다. 목차부터 내용 구성과 타이포며 컬러, 종이 재질까지 일일이 열거해 묻고 답하는 시간이 조금 길어졌다. 얼추 대화가 마무리될 때쯤 수정 사항을 정리한 고우재가 이수에게 물었다.

"팀장님, 혹시 복수 전공 하셨어요?"

"내가 졸업한 지가 언젠데 그런 거 따져요."

고우재가 멋쩍어하며 씨익 웃는다. 미대생 사이에서도 보는 눈이 남다른 사람들이 있다. 특출한 심미안을 가진 사람들. 노력만으로 얻을 수 없고 타고날 수밖에 없는 부분. 고우재는 정이수 팀장을 보며 분명 그런 부류일 거라 생각했다. 그래서 실수가 입 밖으로 새어 나왔다.

"팀장님, 기획이시면서 제작, 연출, 사운드까지 다 보신다더니… 와아…."

이수가 노트북을 바라보는 채로 무신경하게 입을 열었더랬다.

"제작실 인턴들이 뒷담화 해요? 나 때문에 머리 아프다고?"

고우재는 아차 싶었다. 딱 오해할 만한 상황에 이런 무례가 없다. 인턴 찌끄레기가 뭐라고 하늘 같은 팀장님께 어쩌구저쩌구 말을 하냔 말이다. 얼른 두 손을 들어 손사래를 친 고우재가 사실을 실토했다. 얼굴이 발개진 상대를 보고 이수가 한쪽 입술을 올려 웃었다. 사죄마저 열정적인 녀석을 보자니 놀리고 싶었다.

"아뇨, 아뇨…! 뒷담화 아니고, 팀장님 멋있으시다구…. 저희 단톡방에서 난리예요. 올라운더시라고…."

그제야 의자 등받이로 등을 기댄 이수가 심드렁히 말을 이었다.

"당연한 것 같은데…. 우리 프로잖아요. 돈 받고 일하는."

이수를 보는 고우재의 눈빛에 경외심이 깃들었다. 잠은 언제 주무실까. 종일 업무에 집중하는 정이수 팀장을 보고 있노라면 하루 24시간도 부족할 것 같았다.

알림 소리에 이수가 핸드폰으로 메일을 확인하는 사이 흘끗 이수의 얼굴을 뜯어보던 우재가 잠깐 숨을 참았다. 부드러운 외모와 달리 어딘가 서늘한 인상이 묘한 분위기를 만드는 사람이었다. 얼굴을 붉힌 고우재가 노트북을 당겨 보다 말고 반쯤 몸을 일으켰다.

"안녕하십니까!"

이수가 고우재의 움직임을 따라 시선을 돌리자 먼 거리를 두고 이시훈이 주문한 커피를 기다리고 있었다.

주말 밤 흐트러진 채로 저를 몰아붙인 모습과 달리 이시훈은 중요한 미팅이 있는지 타이까지 말끔하게 갖춰 입고 있었다. 그 모습이 이질적으로 느껴진 이수의 시선이 순간 밑으로 떨어졌다. 가슴 안쪽이… 어수선하게 뛰었다. 숨을 고른 이수가 속눈썹을 올리자 기다렸다는 듯 시훈과 눈이 마주쳤다. 그러자 한쪽 허리춤에 손을 올리고 삐딱하게 선 시훈은 표정 없이 까닥 고개를 숙인다. 필시 마주쳐야 할 사람이지만 예고 없는 조우에 표정 관리가 잘됐는지 모르겠다. 부득불 인사를 나누게 된 이수가 가벼이 턱을 내리고 다시 메일을 확인했다.

[안녕하세요, 정이수 팀장님. 디오건설 홍보마케팅팀 팀장 강지수입니다. 제안 주신 내용을 토대로 현재 내부에서 …]

후우. 짧은 한숨이 튀어나왔다. 그다지 길지 않은 메일 내용을 반복해 읽던 이수는 몸 안으로 들어온 시훈의 온기를 기억해 냈다. 파노라마처럼 상기된 그 밤에 저절로 열이 올랐다. …젠장. 그 바람에 이수가 곤란한 낯으로 눈을 감았다.

팀장님.

"몸은 괜찮으세요?"

눈을 뜨자 걱정 어린 고우재의 얼굴이 먼저 보였다.

"네. 전에 준 비타민, 그거 효과 좋던데요."

먹지는 않고 서랍에 넣어 두었지만 이수는 눈 하나 깜짝하지 않고 선의의 거짓말을 했다. 그날 어린 인턴이 내민 친절을 박대한 일이 마음에 걸려서다.

"그죠? 엄마가 다단계 하는 이모한테 산 건데 제가 잘 샀다고 한 유일한 물건이에요."

진지한 고우재 때문에 이수의 얼굴에는 대번에 웃음이 번졌다. 기분이 바람을 맞은 것처럼 환기됐다.

"제가 몇 개 더 드릴게요."

"됐어요. 말만으로도 고맙네."

웃음기를 띤 이수가 시간을 확인하고 자리에서 일어났다.

"김민주 대리한테 들으니까 야근 자주 하는 것 같던데, 무리하지 말아요. 회사에서 부려 먹으려고 인턴 뽑는 거 아니에요. 가르치려고 뽑는 거지."

"네, 알겠습니다."

머쓱한 고우재가 뒷머리를 긁적이며 씨익 웃어 보였다. 무관심해 보이지만 정이수 팀장은 업무 분장에 꽤 신경을 써 주는 편이었다. 같이 인턴 생활을 시작한 동기들은 의미 없는 야근에, 회식 때문에 피곤하다는 푸념을 늘어놓는 걸 보면 팀을 잘 배정받은 게 분명했다.

아침에 출근하면 자신이 그날 처리해야 할 일들이 있었고, 눈치껏 야근을 하려고 하면 사수인 김민주 대리가 팀장님은 자리만 지키는

거 딱 싫어한다며 손을 휘휘 내저었다. 덕분에 적당히 긴장하고 적
당히 바빴다.

"먼저 내려갑니다."

반이나 남은 샌드위치를 가리키며 천천히 먹고 오라는 당부를
주고 난 후 이수가 못다 한 커피 주문을 위해 카운터 앞에 섰을 때
였다.

"주문할게요. 아이스…"

얼굴을 확인한 아르바이트생이 황급히 말을 자르며 이수의 앞으
로 이미 제조된 커피를 밀어 주었다.

"좀 전에 나가신 분이 주문하고 가셨어요. 아이스 아메리카노, 맞
으시죠?"

얼떨결에 커피의 차가운 기운이 손바닥 가득 전해졌다.

사무실로 들어서는 이수에게 출근한 직원들이 가벼운 인사를 한
다. 이수는 2팀 사무실 방향으로 걸음을 옮기며 이시훈의 자리를 무
의식 중 돌아보았다.

느긋한 평소와 달리 꼭 맞춘 정장을 입은 이시훈은 재킷에 팔을
꿰며 진지하게 신 대리와 대화를 나누는 중이었다. 아마도 미팅 장
소로 이동하기 전 말을 맞춰 보는 중이리라. 잠시 핸드폰을 확인한
시훈이 걸려 온 전화를 받으며 어깨를 틀었을 때 우연히 이수와 눈
이 마주쳤다.

수화기 너머에 귀를 기울이는 이시훈의 시선이 이수가 손에 들고
있는 커피에 짧게 머물다 거둬졌다. 메모를 하려 어깨와 볼 사이에

핸드폰을 끼운 그가 책상 위로 허리를 숙였다. 그 모습을 뒤로한 이수가 자리에 도착해 커피를 책상 위에 올렸다. 차마 마시지 못하고 빨대 끝을 물끄러미 바라본 이수는 방금 전 상황을 떠올렸다. 아마도 시훈의 입술이 얕은 호선을 그렸던 것 같다. 너무도 짧은 순간이라 확실하지 않지만.

* * *

'시훈아, 숙모님이 이틀에 한 번꼴로 전화하시고, 시연이는 나한 테 문자 폭탄이야. 집에 가서 밥 먹는 시늉이라도 하고 와.'

가끔 안부 전화를 드리지만 전화를 걸면 몇 마디 없이 끊어 버리는 저보다 유들유들한 여 본부장이 안부를 묻기에 편할 테다. 사흘째 여 본부장의 볼멘소리가 이어지자 어쩔 수 없이 그 주 일요일 시훈은 본가로 향했다.

가족이 모두 모여 같은 식탁에 앉아 식사를 하는 건 5년 만이었다. 5년 전, 숟가락을 들기도 전에 아버지와 얼굴을 붉히고 나왔으니 그걸 식사라고 할 수 있을지 모르겠지만 말이다.

최근 어머니가 병원을 오가는 횟수가 잦다는 시연이의 전화가 없었다면 방문하지 않았을 테다. 어머니는 가사 도우미가 반찬을 내오는 족족 시훈에게 밀어 준다. 그 가운데 묵묵히 밥을 먹는 시훈과 이중건 회장 사이에 대화는 없었다. 불편한 식사를 마치고 차를 준비하는 동안 아버지는 서재로 들어가 버렸고, 시훈은 저택 2층으로 올라가는 계단을 밟았다.

2층에는 시훈과 시훈의 형 이시영의 방이 마주 보고 있었다. 시훈은 독립하기 전 자신이 쓰던 방으로 들어가는 대신 반대편에 있는 방문을 열었다.

방 안 가구들은 무명천으로 뒤덮여 온통 새하얗다. 손을 스치자 테이프 자국만 남은 빈 벽의 차가운 기운이 스몄다. 초등학교부터 고등학교 때까지 이시영이 받은 상장들이 나란히 걸린 벽 아래 이제는 흔적만 남은 자리가 있었다.

어릴 적 시연이 가지고 놀던 스티커로 붙여 놓은 사진은 아마도 이쯤에 있었다. 부서지는 포말. 세찬 물줄기가 굽이치는 사진은 형이 매달 구독하던 잡지에서 오려 낸 것이었다.

아마도 웃고 있었으리라 짐작한다. 잡지에서 오려 낸 사진과 비슷한 엽서를 발견하고 시훈에게 편지를 쓰는 동안 아마도 그랬을 것이라고. 빈자리를 더듬어 본 시훈이 방문을 닫고 나왔다.

서재에서 일을 보는 아버지에게 들어가 보겠다는 인사만 남겼다. 현관문 앞에서 신발을 신고 돌아선 시훈이 인사를 하기 전 어머니가 조심스레 입을 뗐다.

"그날은… 올 거니?"

"굳이 저까지 참석해야 할지 잘 모르겠어요."

굳은 표정의 시훈이 거절의 뜻을 비치자 어머니 뒤에 선 시연이 한숨을 쉬었다.

"평생 안 보고 살 생각 아니면 그냥 와. 속 그만 썩이고. 아빠도 이만하면 많이 양보하신 거야."

아무튼 둘이 똑같아. 시연이 중얼거렸다. 대학을 졸업하고 따뜻한 집, 편한 길 마다하고 고생을 자처한 시훈이나 어디 한번 해 볼 테면 해 보라는 아버지나. 아무래도 시훈은 아버지를 빼닮은 구석이 있었다. 그래서 여태 누구 하나 고집을 굽히지 못했다.

근심 가득한 어머니를 보자니 시훈의 마음이 약해졌다. 근 10년 넘도록 우울증을 앓고 있는 어머니는 최근 들어 건강이 많이 쇠약해졌다. 그나마 시훈이 인사이트에 입사했다는 소식이 작은 위안이 되었다.

"생각. …해 보구요."

불분명한 대답이지만 어머니 얼굴 위로 번지는 미소에 시훈은 애써 씁쓸함을 감췄다.

"그래. 밥 잘 챙겨 먹고, 약은 일부러 환으로 지었어. 먹기 편하라고. 빠트리지 말고 먹어. 알겠지?"

"가 볼게요."

뒷좌석에 어머니가 직접 만들었다는 반찬이며 건강 보조 식품을 싣고 나서야 시훈은 운전대를 잡을 수 있었다. 일요일 밤의 도로는 교외에서 서울로 돌아오는 차량 때문인지 정체가 반복됐다. 한 번에 넘어가지 못하는 신호를 기다리며 라디오 볼륨을 올렸다. DJ가 소개하는 영화 음악에 시훈의 기분이 가라앉았다.

'마지막으로 영화 춘광사설과 그녀에게 등에 삽입된 Caetano Veloso의 'Cucurrucucú Paloma'를 들려 드리겠습니다. 그럼 오늘도 편안한 밤 되세요.'

창에 팔꿈치를 걸친 시훈이 핸들 위로 손가락을 두드렸다. 한결 산뜻해진 바람과 나른한 음악 소리가 차 안을 울렸다. 본가에서 정리했어야 할 감정들이 시훈의 속내를 두드렸다. 노래가 거의 끝날 무렵 결국 시훈은 아슬아슬하게 신호를 따라 방향을 돌렸다.

켜 놓은 텔레비전에서는 프로그램 중간 광고가 온 에어 중이었다. 볼륨을 켜고 광고를 확인한 이수가 무심결에 내려놓은 컵을 재빨리 옮겼다. 얼음이 녹은 컵 때문에 전시회 리플릿 위로 동그랗게 물 자국이 남았다.

화장지로 물을 훔쳐 내는 사이 핸드폰 진동이 울렸다. 이시훈 팀장. 눈을 들어 바라본 벽시계 속 시침은 밤 10시를 가리키고 있었다.

이수는 잠시 망설였다. 거절할 권리는 없지만 쉽게 버튼을 누르지 못했다. 오늘이 일요일 밤이고 월요일인 내일을 생각하면 늦은 정사는 부담이 될 게 뻔했다.

계속 신호가 울리는 핸드폰을 바라보던 이수가 결국 통화 버튼을 눌렀다.

-어디예요?

느긋한 목소리였다.

"집이요."

-주말인데 그냥 집에 있어요?

"네, 보통은요."

차 지나는 소리가 수화기 너머로 희미하게 들려왔다. 아마도 운전 중이거나 혹은 정차한 차에서 통화 중인가 보다. 테이블 위 얼음만 담긴 유리컵에 송골송골 맺힌 물방울이 떨어지는 모습을 지켜보며 이수는 소파 위로 두 무릎을 모아 안았다.

-뭐 하고 있어요?

"모니터링이요."

볼륨을 줄인 텔레비전에서는 예능 프로그램이 방영 중이었다.

-일하는 중이라.

전혀 생각지 못한 이수의 대답에 설핏 웃음 배인 대답이 돌아온다. 다짜고짜 나오라는 말부터 할 줄 알았더니 시답지 않은 질문이 이어졌다.

-전시회 좋아해요? 테이블 위에 리플릿이 여러 가지 있던데.

"아… 그거. 시간 나면요."

TV 안에서 쉴 틈 없이 말을 하는 연예인들과 달리 현실에서 엮이지 않는 대화는 툭툭 끊기고 건조했다. 시간이 더디게 흐르는 기분이었다. 질문과 대답 사이에 녹아든 익숙하지 않은 공기에 이수가 무릎을 매만지며 망설이듯 입술을 뗐다.

"이 팀장님."

-네.

"내일 월요일이라… 아시겠지만 좀 바빠요. 그러니까,"

유진우 본부장이 떠난 날 나눈 섹스 이후로 몸을 섞지 않았다. 같은 공간을 쓰는 사무실에서 마주치거나 이동할 때 따라오는 눈길을 피했다. 나란히 걷던 길도 한 발자국 앞서거나 뒤따라 걸어가면 이시훈은 거리를 벌려 주었다. 하루, 이틀 정도 의식한 움직임은 사흘을 넘기자 익숙하게 두 사람 사이에 적당한 간격을 만들어 주었다. 이수는 시훈이 2주가 넘도록 어느 것도 요구하지 않은 사실을 오늘에서야 깨달았다.

–…….

"다른 날에 보면 좋겠어요. 제가…"

더 잘해 드릴게요? 아니면 그때는 거절 안 할게요? 덧붙일 말들은 형편없이 천박했다. 아마 이게 이시훈과 제 관계를 설명하는 꼴이겠고.

뒷말을 차마 잇지 못한 이수의 침묵 뒤로 기나긴 정적이 흘렀다. 상대에게서 이렇다 할 답이 없었다. 다만 담배를 태우는 듯 연기를 내쉴 때마다 낮은 한숨과도 같은 숨소리가 빈 공간을 채우고 있었다.

정적 속, 창밖으로 오피스텔 앞을 지나는 구급차 사이렌 소리가 요란했다. 그리고 뜻밖에 수화기 너머로 같은 사이렌 소리가 반복해 울리고 있음을 알아챘다.

"…아."

시선이 창 쪽을 향했다. 설마.

-시간이 늦었네요. 쉬세요, 그럼.

"……."

무뚝뚝하게 할 말만 남긴 전화는 미련 없이 끊겼다. 멍하니 핸드폰 화면을 바라보던 이수가 소파에서 일어났다. 창밖에서 들리는 사이렌 소리가 희미해졌다. 이수는 걸음을 옮겨 창문에 두 손을 붙이고 서서 아래를 내려 보았다. 익숙한 SUV 한 대가 시동을 켜고 빠르게 출발하고 있었다.

퇴근 시간을 앞둔 목요일 오후였다. 오전부터 내내 이어지는 회의에 인턴인 고우재를 남겨 두고 2팀의 사무실 인원이 모두 자리를 비웠다. 고우재는 책상 앞에 앉아 김민주 대리가 지시한 자료를 서치하고 있었다. 얼마 지나지 않아 규칙적인 진동 소리가 귀에 닿았다. 끈질긴 알림에 고우재가 소리의 진원지를 찾던 중 이수의 책상 위에서 울리는 핸드폰을 발견했다. 개인 핸드폰을 함부로 받을 수 없어 난감해하는 사이 내선 전화가 울렸다.

"인사이트 기획 1본부 기획 2팀 인턴 고우재입니다."

-어, 나 전략 주현탁 실장인데, 정 팀장 자리에 없나?

"안녕하십니까! 네, 지금 회의 때문에 하루 종일 자리 비우셨는데요."

핸드폰도 안 받고, 뭐 하는 거야. 주 실장의 혼잣말이 수화기 너머로 전해지자 고우재가 재빨리 수습에 나섰다.

"…실장님, 정 팀장님께서 핸드폰을 놓고 회의 들어가신 것 같아요. 지금 집무 책상 위에 핸드폰이 있어서요."

-아… 거참. 알았어. 정 팀 오면 나한테 전화 달라고 해.

"넵, 알겠습니다."

고우재가 잊지 않게 포스트잇에 메모를 적어 이수의 책상 위에 올려 두었다. 글씨를 너무 휘갈겨 쓴 것 같아 포스트잇을 구겨 버리고 고심해 단정한 글씨체로 용무를 적어 올려놓을 때였다.

"고우재 씨 뭐 해요?"

"팀장님."

쓰다 만 포스트잇은 얼른 치워 버렸다. 온종일 이어진 회의 때문인지 이수의 목소리는 가라앉아 있었다. 저도 모르게 인상을 썼는지

슬금슬금 눈치를 살피는 고우재의 모습에 이수가 의식적으로 얼굴을 폈다.

"핸드폰으로 거셨는데 안 받아서 자리로 전화하셨다구요."

고우재가 책상 위에 붙여 놓은 포스트잇을 가리켰다. 내용을 확인한 이수가 그제야 손에 쥐고 있어야 할 핸드폰이 책상 위에 놓인 걸 알아챘다.

"그러네요. 일 보세요, 그럼."

인사를 하고 뒤돌아서자마자 곧바로 이수가 메모에 적힌 상대와 통화를 했다.

네, 주 실장님. 정이수 팀장입니다. 아… 지금. …아닙니다. 가겠습니다.

어렴풋이 들리는 대화 내용은 아무래도 주 실장의 호출인 듯했다. 간단히 자리를 정리하고 시간을 확인한 이수가 재킷을 챙겨 들었다. 책상을 돌아 나온 이수에게 고우재가 꾸벅 인사를 했다. 고우재는 바삐 사무실을 나서는 팀장의 뒷모습을 지켜보며 몇 가지 다짐을 했다. 저런 AE가 돼야지. 능력 있고, 멋있고, 잘생기기까지.

문이 스윽 닫히고 난 뒤 의자에 앉으려던 고우재가 어정쩡한 기마 자세를 유지했다. 소회의실에서 나온 이시훈 팀장과 1미터 남짓한 복도를 사이에 두고 눈이 마주쳤다. 사무실을 떠난 정이수 팀장에게 볼일이라도 있었는지 출입문을 향한 시선이 돌아오는 찰나였다. 짧은 순간 목례하는 고우재의 인사를 받고 시훈이 신 대리의 자리 앞에 섰다.

"팀장님. 저희 계약하기로 했던 인플루언서 있잖아요, 요즘에 여기저기 문제 터지는 애들이 많아서 체크 좀 해 본다구요."

　시훈은 신 대리가 전하는 보고를 한 귀로 흘려들으며 핸드폰 메시지 창을 열었다. 방금 전 쌩하고 나선 정이수 팀장이 온종일 자리를 비울 만큼 바쁜 건 알았지만 점심때쯤 남긴 메시지에 여전히 답이 없었다.

　-저녁에 식사 같이하죠.

　창을 그대로 열어 둔 채 시훈이 액정 위로 손가락을 두드렸다.

　-어디예요?

　"얘랑 얘가 전에 모피랑 가죽 제품 가지고 언박싱하는 영상을 업로드한 적 있어 가지구… 근데 주님[2] 딸내미가 팬이라네요? 내, 참…"

　퇴근 시간에 겉옷까지 챙겨 입고 나간 걸 보면 저녁 미팅 이후로 바로 퇴근할 계획이라 짐작했다. 주소록을 열어 정이수 팀장의 번호를 찾아낸 손에는 망설임이 없었다.

　"관련 영상 링크 걸어서 담당자한테 메일 보내 놓죠. 그리고 다른 모델들도 계약서에 이 부분은 따로 명시하도록 합시다. 단발이라도 계약 끝나자마자 소가죽, 양가죽 입고 신으면 곤란하니까."

　네, 알겠습니다. 신 대리의 답이 떨어지고 시훈이 걸음을 옮기며 전화 버튼을 누르려는 순간이었다. 제작실 구영모 팀장이 내려와 시훈에게 살짝 고개를 숙여 인사를 했다.

　2팀에 볼일이 있는지 반대편을 살핀 구 팀장이 덩그러니 홀로 자리를 지키고 있는 고우재를 향해 물었다.

---

2) 광고주를 칭하는 은어

"어? 정 팀장님 안 계시네…. 팀장님 외근 가셨어요?"

"안녕하십니까, 팀장님, 주 실장님 전화 받고 나가셨는데…. 외근 이신지는 잘 모르겠습니다."

"주현탁 실장님?"

"네."

그럼 김민주 대리 오면 연락 달라고 전해 줘요. 넵, 알겠습니다.

두 사람의 대화 내용이 멀지 않은 거리에 서 있는 시훈의 귀에 박혔다. 주 실장이라면 정이수를 부른 이유야 뻔했다. 시훈이 눈을 굴리며 입술을 굳게 다물었다. 차마 사무실 안에서 내뱉지 못할 한숨을 참고 통화 버튼을 눌렀다. 급하게 집무 책상으로 돌아가 재킷을 챙긴 시훈이 연결음만 들리는 핸드폰을 살짝 떼고 신 대리의 곁을 지났다.

"먼저 퇴근합니다. 급한 일은 저한테 메시지 남겨 놓구요."

건물을 아직 벗어나지 않았을 테다. 엘리베이터에 올라탄 뒤로도 연결음만 들리더니 로비에 다다라서야 정이수가 전화를 받았다.

-네, 정이수입니다.

"어디예요?"

-회사 앞이요.

"기다려요. 움직이지 말고."

저녁을 먹자는 시훈의 메시지에 답을 하지 않았다. 변명을 늘어놓고 싶지 않아서.

주 실장의 목적은 분명했다. 광고주와의 미팅 자리가 일과 시간이 아닌 저녁 시간에 잡힌 의미를 바보가 아닌 이상 모를 수 없었다.

'정 팀장. 잠깐 얼굴만 비치고 가. 일 잘되면 내가 여 본한테 정 팀장이 애썼다고 말할게.'

비공식적인 접대는 전략실 안에서 해결해야 할 일이지만 그럼에도 딱 잘라 거절할 수 없는 건, 이수가 가진 한계 때문이었다.

'대기업 마케팅 담당들 대학이 어디야. SKY 아니면 외국에서 한 가닥 하고 온 애들이라구. 웃긴 게 걔네들이 캠페인 제안서 받으면 기획자 프로필에서 학력부터 봐요. 근데 저보다 급이 안 된다? 영업이 돼? 억울하면 대기업 마케팅 부서 들어가야지. 꼬우면 갑이 돼라 이 말이야.'

회식 자리에서 누군가 술에 취해 내뱉은 말이 선연하게 떠올랐다. 아이러니하게도 유진우 본부장의 그늘 아래서 이수의 학력은 그다지 눈에 띄지 않았나 보다. 그러다 팀장이 되고 프로젝트를 리드하자 불편한 민낯이 드러났다. 능력이나 실력은 논외로 하고 이수가 프로젝트 수주에 목맬 수밖에 없는 이유였다.

택시를 잡으려고 손을 뻗은 이수 앞으로 익숙한 하얀색 SUV 차량이 정차했다. 차 주인을 모를 리 없는 이수가 난감한 낯으로 손을 내렸다. 동시에 조수석 창문이 열리며 운전석에 앉은 이시훈이 보였다.

"타요."

"선약이 있어요. 다른 날로…."

"상관없고. 택시 기다렸잖아요. 타요, 데려다줄 테니까."

"……."

포커페이스의 이시훈이 말도 안 되는 기사 노릇을 자청하자 이수는 말문이 막혔다. 차마 주 실장에게 연락을 받고 가는 길이라고 말할 수 없었다. 이수의 난처한 얼굴을 엿본 시훈이 위아래 입술을 꽉 겹쳐 물었다. 어디로 보나 화를 참는 모습이었다. 달칵 운전석 문이 열리고 보닛 앞으로 돌아온 시훈이 이수의 핸드폰을 단번에 낚아챘다.

"이 팀장님…!"

열어 놓은 메시지 창을 본 시훈이 주현탁 실장이 남긴 상호명을 확인한다. 짐작한 바였다. 이 새끼가 진짜…. 시훈이 화를 삭이며 거칠게 머리카락을 넘겼다.

"계약서를 따로 쓸까 싶네, 이거. …하나하나 조항 만들어서."

시훈이 나지막이 뇌까린 뒤 까슬한 입안을 혀로 밀어냈다. 손을 뻗어 핸드폰을 가져온 이수는 마른침을 삼켰다. 하나하나 이유를 설명해도 상대가 이해할 수 있을 리 만무했다. 일전 다시는 주현탁 실장의 부름에 응하지 말라는 이시훈의 경고는 따라야 할 이유가 없었다. 이시훈에게 뒤를 봐 달라고 내건 조건은 애초부터 이수가 원하는 바는 아니었다. 그래서 평소처럼 제 선택을 따랐다. 그걸 지금에 와서 홧김이었다고, 그저 스스로에게 가한 일종의 폭력이었다고 고백할 수 없었다. 단단히 틀어져 어긋난 스토리는 다시 되짚어간다 해도 의미가 없었다. 이시훈과 저 사이에는 출구를 찾기 어려운 미로가 있었다.

"허투루 들었어요, 내 말?"

시훈은 언성을 높이지 않았다. 그는 분노를 눌러 뾰족하게 날을 갈고 있었다. 시훈의 발아래로 길어진 그림자가 이수를 향했다. 퇴근 시간이 얼마 남지 않았다. 회사 출입구 쪽을 흘깃 넘겨본 이수가 시훈을 지나쳐 차 조수석에 올라탔다.

"…일단 타요."

이수를 따라 운전석에 앉은 시훈이 창을 올렸다. 안전벨트를 매지 않고, 등을 기대지 않은 걸 보면 혹시라도 구설에 오르내릴까 염려하는 티가 났다. 인상을 구긴 이수가 목소리를 낮췄다.

"고객사 잠깐 만나는 자리예요. 괜한 편견 때문에… 이상한 가정하지 말죠."

"편견? 어느 쪽 말이에요. 정 팀장님, 아니면 주 실장?"

남자를 좋아하고, 시훈에게 자리보전을 이유로 몸을 바치고 있는 정이수 쪽인지, 아니면 정이수를 볼 때마다 혓바닥을 날름대는 주현탁 실장 쪽인지, 이수도 알 수가 없었다. 가슴에 돌이 얹힌 듯 답답할 뿐.

징징. 연속해서 울리는 진동 소리의 출처는 이수의 핸드폰이었다. 액정 위로 선명하게 '주현탁 실장'이라는 이름이 뜨자 시훈이 단번에 핸드폰을 가로챘다.

"뭐, 해요?"

조금 전보다 훨씬 더 당황한 이수가 손을 뻗었다. 휙 돌아본 시훈이 무섭게 인상을 구기고 이수를 뚫어져라 바라봤다.

"지금 뭐가 뭔지 모르겠죠? 정이수 씨. 지금, 본인 위치 확인해요."

"…위치?"

반문하는 이수의 입이 벌어졌다. 잘못 튄 말이 문제였다. 순식간에 오해가 엉망으로 얽혔다. 시훈이 욕을 짓씹으며 아랫입술을 꽉 깨물었다.

"그 말이 아니라… 씹."

당신 기획팀 팀장이잖아.

골이 팬 채로 시작한 사이라서 하나하나 가려 가며 말을 해도 비뚜름하게 들릴 법한 처지였다. 타이밍을 놓쳐 버린 말은 다시 고쳐 쓴다 한들 구차해질 뿐이다. 차 안의 공기가 무겁게 서로의 어깨를 짓눌렀다. 뾰족하게 갈린 날이 두 사람의 가슴을 깊숙이 찔렀다.

침묵 속에 시훈의 손안에서 울린 진동은 잠시 끊기더니 다시 울리기 시작했다. 시훈이 전원을 완전히 끈 핸드폰을 운전석 사이드 포켓에 넣었다.

"내일 사무실에서 받아요."

이수가 턱이 아리도록 이를 사리물었다. 몸을 돌려 차 문을 열려했지만 이미 차는 잠겨 있었다. 손바닥으로 문을 내리친 이수를 두고 싸늘한 얼굴의 시훈이 액셀을 밟았다. 목적지도 알리지 않고 차가 출발했다.

차는 좀처럼 속도를 내지 못했다. 꽉 막힌 도로 위에서 시훈은 운전석 창에 팔을 기대 있었다. 주먹 쥔 손으로 괴고 있는 얼굴은 여전히 인상을 찌푸린 채였다. 꼬리를 물고 있는 차들 사이로 옆 차선에서 끼어들기를 시도하자 시훈이 신경질적으로 클랙슨을 몇 번 울렸다. 차는 느릿느릿 가고 서기를 반복했다. 얼마나 지났는지 창밖을 보는 이수의 시야에 익숙한 풍경이 들어왔다. 호텔로 향하고 있으리라는 짐작과 달리 예상을 벗어난 목적지에 이수는 당황했다. 잠시 후 차가 오피스텔 앞에 멈췄다.

"내려요. 올라가서 잠이나 자요."

각을 세운 눈썹과 달리 무던한 말투에는 한숨이 스며 있었다. 조수석 문을 열기 전 이수가 시훈을 돌아봤다.

"제 핸드폰 주세요."

"퇴근 시간 지났어요."

무감한 목소리가 귀에 박혔다. 핸들을 쥐고 있는 시훈의 시선은 정면을 향해 있었다. 이대로 내려서 택시를 타려면 주 실장이 메시지로 보낸 장소를 확인해야 했다. 가지 못하면 사정이라도 설명해야 했다. 덮어 놓고 일단 핸드폰부터 받아야 한다는 생각에 이수는 손을 내밀었다.

"이 팀장님. 주세요, 제 핸드폰."

누그러진 어투에 시훈이 미간을 찌푸렸다. 달칵. 잠금장치가 풀렸다.

"던져서 깨부수기 전에 내려요."

되는대로 뱉은 말은 아니었다. 시동을 끄지 않은 차 안에는 미미한 엔진음만 들려왔다. 한숨을 내쉰 이수가 포기하고 문손잡이를 당길 때였다.

"사람을…, 왜 이렇게 염치없게 만들어요."

노기 어린 낮은 물음이 떨어졌다. 아마도 자존심이 상한 듯했다. 뜻을 이해하지 못한 이수가 시훈을 돌아봤다. 전방을 응시한 채 시훈은 힘이 들어간 턱을 비틀다 말고 입을 열었다.

"우리 등가 교환 한 거예요. 나에게도 의무가 있다는 뜻이구요. 그런데 정이수 팀장은…."

정이수와 섹스를 한다. 자리를 지켜 주겠다 했다. 그런데 정이수가 자신을 믿지 않는다. 이건 조건에 어긋났다. 마치 자신이 육욕에 미쳐 몸만 취하는 놈 같았다.

"본인 커리어에 확신, 없어요?"

한탄 같은 물음이 떨어졌다. 손잡이를 잡은 이수의 손이 미세하게 떨렸다. 마치 아는 듯, 그동안의 노력이, 당신이 쌓아 놓은 커리어 전부가 정이수가 만든 결과라고 인정하는 애정 어린 질책처럼 들렸다. 그래서 이수는 헷갈렸다. 질문이 내포하는 진의를 파악하기 어려웠다. 곰곰이 생각에 잠긴 이수가 실소를 터트렸다.

"넘치도록 있죠. 그런데… 알아주는 사람이 없잖아요. 운동장이 기울어선. 그러니까 그게 억울해서…."

후 불면 바람에 금방 날아가 버릴 것 같은 가벼운 목소리였다.

"……."

"이 팀장님한테 착실하게 상납하고 있잖아요."

"고작, 운동장 균형이나 맞춰 달라고?"

어이없어하는 물음이 튀어나왔다. 시훈은 도통 이해를 못 하겠다는 표정으로 고개를 모로 저었다.

"네. 고작."

실없이 중얼거린 이수가 엷게 웃으며 티 나지 않게 사리문 입술을 풀었다. 무뎌진 자존심은 아직도 깎일 구석이 남은 모양이다. 불순물이 가득 낀 붉은 하늘 아래 마지막 한 줌 햇살이 차 안으로 꾸역꾸역 밀려들었다. 퇴근 시간 도로로 쏟아진 차량에 차선이 꽉 막힐 때까지 두 사람 모두 침묵했다. 지나간 꿈처럼 비가 내린 그날 나눈 애틋한 정사는 퇴색되고 착잡한 현실만 남았다. 감정의 부유물이 둘 사이에 넘실댔다.

"핸드폰 줘요."

웃음기 가신 차갑게 식은 목소리가 시훈의 귀를 파고들었다. 이게 아닌 줄 알면서 오기를 부리는 이수는 물러날 생각이 없어 보였다. 자꾸 또 이러지. 혀를 찬 시훈이 조수석으로 팔을 뻗어 어설프게 열린 문을 세게 당겨 닫았다. 곧바로 앞뒤 할 것 없이 차량 문이 잠기는 소리에 이수가 경악한 표정으로 시훈을 쳐다봤다.

"밤새 이렇게 있어."

단호한 목소리였다. 시훈은 전방을 주시할 뿐 문을 열어 줄 생각은 없어 보였다. 재차 손잡이를 당기고 잠금장치를 열어 봐도 꼼짝도 하지 않는 문을 두고 짧은 숨을 몰아쉰 이수가 얼굴을 구기며 씩씩댔다. 이성은 날아가고 누구를 향하는지 모를 분노가 활활 타올랐다.

"자꾸 어깃장 놓지 마. 일하게 놔두라잖아. 빌어먹을 문 열…!"

간신히 참고 있던 시훈의 인내심이 결국 바닥을 쳤다.

"남의 술잔 채우는 게 일은 아니잖아!"

벼락같이 떨어진 고함에 이수의 목구멍이 순간적으로 조여들었다. 일일이 일깨워 주지 않아도 알고 있는 현실이 비난으로 돌아오자 입이 닫혔다.

퍽! 운전석 창을 짧게 주먹으로 친 시훈이 눈을 감고 이를 콱 물었다. 머리카락을 넘기는 손길이 거칠었다. 숨소리조차 들리지 않았다. 냉정을 잃고, 소리를 지르고, 상대를 겁박했다. 이기지 못한 초조함에 진창에 발을 구른 기분이었다. 시훈이 시트에 뒷머리를 기대고 욕을 짓씹었다.

달칵. 잠금장치가 열렸다.

"……."

힘 빠진 이수가 발을 내리고 조수석 문을 닫는 순간 차가 빠르게 출발했다. 노을을 삼킨 하늘에는 파르스름한 어둠이 내려앉고 있었다.

다음 날, 출근한 이수의 책상 위에는 어제 시훈에게 뺏긴 핸드폰이 얌전히 놓여 있었다. 전원 버튼을 켜자 얼마나 주 실장이 전화를 했는지는 알 수 없고, 문자 메시지 몇 개가 액정 화면에 연속으로 도착했다.

-정 팀장 어디야?

-오는 거야 마는 거야

-이봐 지금 중요한 자리인 거 몰라?

-안 되겠네

이수는 생각을 정리했다. 주 실장에게 어제 상황을 설명해야 했다. 업무 관련 문제가 터졌다거나, 아니면 길바닥에서 쓰러졌다거나, 타고 가던 택시가 전봇대를 박았다는 말이라도 해야 하나. 접대 장소라도 제대로 확인했더라면 늦게라도 찾아가 일을 수습했을 테다. 이수의 시름이 더해졌다.

차마 의자에 앉지 못하고 고민하는 사이 사무실로 시훈이 들어왔다. 이수와 잠깐 눈을 맞춘 그가 자리에 앉아 업무를 보는 모습은 평소와 같았다. 곧 핸드폰 진동 소리에 이수가 메시지를 확인했다.

-업무 보세요. 굳이 주 실장 앞으로 연락 말구요.

-부탁 아닙니다.

고압적인 메시지에는 질문도 답도 허용하지 않는 말만 적혀 있었다. 이수는 멀리 있는 시훈을 바라보다 결국 핸드폰을 덮었다. 머리가 아팠다. 미간 사이를 꾹 눌러 보았다. 상황이 어떻게 굴러가는지 몰라도 지금 와서 일을 수습해 본다 한들 주 실장이 쉽게 수긍할 리없었다.

업무가 시작되고 오전이 지나도록 주현탁 실장으로부터 따로 연락은 없었다. 주말을 앞두고 주중 마무리 지어야 할 보고서를 체크하고 회의를 진행하느라 찜찜함은 희미해졌다. 어쩌면 이시훈의 단호한 메시지가 그렇게 만들었을지도 모르겠다.

"팀장님, 어제 대체할 모델 리스트요. 다시 넘겼는데 다음 주 초에 회신해 준다구요. 위에서 컨펌이 아직 안 났대요."

보고를 마치고 몸을 돌린 신 대리가 막 출입문을 통과한 여민준 본부장을 발견하고 허리를 숙였다. 그 모습을 지켜본 시훈이 시선을 올리자 여 본부장의 손가락이 탕비실을 가리킨다. 이쪽으로.

여 본부장은 내린 커피에 시럽을 쭉 짜며 탕비실 문을 닫고 들어

오는 시훈을 흘깃 돌아봤다.

"너 혹시, 어제 주 실장 만났어?"

댓바람부터 찾아온 이유를 짐작하고 있던 터였다.

"네, 뭐."

"어디서."

"알면 뭐 하려고."

후룩. 커피를 한 모금 마신 여 본부장이 시훈을 가만히 쳐다봤다.

"너 그런 데 안 가잖아."

이것 봐라. 여 본부장이 시훈을 살피다 말고 툭 말을 뱉었다.

"아가씨 나오는 술집에서 술 안 마시잖아. 가라오케는 시끄럽대고, 오브리는 더 싫대고."

"나이 들면 취향도 바뀌지. 나도 누가 따라 주는 술 마시고 싶고 그래요."

T 기획에서 히트작을 줄줄이 남기고도 승진에 물먹은 데는 이 고집이 한몫했을 거다. 요즘 같은 때야 덜하다지만 접대니 뭐니 하며 비공식적으로 술자리를 만들면 시훈은 불편한 기색을 온몸으로 토로했다 들었다. 직장에서도 그러는 놈이 룸 방에서 아가씨를 앉혀 놓고 혼자 술을 마셨다니 도무지 믿기지 않았다. 취향 운운하는 뻔뻔스러운 변명에 진심이 아닐 거라는 확신이 들었다. 이시훈이 룸살롱에서 술 마실 성질머리는 아니었다. 대략적인 전말은 알고 있는데 둘 다 속내를 은근히 숨기고 있는 투였다.

엊그제 주현탁 실장이 여 본부장의 방문을 두드렸다. 무슨 일이시냐 묻자 실실 웃으며 '정이수 팀장 말이에요, 고객사하고 미리 대면 좀 시킬게요.'라고, 말하자면 업무 협조를 요청했다. 모르긴 몰라도 접대 자리가 있나 보다 내심 짐작만 하던 차에 오늘 아침 출근길에 주 실장을 만났다. 인사를 건넨 여민준을 향해 주 실장은 불편한 심기를 감추지 않았다.

'요즘 팀장들은 룸 방에서 혼자 술 마실 시간도 있고, 우리 회사 워라밸이 좋아요, 요즘?'

'누구요, 정이수요?'

'이 팀장이요. 이시훈 팀장.'

어째 묘한 상황에 여 본부장이 부지런히 촉을 세웠다.

"안에 고객사도 있어 보여서 인사라도 하려는데… 못 했어요. 주 실장님이 나를 보고 껄끄러워하셔서. 근데 기운들이 넘치시나 봐. 아주 그냥… 술 한번 거하게 드시더라. 여자를 양쪽으로 둘이나 붙여 놓고."

얼굴색 하나 안 변하고 조목조목 말을 잇는 시훈을 바라보는 여 본부장의 입이 벌어졌다. 비공식적인 접대라고 해도 룸살롱에 접대부까지 끼고 있는 자리에 정이수를 불렀다는 것 자체가 혀를 찰 만했다.

"…아이, 거참… 주 실장도."

"근데 나도 옆방에서 술 내놓고 여자 불러 놔서…. 좀 웃기잖아. 씨발, 똥 묻은 개끼리. 그래서 그냥 인사드리고 나왔어요. 분위기 깨기 그래서."

실실 웃는 시훈의 음성은 산뜻했다. 그에 반해 주 실장이 얼마나 황당해했을지 보지 않아도 훤했다.

정이수에 관해 주 실장도 시훈도 말이 없는 걸 보면 그 자리에 없었던 모양인데, 뭐가 어떻게 된 건지 모르겠다. 가야 할 사람은 없고, 애먼 시훈이 하필 같은 술집에 있었다니. 여 본부장이 온갖 가정을 세우는 사이 누군가 탕비실 문을 열었다.

"아… 안녕하십니까."

"……."

"어, 정 팀장."

이수가 시훈과 여민준 두 사람이 마주 보는 사이를 지나 테이블에 정렬된 생수 한 통을 집었다. 그런 이수를 시훈이, 시훈을 여 본부장이 바라보며 시선이 줄줄이 이어졌다. 짧은 순간 두 사람 사이를 점쳐 본 여 본부장은 명확하지 않은 가설을 세우고, 가능한 추론인지, 결론인지를 셈해 보다 고개를 기울였다.

"먼저 가 보겠습니다."

정이수가 고개를 숙였다.

"수고."

인사를 하고 뒤돌아서는 정이수에게 별다른 징후는 없지만, 뒷모습에서 시선을 말끔하게 떨치지 못한 시훈도 그런 줄은… 잘 모르겠다. 여 본부장이 주먹을 쥐고 엄지손가락으로 눈썹께를 긁다 말고 바 테이블 위에 오른팔을 뻗어 기댔다. 이 바닥에서 구른 짬이 있는데… 촉이 아직 살아 있다면, 단 1프로라 할지라도 확률은 존재했다.

저를 바라보는 줄 뻔히 알면서 시훈은 먼저 가요. 인사를 한다. 그에 여 본부장이 테이블 구석에 놓인 일명 악마의 잼이라 불리는 초콜릿 잼을 시훈 쪽으로 힘을 줘 밀었다. 쓰윽— 플라스틱 통 바닥이 미끄러지며 거친 소음을 냈다. 이내 테이블 끝까지 밀린 잼이 아슬아슬하게 시훈의 손안에 안착했다.

"이 팀장. 이거 한 번만 찍어 먹어 봐야지, 한 번 더 먹어 봐야지… 그러다가, 바닥 거덜 난다."

가설은 불확실하지만 설령 아니라도 미리 선을 그어 줘야 했다. 시훈이 플라스틱 잼 통을 들어 안전한 구석에 옮겨 놓는다. 걱정이 내려앉은 여 본부장을 마주 본 시훈이 탕비실 문을 열고 대수롭지 않게 답을 남겼다.

"나 단거 안 좋아해. 걱정 마세요."

어우. 자식이 그냥. 얄밉기까지. 해소되지 않은 의문만 남긴 대화는 그렇게 끝이 났다.

* * *

회의실 테이블 위로 자리마다 자료와 커피가 가지런히 세팅됐다. 곧 대형 모니터와 노트북 연결 상태를 체크한 고우재가 테이블 밑에서 얼굴을 내밀었다. 10분 전부터 분주하다 했더니만 자신이 참석하는 첫 아이데이션 회의를 준비하고 있었다.

"우재 씨, 센스 있네요. 혹시 커피 취향까지?"

사수인 김민주 대리며 다른 팀원들의 얼굴에 미소가 번졌다. 뒤따라 들어온 이수도 자리에 놓인 아이스커피를 발견하고 눈썹을 올렸다.

"그건 시간이 없어서 아·아로 통일했습니다. 대신 시럽은 여기에."

팀의 분위기는 리더에 따라 좌우된다지만, 막내의 역할 역시 중요했다. 그런 면에서 고우재는 팀에 존재감을 뚜렷이 나타냈다. 자연스럽게 활력을 준달까. 온종일 이어지는 회의가 지루할 때쯤 오늘 오후의 첫 회의는 시작이 좋았다.

K사 비딩을 준비하며 광고주가 사전에 고지한 제품의 스펙과 컨셉을 공유하고, 각자 생각한 아이디어를 풀기 시작했다. 초반 아이디어 회의는 무겁지 않다. 최신 유행 하는 트렌드나 스크랩해 온 기사를 읽기도 하고 가끔 농담을 주고받기도 하면서 서서히 윤곽을 잡아 나갔다. 그러니 깐깐한 이수도 아이디어 회의만큼은 되도록 발을 빼고 관망했다. 서로 자유롭게 의견을 교환하도록 풀어 두는 것이다. 그러다 좋은 아이디어가 떠오르면 이수의 얼굴에 미소가 번지기도 하는데 오늘은 그 횟수가 늘었다.

고우재는 요 며칠 새벽 퇴근을 하더니 찾아온 자료를 PPT며 키노트로까지 만들어 정리해 왔다. 장장 10여 분 동안 이어진 발표는 PPT의 마지막 장에 쓰인 '감사합니다.'라는 다섯 글자 뒤로 막을 내렸다.

"발표… 끝났습니다."

고우재가 부리나케 출입문 쪽에 있는 버튼을 눌러 형광등을 켰다. 정적이었다. 팀원들 모두 이수의 눈치를 살폈다. 이수가 의자까지 돌려 고우재의 프레젠테이션을 들었기 때문이다.

"혹시, 질문… 있으십니까?"

바짝 긴장한 고우재가 물음을 마치는 순간, 이수가 웃음을 터트렸다. 그리고 이수를 시작으로 다른 팀원들 역시 참은 웃음을 터트렸다. 곧 자리에 앉은 녀석에게 김민주 대리가 무어라 속삭였다. 그제야 고우재가 민망한지 얼굴을 붉혔다. 아마도 아이데이션 회의의 취지를 전달한 거겠지. 이수가 미소를 머금고 고우재를 바라봤다. 콧잔등을 찌푸리며 웃은 고우재는 이내 우는 시늉을 하며 공손한 말투로 애교를 부렸다.

"…노력만은 귀엽게 봐주십시오."

소리 내 웃어 본 게 얼마 만인지. 아무리 인턴이라지만 준비해 온 결과물 앞에서 웃음을 터트린 건 실례였다. 하지만 웃지 않을 수 없었다. 고작 아이디어 회의에 전의를 불태우는 열정이라니. 기특하고, 못내 귀여웠다. 고우재는 야근을 하느라 푸석한 얼굴에도 여전히 생기가 돌았다.

"고생했습니다. 신선하고, 재미있게 잘 봤어요. 당장 쓸 만한 건 없지만."

이수의 들었다 놨다 하는 감상 평 때문에 고우재의 심장 박동도 롤러코스터를 탔다. 그래도 기죽지 않고 싹싹하게 "고맙습니다." 머리를 숙인다. 실패를 끌어안는 자세가 의기양양했다. 그건 미래에 자신 있는 사람만 가질 수 있는 자세였다. 실력이 어디 가는 건 아니니까.

"자, 그럼 회의 시작할까요."

이수의 목소리가 경쾌하게 회의실을 울렸다.

"광고주 쪽에서 제시한 가이드라인은 없습니다. 다만 현재 시장에서 …"

인사이트에 입사한 뒤 첫날부터 앞만 보고 달린 어린 정이수도 그랬다. 자료실에서 날을 새우며 외국 잡지며 영상 자료를 훑던 기억이 영사기가 돌아가듯 머릿속을 스쳤다.

"우리는 인턴 안 들어오나. 팀 분위기가 다르네."

누군가가 소리를 낮춰 말했다. 커피를 들고 자리 사이를 지나가던 시훈이 직원을 따라 몸을 돌리자 회의실 문을 열고 2팀이 나왔다.

정이수는 손짓까지 동원하여 설명하는 인턴에게 소리 없는 미소를 자꾸 흘렸다. 내용은 들리지 않지만 두 사람의 웃음소리가 파티션을 넘어 잡음처럼 웅웅 울렸다. 고개를 끄덕이며 해사한 웃음을 터트린 이수가 시선의 방향을 바꿨을 때 불현듯 시훈과 눈이 맞았다. 얼굴 위로 잔향처럼 남아 있던 미소가 순식간에 휘발됐다.

묵례를 하고 이동하는 이수의 옆으로 인턴 역시 얼른 시훈에게 고개를 숙였다. 피부 아래 미처 깨닫지 못한 감각들이 시훈의 신경을 긁었다.

이수는 조금 전 회의에서 고우재가 일목요연하게 A안, B안… 붙여서 설명하는 모습을 떠올리자 저도 모르게 웃음이 났다. 도착한 엘리베이터에 오르자 문이 스르륵 다시 열렸다. 고우재였다.

"죄송합니다."

옆으로 비켜서 설 자리를 만들어 줬다. 자료실에 가는 길인지 품 안에 대여한 잡지가 한가득이었다. 인터넷 서치만도 엄청났을 텐데 잡지 또한 후루룩 넘겨 봤대도 만만한 양이 아니었다.

"화면 안 보고 말 잘하던데요. OJT 할 때도 인상적이었다고 들었어요. 인사팀 통해서."

고우재가 슬쩍 달아오른 얼굴을 감추며 웃음기 있는 목소리를 냈다.

"저, 사실은… 어제 혼자서 리허설도 했습니다."

그 바람에 이수의 얼굴에 다시 미소가 서렸다.

엘리베이터는 바로 아래층에서 멈췄다. 곧, 문이 열리고 이수의 얼굴에 난처한 기색이 떠올랐다. 며칠 전 주 실장 일로 서로 얼굴을 붉힌 시훈이 서 있었다. 정통으로 마주친 건 그날 이후 처음이었다.

"팀장님, 안녕하십니까."

"네."

고우재가 고개를 숙여 인사했다. 그리고 시훈이 이수를 향해 짧게 고개를 숙였다. 이수의 오른편에는 시훈이 왼편에는 고우재가 서 있었다. 문이 닫히고 층이 바뀌고 난 뒤 고우재가 이수 편에 목소리를 낮춰 물었다.

"팀장님. 전에 드렸던 피로 회복제 어떤 건지 알려 드릴까요?"

"비타민."

"네. 그거 약국에서도 팔아요. 비싸도 성분이 좋대요."

알아도 몰라도 그만이지만 이수는 알겠다 그냥 고개를 끄덕였다. 그 뒤로 시시콜콜한 고우재의 질문에 답을 하는 사이 저도 모르게 몇 번 실없는 웃음을 터트렸다. 층층이 이동하는 동안 올라간 입꼬리를 스스로도 느낄 무렵이었다.

"정이수 팀장님."

띵 엘리베이터 문이 열렸다. 아무도 타지 않는 층이었으나 닫힘 버튼을 어느 누구도 누르지 못했다. 고우재의 두 손은 무겁고, 이수는 손을 뻗을 위치가 아니었다. 끊긴 대화 속 이시훈이 느닷없는 질문을 던졌다.

"금요일 저녁에 일정 있으세요?"

순간 이수가 스르르 닫힌 문에 비친 시훈을 바라보았다. 타이밍도 질문도 저 혼자만의 오해일까. 당황스러웠다.

"2팀에서 미디어 파사드로 라이브하신 광고, 퇴근길에 같이 현장 답사 가능하신지 해서요."

싸늘한 얼굴과 달리 업무 협조를 구하는 어조는 예사로웠다.

"와… 팀장님 기획이셨구나."

고우재가 혼잣말을 곱씹는다. 건물 외벽에 조명이나 영상을 쏘아 구현하는 방식은 일반적이지 않지만 주목성이 큰 미디어 매체였다. 반년 전 이수가 기획한 광고는 시청 모 빌딩을 통해 일정 시간 노출되는 중이었다. 재계약을 한 I사 아트 시리즈와 부합하는 기획이라 1팀의 제안을 광고주 쪽에서 수용했다고 건너 듣기는 했었다.

그렇다고 굳이 같이 갈 필요가 있나. 즉답을 피하는 사이 고우재가 이수에게 공손히 물었다.

"팀장님. 혹시, 저도 데려가 주시면 안 될까요?"

불금 퇴근길을 상사와 함께할 생각이라니. 주는 대로 전부 받아먹겠다는 각오가 거짓은 아닌지 녀석은 떨어진 이삭도 한 톨 한 톨 주울 기세였다. 문제 될 건 없었다. 어차피 광고는 이삼 분이면 플레이되고 끝이 난다.

"그래요, 고우-"

흔쾌히 수락하는 이수의 답을 자른 이는 이시훈이었다.

"거참… 인턴이 따라올 만한 자리는 아니구요."

시훈이 주름진 미간 사이를 누르며 슬쩍 볼 안으로 혀를 굴렸다. 한숨과 함께 바지 주머니에 두 손을 찔러 넣는 모습에는 냉정함이 배어 있었다. 더 묻지 말라는 듯, 명확한 부정의 의미였다.

"…넵, 죄송합니다."

고우재는 즉시 몸을 사렸다. 실망하는 눈치는 아니었다. 열정이 과해 눈치가 없었다 스스로를 책망할 뿐.

바로 아래층, 자료실에 다다르자 고우재가 허리를 굽힌 인사 뒤로 발을 내렸다. 이제 엘리베이터 안에는 두 사람만 남았다. 침묵 속에 층 표시기의 숫자가 점점 줄어들었다. 고작 로비로 가는 길이 이렇게 더딜 줄이야. 이시훈은 등 뒤에서 봐도 어딘가 골이 난 기색이었다. 이수는 짧은 순간 피로감이 몰려왔다. 매번 서로 부닥치고 난 뒤가 개운하지 못했다. 주 실장 건으로 얼굴을 붉히고 난 후 마주친 오늘도 생략된 언어가 너무 많았다. 회의를 마친 뒤 유쾌했던 기분이 삽시간에 어그러졌다.

"같이 협업한 업체 연락처 공유드릴게요. 저보다는 그게 나을 것 같네요."

로비에 다다를 때까지 시훈은 말이 없었다. 핸드폰으로 전송한 업체 이름을 들여다볼 생각도 하지 않았다. 곧 문이 열리고 시훈이 엘리베이터에서 내리기 전 이수를 돌아봤다.

"일하자는 거 아닙니다. 퇴근하고 보죠."

이시훈의 일방적인 통보였다.

익선동의 금요일 밤은 분주했다. 근처 사설 주차장에 주차를 하고
이동한 미로처럼 얽히고설킨 골목에는 고즈넉한 한옥을 리모델링한
식당과 카페가 즐비했다. 가끔 근처 미술관에 갔다 즐겨 찾는 카페
도 이 근처였다. 익숙하지만 낮과 밤은 꽤 다르다. 그리고 혼자인
것과 둘도 다르고.

저녁 생각이 없다는 의사를 묵살하고 도착한 식당에서 이시훈은
자연스럽게 두 사람분의 식사를 주문했다. 좌석 수가 많지 않은 아
담한 식당은 예약한 손님만 받는 듯 보였다.

코스로 나오는 요리는 하나같이 담백했다. 음식이 놓일 때마다 재
료와 요리 과정에 관한 간단한 설명이 곁들여졌다. 전통 발효 장으
로 간을 하고, 계절에 어울리는 신선한 식재료가 쓰인 음식은 대부
분 소화에 좋다고 했다. 테이블 위로 제철에만 맛볼 수 있는 향긋한
나물이 놓이고, 당일 바다에서 가져온 민어가 메인 요리로 올랐다.

"민어는 여름에 보양식으로 많이 드세요. 그럼 즐거운 식사 되십
시오."

그럼에도 더딘 이수의 젓가락 앞에서 시훈은 묵묵히 식사를 했다.
마치 서로를 모르는 두 사람이 식사를 위해 테이블을 공유한 것 같
았다. 소리를 지르고 얼굴을 붉힌 며칠 전 상황을 도려낸 사람처럼
이수도 시훈도 그렇게 굴었다. 주현탁 실장 건은 어떻게 됐는지 궁
금했지만 이수는 입을 다물었다. 좋은 말이 나올 리 없었다.

얼마나 지났는지 테이블 위에 올려 둔 시훈의 핸드폰이 드르륵

연속으로 진동했다. 발신자를 확인한 시훈이 통화 버튼을 눌렀다. 네. 내일까지. 곧 사무실로 들어가요. 2시간 뒤죠? 네, 제가 제작실로 올라갈게요. 식사를 한 후 다음 행선지가 호텔일 거라 생각한 이수의 예상이 보기 좋게 빗나갔다. 엊그제 엘리베이터에서 서늘하게 통보한 시훈을 생각하면 갑자기 일이 끼어든 건지 일 사이에 계획 없는 식사 자리를 끼워 넣은 건지 알 수 없었다.

미적미적 먹다 만 음식을 두고 시훈이 통화를 마친 시점에 이수가 젓가락을 내려놓았다.

"업무 때문에 들어가셔야 하면 이만 가죠."

시훈이 이수 앞에 놓인 그릇을 슬쩍 내려 봤다. 언뜻 실망한 빛이 비치다 이내 사라졌다.

"별로, 입에 맞지는 않았나 보네요."

"……."

겨우 먹은 티만 나는 그릇을 두고 이수가 입술을 곱씹었다. 맛이 문제가 아니라 마음 문제라는 걸 아마 시훈도 알고 있을 테다.

"…가죠."

차마 말을 고르지 못하는 이수를 두고 시훈은 재킷을 손에 들고 일어났다. 식당 밖, 양 갈래로 나뉜 길에 섰다. 왼쪽으로 가면 주차장이, 오른쪽으로 가면 큰길이 나왔다.

"그럼 저는 가 볼게요."

고개를 숙이자 불붙이지 못할 담배를 손에 들고 있는 이시훈이 입을 열었다.

"데려다줄게요."

"택시 타면 돼요."

"어차피 굴리는 차, 그냥 타요."

이시훈은 제 말을 한 귀로 흘려들었는지 그렇게 말하고 등을 돌렸다. 거절은 말라는 의미였다.

주차장으로 가는 골목에는 식당에 들어갈 때보다 지나는 사람이 더 많았다. 금요일 밤은 앞뒤로 간격을 벌려 걷는 두 사람을 제하고 누구나 쉽게 취하고, 가볍게 어울리는 분위기로 달아올랐다.

처서도, 여름이 끝나는 마지막 장마도 지났건만 여전히 더운 바람이 무겁게 내려앉은 골목에는 열기가 고여 있었다. 재킷을 손에 들고 소매를 올린 시훈과 달리 정이수의 셔츠는 언제나처럼 목과 소매 끝까지 단추가 죄 잠겨 있었다. 게다가 재킷까지. 단정하게 선을 그리며 떨어지는 이수의 어깨에 눈길이 닿은 시훈은 일전 티셔츠를 빌릴 때 열어 본 옷장에 듬성듬성 걸려 있던 무채색 옷들을 떠올렸다.

정이수는 타고난 얼굴이 아니었다면 어딘가에 묻혀 지내도 아무도 모를 사람 같다. 너무하다 싶을 만큼 자신에게 관심이 없어 보였다. 비슷비슷한 셔츠나 바지, 아무 개성 없는 구두가 그랬고, 시계 같은 액세서리는 착용하지 않았다. 게다가 텅텅 빈 집과 냉장고를 보면 말마따나 관심이 없다고 해도 부족할 지경이었다. 아마 선인장을 키워도 일주일 안에 죽이겠지. 먹는 것도 입는 것도 사는 집도 하나부터 열까지 자신과 다른 그런 사람이었다. 정이수는.

좁은 골목을 사이에 두고 음식점이나 카페에서 웃는 소리며 노랫소리가 한데 엉켜 두 사람이 걷고 있는 거리를 메웠다. 시훈은 나란히 걷는 이수의 얼굴로 시선을 옮겼다. 이 골목에서 유일하게 표정이 없는 사람은 정이수 하나였다. 길을 더듬어 걷는 그는 무슨 생각을 하는 걸까.

"아…."

좁은 길 때문에 마주 오는 남자와 어깨가 부딪쳤다. 몸이 밀린 정이수가 가벼운 충돌에 그제야 바닥에 고정된 눈을 들었다. 자칫하면 앞에서 진을 치고 걸어오는 무리에게 다시 한번 어깨가 치이기 딱 좋았다.

"잠깐 이리 서 봐요."

팔꿈치를 잡아끌자 순순히 따라온 이수가 가로등 아래로 섰다. 의문을 담은 눈은 시훈의 어깨 너머를 바라보다 바닥으로 떨어졌다.

달싹이는 입술이 전하는 숨, 피곤을 담은 속눈썹이 드리운 그림자가 초가을 밤에 녹아들었다. 시훈은 그런 이수를 가만히 내려 보았다.

"이 팀장님, 왜…."

퍼뜩 정신을 차렸는지 형광등이 들어온 사람처럼 이수가 눈을 들었다. 무슨 할 말이 있느냐 묻는 얼굴이었다.

"……."

상대가 뜸을 들였다. 한 걸음을 사이에 두고 이시훈의 검은 동공과 눈을 맞추자 시간이 느리게 흐르는 것만 같았다. 시훈의 뒤로 오가는 사람들이 빛에 번져 한데 뭉개져 보였다. 소매를 걷은 시훈의 팔이 느리게 움직였다. 그가 살짝 얼굴을 기울였다. 이수는 마른 입술의 틈을 벌려 짧은 숨을 들이쉬었다. 뻗은 손은 잠시 허공에 머무르다 시야 아래로 떨어졌다.

"좀…, 답답해 보여서요."

툭. 끝까지 잠긴 셔츠의 위 단추가 풀어지고 길고 하얀 목이 드러났다. 그 순간 이수가 고개를 외로 돌렸다. 멍하게 막힌 귀를 뚫고 주변의 소음이 쏟아졌다. 그게 할 말의 전부였는지 이시훈은 먼저 등을 돌려 걸어가고 있었다.

…착각에 지나지 않았다. 이수는 시훈이 키스를 하려 했을지도 모른다고… 그렇게 생각했다. 이수가 홧홧한 열이 오른 제 얼굴을 손등으로 쓸어 냈다.

만차인 주차장에서 주차 요원이 가지고 나오던 시훈의 차가 이상하게 멈췄다. 당황한 주차 요원이 즉시 내려 시훈에게 달려왔다.

"저, 손님. 죄송합니다…! 제가 문을 긁어서요, 정말 죄송합니다! 변상해 드릴게요."

이수와 약간 떨어져 담배를 태우던 시훈이 저벅저벅 긁힌 차 옆으로 걸어갔다. 하얀색 차 문에 20센티는 족히 돼 보일 흠집이 길게 나 있었다.

안절부절못하는 주차 요원은 이제 갓 20대 초반으로 보이는 아르바이트생이었다. 모르긴 몰라도 녀석의 아르바이트비 절반이 변상비용으로 날아갈 게 분명했다. 말없이 허리를 숙여 살핀 시훈이 담배를 끼운 손으로 긁힌 부분을 가볍게 쓸었다.

"얼마죠?"

"…네? 아… 그건 공업사에서 처리 후에 영수증 보내 주시면 제가 계좌 이체로…."

"아니요, 주차 비용 말입니다."

"그, 만 2,000원인데요… 그냥 가셔도 돼요…!"

무감한 물음에 아르바이트생이 손사래를 쳤다. 시훈이 바닥에 버린 담배를 발로 비벼 끄며 품에서 지갑을 꺼냈다.

"별로 티 안 나네요. 신경 쓰지 말고 주차 비용만 계산하세요."

"아… 네."

주차 비용을 계산한 알바생은 운전석에 탄 시훈에게 카드를 전달한 뒤 몇 번이나 허리를 숙였다. 고맙습니다, 라고 말하는 얼굴이 상기되어 있었다.

시립미술관 앞길에서 빽빽하게 밀린 차는 떨어진 신호가 무색하게 좀처럼 움직이지 못했다. 조용한 차 안에서 시훈은 한숨을 내쉬었다. 긁힌 차는 안중에도 없이 꽉 막힌 길 때문에 짜증이 나 보였다. 집으로 바래다주는 게 벌써 몇 번째더라. 내비게이션 기록에 남은 주소지와 제게 맞춰 조정된 카 시트가 제법 익숙해 드는 생각이었다.

조수석 창밖을 바라보던 이수가 하릴없이 핸드폰을 켰다. 이리저리 어플을 넘겨 보다 무심코 켠 SNS 친구 추천 카테고리에 고우재의 이름이 떴다. 무심결에 클릭해 들어간 사진 목록 상단에는 사옥 출입구에서 찍은 고우재의 사진이 걸려 있었다. 슥슥 손가락이 의미 없이 사진을 넘겼다. 책상 위, 일하는 모니터, 회의실, 구내식당, 카페테리아, 복도, 옥상. 매일매일 빠지지 않고 올린 사진에는 구석구석마다 고우재의 웃는 얼굴이 셀카로 찍혀 있었다. 팔로워 수가 많다고 하더니 아래로 달린 댓글과 좋아요 수가 어마어마했다.

"업무 사진을 그렇게 올리면 쓰나."

쯧. 시훈이 낮게 중얼거렸다. 남자의 눈초리가 핸드폰 액정에 잠시 머물다 사라졌다. 화면 속에는 사원증을 걸고 있는 고우재의 셀카가 있었다. 보안을 염려하는 투였으나 어딘가 삐뚜름한 인상을 지울 수 없었다.

"걔는 몇 살이에요?"

인턴이나 씨라는 호칭마저 생략된 물음이었다. 혹시 고우재가 무슨 실수라도 했나. 엘리베이터에서 고우재에게 대놓고 무안을 준 시훈이었다. 반면, 일면식도 없는 알바생에게는 호의를 베풀고.

"스물다섯…. 아마 그럴 거예요."

시훈은 팔꿈치를 창에 올려 이마를 괸 상태였다. 곧 옆에서 끼어들기를 시도하는 차를 향해 시훈이 빠앙-! 하고 클랙슨을 세게 눌렀다.

"…어리네, 너무."

이시훈이 읊조렸다. 아무래도 긁힌 차 때문인 것 같다. 저조한 기분은.

* * *

이른 퇴근이었다. 오늘은 그동안 2팀이 고생하여 준비한 K사 비딩 결과가 통보됐다. 여 본부장이 예산 책정에 까다롭게 굴던 고객사의 광고 수주를 성공한 것이다. 제안서와 프레젠테이션은 과감한 강수를 두었다. 고객사 산하의 인하우스 대행사가 기존 마케팅 전략을 답습하여 시리즈를 구상한 것과 달리, 이수의 팀은 고객사 제품의 본질부터 따지고 파헤치는 내용을 주로 삼았다. 프레젠테이션 내내 광고주가 느낄 불편함에 수위를 조절해 가며 방향을 제시하는 과정은 살벌했으나 결국 이수가 이끄는 기획 2팀이 일을 가져왔다.

오피스텔 근처에서 장을 보고 나오는 길에 백주홍에게서 메시지가 왔다. 이번 K사에서 발주한 제작물 중에 백주홍이 이끄는 백기획이 한 꼭지를 맡은 모양이었다. 그 때문에 안부도 물을 겸 겸사겸사 이수를 찾은 듯했다.

ㅡ축하드려요! 고생 많으셨어요. 조만간 그쪽으로 외근이에요. 시간 괜찮으면 한번 찾아갈게요.

이수가 메시지를 보내자 언제나 환영이라는 답문이 도착했다. 기분이 좋았다. 원하는 일도 잘 마무리됐고, 백 선배와 서로 축하를 나눈 메시지도 반가웠다. 엘리베이터에 올라 숫자를 올려 보는 이수의 입술 사이로 철지난 CM송 몇 개가 흘러나왔다.

잠시 후, 장을 본 봉투를 들고 거의 집 앞에 당도했을 때 이수는 잠시 생각을 더듬었다. 문 앞에 배송된 택배 상자 때문이었다.

"주문한 적 없는데…."

인터넷으로 물건을 사긴 해도 정기적으로 받는 생필품이 도착할 때는 아니었다. 예전에 해외 배송 상품을 주문했나. 기억을 되짚으며 상자 겉면을 확인했다. 주소도 정이수라는 이름도 확실한 걸 보면 제 앞으로 온 물건이 분명했다.

택배 상자는 씻고 간단한 요기를 할 때까지도 테이블 위에 놓여 있을 뿐 관심 밖이었다. 이윽고 이수가 리모컨을 쥐고 소파에 앉았을 때야 비로소 테이프가 뜯겼다.

겉면의 상자를 열자 예상외로 리본에 묶인 또 다른 상자가 들어 있었다. 명품 브랜드 로고에 다시금 택배 박스 겉면을 확인했다. 확실한 자신의 이름 석 자를 확인한 이수가 미심쩍은 표정으로 리본을 풀었다.

박스 안 미색의 포장지를 한 꺼풀 벗겨 내자 은은하게 핑크빛이 도는 니트와 회색 팬츠 한 벌이 접혀 있다. 이거 뭐지…. 다시 한번 상자를 이리저리 돌려 봐도 발신인란에는 매장 이름만 적혀 있었다. 난감함에 뒷목을 훑는 사이 박스 속지 사이에 접힌 메모지를 뒤늦게 발견했다.

[빌려 간 티셔츠를 잃어버렸네요.

부득이하게 다른 옷으로 보냅니다.

미안합니다.

이시훈.]

"……."

메모지를 내려놓은 이수가 눈을 굴렸다. 그제야 비가 쏟아지던 그 날 흠뻑 젖은 이시훈이 입고 간 티셔츠를 기억해 냈다. 이수는 손도 대지 않은 새 옷을 밀어 두고 핸드폰을 들었다. 신호음이 얼마간 울리고 상대방이 전화를 받았다.

-네.

"제가 택배 하나를 받았는데요. 이 팀장님이 보내신 거요."

-네.

설명조차 없는 단답이 이어졌다.

"안 돌려주셔도 되고, 이거 받은 물건이 과해서요."

—…….

끊긴 전화처럼 아무런 답이 없는 수화기 너머 이시훈이 곧장 제 의사를 밝혔다. 딱히 감정이 드러나지 않는 목소리였다.

-그냥 입으세요.

"이 팀장님."

-회의 있어요. 이만 끊습니다.

말을 마치자마자 전화는 일방적으로 끊겼다. 핸드폰을 놓고 내용물을 물끄러미 내려 본 이수는 오늘 오후 시훈과 나눈 짧은 대화를 떠올렸다. 이런 상자를 보냈다는 말은 일언반구 언급조차 없는 대화였다. 대회의실에서 열린 정기 회의를 마치고 공교롭게 단둘이 타게 된 엘리베이터에서 1층 버튼을 누른 시훈이 불쑥 물었더랬다.

'주말에 보통 집이라고 했나요?'

전후 맥락 없는 물음에 눈만 깜박인 이수가 일전 시훈과 나눈 통화를 기억해 냈다. 그리고 오피스텔 앞에서 출발한 시훈의 차도.

'네, 보통은요.'

'……'

숭덩 잘린 대화가 이상하다 느낄 무렵 사무실에 당도한 엘리베이터 문이 열렸다. 딱히 반문할 생각도, 더 할 말도 없는 것 같아 예의 묵례를 하고 몸을 기울인 이수의 팔꿈치를 시훈이 살짝 잡아끌었다. 잡힌 팔에서 시훈의 얼굴로 시선을 옮기자 다시 한번 물었다.

'일요일만 아니면. 괜찮아요?'

무슨 말이지. 또다시 앞뒤가 죄다 잘린 물음에 이수가 고개를 기울였다. 섹스를 말하는 건지, 아니면 오피스텔로 찾아온다는 건지…. 뜻을 알려 달라는 의미였는데 이시훈은 말을 물렸다.

'그때쯤 다시 이야기하죠.'

무뚝뚝하게 떨어지는 말 뒤로 문이 닫히며 대화는 그렇게 종료됐다.

"…흠."

시훈의 입장을 고려해 보자면 마트에서 산 티셔츠를 곧이곧대로 돌려주기는 손이 민망했을지 모르겠다. 같은 직급이라고 해도 배경만은 감히 비교할 수 없을 정도로 살아온 환경이 다른 사람이니. 아마 매장 내의 직원에게 적당한 물건으로 보내 달라 부탁했을 테다. 설마 시훈이 직접 골랐을 리 없었다. 어렴풋한 생각을 몰아내며 숨을 내쉰 이수가 도로 닫은 상자를 드레스 룸 서랍장 위에 올려 두었다. 곧 불 꺼진 방 문이 닫혔다.

"와…."

뒤따르는 고우재가 터트린 감탄에 김민주 대리가 입 앞으로 손가락을 세웠다.

"촬영 중에 소리 내거나 돌아다니지 말구요. 그리고 사진 조심."

"넵, 알겠습니다."

고우재가 핸드폰을 무음 처리 하고 촬영장 여기저기로 목을 빼며 조심스럽게 사진을 찍었다. 이수는 광고주, 촬영 감독과 차례로 인사를 마치고 촬영장 한편에 자리를 잡았다. 김민주 대리가 실무진과 이야기를 나누는 동안 고우재가 이수의 뒤쪽에 바짝 붙어 눈을 반짝였다.

촬영 내내 고우재는 열심히 두 사람을 쫓아다녔다. 생각보다 훨씬 조용하고 기민하게 흘러가는 분위기에 고우재는 긴장으로 조금 얼어 있었다. 그럼에도 핸드폰을 가지고 곳곳을 누비며 사진과 영상을 부지런히 찍는 모습은 딱 고우재다웠다.

새벽까지 이어진 촬영이 마무리되고 이수는 조수석과 뒷자리에 각각 김민주 대리와 고우재를 태웠다. 차는 다시 서울로 향했다. 서울 외곽에 사는 김민주 대리를 집 앞에 내려 주고 다시 시동을 거는 동안 뒷자리에서 내린 고우재가 조수석이 아닌 운전석으로 돌아왔다.

"저도 여기서 택시 타고 가겠습니다."

큰길가로 나간다고 택시가 잡힐 만한 곳은 아니었다.

"이 시간에 택시 잘 없어요. 기사들 교대 시간이라."

무턱대고 기다리거나 앱을 통해 부른다 해도 차고지로 들어가는 기사들을 기다리다 지하철이나 버스보다 늦지 싶었다. 이수가 타라는 신호를 줬다. 어차피 막히는 시간도 아니라 금방 찍고 들어갈 요량이었다.

"…음. 한 대 정도는…."

"없어요. 강동이라고 했죠. 가는 길이니까 태워 줄게요."

"팀장님, 그럼 제가 운전할게요."

은근한 실랑이가 이어졌다. 기색을 보면 쌩쌩해 보이기는 하나 딱히 운전대를 넘겨줄 만한 이유는 없었다. 번거롭게 자리를 바꾸는 것도 내키지 않았다.

"면허 있어요?"

"네."

"경력 얼마나 되는데요."

고우재가 손가락 하나를 폈다.

"1년?"

"아니요."

"한 달?"

"…조금 더…."

"일주일?"

"네. 말하자면 신상이요."

하. 고우재의 밑도 끝도 없는 당당함에 웃음이 터졌다. 정적이 가득한 골목에서 창을 열어 둔 채 웃던 이수가 조수석을 눈짓으로 가리켰다.

"까불지 말고 타요."

허세를 부렸다가 괜히 모양만 빠졌다. 조수석에 얌전히 올라탄 고우재가 얼굴을 조금 붉혔다. 환하게 웃고 있는 이수 때문이었다. 출근 첫날 긴장한 탓에 냅다 머리를 숙이고 허리를 세웠을 때 약간 당황했더랬다. 젊은 상사를 마주했다는 게 첫 번째 이유였고, 미남이라기보다는 미인에 가까운 외모 때문이기도 했다.

막힘없이 쭉 뻗은 서울 시내를 달리며 점멸하는 신호등을 지날 때쯤 고우재에게 물음이 떨어졌다.

"고우재 씨, 그렇게 좋아요?"

"네?"

운전하는 이수의 모습을 창을 통해 보던 고우재의 목소리가 불쑥 튀었다.

"촬영장이요."

"아아… 네. 저 사실은, 어제부터 잠을 못 잤어요. 설레서요."

"카메라 돌아가면 한고비 넘어가는 것처럼 보여도 그때부터 또 시작이에요. 기획자는 온 에어 되고 난 후에도 일이 끝났다고 할 수 없구요. 말이 좋아 열정이고…. 과로사하기 딱 좋지. 그래도 이 일이 좋아요?"

"그래서 제가 보조 식품부터 운동까지 열심히 하고 있어요. 사람이 체력이 달리면 쉽게 지치잖아요. 정신도 무너지고…. 그래서 단단히 다지는 중이에요."

확실히 고우재는 여러모로 건강한 면이 있었다. 사람 말을 꼬아 듣지 않고 제 장점을 어필하는 데 주저함도 없었다. 그래서 신선했다. 매번 감추고 사는 일이 일상이 된 자신과 너무 달라서.

지나는 서울 야경이 퍽 보기 좋았다. 걸리는 신호 없이 조용하고 느긋하게 달리는 차 안이 편안했다. 고우재를 흘깃 바라본 이수가 미소를 띠었다.

"일해 보니까 어때요?"

가벼이 묻는 질문이지만 받는 쪽에서는 부담이 될 법했다. 하물며 팀장이 묻는데 오죽할까. 그런데 고우재는 망설이는 기색 없이 씨익 웃으며 입을 열었다.

"아- 진짜 어려워요. 엄청 어려워서 괜히 덤볐나 싶기도 한데…."

고우재가 잠시 뜸을 들이다 이수 쪽을 바라보며 말을 맺었다.

"그만큼 매일매일이 설레요."

예상한 답이었다. 고우재 같은 녀석이라면 아마 그러리라 짐작했다. 녀석을 보면 그 나이 때의 자신을 떠올리고 만다. 수많은 자료를 찾아 예상 가능한 시나리오를 기획하고, 대입했다. 사례를 찾는 일도 모두 즐거웠다. 하다못해 그 시절에는 이른 아침 본부장이 사주는 해장술마저 치열한 광고인의 상징이라 여겼다. 낭만이라는 착각에 빠져 살던 때였다.

"인사이트에 신입 사원으로 지원할 생각도 있어요?"

"무조건. 무조건 1순위요. 채용 공고 언제 뜨는지만 기다리고 있어요."

각오를 다지는 고우재의 목소리가 또렷했다. 회사에 출근하는 매일매일이 즐겁다고, 일개 인턴인 지금부터 애사심이 퐁퐁 솟는다는 고우재의 말은 그냥 하는 우스갯소리가 아니었다.

"졸업한 선배들이 다들 그러던데요. 사회생활은 첫 단추를 잘 끼워야 한다구요. 그럼 저는 단춧구멍까진 잘 찾은 것 같긴 해요."

잘 끼워야 하긴 해도요. 덧붙이는 말에 은근한 자신감이 서려 있었다.

"그렇겠죠? 이제부터는 인턴십도 이력서란에 쓰일 테니까."

신입 사원 채용이 매년마다 줄어 가는 추세에 인턴십 경력은 대학을 졸업하고 취업 문을 두드리는 학생들에게 중요한 이력이었다. 이번 연도에 개최된 인사이트 광고 공모전 참가자 수가 예년에 비해 폭발적으로 증가한 이유도 수상자에게 인턴십 기회가 부여된다는 점 때문이었다.

"팀장님, 저는 목표가 딱 하나예요."

고우재가 비장하게 운을 뗐다.

"어떤 광고는 10년, 20년이 지나도 사람들 뇌리에 계속 박혀 있잖아요. 모델, 카피, 배경 음악, 메시지. 그렇게 안 잊히는 15초짜리 광고를 만드는 게 제 목표예요."

"전통적인 매체로 접근하는 방식이 요즘 대세는 아닐 텐데?"

"사람들이 요즘 광고는 쌍방향 소통이 대세라고 하는데 정말 그럴까요. 결국에는 기획하고 의도하는 방향을 제시하는 순간 거기에 모순이 생긴다고 생각하거든요. 그렇다면 저는 정공법. 고전적인 방법으로 접근하고 싶어요. 일방향이되 잊힐 수 없는 광고를 만드는 거죠. 그렇게 되면 단발성 마케팅이 아니라 20년, 30년 동안 광고가 이어지는 거잖아요. 광고가 15초의 예술이라면 저는 얼마든지 15초에 헌신할 기운도 각오도 있구요."

어쩌면 고우재의 대답은 어떤 광고를 만들고 싶냐는 물음에 대한 흔한 답일 수 있었다. 그러나 말에 담긴 힘이나 전해지는 진심이 기특했다. 젊은 패기가 이수를 자극했다.

팀에 혹처럼 달려 온 화분을 창가에 두고 가끔 물만 한번 주는데도 쭉쭉 자라 잎이 무성해졌다. 고우재는 그런 녀석이었다. 이수의 가슴이 빠듯해지는 이유였다.

"평생 광고 한 개 만들고 끝나겠다. 고우재 씨는."

푸흡. 고우재도 이수도 편하게 웃음을 터트릴 때였다. 내비게이션 용도로 올려 둔 이수의 핸드폰으로 갑작스러운 메시지가 도착했다.

-토요일 4시. 안국동 H 미술관 앞에서 보죠.

이시훈 팀장이라고 뜬 이름이 명확했다. 운전 중이라 어떻게 할 겨를도 없이 화면에 뜬 메시지가 사라졌다. 난처함이 낯으로 드러날 정도는 아니나 이수는 괜스레 두 입술을 잠시 말아 보다 풀어냈다.

아나나 다를까 뜻하지 않게 메시지를 보게 된 고우재가 가벼운 감상을 털어놨다.

"두 분 친하신가 봐요."

"그냥요…."

같은 본부 팀장 자리에 앉아 있으면서 딱 잘라 아니라고 할 수도 없어 둥글게 넘어가려 한 말이었다.

"그게, 제 자리 방향이 그래서 그런지 이시훈 팀장님하고 저하고 눈이 마주칠 때가 많아서요. 팀장님 보시다가 항상 저랑…."

다 뱉어 놓은 문장을 맺지 않은 고우재가 고개를 비틀며 중얼거렸다.

"그냥… 4시 44분. 이거랑 비슷한 건가…."

무슨 의미인지 이수가 의아해했다.

'곧 목적지에 도착합니다.'

때마침 울리는 안내음에 대화는 그대로 마무리됐다. 고우재가 가족과 함께 산다는 아파트 출입구에 차를 세우자 조수석에서 내린 녀석이 꾸벅 머리를 숙였다. 그리고 문을 닫기 전 가방을 뒤적였다.

"팀장님, 경쟁사 제품이라 주님이 아시면 안 될 것 같지만…."

창 너머 이수의 앞으로 가방에서 꺼낸 비타민 드링크를 내민다.

"고마워요."

"팀장님, 화이팅입니다."

고우재는 환하게 웃으며 앞머리가 풀썩이도록 다시 한번 인사를 했다.

"고맙습니다, 조심히 들어가십시오!"

이수가 운전대를 잡고 차를 출발했다. 고우재의 에너지 때문인지 집으로 돌아가는 길이 가벼운 새벽이었다.

* * *

-토요일 4시. 안국동 H 미술관 앞에서 보죠.

이수가 에스컬레이터를 이용해 지상으로 올라오며 다시금 시간과 장소를 확인했다.

"와…."

곧 지하도 밖으로 나온 이수는 하마터면 어제가 여름이고 오늘이 가을이라 여길 정도로 너무 다른 풍경에 깜짝 놀랐다. 해 뜨기 전 출근하고 해가 지면 퇴근이라 계절이 지나는 줄도 몰랐다. 아직 완전하지 않지만 푸른 잎 사이로 드문드문 진 단풍이 눈에 띄었다. 약속 장소까지 남은 시간을 셈해 본 이수가 천천히 목적지를 향해 걸었다.

대부분 퇴근 후 호텔로 이어진 과거와 달리 굳이 시간과 장소까지 잡아 가며 만나는 이유는 최근 이시훈의 주말 출근 때문일 거라 생각했다. 얼마 뒤 뉴욕 출장이 계획된 터라 이시훈은 꽤 바빠 보였다. 표면적으로는 타 팀이 담당한 브랜드 론칭 행사에 여 본부장은 책임자 자격으로 참석하고 이시훈은 참관한다는 명목이었지만 사실은 최근 인사이트에서 인수한 뉴욕 에이전시가 목적이라는 건 대충 짐작할 수 있었다.

자주 가는 호텔이 이 근처라 아마도 이쯤에서 픽업하기가 편할 테다. 미술관 근처에 다다랐을 때 어느쯤에 서 있어야 할지 가늠해 본 이수가 천천히 걸음을 멈췄다. 차량으로 픽업할 만한 적당한 위치를 고민한 행동이 무색하게 이시훈이 본관으로 향하는 앞길에 서 있었다. 바닥에 시선을 고정한 그는 바지 주머니에 손을 끼운 채로 느릿느릿 제자리를 맴돌고 있었다.

확실히 평소에도 말끔한 차림이기는 했으나 오늘 시훈은 소매를 둘둘 말지도 위 단추를 풀지도 않았다. 얇은 하프넥 폴라 위에 날렵한 코트를 걸친 모습이 계절에 잘 어울렸다.

"일찍 오셨네요."

이수의 목소리가 들리자 시훈의 시선이 발끝에서 머리까지 따라 올라왔다.

"……."

언뜻 옷을 훑어보는 기색에 이수가 겉옷을 걸친 오른손으로 왼팔을 슬쩍 움켜쥐었다.

"이거 전에 보내 주신 옷인데… 잘 입을게요."

받을 때만 해도 다시는 열어 보지 않을 것 같던 옷을 두고 아침 내내 고민했다. 환불은 시기를 놓쳐 버렸고, 티셔츠에 비하면 말도 안 되는 고가의 답례에 성의를 보이는 의미로 입기는 했지만 내키지 않았다. 평소 무채색의 셔츠나 세트로 입는 정장에 익숙한 몸은 니트며 턱이 없는 바지가 어색하기만 했다.

이시훈이 무슨 말을 하고 싶어 하는 눈치였는데 착각이었나 보다. 괜하게 바닥을 한번 내려 본 시훈이 쌩하게 말을 남기고 먼저 몸을 돌렸다.

"네."

목적지도 알리지 않고 훌쩍 걸어가는 시훈 때문에 이수가 홀로 서 있자 성큼 돌아온 그가 등 위로 손을 올렸다. 부드럽게 채근하는 손길이었다.

"좀 걸어야 해요."

어깨를 나란히 하고 걷는 토요일 오후는 날이 좋아 사람이 많았다. 구름 한 점 없는 하늘 아래 초록 잎 사이로 드리운 노랗고 빨간 나뭇잎 색깔이 또렷했다. 여름이 지나고 가을이 오면 왠지 한 해가 다 지난 기분이 든다. 아직 낙엽이 떨어지려면 시간이 남았으니 그나마 다행인가. 한복을 입은 학생들의 꺄르르 웃는 소리가 들리고 팔짱을 낀 커플들이 무성하게 길을 지났다. 실로 오랜만에 보는 풍경을 감상하느라 어색함도, 어디로 이동하는 중이냐고 묻는 것도 잊어버린 이수는 슬쩍슬쩍 닿는 시훈의 어깨마저 눈치채지 못했다.

모퉁이를 돌고 쭉 뻗은 길을 지나길 10여 분. 한 건물 앞에 당도해 떨어진 물음에 이수는 대답보다 건물 외벽에 걸려 있는 전시회 포스터부터 확인했다.

"본 적 있어요?"

이수의 얼굴에 의아한 표정이 떠올랐다. 이수가 거리를 지나다 가져온 리플릿에 소개된 전시회 중 하나였고, 리플릿은 오래전부터 오피스텔 테이블 위에 놓여 있었다. 우연일까. 하지만 전시회장은 어쩌다 지나는 길에 들를 만한 위치는 아니었다. 영문도 모르고 외관만 살피던 이수가 이미 건물 안으로 이동 중인 시훈을 만류했다. 체험형 전시라 시간에 맞춰 티켓을 예약해야 하고 입장할 수 있는 사람 수도 제한적이었다.

"여기 예매해야 해요."

"했어요."

한 치의 망설임 없는 대답에 이수가 눈을 키웠다. 시훈은 엷은 웃음을 띠고 거리에서처럼 이수의 팔꿈치를 부드럽게 잡아 이끌었다.

"시간 얼마 안 남았어요."

전시는 가이드를 따라 앞이 보이지 않는 내부를 일정 시간 동안 이동하는 식이었다. 완전한 어둠 속에서 시각을 제외한 나머지 감각으로만 체험하는 전시를 마치자 100분이라는 시간이 순식간에 지나갔다. 더듬거리며 길을 찾거나 소리로 달라지는 환경들을 체험하면서는 경험한 지난날을 떠올렸고, 시각이 배제된 상황에 틀을 벗어난 생각은 이면을 드러냈다. 그리고 관람이 끝날 무렵 그 너머에 존재하는 의미를 찾게 만들었다.

깜깜한 내부와 달리 늦은 오후 햇살이 내리쬐는 밖은 마치 다른 세상 같았다. 가슴 깊이 남은 여운에 느리게 눈을 감았다 뜬 이수를 깨운 이는 시훈이었다.

"커피 마시면서 걸을까요."

시훈은 커피 전문점 문을 활짝 당겨 고정해 두고 걸음을 옮겼다.

그보다 한 박자 늦게 들어간 이수는 곧장 커피를 주문하는 시훈의 뒷모습을 확인하고 옆에 서기를 망설였다. 조금 늦었더니 이미 몇 사람이 대기 줄을 섰고, 커피를 기다리는 사람 또한 여럿이었다. 매장 안이 분주했다. 이러지도 저러지도 못하는 동안 시훈이 이수의 근처로 돌아와 걸려 온 전화를 받고 있었다.

"…아닙니다. 네, 출장 전에 마무리 지으시죠. 어차피 본부장님 확인하셔야 하니까요. 네."

한 발자국 떨어져 주변으로 눈을 굴린 이수는 묘한 시선들과 마주했다. 재빨리 넘겨 보는 시선들은 시훈에게 닿고 있었다. 이수 자신도 작은 키는 아니건만 저보다 큰 키에 균형 잡힌 몸은 수영이나 러닝을 즐기는 타입 같았다. 자칫 차가워 보일 인상은 날렵한 콧날이나 턱보다는 아마도 무감한 표정이 더해졌기 때문이리라. 말하자면 이시훈은 서울 같은 도시와 잘 어울리는 부류였다. 거기에 더해 사람에게서 풍기는 아우라가 있었다.

객기와 오기로 이시훈을 도발하고 원치 않은 껍데기를 자처해 쓴 저와는 근본부터 다른 사람이었다. 위선과 가증을 떨 이유가 없기 때문일까. 나고 자라면서 단단하게 살을 붙였을 자기 확신과 자존감은 처음 봤을 때부터 알아봤다. 부러 꾸미지 않아도 자연스럽게 녹아든 확고한 외양과 때때로 툭 내뱉는 말들이 이시훈을 완성하는 조건이었다. 그건 이수에게 매번 등을 돌려 달아나기만 하는 것들이었다.

'A-19번 고객님, 주문하신 아메리카노, 아이스 아메리카노 나왔습니다.'

호명에 이시훈이 걸음을 옮겼다. 어깨와 볼 사이에 핸드폰을 끼워 두고 여전히 통화 중인 그는 아이스 아메리카노에 홀더를 끼워 이수에게 넘겨주었다. 어쩐지 입이 말라 받자마자 빨대를 꽂아 커피를 마시는 동안 이시훈이 저에게 묻지 않고 커피를 주문하고 넘겨주었다는 사실은 까맣게 잊은 채였다. 복잡한 커피숍에서 나올 즈음 통화를 마친 시훈이 이수에게 가벼이 물었다. 번잡한 거리를 벗어나 횡단보도에서 신호를 기다리는 중이었다.

"어땠어요, 전시는?"

"좋았어요. 신선하고."

무엇보다 사진이나 그림이 걸린 일반적인 전시와 확연히 다른 기획이 마음에 들었다. 게다가 팀 전체가 신경 쓴 비딩이 얼마 전에 끝이 났고, 최근 주말 출근마저 다반사라 근래에 본 전시가 가물가물했다. 관람 중 고맙다는 말을 전해서 다행이었다. 밝은 곳에서는 도통 전할 자신이 없었다.

"이런 전시 많이 보세요?"

이시훈 역시 못지않게 바빴을 텐데 일부러 시간을 낼 정도면 의외로 맞는 지점이 있는지도 모르겠다.

"가끔요."

그다지 즐긴다는 의미로 느껴지지는 않았다.

"그런데 왜…. 요즘 바쁘지 않아요?"

"지인이 기획한 전시예요. 평이 좋다더니 다행이네요. 마음에 들어서."

지인이 기획한 전시라고 하니 예매까지 해 가며 결코 편할 리 없는 상대와 관람한 이유를 대충 헤아릴 만했다.

"아… 그래서…."

차라리 좋아한다거나 아니면 자주 본다고 하면 말을 붙여 볼 구실이라도 생길 텐데 도무지 생기지 않는 접점에 대화는 이어지지 못했다. 곧 신호를 바꾼 횡단보도에서 걷는 속도가 엇갈렸다.

"꼭 그 이유 때문은 아니구요."

시훈이 걸음을 내디디며 남긴 말이 바람처럼 이수를 스쳐 지났다.

적당한 긴장을 유지하며 밝은 대낮에 걷는 일은 어색했지만 불편하지는 않았다. 번화한 거리의 소음과 풍경이 벌어진 간격을 적절히 메워 준 덕분이었다. 앞서거니 뒤서거니 걸은 두 사람이 어느새 광화문 앞에 다다랐을 때 시훈이 문득 멈춰 서 위를 올려 봤다. 한 대형 서점의 외벽에 걸어 놓은 간판에 가을에 어울리는 시구절이 적혀 있었다. 아마도 시훈은 한 구절 한 구절을 곱씹으며 읽는 중인 듯했다.

"무슨 글이었어요? 감화돼서 대학 원서 썼다고 했잖아요."

이수를 돌아본 시훈은 다소 놀란 표정이었다. 한 발자국 뒤에 선 정이수가 같은 방향을 올려 보고 있었다. 아, 그거요. 금세 표정을 감춘 얼굴 위로 가늠하기 힘든 미소가 떠올랐다.

"메리 올리버, 기러기라는 시요."

"……."

"형이 그 시를 좋아했었는데, 원서 쓰러 가는 길에 여기서 본 거예요, 그걸."

형이 있었지. 외동인 이수는 잘 모르지만 주변에서 흔히들 형제끼리는 말도 잘 안 섞는다던데, 우애가 좋은 형제인가 보다. 꿈까지 바꿀 정도면…. 시훈의 집안을 생각하면 좀 의외이긴 했다.

"제 자리에 붙어 있는 엽서 뒷면에도 같은 시가 적혀 있어요. 형이 보낸 건데… 뭐…."

어설프게 잘린 문장을 두고 시훈은 천천히 걸음을 옮겼다. 가벼운 어조와 어울리지 않게 그의 낯에는 그늘이 졌다. 길지 않은 시간 침묵한 시훈의 뒤로 붉은 노을이 내려앉았다. 총총 불을 켜는 가로등을 배경 삼아 걷는 두 사람 사이에는 늘 그렇듯 많은 대화가 생략됐다.

호텔로 들어가기에는 평소보다 이른 시간이었다. 차가 호텔 지하 주차장으로 들어갈 때 시간을 셈해 본 이수의 기분은 순식간에 침전했다. 조금 전 길을 걸을 때만 하더라도 어깨를 나란히 하고 소소하게 나눈 대화들이 싫지 않았다. 한때 이수가 이시훈과 가능할지도 모른다고 여긴 시간이었다. 가라앉은 기분 때문에 프런트로 가는 대신 엘리베이터로 곧장 이동하는 줄도 모르고 이수는 섭섭한 기분을 애써 달랬다. 그리고 엘리베이터 문이 열린 직후 예상과 다른 목적지에 도착한 사실을 알게 됐다.

"안녕하십니까. 예약하셨습니까."

눈앞에 펼쳐진 뜻밖의 장소에 이수가 한 박자 늦게 걸음을 뗐다. 전면에 서울 야경이 한눈에 보였다. 안내를 받고 내어 주는 의자에 마주 앉을 때야 이수는 저녁 식사 시간이라는 데 생각이 미쳤다.

"양식, 별로예요?"

"아니요, 그게 아니라…."

"그럼 됐구요."

당황한 표정을 오해한 시훈에게 이수가 가만한 답을 주었다. 앉아 있긴 하지만 눈동자가 부산스럽게 좌우를 살폈다. 은은한 조명이며 테이블 위에 놓인 초나 작은 꽃송이는 꽤 로맨틱했고, 가족 내지는 커플로 보이는 사람들이 식사 중인 주변 테이블은 다정하고 화목해 보였다.

얼마 지나지 않아 셰프가 추천한 메뉴와 와인이 세팅됐다. 시훈은 그때까지도 물로만 목을 축이는 이수에게 식사를 권했다.

"들어요."

권하는 투는 여상했다. 어쩌면 회사 구내식당에서 밥을 먹었더라도 똑같은 투였을 테다. 그래서 이수의 경계가 조금 무너졌다. 이시훈의 식사 시간에 저 하나가 껴 있다고 생각하면 그만이었다. 이수는 뾰족해진 생각을 둥글게 만들어 놓고 눈앞에 놓인 애피타이저를 입안에 넣었다. 이수가 먹는 모습을 물끄러미 바라보던 시훈의 입꼬리가 희미하게 올라갔다.

"…왜요?"

"아니요."

이내 시선을 떨궜다. 식사 시간은 조용했다. 레스토랑 내에 흐르는 음악이 아니었다면 식기가 그릇에 부딪히는 소리만 종종 들릴 정도로 두 사람은 묵묵히 식사만 했다. 코스대로 내오는 요리와 간간이 더 필요한 것이 없느냐 묻는 매니저가 없었다면 각자 다른 테이블을 이용하고 있다 해도 이상하지 않았다.

디저트가 놓이고 여전히 조용한 시간이 흘렀다. 이수는 고개를 돌려 야경을 바라봤다. 오늘은 평소처럼 옥외 간판을 찾지 않았다. 대신 반짝이는 도시 전경을 느긋한 기분으로 바라보았다. 잠시 뒤 침대로 올라가 하게 될 섹스 생각은 미뤄 뒀다. 맑은 밤하늘에 걸린 손톱달이 예뻤다.

실내가 비치는 유리를 통해 슬쩍 시훈을 바라봤다. 조금 전 자리를 비우고 돌아온 그는 테이블 위에 한 손을 올린 채 의자에 등을 기대고 있었다.

오늘 이시훈은 전시회장에서 무슨 생각을 했을까. 눈을 감은 듯 깜깜한 암흑 속에서 이시훈도 어둠 너머 이면을 바라보려고 했을까. 전시회장에서 가이드가 안내하며 건넨 말들이나 전하는 메시지들을 자신이 느낀 만큼 이시훈도 느꼈을지 이수는 조금 궁금해졌다.

요즘 이시훈과의 관계가 어떤 색을 띠고 있는지 이수는 가끔 혼란스러웠다. 따지자면 갑과 을로 칭할 수 있는, 편하게 몸만 취하면 그만인 저와 이시훈 사이에는 최근 '이외의 것'이 너무 많았다. 그리고 그것들은 유기물처럼 변화무쌍하게 모양을 바꿨다. 때문에 이수는 때때로 당황했고, 가슴이 철렁 내려앉기도 했다.

만약 이시훈에게 '상납'을 그만하겠노라 전하면 팀을 지켜 주고, 자리를 보전해 주겠다 걸었던 거래 역시 없어진다. 그렇게 단념하면 좋으련만 요즘 들어 이수는 이시훈이 정말 그런 사람인지 의문이 들었다. 여 본부장이 팀을 파투 내고, 귀책 사유를 만들어 이수를 팀장 자리에서 끌어내도록 둘 사람인지… 그런 의문 말이다.

'이 팀장님은, 좀… 함부로 친절하신 것 같아요. 솔직히, 기분은 나쁜데… 꼬박꼬박 데려다줘… 성희롱이라고 화내질 않나… 츤,

츤, 츤. 아닌가⋯.'

언젠가 술기운을 빌려 이시훈에게 한 말을 떠올린 것도 같은 맥락이었다. 이시훈은 부당한 일에 화를 내고, 유진우와의 관계를 다그쳤다. 게다가 입사 이래로 다른 직원들과 하등 다름없는 대우를 받으며 일하는 재벌가 아드님이 자신과 맺은 부적절한 관계는 어딘가 앞뒤가 맞지 않았다. 효용성을 따진다면 제 가치가 그 정도로 클는지도 모르겠다. 고작 섹스 따위로.

언젠가 끝을 맺을 테다. 아마도 둘 중 한 사람이 인사이트를 퇴사하거나 시훈이 저에게 질리는 순간. 경우의 수는 두 가지 정도였다.

"피곤하지는 않아요?"

긴 상념이 찻잔에 피어오르는 연기처럼 사라졌다. 시훈이 시간을 확인하며 물었다. 곧 자리에서 일어나 이동할 기색이었다.

"네, 괜찮아요."

꼬리에 꼬리를 무는 생각이 잘려 차라리 다행이었다. 머리가 아팠고, 이수는 답이 없는 서술형 답안지를 채울 수 없었다. 즐기지 않는 차를 입에 기울이는 이수를 흘깃 바라본 시훈은 다시 말이 없었다.

이수가 입술이 닿는 찻잔 부분을 손가락으로 둥글게 따라갈 때였다. 창밖 너머를 보는 시훈이 마른 입술을 축이다 말고 문득 입을 뗐다.

"생각보다 더⋯."

그가 뜸을 들였다.

"⋯옷이 잘 어울리네요."

"……."

"다 먹었으면 가죠."

소리 없이 밀린 의자를 두고 코트와 계산서를 챙긴 시훈이 자리에서 일어났다. 상황을 파악한 이수가 넋을 빼고 있다 뒤를 따랐다. 이미 계산을 마친 그가 엘리베이터에 올라타 버튼을 누르는 동안 이수의 머릿속에 남자가 남긴 말이 맴돌았다. '생각보다 더 옷이 잘 어울리네요.' 심심한 말 한마디와 함께 미간에 골이 팬 얼굴이 잔상처럼 남았다. 그건 오늘 오후, 미술관 앞에서 만났을 때 지은 표정과 꼭 같았다.

층을 이동하며 낯설고 간지러운 기분에 시선은 내내 바닥을 향했다. 토요일 오후 4시나 만난 장소, 목적지, 식사 자리도 모두 예상을 빗나갔는데 도착 층이 호텔 룸이 아닌 지하 주차장인 사실에 이수는 또 한 번 고개를 갸웃거렸다.

"기다려요. 차 가지고 올 테니까."

"…네."

조수석에 올라타 이동하는 동안 허벅지에 올려놓은 손이 좀체 가만있지 못했다. 이수가 제 바지 표면을 티 나지 않게 문질렀다. 머릿속에 생경한 생각들이 하나둘씩 자리를 차지했다. 처음 보는 녀석들은 툭툭 튀기도 하고, 이수의 머릿속을 마구잡이로 뛰어다니는 통에 잡을 수가 없었다. 그에 집중하느라 창 너머의 풍경도 눈에 들어오지 않았다.

어디를 가는지 묻지 않아도 익숙한 길로 내달린 차는 곧 이수의 오피스텔에 도착했다. 입구로 들어가기 좋은 자리에 정차해 시동을 끄자 음악 소리 하나 없는 차 안이 지나치게 조용해졌다. 가라 마라 아니면 어떤 인사를 나누기에는 묘하게 버거운 공기가 차 안을 가득 채웠다. 누구 하나 입을 떼지 못할 때 손끝으로 바지를 움켜쥔 이수의 입술이 달싹였다.

"이 팀장님. 오늘은 이대로…."

당연히 섹스라는 목적 없는 만남을 상상해 본 적 없는 터라 반쯤 체념하고 나선 오늘이었다. 입에서 맴도는 말을 차마 잇지 못하는 사이 달칵 잠금장치가 열렸다.

"들어가요, 그럼."

나직한 목소리가 들렸다.

"……."

정면을 향한 시훈은 아무 말도 하지 않았다. 예의 운운하기에 이수도 이 분위기가 이상하기는 마찬가지라 얼른 차에서 내리기를 택했다.

지하 주차장과 연결된 엘리베이터를 기다리는 동안 간신히 머릿속에서 요란을 떠는 녀석들을 빗자루로 쓸어 냈다. 오늘 하루를 빠르게 곱씹어 보았다. 이시훈은 그저 약간의 변주를 했을 뿐이다. 크게 의미를 둬야 할 이유는 없었다. 죄 없는 아랫입술이 잘근잘근 깨물렸다.

미술관 앞에서 저를 돌아보던 얼굴, 등 뒤로 와 닿던 손길, 투박하게 건넨 칭찬이나 간간이 내비치던 미소… 그런 것들. 눈을 질끈 감은 이수가 휙 머리를 저었다. 그렇게 한다고 털릴 리 없는 미련한 행동인 줄 알면서도 반응하는 몸이 우스울 지경이었다.

끈질기게 남아 있는 생각이 내내 머리를 헤집는 사이 엘리베이터가 도착했다.

"······."

등 뒤의 자동문이 열렸다. 저벅 바닥을 울리는 구두 소리에 귀가 먼저 반응했다. 그리고 한순간 어깨가 돌아갔고, 눈앞에 서 있는 이시훈을 발견했다.

"이 팀···."

인지한 순간 이수의 눈이 크게 뜨였다. 놀라 벌어진 입술 사이로 시훈의 혀가 파고들었다. 한 손은 이수의 뒷머리를 그리고 나머지 한 팔은 허리를 감아 틈 없이 당겼다. 코끝에 이시훈의 향수 냄새가 스쳤다. 입안을 훑는 혀는 격정적이지만 거칠지는 않았다. 고개를 비틀어 한 치도 떨어질 수 없게 입을 맞췄다. 치켜든 턱을 물릴 때마다 얼굴을 기울여 집요하게 따라오는 입술은 숨을 쉬는 시간마저 쉬이 허락하지 않았다. 머리카락을 파고든 손이 부드럽게 이수를 움켜쥐며 벗어날 수 없도록 붙들었다.

"하으···."

시훈의 팔을 붙들어 간신히 흔들리는 몸을 버텨 냈다. 입안으로 밀려 들어온 혀가 마비된 이수의 혀를 훔쳤다. 눈을 떴다 감았다 점멸하는 시야 사이로 슬라이드 필름처럼 눈을 감은 시훈이 사진처럼 찍혔다.

둔탁하게 밀린 몸에 버튼이 눌리며 엘리베이터 문이 다시 열렸다. 동시에 시훈이 입술을 떼자 두 사람 모두 갈무리하지 못한 호흡이 마주한 코끝에서 섞였다.

하아… 하아….

뜨거운 몸과 달리 손끝이 차가웠다. 속눈썹을 더디게 들어 올리자 눈앞에 선 시훈의 시선이 아래를 향하고 있었다.

떨리는 손으로 단단한 어깨를 밀어냈다. 더듬더듬 뒷걸음질 치자 이수는 엘리베이터 안에, 시훈은 경계 바깥에 서게 됐다. 부푼 입술을 손등으로 가린 이수의 몸이 미세하게 떨렸다. 가슴팍이 위아래로 오르내렸다.

슬쩍 올려 본 시훈은 단 한 발자국도 움직이지 않았다. 문이 닫혔다. 어떻게 버티고 있었는지 이수는 다리가 풀려 벽에 등을 기댔다. 그리고 한 손으로 눈을 덮어 가렸다. 믿기지 않게 두방망이질 치는 심장 소리가 너무 컸다.

얼굴에 끼얹은 물이 멋대로 튀어 소매와 니트 앞섶을 다 적셨다. 세면대에 머리를 박고 찬물로 열을 식힌 이수가 두 손으로 얼굴을 닦았다. 거울 속 제 모습과 눈이 마주치자 흔들리던 동공이 갈피를 잡지 못하고 바닥으로 떨어졌다. …옷. 이 망할 놈의 옷부터가 문제였다. 처박아 두면 나았을걸.

벨트를 풀어내고 버클을 내렸다. 손이 떨렸다. 니트를 죽죽 잡아당겨 팔을 빼내려 해도 물에 젖은 소매가 헛손질에 늘어지기만 할 뿐 마음처럼 벗겨지지 않았다. 다급한 마음에 욕실을 박차고 나간 이수의 발등이 문턱에 걸렸다.

"…아!"

속절없이 두 무릎이 바닥에 닿았다. 쿵 둔탁한 소리 뒤로 이수는 무릎을 꿇어 엎드린 자세로 고꾸라졌다. 골반까지 내려간 바지와 다 벗지 못한 니트가 굽은 몸을 간신히 가렸다. 마치 누구에게 빌기라 도 하는 꼴은 혼자 있는 집에서도 충분히 수치스러웠다.

벽에 걸어 둔 벽시계의 초침 소리가 적요한 공간을 울렸다. 욕실 문틈으로 비치는 빛이 어둠 속 이수의 몸 아래 더 깊은 그림자를 만 들었다. 차가운 바닥에 이마를 대고 5분, 10분이 흐르도록 이수의 몸은 움직이지 않았다. 무력하게 감은 눈과 다문 입. 그리고 의미 없이 쥐고 있는 주먹은 달걀을 쥔대도 깨트릴 수 없을 것 같다.

서늘한 공기 중에 드러난 피부 위로 소름이 돋았다. 삼킨 것도 없 는 목울대가 움직였다. 집에 들어올 때부터 저를 좀먹고 있는 생각 이 좀체 떨어지지 않았다. 이길 수 없는 본능이 잦아들기는 애초부 터 글러 먹었을지 몰랐다.

숨을 죽인 머리맡의 손이 서서히 미끄러졌다. 파들 떨리는 손으로 버클이 풀린 바지를 내리고 드로어즈 안으로 손을 넣자 여태까지 가 라앉지 못한 발기한 성기 끝이 번들거렸다. 드로어즈 밖으로 퉁겨져 나온 성기를 붙잡아 앞뒤로 천천히 움직이기 시작했다. 손이 속도를 더해 가는 동안 뇌 한 귀퉁이가 기능을 멈춘 것처럼 모든 행동이 통 제를 벗어났다. 제게 입을 맞추던 남자의 얼굴이 떠올랐다.

"흑, 으…."

벌어진 허벅지 안쪽을 스쳐 간 나머지 손이 구멍을 더듬었다. 뻑 뻑한 내부로 겨우 손가락 하나를 밀어 넣었다. 성기를 감싸 쥔 손에 속도를 높였다. 의식 사이로 남자의 손을, 온기를 그렸다.

"하아… 웃…."

바닥에 이마를 비볐다. 넣어 봤자 닿지 못할 그곳에 손가락을 찔러 넣으며 흥분을 감출 길 없었다. 움찔움찔 간헐적으로 몸이 떨렸다. 간질간질한 감각에 발가락을 딛고 세운 발바닥 근육이 뻣뻣하게 늘어졌다. 얕은 신음을 끊임없이 토해 낼 때마다 기둥을 쓸어 올리는 힘도 속도도 빨라졌다. 어둠 속에서 형체를 더듬었다. 검은색 머리카락과 반듯한 이마, 곧은 코를 따라 내려가면 굳게 다물린 입이 있었다. 엄지손가락으로 그 틈을 벌리고 혀를 밀어 넣자 단숨에 감아 온다. 단단한 어깨를 끌어안고 허리를 감싼 손에 몸을 내맡기자 모든 것이 자연스럽게 흘러갔다.

"으… 읏…."

이성을 마비시킨 충동이 이수를 재촉했다. 바지가 허벅지까지 내려가고, 날개 뼈까지 올라간 니트 아래로 길게 뻗은 척추뼈가 유연하게 움직였다. 깨문 입술에 더 깊이 이를 세웠다. 눈을 질끈 감고 쾌감을 좇아 손을 잔뜩 죄었다.

"흐읍…!"

후드득 바닥으로 정액이 쏟아졌다. 잔뜩 힘을 준 어깨와 몸이 굽어졌다. 확 좁힌 허벅지가 푸들푸들 떨리고 하얗게 변한 발가락 끝이 바닥을 밀어내며 풀썩 떨어졌다. 질끈 감은 눈에 서서히 주름이 펴지며 번쩍 쏟아진 빛도 순식간에 사라졌다. 옹송그린 어깨가 맥없이 풀어졌다. 꿇은 무릎에도 서서히 고통이 찾아왔다. 오락가락하던 이성에 형광등처럼 불이 켜졌다. 끈적한 제 정액과 욕정을 짓누른 손이 잡을 것 하나 없는 바닥에 손톱을 세웠다.

이마를 바닥에 짓이겼다. 아무래도 정신이 나가서… 이런 역겨운 짓을 했나 보다. 부끄러움도 수치도 없이.

＊　＊　＊

이수는 퇴근을 준비하며 며칠째 비어 있는 시훈의 자리를 바라보았다. 주말이 지나고 출근하는 월요일이 되어서야 내내 비어 있는 자리를 보고 이시훈이 여민준 본부장과 열흘간 뉴욕 출장길에 동행하기로 했다는 사실을 깨달았다. 그 밤, 이시훈이 수음한 사실을 알리 없건만 이수는 상대의 부재에 안도했다. 그리고 이시훈이 다시 돌아올 때쯤에는 잊힐 거라고 그렇게 위안했다.

-나야 좋지. 세상에 이게 몇 년 만이야.

외근 후 잠깐 들르겠다는 이수의 연락에 백주홍의 상기된 표정이 수화기 너머로 떠올랐다. 햇수로는 아마 6년 만이었다. 층계를 오르기 전 건물을 올려 봤다. 손에는 백주홍이 좋아하는 케이크 상자가 들려 있었다. 5층짜리 건물의 1층은 커피숍으로, 나머지 층은 사무실로 쓰는 듯했다. 엘리베이터 대신 계단으로 2층까지 오르자 백주홍이 이수를 맞이했다.

"정이수."

"선배!"

와락 서로를 껴안은 두 사람이 서로의 안부를 물었다. 행복하고 즐거운 기억만 남아 있는 백주홍은 여전히 사람 좋은 얼굴로 이수를 맞았다. 케이크를 전하자 백 선배가 함박웃음을 지었다.

"그냥 오라니까 뭘 사 왔어."

"케이크 좋아하셨잖아요."

대학 시절, 혼자서도 홀 케이크를 다 먹을 수 있다고 조각으로 파는 이유를 모르겠다며 열변을 토하던 기억이 생생했다.

"고마워. 잘 먹을게."

잠시 후, 접시에 놓인 케이크와 함께 백주홍이 직접 내린 커피를 건넸다.

"사무실 멋있는데요."

"인사이트에 비하면 구멍가게이지요."

백주홍은 너스레를 떨었다. 집무 책상 뒤로 나열된 상패와는 어울리지 않는 겸손이었다. 백주홍의 광고 회사는 자유분방해 보였다. 오픈형 공간에 널찍하게 배치된 직원들 책상이나 시사를 하는 회의실 역시 그러했다. 게다가 최근 인터뷰나 매스컴에 노출되는 빈도만 봐도 규모는 작지만 국내외에서 주목받는 회사임은 틀림없었다.

밖이 훤히 보이는 집무실에 앉아 동기들의 근황을 나누는 중 백주홍이 문득 이수를 향해 물었다.

"이시훈. 같이 일하지?"

"어떻게 알아요?"

커피를 마시던 이수가 뜻밖의 이름에 되묻자 단번에 끈을 잇는 답이 나왔다.

"대학 후배야. 민준이, 여 본부장이지? 나하고 동기고."

"생각을 못 했어요."

"그러게. 또 이렇게 연결되네. 나도 시훈이가 인사이트로 이직했다는 건 한참 뒤에 알아서. 시훈이도 한번 온다 온다 하면서 못 오네. 화분만 보내고 말이야."

집무실 한편 가장 햇볕이 잘 드는 자리에 대형 화분 하나가 잎을 드리우고 있었다.

"여 본부장님 아래 같은 본부에 있어요. 이 팀장이 1팀. 제가 2팀."

"그럼 둘이 친하겠다. 같이 모시는 상사 욕하면서 모두 하나 되고 그러는 거잖아. 시훈이도 일 잘하지?"

시원하게 내지른 백주홍의 말솜씨에 이수가 웃음을 터트렸다. 이 시훈을 떠올리면 치미는 복잡한 감정은 미뤄 두었다. 뭐라도 있는 낌새를 내비치면 그건 그것대로 설명을 해야 했다. 그러자면 가장 심플한 답으로 상황을 모면하는 편이 편했다.

"네. 잘해요."

거리낄 것 없는 대답 후에 커피를 마시는 척 얼굴을 가렸다. 말과 달리 쉽게 표정을 숨기기가 어려웠다. 그런 이수의 행동이 여민준 때문이라고 백주홍은 착각한 모양이다.

"여민준이 괴롭혀? 내가 전화 한번 해 줄까."

"아니요."

이수가 손사래를 치자 백주홍이 개구지게 웃는다.

"일은 어때, 메이저 회사는 어떻게 일하는지 들어 보자."

"일하는 거 똑같아요. 빡세요, 그냥."

크든 작든 회사 대표만 하려구요. 씨익 시원하게 입술을 끌어 올린 백주홍이 이수를 향해 몸을 기울였다.

"못 다니겠으면 우리 회사 올래? 이시훈 화분 옆에 자리 보이지.

저기가 아침부터 저녁까지 제일 햇빛이 잘 드는 곳이거든. 거기 정이수 자리 해."

팬한 주접인 줄 알면서 내심 싫지 않았다. 반가운 사람을 만난 것도 오랜만, 누군가와 아무런 계산 없이 대화를 나눈 것도 오랜만이라 며칠 전부터 끙끙 앓던 속에 숨이 트였다.

"나인 투 식스는 보장 못 해도 성과급이며 휴식은 완전 보장해 준다. 무엇보다 가좆같이 아니고 정말 가족처럼. 우리 되게 재밌게 일하거든."

직원들이 나 막 업신여기고 그래. 어때? 훌훌 날리는 말 같아도 백주홍이라면 본인이 데리고 있는 직원들을 어떻게 아낄지 눈에 선했다. 출강하던 시절에도 담당 교수보다 학생들을 챙긴 그녀였다.

"말만 들어도 고마워요."

"에이… 구멍가게라 이거지?"

"아니요. 인사이트도 백기획도 클라이언트 앞에선 같은데요, 뭐."

"음. 을이 싫으시다?"

회사를 차리고 여러모로 주목받는 과분한 실정이지만 제 오른팔이 되어 줄 사람 하나가 필요했다. 믿고 턱턱 일을 맡길 사람. 이수는 대학 시절부터 성실하기로는 둘째가라면 서러웠던 데다, 기획한 광고들을 보면 매번 얼마나 공을 들였을지 눈에 훤했다. 그러니 이수에게 권한 말은 그냥 뱉고 마는 공수표는 아니었다.

수습하려다 백주홍에게 말이 물린 이수가 볼을 부풀리자 와르르 웃음이 쏟아졌다. 예나 지금이나 난감해할 때면 언뜻 튀어나오는 애 같은 얼굴 때문에 자꾸 놀리고 싶어진다.

늦은 오후 백주홍과 두런두런 이야기를 나누며 어쩐지 비빌 구석 하나가 생긴 듯 긴장이 풀렸다. 대화가 마무리될 즈음 백주홍이 채 정리하지 못한 사무실 서랍을 뒤졌다. 한참 만에 허리를 편 백주홍은 대학 시절 찍은 사진을 못 찾겠다며 아쉬워했다.

"이 구실로 다시 놀러 오라고 해야겠다."

백주홍은 언제 봐도 에너지가 넘쳤다. 건물을 나와 골목을 걸어가던 이수가 뒤를 돌아보자 창문 밖으로 머리를 내민 백주홍이 긴 머리카락을 귀에 꽂고 손을 흔들었다. 기다린다, 연락해!

출장에서 돌아온 이시훈의 자리는 아침부터 비어 있었다. 타 팀에서 기획한 국내 자동차 브랜드 론칭 행사가 성황리에 막을 내렸다. 여 본부장과 함께 행사를 참관한 시훈은 돌아오자마자 밀린 보고서를 작성하고 회의에 참석 중이었다.

점심시간을 코앞에 둔 시각. 회의를 마치고 화장실로 들어간 이수는 뜻밖에 이시훈과 마주쳤다.

막 세수를 했는지 페이퍼 타월로 얼굴을 눌러 닦던 시훈도 거울을 통해 이수를 발견한 참이었다. 한눈에 봐도 피로해 보였다. 그동안 야근이며 철야를 해도 딱히 빈틈없어 보였던 모습과 달리 오늘 이시훈은 시차조차 적응이 안 돼 보였다.

"오랜만이네요."

가라앉아 갈라진 목소리가 피곤을 방증했다.

"출장 다녀오셨다구요. 고생하셨습니다."

의례적인 인사를 마친 이수가 나머지 세면대 앞에 서서 커피가 흐른 손을 씻었다. 이미 시선을 거둔 이수와 달리 시훈의 눈길은 거울에 비친 이수에게 줄곧 머물러 있었다.

레버를 내린 이수가 시훈을 가로질러 페이퍼 타월을 당겼다. 빠듯한 공간 덕에 몸이 거의 닿을 뻔한 시점에 시훈이 입을 열었다.

"점심 먹죠, 같이."

핑계를 댈 만한 선약은 없고 마주 앉아 밥 먹기에는 어딘가 불편했다. 지난 주말을 지우려 부단히 애를 썼고, 결론적으로 이시훈의 거만한 친절이 만든 하루였다고 단정 짓기로 했다. 일하고 섹스하고 사이에 약간 낯간지러운 짓을 했다고 한들 첫 단추가 잘못 꿰인 옷이 올바로 입힐 일은 없을 테니까.

"다음에요. 오후 회의 시간이 빠듯해서."

숨도 쉬지 않은 거절 뒤로 변명하듯 이유를 덧붙였다. 무의식적으로 그런 말이 술술 나왔다. 물기 하나 없는 손안에서 페이퍼 타월이 형편없이 구겨지는 동안 머리 위에서 낮은 물음이 떨어졌다.

"보는 눈 때문에 그래요?"

같은 본부 팀장 둘이 애먼 곳 가겠다는 것도 아니고 밝은 대낮에 회사 근처 식당에서 밥 좀 먹겠다는데 그게 그렇게 자빡 댈 일인가. 시훈의 말에 은근한 날이 서 있었다.

"이 팀장님. 그런 말 좀… 하지 말구요."

이수가 쥐어짜듯 한숨 같은 목소리를 죽였다. 회사, 화장실 칸칸이 열어 누가 있는지 확인하지 않아도 공간에 둘만 있는 건 뻔히 알았다. 하지만 한 번씩 불쑥 튀어나오는 말이 이수의 불안을 들쑤셨다. 화가 난 건지 서운한 건지 모를 얼굴이 흘깃 본 거울로 비쳤다.

자못 긴 시간 동안 이시훈은 말없이 자신을 내려 보고 있었다. 이쯤이면 괜한 걱정을 한다는 둥 시훈이 내쏠 말을 곱씹던 이수를 향해 뜻밖에 누그러진 목소리가 이어졌다.

"불편하면,"

"……."

재빨리 표정을 갈무리한 시훈이 덤덤하게 말을 이었다.

"자리마다 분리된 곳으로…"

"팀장님! 어… 팀장님, 안녕하십니까."

고우재였다. 회의실을 정리하고 나온 모양인지 품 안에는 노트북과 프린트된 서류가 들려 있었다. 시훈은 턱을 당겨 인사를 대신한다. 방해받은 상황에 미간이 구겨졌다. 상황을 알 리 없는 고우재가 손안에 들고 있던 마시다 만 커피를 세면대에 붓고 이수를 향해 물었다.

"팀장님, 바로 가시는 거죠? 오늘 점심 메뉴 쌀국수래요."

"……."

회의에 들어가기 전 점심을 어떻게 하실 거냐 묻는 고우재에게 구내식당에서 먹을 예정이라고 했더니 두말 않고 '저도요.'를 외치기는 했다만, 그게 같이 먹자는 의미인 줄은 몰랐다. 의도치 않게 오해를 사고 말았다. 당황한 이수가 티 나지 않게 얼굴을 찌푸렸다.

"아, 혹시 팀장님도 식사 같이… 드실래요?"

고우재가 아차 싶은 생각에 얼른 시훈에게 의중을 물었다. 이내 고우재를 사이에 두고 거울 안에서 이시훈과 짧게 시선이 부딪쳤다. 잘못한 일도 없는데 이수의 고개가 떨어졌다. 여러모로 타이밍이 좋지 않았다. 고우재가 틀어 놓은 물소리가 세차게 떨어지다 뚝 끊김과 동시에 시훈이 이수를 향해 고개를 숙였다.

"식사 맛있게 드세요. 먼저 가 보겠습니다."

어깨를 돌려 나가는 무표정한 시훈의 뒤로 고우재가 어정쩡하게 머리를 숙였다. 무거운 마음을 매단 이수의 가슴에 묵직한 타격음이 울렸다.

* * *

-오빠 메시지 보면 답 줘
-서울이라며 왜 전화도 안 받고 답을 안 해
-엄마 봐서라도 와

[김지학 전무] 오늘 업무 끝나고 가볍게 한잔하실 분들 뒷골목 족발집으로 오세요^^
[여민준 본부장] 네 가겠습니다 잠시 후에 뵙겠습니다^^!
[정이수 팀장] 잠시 후에 뵙겠습니다
[이시훈 팀장] 가겠습니다

시훈은 연속으로 도착한 동생 시연의 메시지 뒤로 오늘 속을 뒤집어 놓은 사내 메신저를 훑어봤다. 뾰족한 시선은 이내 여민준 본부장을 향한다. 여 본부장의 메시지만 아니었다면 당연하게 시훈과 이수가 참석하지는 않았을 테다. 직속 상사가 참석하는 자리를 피곤하다는 핑계로 뺄 수는 없었다. 출장을 다녀온 지 3일째가 돼서야 겨우 밀린 보고와 결재를 마친 시훈은 오늘만큼은 일찍 귀가할 생각이었다. 내일로 잡힌 촬영도 문제였지만 다음 날 본가로 들어가 봐야 하는 일정에 귀국할 때부터 신경이 곤두서 있었다. 때마침 들어온 문자에는 약속이라도 했는지 광고주 이름이 떡하니 박혀 있었다.

"여자 모델일 때만 행차하신다며. 그럼 내일 촬영장 오겠네?"

"그럼 오지, 안 와요."

시훈의 따가운 눈초리를 받은 여 본부장이 왜? 입모양을 보인다. 선택적으로 눈치를 넣었다 뺐다 하는지 꼭 이럴 때만 모르는 척 군다.

"이 팀장님, 쏘맥 드실래요?"

구영모 팀장이 맥주잔에 소주병을 기울이자 시훈이 잔 위를 막았다.

"천천히 마실게요. 잠을 못 자서."

"아직 시차 적응도 안 되셨죠? 어쩐지 피곤해 보이시더라."

구 팀장이 병을 무를 때 김 전무 주변에서 와자지껄 웃음이 터졌다.

"우리 팀 인턴은 자기 사수하고 밥 먹기도 싫어하던데, 쟤는 되게 신기하다. 그죠?"

시훈이 물로 입을 축였다. 멀찌감치 떨어진 김 전무 주변을 살핀 구 팀장은 푸념을 늘어놨다.

"미디어도 그렇고 우리 실도 회식은 빠지면서 인턴이 브이로그니 뭐니, 카메라를 돌려서 제가 얼마 전에 한 소리 했어요."

요즘은 SNS나 개인 방송이 너무 흔한 시대지만 업무 집중도가 떨어지거나 회사 보안 구역까지 노출되는 경우가 발생했다. 그 때문에 직급자 사이에서 종종 말이 돌았다.

시훈이 실내에서 태우지 못할 담배 필터를 툭툭 테이블 위로 두드렸다. 피로도 피로였지만 오늘 술자리는 유난히 심기가 거슬렸다. 정이수가 들어오고 얼마 지나지 않아 인턴인 고우재가 불쑥 나타나 넙죽 올린 인사가 첫 번째 이유였고,

'안녕하십니까! 기획 1본부 기획 2팀 인턴 고우재입니다. 지나다 보니까 다들 모여 계셔서요. 인사드리려고 잠깐 들렀습니다.'

아들 손주 재롱 잔치라도 보고 싶은지 만면에 미소를 띤 김지학 전무가 고우재를 의자에 앉혔다. 그 바람에 부산한 틈을 타 주현탁 실장이 턱 하고 정이수의 옆자리를 차지하고 앉았다. 그게 두 번째 이유였다.

다른 테이블이지만 사선으로 자리한 두 사람의 거리가 멀지 않았다. 밥 한번 먹자는 제안을 칼같이 거절당한 서운함이 여태 남아 있었다. 그러나 고우재의 등장에 굳은 표정과 옆자리에 터를 잡은 주 실장 때문에 하얗게 질린 얼굴은 무시할 수 없었다.

"팀장님."

고우재가 식당 술장고에서 소주병을 꺼내 가며 이수에게 인사를 속삭였다. 여느 때와 달리 고우재의 인사를 받는 둥 마는 둥 시선을 돌린 이수가 난감함에 입술을 살짝 깨물었다. 곧 고우재가 어르신들 사이에 자리를 잡고 술을 돌렸다. 이수는 앞에 놓인 냉수를 벌컥벌컥 들이켰다.

"정이수 팀장, 오늘 왜 이렇게 말이 없어. 피곤해? 아우, 어깨 뭉친 거 봐라."

주 실장이 이수의 목과 어깨 사이를 가볍게 주물렀다. 제법 거센 악력에 이수의 몸이 얼핏 흔들리다 이내 중심을 잡았다. 이수의 찌푸린 미간을 보고 조소한 주 실장이 스윽 손을 거뒀다.

"하… 씨발…."

그 꼴을 본 시훈이 나지막이 욕을 짓씹었다.

"쓰읍… 들린다. 욕을 왜 해. 이 프로, 지금 시위하냐, 끌고 왔다고?"

회식도 업무야, 업무. 몸을 돌리고 앉은 여 본부장이 깜짝 놀라 소리를 죽여 입단속을 했다. 시훈이 입을 꾹 다물고 코로 긴 숨을 내쉬었다. 역시 벌컥벌컥 냉수를 들이켜며.

술자리의 주인공은 단연 고우재였다. 저보다 많으면 나이가 두 바퀴나 차이 날 상사들 앞에서 녀석은 기꺼이 분위기 메이커가 됐다. 짓궂은 물음에도 싹싹하게 대답하고 주는 족족 술잔을 받는 고우재는 호기심 질문 왕이었다. 인사이트의 꼰대들이 줄줄 읊는 역사며 지난 영광에 귀 기울이는 태도는 가식 한 점 없이 순수했다. 소음을 뒤로하고 무리를 슥 뒤돌아본 주현탁 실장이 바람 새는 웃음을 흘렸다. 웃기는 놈이네, 저놈.

"정 팀장. 어린애 데리고 있대서 내가 고생 좀 하겠다- 했더니, 아주 야무지게 키워 놨네."

이수의 빈 잔으로 주 실장이 쪼르르 소주를 따랐다.

"부지런한 친구라 곧잘 따라옵니다."

이수는 주 실장을 따라 한 번에 잔을 넘겼다.

"흐으응. 그래서 바빴나 보다, 우리 정 팀장이."

주 실장이 업무 협조의 탈을 씌운 그날을 들먹였다. 빈정댄 말끝에 가늘게 뜬 눈이 이수를 주시했다. 맞은편에서 이야기를 들은 여민준 본부장이 흠. 낮은 헛기침을 했다. 빈 잔을 쥐고 있는 이수의 손에 힘이 들어갔다. 동시에 물을 마시고 내려놓은 시훈 역시 이마를 구겼다. 주 실장에게 따로 연락하지 말라는 시훈의 메시지 뒤로 변명도 이유도 설명하지 않은 이수에게 뒤끝이 남은 게 분명했다.

'전무님, 제가 한 잔 따라 드리겠습니다.'

'어어, 그래. 요즘에도 이런 친구가 있네?'

고우재가 자리마다 돌아다니며 인사와 함께 잔을 채우는 중이었다. 화기애애한 다른 테이블과 달리 찬바람이 쌩쌩 불었다. 상황을 알 리 없는 구 팀장만 부지런히 젓가락을 놀릴 뿐이다.

위화감이 내내 이수를 맴돌았다. 유진우와 틀어지고 벼랑 끝에 선 지난날, 부단히 다진 각오가 휘발됐다. 유진우 따위가 아니라도 결국 나는 증명해 보일 거라고. 그러니 틈바구니에서 살아 보려고 자존심이니 뭐니 갈려도 그만이라는 생각이었다. 회식마다 술상무를 자처했고 조롱이나 성적 희롱을 일삼아도 아무렇지 않게 시시덕댔다. 그런데 오늘만큼은 도무지 참기가 힘들었다. 같은 팀에서 일하는 인턴에게 이런 하찮은 모습을 보이고 싶지 않았다. 시시한 자존심이 불쑥 머리를 쳐들었다.

"……."

입술을 꾹 다문 이수가 문득 시선을 올렸다. 언제부터 보고 있었는지 이시훈과 시선이 맞부딪쳤다. 남자의 눈빛이 더없이 날카로웠다. 모든 것이 불편했다.

"아이구, 무겁다. 찬 바람 나니까 뼈에 바람이 드네. 응? 정 팀장."

주현탁 실장이 들다 만 소주병 바닥이 테이블에 부딪히는 소리가 제법 크고 둔탁했다. 과장되게 어깨를 돌리는 시늉까지 더해지자 족발을 씹던 구 팀장이 눈치를 살피며 얼른 손을 뻗었다.

"실장님, 제가 한 잔…"

턱. 팔을 뻗은 구 팀장 앞으로 주 실장의 손날이 병 앞에 벽을 세웠다.

"구 팀장은 너-무 멀다. 따르다가 다 흘리시겠어. 아까운 술을."

노골적이었다. 이수에게 술을 따르라는 주 실장의 언사. 감추지 못한 모멸감이 이수의 얼굴에 드러났다. 물컵을 쥔 이수의 손이 바들바들 떨렸다.

참다못한 시훈의 턱에 힘이 잔뜩 들어갔다. 목부터 벌겋게 달아오른 열이 여민준 본부장에게도 보일 정도였다. 시훈의 시선을 따라가자 못된 버릇이 튀어나온 주현탁 실장이 들어왔다. 옆자리에 앉은 여 본부장은 목소리를 낮춰 시훈을 단속한다.

"야, 야… 분위기 봐 가면서. 어르신들 계셔."

전에도 이런 상황에 얼굴을 붉혔다 들은 여 본부장이 여차하면 자리를 박차고 일어날 기세인 시훈의 팔을 테이블 아래로 꽉 쥐었다.

"주 실장님! 요 앞의 한의원 괜찮아요. 다음에 내가 소개해 드릴게. 잘해요, 거기. 원장이 침놓는 게 예술이야."

그래요? 심드렁한 대답이 싸했다. 오늘 주 실장은 바람맞은 값을
어떻게든 받을 생각이었다.

'인턴 열심히 마치고 나면 꼭 인사이트 공채 신입 사원으로 입사
하고 싶습니다. AE 희망합니다. 정이수 팀장님 같은.'

'AE 좋지. 열심히 해 봐.'

등 뒤로 고우재가 각오를 다지고 있었다. 이수 역시 고우재 같을
때가 있었다. 눈앞에 놓인 술병을 물끄러미 바라보는 이수가 씁쓸함
을 삼켰다. 아등바등 버티고 있는 팀장이라는 직함이 오늘따라 한없
이 비루하고 초라했다.

"정 팀장."

재촉하는 주 실장의 목소리가 무겁게 떨어졌다. 고개를 떨군 이수
가 착잡한 속을 다잡고 병을 잡을 때였다.

와장창!

바닥으로 떨어진 맥주잔이 산산조각 났다. 유리 조각과 술이 사방
으로 튀었다.

"…씨…."

잔을 떨어트린 시훈은 짜증을 숨기지 않았다. 실수를 자책하는 투
였다. 이 팀장! 괜찮아? 놀란 여 본부장이 고개를 뺐다. 족발을 먹고
있던 구영모 팀장이 급히 몸을 일으켰다. 자리 간 폭이 좁아 구 팀
장이 앉은 의자가 밀리며 테이블이 흔들렸다.

"아이구, 이 팀장님, 발 조심해요."

순식간에 뚜껑을 따 놓은 소주병이 중심을 잃고 쓰러졌다. 고꾸라

진 병에서 흐른 술이 이수의 허벅지를 적시자 난장판이 따로 없었다. 소란에 식당 내 이목이 집중됐다. 멀리서 주거니 받거니 술 인사를 다니던 고우재 역시 허리를 일으켰다.

"어어…, 정 팀장님. 옷이!"

구 팀장이 급하게 뭉텅이로 들려 준 냅킨으로는 수습이 여의치 않았다.

"…잠깐 실례할게요."

급히 화장실로 이동하는 이수의 뒤로 젖은 손을 털고 일어난 시훈이 무감하게 입을 열었다.

"죄송합니다. 잔을 놓쳐서."

"우리 이 팀장이 피곤했나 보네. 천천히 마셔. 천천히."

멀리서 속없는 말만 던진 김지학 전무에게 시훈이 여상하게 네, 고개를 숙였다. 발아래 떨어진 유리를 발로 슥슥 밀어 모으며 빗자루를 들고 온 직원에게 미안하다 사과하는 모양새가 느긋했다. 곁눈질로 그 모습을 지켜보는 주 실장이 비릿한 기분을 삼켰다. 이렇게 타이밍이 좋아서야.

얼마 지나지 않아 다들 고개를 빼고 있던 목이 제자리로 돌아갔다. 술잔을 기울이고 부딪치는 소리도 관성처럼 이어졌다. 여 본부장 역시 그때까지는 그러는 줄 알았다.

더러운 기분을 고스란히 드러낸 주현탁 실장이 혀끝으로 어금니를 찼다. 아직까지 비어 있는 빈 잔에 빈정이 상했다.

"…내 참."

발아래 깨진 유리를 식당 직원이 다 치울 무렵 머리 위로 음영이 드리웠다. 누군지 확인하기도 전에 옆자리에 앉은 이는 이시훈이었다.

　"뭐야."

　화장실을 가느라 이수가 자리를 비운 의자였다. 드르륵 주 실장 쪽으로 의자를 당겨 앉은 시훈이 뚜껑을 딴 소주병을 내밀었다.

　"저 때문에 술맛 떨어지신 것 같아서요. 사죄의 의미로요."

　"아이구… 술 따르시게?"

　"네."

　시훈은 주 실장에게 소주를 따르고 비어 있는 이수의 잔을 털어 내밀었다. 예의를 차리고 있으나 힘을 뺀 몸짓이 어딘가 삐딱했다.

　"저도 한 잔 주세요."

　이 새끼가 되바라졌네. 주 실장이 작게 헛웃음을 쳤다. 시훈의 잔에는 넘칠 만큼 소주를 가득 채웠다. 시훈은 술을 받자마자 단번에 잔을 넘긴다. 그 모습을 본 주 실장 역시 시훈을 흘기며 원 샷을 했다.

　테이블 위에 빈 잔이 놓였다. 시훈은 다시 소주병을 들어 주 실장의 잔과 제 잔을 채웠다. 때마침 이수가 술 자국을 달고 돌아왔다. 구 팀장이 얼른 손짓으로 자신의 옆자리를 가리켰다. 정 팀장님, 이쪽으로 오세요. 시훈이 왜 주 실장과 나란히 앉아 있는지 모를 일이었다. 미안하다 재차 사과를 건넨 구영모 팀장이 영문 모르는 이수에게 목소리를 죽였다.

　"갑자기요. 두 분이."

　안경 너머로 눈썹을 들썩인 구 팀장은 이유를 모르겠단 얼굴이다.

흐트러지지는 않았으나 시훈의 안색을 보면 누적된 피로가 한눈에 보였다. 두 사람이 다시 한번 술을 비웠다. 테이블에 소주잔을 내려놓자마자 시훈이 다시 저와 주 실장의 빈 잔에 술을 채웠다. 주 실장이 이죽거리며 잔을 들었다. 다시금 두 사람 모두 원 샷이었다. 말 한마디 없이 순식간에 소주 한 병을 비운 후에 시훈은 새로이 병을 땄다.

"주 실장님, 술 약하세요?"

"위장 빵꾸 나도 마시지, 나는."

"저도 그래요."

농담답지 않은 서늘함이 핑퐁처럼 오고 갔다. 쪼르르. 빈 잔에 다시 소주가 차올랐다. 이시훈이 신경을 살살 긁고 있었다. 낙하산 새끼가 어디서 주인 행세를 하려고. 인사이트에 자리 박고 편하게 살아 보나 했더니만 새파랗게 젊은 놈이 회장 아들이랍시고 틀어 앉았다.

무슨 술수인지 몰라도 실무부터 차곡차곡 계단 밟아 간다는 꼬락서니도 영 마음에 안 찼다. 차라리 같은 검댕 묻는다 생각하고 구르면 좋으련만 깨끗한 척 구는 꼴이 주현탁 실장의 심기를 건드렸다. 일전 룸살롱에서 만난 날도 스윽 룸 안을 살피는 눈초리가 그랬다.

이 나이에 젊은 놈한테 머리 숙이게 생겼으니 생각할 수 있는 옵션은 둘 중 하나였다. 콧대를 꺾어 놓든지, 그도 아니면 제 발로 뛰쳐나가든지. 주 실장은 속이 부글부글 끓었다.

주현탁 실장이 시훈을 노려보며 채운 술을 단숨에 비워 내자 시훈도 지지 않고 잔을 비웠다.

"아니, 쟤가 왜 저래…."

인사팀장과 대화 중이던 여 본부장이 혼잣말을 중얼거렸다. 하필이면 대작 상대가 주 실장인 데다 이건 뭐 네가 죽니, 내가 죽니, 딱그 자세다. 너 뭐 때문에 이러냐. 어? 그렇게 묻고 싶은 입이 댓 발나오다 말고 합 다물렸다. 눈을 굴리자 불편한 기색을 띠고 있는 한사람이 걸렸다.

맞은편에 앉은 이수는 마른침을 꼴깍 삼켰다. 주고, 받고, 따르면마시기만 하는 기이한 술판의 원인을 짐작해 본다. 이시훈의 발밑에서 때마침 부서진 유리잔과 제 자리에 대신 앉은 상황을 보니 머지않아 답을 내기에 충분했다. 이수가 허벅지 위에 올린 손을 꽉 말아쥐었다.

금세 소주 두 병이 비워졌다. 세 병째는 주 실장이 땄다.

"씨… 목 타네. 여기! 맥주 시아시 든 걸루다가 줘 봐요."

주 실장은 글라스 잔 두 개를 나란히 두고 거의 일대일 비율로 맥주와 소주가 섞인 잔을 내밀었다. 단박에 소주 반병이 비워졌다. 후우. 씨바. 주 실장이 입술을 비죽이며 팔꿈치를 테이블에 가져다 대고 훌훌 머리를 털어 댔다. 어디 가서 주량으로 밀려 본 적 없건만급히 마신 술에 취기가 돈 게 분명했다.

"드려요?"

눈이 팽팽 돌았다. 말짱하게 앉아 글라스 잔에 맥주와 소주를 재차 섞은 시훈이 스윽 잔을 밀었다.

"아이, 씨… 이 샛…."

열이 팍 받친 주 실장이 자칫 실수할 뻔한 말을 멈추고 손에 담배를 들었다. 라이터 휠이 헛바퀴를 돌았다. 라이터를 터는 주 실장의 품에서 때마침 요란하게 핸드폰이 울렸다. 아이… 씨팔. 이 시간에 뭐 전화야.

"…뭔데, 야, 그걸 지금 말하면 어떡하라는 거야. 고객사 시간에 맞춰야지, 한국 시간 어쩌구 이 지랄 할래. 아오. 기다려!"

통화를 마친 주 실장이 물로 입을 헹구고 어금니를 깨물었다. 기를 죽여 놓을 계획이 틀어지자 약이 바짝 올랐다. 어쩔 수 없이 의자를 밀치고 일어나 김 전무에게 사정을 설명하자 손을 휘휘 저어 가 보라는 신호가 이어졌다. 인사를 하고 자리로 돌아온 주 실장은 말아 놓은 소맥 잔을 넘기는 시훈을 뚫어져라 노려봤다.

핑 도는 이마를 부여잡은 주 실장은 계속해서 울리는 핸드폰 알림음에 한층 더 신경이 사나워졌다.

"들어가세요."

태연하게 자리에서 일어나 예의를 차리는 시훈을 보자 말렸다는 어렴풋한 짐작이 깃들었다.

"…하, 씹."

낮게 욕을 짓씹은 주 실장이 그대로 가게를 빠져나갔다.

어스름한 가로등 불빛이 건물 사이 벽에 기대 있는 이시훈의 몸을 절반만 비췄다. 주 실장이 떠나고 곧바로 가게를 나간 시훈이 담배를 태우고 있으리라는 예상은 빗나가지 않았다.

"괜찮아요?"

손등으로 입을 가린 시훈이 눈앞의 이수를 바라봤다. 급히 마신 술에 몸이 푹 퍼지는 기분이었다.

"……."

답 대신 시훈은 담배를 한 모금 빨았다. 걱정 어린 눈빛이 시훈의 얼굴에 머물다가 이내 뚝 떨어졌다. 답지 않게 여기까지 좇아 나온 이유가 있을 텐데 정이수의 입술은 열리지 않는다. 단정하게 내린 손 옆으로 젖어 있는 이수의 허벅지가 눈에 들어왔다. 찝찝해서 못 있지 싶은데 뭐가 그렇게 대단한 자리라고 지키고 앉았는지 모를 일이었다. 시훈이 작게 인상을 썼다.

"피울래요?"

이수가 고개를 저었다. 머리를 쓸어 올리며 시훈이 중얼거렸다.

"…한 번을."

서운함이 묻은 말과 달리 경쾌한 웃음소리가 나지막이 울렸다. 지친 몸을 깨워 볼 요량으로 시훈은 재차 머리를 쓸어 올리거나 눈을 감고 머리를 털어 본다. 소용없기는 매한가지지만.

"좀 전에… 술을 너무 많이 들던데요."

"그렇게 됐어요."

부산하게 움직이는 눈동자와 함께 이수가 말을 골랐다.

"…저 때문에…."

뒤통수를 벽에 기댄 채 담배를 입에 가져간 시훈의 시선은 내리 깔듯 이수를 향해 있었다. 이수는 입술을 달싹이기만 할 뿐, 내내 맴도는 말을 끝끝내 입 밖으로 꺼내지 못했다. 고민은 허무하게 끝을 맺었다. 결국 흔해 빠진 말로 인사를 대신했다.

"일찍 들어가세요. 전무님도 방금 가셨어요."

말을 마친 이수가 반쯤 몸을 돌리는 순간이었다.

"거기에,"

"……."

"…이거 한 대 태울 동안만 서 있죠."

말을 마친 이시훈은 깊게 담배를 빨았다. 찰나의 정적은 뒷골목의 소음마저 삼킨 듯했다. 후우 연기를 뱉은 이시훈이 무거운 어깨를 늘어트리고 덤덤하게 말을 이었다.

"고맙다는 말은 안 할 거잖아. 그러니까, 잠깐만 있으라구요."

순간적으로 숨이 가빴다. 들이쉰 호흡을 내뱉지 못한 이수의 눈동자가 더없이 흔들렸다. 시선이 바닥으로 떨어졌다.

"……."

구두 밑창이 미끄러지며 바닥을 긁었다. 적막 속에 이수가 천천히 몸을 제자리로 돌이켰다. 두어 발자국을 사이에 두고 좁은 담벼락 반대편에 시훈을 마주해 섰다. 어둠에 반쯤 가린 시훈의 담배 연기가 공기 중에 부유하다 흐트러졌다. 짙게 드리운 그림자 아래 또렷한 눈빛이 이수를 응시했다. 볼이 움푹 패도록 느른하게 담배를 빨았다가 한숨처럼 연기를 내뱉는다. 명백하고 노골적인 시선은 이수의 단정한 이마부터 눈, 코, 도드라진 인중과 입술, 그리고 마른침을 삼키는 목젖의 움직임마저 낱낱이 살폈다.

팔을 뒤로한 이수의 손가락 끝에 닿은 담벼락 표면이 우둘투둘 거칠었다. 애써 외면하는 남자에게 머리부터 발끝까지 온몸이 까발려지는 상상이 뒤따랐다.

'우리 제작 본부로 지원하지 왜 안 했어요?'

'말씀만으로도 영광입니다.'

얼마 떨어지지 않은 곳에서 들리는 말소리가 두 사람 사이로 끼어들었다. 시훈은 담배를 쥔 손바닥으로 미간 사이를 꾹 누른 뒤 꽁초를 벽에 비벼 껐다. 미련 없이 내버린 담배처럼 이수에게서 거둔 눈빛 역시 그랬다. 기댄 몸을 일으킨 시훈은 눈길 한번 없이 이수를 스쳐 지났다. 약속처럼 모퉁이를 돌아간 시훈의 뒷모습이 단숨에 사라졌다.

"…하아."

이수가 뒤로 돌아 벽에 팔을 뻗었다. 맥이 풀린 몸을 간신히 지탱해 버텼다. 눈을 감고 온몸을 휘감은 저릿한 감각을 떨쳐 보려 애를 썼다. 무력했고, 소용없는 짓이었다.

"들어가십시오!"

막 출발한 택시에 인사를 한 고우재의 몸이 갸우뚱 기울었다. 간신히 중심은 잡았지만 수순처럼 헛기침을 토했다. 콜록콜록. 인사를 하고 자리에 합석할 때만 해도 이렇게 오래 잡혀 있을 줄은 몰랐다. 술이 제법 세다고 생각했는데, 사회에서는 기준이 다른 건지 속이 울렁거렸다. 양손으로 얼굴을 가볍게 두드린 고우재가 구부린 허리를 폈다. 인기척에 고개를 돌리다가 저를 보는 시훈을 발견하고 눈이 크게 뜨였다.

"…팀장님!"

시훈이 무표정한 얼굴로 고우재와 거리를 좁혔다. 술을 얼마나 받아 마신 건지 얼굴이며 눈이 울긋불긋 난리였다. 치기에 뛰어들었다가 된통 당한 몰골이었다. 임원들이 빠진 가게 안쪽에서 살판난 간부들이 고우재를 향해 손을 흔들었다. 고우재 씨, 얼른 와! 한잔해요! 가게 쪽으로 네, 네, 머리를 숙인 고우재가 바지 주머니에 손을 찔러 넣은 시훈을 흘깃 올려 봤다.

"저… 안으로 안 들어가세요?"

평소에도 대하기 편한 상사가 아니기는 했지만 오늘은 완벽히 분위기에 압도당했다. 말 한마디 없이 서 있는데도 그랬다. 그래서 저답지 않게 넉살을 부릴 생각조차 못했다.

"집 어디예요."

"강동입니다."

재킷 안주머니에서 지갑을 꺼낸 시훈이 카드 한 장을 내밀었다. 대충 가늠해 봐도 출근 시간을 따져 보면 겨우 눈만 붙이고 나올 만한 늦은 시간이었다.

"남아 있는 사람 수대로 숙취 해소제 사서 돌려요. 그리고 '죄송합니다. 오늘은 이만 가 보겠습니다.' 90도로 머리 숙이시고, 이만 퇴근해요. 그 정도면 사람 잡고 늘어질 진상들은 아닙니다."

택시비 결제는 이걸로 같이 하구요.

"아…"

단호하게 해야 할 일을 일러 주는 목소리는 군더더기가 없었다. 고우재가 얌전히 카드를 손에 들었다. 이 이상 술자리에 남아 있다가는 내일 일어날 수 있을지 장담할 수 없었다.

"그리고,"

"……."

"임원이나 간부들만 참석하는 자리는 이유가 있겠죠."

"다른 뜻은 없구요. 인사만 드리려고 했던 건데…"

카드를 내려 보는 고우재가 눈을 들어 다급하게 제 사정을 설명하려 했다. 돌려 말해서는 영 못 알아먹지 싶은 고우재의 표정이 미미한 짜증을 불렀다. 정이수는 어떨지 몰라도 시훈은 고우재에게 베풀 아량이 바닥난 시점이었다.

…하아, 참. 발을 뒤로 빼 짝다리를 짚고 선 시훈이 눈썹께를 검지로 긁었다.

"고우재 씨."

"넵."

"낄 때 끼고 빠질 때는 좀 빠지자."

담백하게 힘을 뺀 말이 툭 떨어졌다. 언뜻 고우재의 어깨가 튀었다.

"…넵."

푹 고개를 숙인 고우재를 지나친 시훈은 가게 문을 열고 남아 있는 사람들에게 대충 고개를 숙였다. 몸이 들이부은 술 때문에 천근만근이었다. 골목을 벗어나 잡아탄 택시 뒷좌석에 몸을 기대는 순간 핸드폰이 울렸다. 이름을 확인한 시훈이 망설이다 어지러운 머리를 부여잡았다. 통화 버튼을 누르고 시훈은 그대로 눈을 감았다. 수화기 너머로 시연의 잔소리가 쏟아졌다. 오느니 안 오느니, 얼굴 비치는 게 뭐가 어렵냐, 그딴 식으로 반항하지 말라는 이맘때면 매년마다 반복되는 설교였다. 건성인 시훈의 대답에 일방적인 통화가 매섭게 끊겼다.

무거운 눈꺼풀을 들어 달리는 차창 밖을 바라봤다. 유리창에 비친 제 얼굴과 마주한 시훈이 허탈하게 자조했다.

열심히 산다. 그치?

물을 수 없는 말이 내내 가슴속을 맴돌았다. 시훈이 한숨과 함께 눈을 감자 비로소 긴 하루가 암전됐다.

* * *

회의를 마친 사람들이 엘리베이터에서 층마다 내렸다. 썰물처럼 사람이 빠진 공간에 어제와 같은 옷을 입은 주현탁 실장이 올라탔다. 여민준 본부장과 인사를 나눈 주 실장은 이수의 인사를 설렁설렁 받으며 한 공간에 섰다. 세 사람뿐이었다.

"어제 잘 들어가셨습니까."

주 실장이 뻐근한 목을 돌렸다.

"아으… 회사 와서 좆 빠지게 일하다가 지금 퇴근해. 해외 지사 만들어 놓으면 이게 문제야. 미국 애들은 지들이 세상의 중심인 줄 알아요."

"고생하셨습니다."

이수가 무미건조하게 예의를 차렸다.

"뉴욕 지사 말이죠? 이번 출장길에 보니까 정신없더만요."

여 본부장이 말을 거들었다. 인사이트가 몸집을 불리며 런던에 이어 뉴욕에까지 지사를 세운 요즘 숱하게 이슈가 발생했다.

"그나저나 속은 괜찮아요?"

여 본부장의 염려를 흘려들은 주 실장이 문에 비친 이수를 흘긋 돌아봤다.

"쓰려요. 나이 먹었는지."

여 본부장의 물음에 이수가 허벅지 옆에 붙인 주먹을 말았다. 드러나지 않는 표정 대신 몸이 회식의 기억을 떠올린 탓이었다. 아직까지 숙취로 고생하는 사람이 주 실장만은 아니었다. 오전, 밤샘 촬영이 예상되는 광고 촬영장으로 이동하는 이시훈의 낯빛을 보았다. 수면 부족과 숙취로 평소답지 않게 어수선해 보였다.

시훈과의 대작이 유쾌하지 않았을 주 실장이 삐뚜름한 입을 열었다.

"거, 이 팀은 술 좀 줄여야겠어요. 전에두 말이야, 평일에 룸 방에서 혼자 마실 정도면… 쓰읍."

"……."

전후 사정을 모르는 이수의 생각을 깨운 건 주 실장이 덧붙인 말이었다.

"우리 정 팀이 나 바람맞힌 날."

"……."

못 오면 못 온다고 연락을 주든가. 주 실장이 문에 비친 이수를 향해 이죽댔다.

"술 마시는 게 뭔 자랑이라고 방문 열고 꼬박꼬박 인사는 해 대는지."

쫏. 주 실장이 구시렁댔다. 앙금이 남은 기억에 어제의 일까지 더해져 한층 모가 났다. 뻔히 여민준 본부장이 이시훈과 혈연 사이인 걸 알면서 주 실장은 말 한마디를 가리지 않았다. 확실히 다루기 어려운 사람이었다.

흠흠. 여 본부장이 목을 가다듬었다. 접대부를 부른 이야기만 쏙 빼놓은 뻔뻔함에 기가 차다가도 정이수에게 가거라 등을 떠민 공모자가 본인이라 눈치를 살폈다. 다 지난 이야기는 왜 또 꺼내나… 이 양반이. 확 걷어차고 싶어도 당장 도리가 없으니 때를 기다리는 심정으로 살살 달랠 수밖에. 여 본부장이 속으로 혀를 차고 잽싸게 화제를 돌렸다.

"주 실장님, 복국으로 속 풀구 가세요. 해장하셔야지."

"사 주시게?"

"어휴, 그 얼마나 된다고. 지금 바로 가셔요."

여 본부장이 집무실 층 버튼을 끄고 1층을 꾹 눌렀다. 유들유들 분위기가 풀렸다. 냉한 공간에 훈풍이 불었다. 한 사람에게만 빼고.

그날 불같이 화를 낸 시훈이 설마 주 실장을 쫓아갔을 줄은 몰랐다. 몰랐으니 그렇게 뾰족하게 굴었다. 내버려 두라고 소리를 질렀다. 납덩이가 주저앉은 양 가슴이 무겁고 답답했다. 등 뒤로 손을 돌려 엘리베이터 안전 바를 꽉 쥐었다. 소리 없는 침음이 하마터면 입술 새로 튀어나올 뻔했다.

"몰랐나 봐?"

갑작스레 떨어진 물음에 넋을 빼고 있던 이수가 고개를 홱 올렸다. "네?"

주현탁 실장이 반쯤 몸을 돌리고 있었다.

"그날, 이 팀장 만난 거 말이야."

"아… 네."

입을 삐죽인 주 실장이 빤히 이수를 주시했다. 뱀처럼 가로로 길게 찢어진 눈이 창백하게 얼어붙은 이수를 관찰했다.

"무슨 하실 말씀이라도…."

"아니, 수고하시라고."

아이… 참 재밌다. 주 실장이 낮은 목소리로 웅얼거리며 어울리지 않는 코웃음을 쳤다.

찜찜하게 떨어진 인사를 뒤로하고 사무실 층에 도착한 이수가 닫히는 문 앞으로 묵례했다. 뺨을 한 대 맞은 것처럼 얼얼함이 가시지 않았다. 이시훈 때문이었다.

"이거 저작권부터 해결을 해야 할 것 같은데. 내줄까 모르겠어요."

인터넷에서 찾은 자료를 고우재가 본인 자리의 모니터에서 반복해 돌렸다. 고우재의 자리로 목을 뺀 김 대리부터 이수를 비롯해 같은 모니터를 보는 2팀 내에서 의견이 오고 갔다. 고인이 된 건축가의 인터뷰 영상이었다.

"전에 영화사에서 컨택했다가 대차게 까였대요. 유족들이 완강하다구."

"트라이해 보죠. 어떻게든 해결을 해야 다음 진행이 되지. 메일이나 전화 한 통으로 쉽게 가지 말고 성의 있게 가자구요. 덜컥 돈 이야기부터 꺼내는 실수도 말구요. 허락 구하고 직접 찾아가는 방향으로 고려해 봐요."

광고 한 편을 만드는 과정마다 AE의 역할은 모든 영역에 걸쳐 있다 해도 무방했다. 상업 광고를 집행하는 입장에서 난관이 예상됐지만 쉽게 포기할 수는 없었다. 각자 방안을 생각하여 내일 오전에 회의를 다시 열기로 정리할 무렵이었다.

파티션으로 나뉜 복도 맞은편 1팀의 분위기가 심상치 않았다. 시훈과 함께 광고 촬영장으로 이동한 인력을 제외하고 드문드문 자리를 지키고 있는 직원들 몇몇이 급하게 전화를 받았다.

"싸움이요? 네, 네…! 괜찮아요? 그럼 촬영은…,"

전화를 받은 조민희 대리의 얼굴이 사색이 됐다. 촬영장에서 무슨 일이 벌어진 게 틀림없었다. 당황한 조민희가 전화를 끊자마자 문을 열고 들어온 이는 여민준 본부장이다. 한걸음에 내달려 온 여 본부장이 조민희와 목소리를 죽이고 상황을 공유했다. 거칠게 머리를 넘겨 짚은 여 본부장은 언짢은 기색을 감추지 않았다.

"일단은 내가 지금 현장 가 볼 테니까 급한 일은 연락 줘요. …씨발. 이게 무슨 일이야."

급박하게 돌아가는 상황에 이수 역시 허리를 펴고 복도 너머의 상황을 헤아려 봤다. 여 본부장이 나간 뒤 조 대리가 급히 전화를 돌렸다. 얼마 지나지 않아 인사팀에서 내려온 인사팀장이 조민희 대리에게 정황을 듣고 난 후에는 분위기가 조금 더 심각해졌다. 주변을 살핀 인사팀장이 어딘가로 전화를 걸며 밖을 나섰다.

다음 날, 당일 계획된 본부 기획 회의가 대부분 취소됐다. 2팀은 어제와 다름없이 업무를 행했지만 파티션 너머 1팀의 가라앉은 분위기는 투명한 막이 씌워진 듯 걷히지 않았다. 그리고 어제 촬영장으로 이동한 이시훈과 신동윤 대리는 출근하지 않았다.

비어 있는 이시훈의 자리를 바라본 이수가 핸드폰을 만지작거렸다. 무슨 일인지 묻는 한마디가 어려웠다. 손가락은 액정 위를 맴돌기만 할 뿐이다. 결국 이수는 핸드폰 대신 보고서를 들고 여 본부장의 집무실로 향했다.

"말이 돼요, 그게?"

"쉿. 목소리, 낮춰요."

집무실로 가는 길목이었다. 평소 소리를 높이는 법 없는 인사팀장의 목소리가 크게 튀었다. 그 때문에 모퉁이 너머 이수의 걸음이 우뚝 멈췄다. 기가 차다 못해 바람 빠지는 한숨 소리가 들렸다. 인사팀장과 여 본부장이 복도에서 소리를 죽여 대화를 이어 갔다. 아무래도 나중에 보고를 해야 할 것 같아 몸을 돌렸다. 그런데 때마침 들리는 내용에 엿들어서는 안 되는 줄 알면서 그럴 수가 없었다.

"…닿지만 않았지, 이 팀장 얼굴에 손이 올라왔네 마네 그러더라구요. 씨발, 개새끼들. 돈줄 쥐고 있다고 말이야…. 현장 보러 와선 모델 허벅지에 손을 올리구 지랄이니 시훈이가 빡이 안 쳐요?"

화를 삭이지 못한 여 본부장의 흥분이 고스란히 느껴졌다. 아무리 갑이라고 해도. 해도 너무하잖아요, 씨발 새끼들.

"혹시 회장님도 아세요?"

인사팀장이 걱정스레 물었다. 시훈이 가진 배경을 생각하면 기업 대 기업으로 문제가 생길 불씨를 제공할 만한 사건이었다.

"말하지 말래요. 회사 내에서 대응해서 끝내 달래나. 말만 들은 나도 미치겠는데 어제 가 보니까 수습해서 촬영하고 자빠졌더라고. …어후, 이사님하고 고객사 들어가서 계약을 파기하네 마네 그러는 마당에, 그 꼴을 당하고도 새벽까지 현장 지키고 앉아서 마무리를 해 놨더라구요."

"이 팀장도 참…. 그럼 일은 진행이 되긴 돼요?"

"출근 시간 맞춰 와서는 대표님하고 독대한 걸로 아는데… 말을 안 해 봐서 다음은 모르겠어요. 일단 들어가라고는 했는데."

한숨이 말끝마다 붙었다.

"아이… 참, 신 대리도 그렇고 주말 동안 잘 추스르고 왔으면 좋겠네요."

"나 이 바닥, 갑자기 신물 나네…."

들어가세요, 그럼. 머리를 쥐어 싸맨 여 본부장이 집무실 문을 열고 들어갔다. 시간을 두고 문을 두드리자 여 본부장은 손을 휘 저으며 다음 주 월요일에 보고받겠다고 이수를 돌려세웠다.

이미 반쯤 넋이 나간 이수에게는 차라리 잘된 일이었다. 사무실로 돌아온 이수는 보고할 서류를 책상 위에 올려놓고 비어 있는 시훈의 자리를 건너보았다.

이시훈을 쉽게 이해할 수 없었다. 악착같이 살아 보려고 갈이고 쓸개고 다 빼는 저처럼 이시훈도 그럴 필요가 있는지 여전히 모르겠다. 재벌가에서 태어나 단지 시구절 하나에 감화되어 진로를 결정했다는 이야기나, 임원직도 아닌 실무로 뛰어들어 볼 꼴 못 볼 꼴 다 봐 가며 일하는 이유 역시 이해할 수 없었다.

그러나 눈가림으로 기획팀 팀장을 수행하지 않는다는 사실만은 분명했다. 시훈은 모든 일에 진심이었다. 같은 일을 하는 사람이라면 알 수밖에 없었다. 쉽게 가늠이 안 되는 남자였다. 이수는 잠시 눈을 감았다.

곧 손에 쥔 핸드폰을 물끄러미 바라보다 메시지 창을 열었다.

-괜찮아요?

커서가 깜박이는 창을 바라만 보던 이수는 그대로 핸드폰을 뒤집었다. 온종일 일이 손에 잡힐 것 같지 않았다.

* * *

"왜 또."

소파에 가로누워 눈을 감은 시훈이 그대로 핸드폰을 귀에 가져다 댔다. 끊은 지 얼마 지나지 않아 다시 또 전화가 걸려 왔다.

-본가 다녀왔어? 시훈아…, 너라도 말을 좀 해 주지. 면목 없게 이게 뭐냐. 다들 쉬쉬하니까 자꾸 나도 잊어버리잖아.

뒤늦게 생각이 난 모양이다. 여 본부장의 씁쓸한 말소리가 이어졌다. 지난 몇 주간 출장이니 보고에 회의까지. 여 본부장 역시 강행군이었다. 1년 중 하루. 싫어도 매년 돌아올 텐데 잊어버렸다고 한들 그게 무슨 대수라고. 차라리 모르는 편이 나았다.

"됐어요. 좋은 자리도 아니고… 새삼스럽게."

-말을 해도 꼭. …가서 별일은 없었고?

"있고 말고 할 게 뭐 있어. 자리 지키다 오는걸."

시훈의 퉁명스러운 대답에 여 본부장이 말을 얼버무렸다. 툴툴대는 말투가 건조했다. 귀찮고 치워 버리고 싶어서가 아니라 더 이상 입에 올리고 싶지 않아서였다. 여 본부장이 짧은 한숨을 내쉬고 화제를 돌렸다.

-그나저나 몸은.

"그럭저럭."

잔소리가 이어졌다. 밥을 꼭 챙겨 먹어라, 지금은 괜찮아도 갑자기 화가 도질 수 있다는 둥, 화병 날 것 같으면 술 마시지 말고 상담받을 병원을 추천해 준다는 둥. 도돌이표 같은 여 본부장의 걱정은 불과 3분 전에 했던 것과 같았다.

"…형, 할 말만 해요."

빙빙 말을 돌리던 여 본부장이 시훈의 짜증을 뒤로하고 결국 본론을 물었다.

-그… 아침에 대표님하고 어떻게 정리했어? 대표가 입을 안 열던데.

"해당 광고주 계약 갱신 취소 및 향후 의뢰 금지."

-허.

입을 떡 벌린 얼굴이 그려졌다.

-너 쎄게 나갈라구 깨끗하게 현장 정리하고 나왔냐?

"네."

즉각 떨어지는 말에 여 본부장은 기가 질렸다. 누군들 그렇게 안 하고 싶어서 안 했나. 지를 자신이 없어서 못 했지. 이럴 때는 회장 아들내미처럼 구는 모습이 밉지 않았다. 여 본부장이 곰살맞은 애교를 부렸다.

-너어 무섭다?

"아… 이상한 말 하지 말구."

자식, 진짜. 암튼 주말에는 쉬어. 응? 네 용기에 박수를 보낸다며 말이 많았다. 소파에 누워 건성건성 대답만 하는데도 지쳤다. 시훈은 끊고 난 전화를 가슴팍에 올려놓고 머리를 짚었다.

출장 이후 제대로 쉬지 못한 몸도 몸이지만 촬영장에서 일어난 사고에 정신적인 소모가 너무 컸다. 술이라도 마실까 싶다가 그마저 도 생각이 달아났다. 이맘때 도는 찬 바람은 시훈을 침전시켰다. 내 내 내리누르고 살던 상실이 누르고 눌러도 자꾸만 떠올랐다.

손을 뻗어 머리맡에 놓인 담배를 입에 물었다. 라이터 휠이 자꾸 만 헛돌았다. 피로 때문이 아니라는 것쯤은 알았다. 짜증을 삼킨 손 이 입에 물고 있는 담배를 잡아 바닥에 내던졌다.

"시발…."

자리만 지키고 온 본가에서 인사를 올리고 식사하는 동안 발아래 드리운 어둠이 시훈의 발목을 붙잡았다. 사진 속 얼굴은 웃고 있는데 가족들 누구도 눈을 맞추지도 말을 하지도 않았다. 남은 추억은 각자 의 가슴에 깊은 상처로 남았고 외면한 상흔은 여전히 곪고 있었다.

'시훈아, 너는 이렇게 살면 안 돼.'

그 말에 최소한 부끄럽지 말아야 했다. 그러니 누구 집 아들이 아닌 이시훈으로 열심히 살다 보면 웃어는 주겠지. 그런 꿈을 꾼다. 이마에 손을 올리고 눈을 감았다. 손아래 박동하는 심장이 느껴졌다. 언젠가 귀를 기울여 들은 심장도 이렇게 뛰었는데, 그랬는데…. 숨을 고를 때 잠잠한 핸드폰이 다시 울렸다. 수신인을 확인할 필요도 없었다.

"…형, 나 이제 누웠는데… 좀 쉬자."

-…….

상대는 말이 없다. 눈을 감은 시훈이 한숨 뒤 전화를 끊을 때였다.

-정이수입니다.

"……."

뜻밖의 전화에 시훈은 감은 눈을 떴다. 천천히 몸을 일으켜 앉아 벽을 올려 본다. 정면에 걸린 시계의 시침이 숫자 8을 가리키고 있었다. 잘못 걸린 전화처럼 짧은 정적이 이어졌다. 시훈의 노곤한 목소리가 입술 새로 흘러나왔다.

"퇴근하는 길인가 봐요."

–…….

그다음에는 더 길어진 침묵이 자리했다. 시간만 속절없이 흘렀다.

"피곤할 텐데…,"

말을 자르고 이내 짧은 대답이 돌아왔다.

–지금, 댁 앞이에요.

시훈이 인터폰 앞으로 이동해 버튼을 눌렀다. 여전히 핸드폰을 귀에 대고 있는 정이수가 모니터 화면에 떠올랐다. 복도를 지나 급히 현관문을 밀어내자 종이 백을 들고 있는 정이수가 서 있었다. 시훈도 이수도 서로를 확인하고 소리 없는 핸드폰을 내렸다.

"…갑자기 찾아와서 미안해요."

들고 온 음식만 전달해 주고 갈 계획이 틀어진 건 시훈의 몰골 때문이었다. 한눈에 봐도 살이 내린 얼굴이나 피로가 덕지덕지 묻은 몸이 지쳐 보였다. 게다가 검은색으로 맞춘 정장과 타이는 누가 봐도 상갓집에 다녀온 차림새였다. 셔츠 단추와 타이만 대충 내리고 누워 있을 정도면 얼마나 피곤했을지 짐작조차 되지 않았다. 인사를 못 하고 머뭇대는 사이 시훈이 몸을 비켜섰다.

"미안할 건 없고. …여기까지 왔는데, 잠깐 들어와요."

아니요, 라는 말이 딱 걸려 나오지 않았다. 얼마 전 회식 자리에서 그깟 담배마저 거절한 자신을 보고 **씁쓸해**한 이시훈이 떠올라서였다.

집에 대한 첫인상은 이시훈의 사무실 외양과 비슷했다. 조명들, 유명 디자이너 제품과 모던한 가구, 그림과 사진을 끼운 액자들이 곳곳에 놓여 있었다. 세련된 취향을 알 수 있는 안락한 집이었다. 문을 닫고 들어온 시훈이 거실과 이어진 주방으로 걸음을 옮겼다.

"커피 마셔요? 아니면 차?"

"그냥 물이요."

눈을 굴려 집 안을 둘러본 이수가 식탁 위에 종이봉투를 내려놓았다. 그 옆으로 이수를 지난 시훈이 물이 담긴 컵을 건넸다.

"이거요. 죽인데…."

이시훈의 집에 오면서 뭘 사야 할까 고민을 거듭한 끝에 죽을 사 왔지만 상복을 보고 있자니 아무래도 식사를 했을 거라는 데 생각이 미쳤다. 손만 부끄러운 상황이라 내심 후회가 됐다. 그런데 예상과 달리 재킷을 벗어 의자에 걸쳐 놓은 시훈은 포장된 용기를 테이블 위에 차려 놓았다.

"상갓집 다녀온 거 아니에요? 식사했으면… 됐어요."

"상갓집은 아니고…,"

평소 이시훈답지 않게 말끝을 흐린다. 수저를 끌어다 테이블 가장자리에 올려놓은 시훈이 털어 버리듯 가볍게 말을 이었다.

"기일이요. 형."

"아…."

당황한 이수의 입이 조금 벌어졌다. 시훈이 둘째 아들이고 위아래로 형제가 있다는 사실은 알았지만 어디서도 형이 죽었다는 말은 들은 적 없었다. 일전 전시회를 보던 날도 형에 관해 언급만 했을 뿐이었기에 설마 짐작도 못 한 사실이었다.

"죄송해요. 돌아가신 줄 몰랐어요."

시훈이 미소 띤 얼굴로 고개를 저었다.

"기일이라기엔 이상한데… 그렇게 하기로 해서요. 이런 옷 입고 만나서 시신 없는 봉분에 절하고, 꽃다발 놓고. 그로테스크하죠?"

슬픔이나 그리움 없이 이어 가는 말은 마치 다른 사람을 이야기하는 것 같다. 이수는 잠자코 물컵을 손에 쥐고 서 있을 뿐이다.

"수능 보기 전이었으니까. 꽤 오래됐네요."

뚜껑을 열어 놓은 그릇에서 모락모락 김이 났다. 시훈은 식탁 의자를 끌어 자리에 앉았다. 원서를 내려 가는 길에 감화됐다느니 하는 듣기 좋은 말 아래 감춘 이야기는 이수가 생각한 만큼 낭만적인 스토리는 아닌 것 같다.

가볍게 시작한 이야기는 그 뒤로 이어지지 못했다. 수저를 들고 생각에 빠진 시훈은 이제껏 이수가 본 적 없는 얼굴로 테이블 어딘가를 응시한 채였다. 어쭙잖은 위로를 건넬 수도 없었다. 이제껏 쉽고 평탄한 인생을 살아왔을 거라 멋대로 재단하고 치부한 터라 처음 알게 된 사실이, 그늘진 남자의 모습이 낯설었다.

걱정 어린 위로 대신 이수는 어설프게 대화의 물꼬를 틔웠다.

"…촬영장에서 일이 있었다구요."

"네. 어쩌다 보니."

촬영장에서의 일을 굳이 언급하고 싶지 않았다. 감흥 없는 어조가 뒤따르자 정이수의 손끝이 물 한 모금 마시지 않은 컵 언저리에 닿았다. 매끈한 표면을 만지작거리는 엄지손가락은 지금 정이수의 표정과 닮아 있었다.

시훈은 자신의 공간 안에 발을 들인 정이수의 안절부절 망설이는 미묘한 기척을 느꼈다. 말을 뱉는 중간 멈춘 호흡들이, 자신을 비껴가는 시선들이 그랬다. 시훈 역시 마찬가지였다. 차마 이수를 마주보지 못하고 주저했다. 얼마나 지났을까. 문득 묻고 싶었다. 다가가면 신기루처럼 사라지는 정이수였다. 그런 그가 왜 저를 찾아온 건지… 이유를 듣고 싶었다.

"여기까지… 왜 왔어요?"

"……."

째깍째깍 초침이 돌아갔다. 움직이는 건 그뿐이었다.

"식사하세요, 저는 이만 가 볼게요."

무심한 낯으로 속내를 감춘 이수가 물이 담긴 컵을 테이블에 내려놓았다. 그릇 안에서 의미 없이 움직이는 수저질을 멈춘 시훈이 느리게 눈을 감았다 떴다.

"내가 지금 운전이 힘들어요."

"택시 타고…."

당연하게 시훈의 차를 타고 귀가할 생각 따위 없었다. 이수는 어안이 벙벙한 상태로 대꾸를 하다 말이 막혔다.

"내일 아침에 데려다줄게요."

"……."

서로 마주 보지 않는 시선은 내내 어긋난 채였다. 말을 마친 시훈은 의자에 털썩 등을 기댔다. 혼란스럽고 당황한 이수를 두고 시훈의 한쪽 입술이 삐뚜름하게 올라갔다.

"시신 없는 무덤이라는데 안 궁금해요? 들어 보면 밤을 새워도 모자라거든요."

궁금하지도 않은가 보네. 중얼거리며 타이를 풀어내는 손길이 축축 처졌다. 흥미로운 소재에 관심 없는 이수를 도통 이해 못 하겠다는 식이었다. 나사가 풀린 사람처럼 삐딱한 시훈의 모습은 하나같이 생소했다.

"오늘은 이만…,"

자리에 못 박혀 서 있는 이수에게 시훈이 다시 한번 물었다.

"왜 왔어요?"

"……."

"회식에서 고작 술 몇 잔 마셔 줬다고 술병 났을까 걱정한 건 아닐 테고, 싸움박질 나서 어디 한 군데 부러지기라도 했나 구경 온 것도 아닐 텐데."

듣고 싶고, 알고 싶은 초조함이 나지막한 목소리를 통해 흘러나왔다. 호흡마저 정지된 듯 두 사람 모두 숨을 죽였다. 이수가 상대를 타일렀다.

"이 팀장님."

"…내가 지금."

"쉬세요."

벽에 가로막힌 말에는 짜증이 서려 있었다.

"가지 말라고 몇 번 말할까요."

깊게 눈을 감았다 뜬 시훈의 입에서 성마른 목소리가 무겁게 떨어졌다. 덤덤하게 풀어낸 말에 가려진 쓸쓸함과 외로움이 희미하게 얼굴을 보이다 사라졌다. 오늘 밤 같이 있자는 말 한마디가 버거운 초라한 관계였다. 이수의 시선이 갈피를 잡지 못하고 흔들렸다. 시훈이 본 적 없는 제 그늘을 드러냈다. 위로받아 본 적 없는 상실을 여실히 드러낸 채였다. 아무렇지 않게 죽음을 말하기까지 지나온 시간이 시훈의 두 어깨에 쌓인 듯 무거워 보였다.

"이건⋯."

타인의 슬픔과 절망을 위로할 자신은 없었다. 다만 이수 역시 묻고 싶었다. 입술이 달싹이기만 몇 번. 고민하던 이수는 입안에서 맴돌던 질문을 한참 후에야 속삭이듯 물었다.

"부탁인가요, 아니면⋯."

적요 속, 시훈이 창에 반사된 이수를 응시했다.

"그냥 내가 원하는 거요."

유진우가 떠난 다음 날, 시훈이 사 놓은 죽을 먹을 때 비어 있던 제 식탁 맞은편 자리가 떠올랐다. 그리고 역시 비어 있는 시훈의 맞은편 자리가 마음에 걸렸다.

의자를 뒤로 당겨 엉덩이를 붙이고 앉자 비로소 같은 눈높이의 이시훈과 마주했다. 제대로 입에 넣어 보지 못한 죽은 이미 식어 버렸다.

"⋯⋯."

그 순간 시선을 떨어트린 시훈이 작게 미간을 찌푸렸다. 아마⋯ 자제하지 못할 것 같았다. 나약한 마음 한 귀퉁이에 정이수를 기워 넣고 밤새 몰아붙일 것이다. 그걸 알면서도 시훈은 아무렇지 않은 척 짧은 연기를 했다. 점잖은 척, 같잖은 이성을 붙들고 있는 것처럼.

"차라도 마셔요."

티백을 찢는 소리와 물이 담기는 소리가 등 뒤로 들려왔다. 이수 앞에 내려놓은 머그잔에서 조용히 김이 올랐다.

모든 건 자연스러웠다. 의자 등받이와 테이블 위로 손을 지탱한 몸이 울타리를 만들었다. 드리운 그림자가 누구 것인지, 어떤 의미인지 알고 있었지만 이수는 피하지 않았다. 곧 남자의 입술이 목덜미를 파고들었다. 그가 귀밑 턱을 따라 입을 맞췄다. 이수는 눈을 감고 목을 늘여 더운 숨을 내쉴 뿐 시훈을 밀어내지 않았다.

감은 눈이 뜨였다. 눈을 맞춘 이수의 얼굴은 투명하고 맑지만 속을 가늠할 수 없다. 다만, 정이수는 피하지 않았다. 그리고 나는 오늘 밤 당신과 함께 있겠노라 무언의 답을 줄 뿐이다.

드러난 이마에 입을 맞춘 시훈이 눈과 코, 뺨, 그리고 순순히 열린 입술 사이를 침범했다. 눈을 감았다. 빛 한 줌 없는 어둠이 드넓게 펼쳐졌다. 가식도 거짓도 편견도 없는 칠흑 같은 어둠 속에 이수는 제 속마음을 살포시 풀어놓았다.

"이시훈…."

겨드랑이 사이를 파고들어 어깨를 그러쥔 이수가 그대로 시훈을 끌어안았다.

〈2권에서 계속〉